ウツボカズラの甘い息

柚月裕子

幻冬舎

ウツボカズラの甘い息

プロローグ

椅子に腰を下ろすと、窓のブラインドが下げられた。

窓から室内に入り込んでいた陽光が遮られ、あたりが薄暗くなる。

診察室に置かれているスチール製の机、壁にかけられているカレンダー、医学書が納められている事務用ラックや、隅に置かれている観葉植物の輪郭が曖昧《あいまい》になる。目の前の椅子に腰かけている医師の表情も、よく見えなくなった。

「どうですか。調子は」

医師が訊ねた。少し考えてから、つぶやくように答える。

「まだ、ときどき頭がぼうっとすることはあります。でも、その状態からなんとか自分で戻れるようになってきました。以前、先生から教えていただいた方法で」

「それはよかった」

医師が微笑《ほほえ》む気配がする。

「でも」

膝の上で、指をせわしなく絡ませる。

「うまくいかないときがありますか」

「それはどんなときですか」

医師が訊ねる。

「目眩《めまい》がきついときです。そのようなときは意識も朦朧《もうろう》として、なかなかあの場所に行けません。気がついて時計を見ると、普段よりも時間が長く経《た》っています」

医師は慣れた手つきでキーボードになにかを打ち込むと、椅子ごと身体をこちらに向けた。

「じゃあ、今日も練習しましょうか」

「お願いします」

大きく肯く。

医師は椅子の背にもたれ、身体の力を抜いてゆったりとした姿勢をとった。

「では、いつもどおり、ゆっくりと深呼吸をしてください」

深く息を吸い、大きく吐き出す。深呼吸を、数回繰り返す。

「目を閉じてください」

指示に従い、瞼を閉じる。

医師がゆっくりとした低い声で、問いかける。

「あなたはいま、あるところにいます。そこはどんな場所ですか」

頭のなかで想像する。灰色の壁が見えた。

「コンクリートに囲まれたところです」

医師はなにか思案するように、ふうん、とつぶやくと言葉を続けた。

「では、あなたの目の前に、コンクリートの階段があります。十段です。私がいまから数をかぞえるごとに、あなたは階段を下りていきます。ゆっくりと。一段ずつ」

下へ続く階段を、想像する。

医師がゆっくりと、数をかぞえはじめる。

「ひとーつ、ふたーつ、みっつ……」

頭のなかで、コンクリートの階段を、一段ずつ下りていく。下りるごとに、診察室の外から聞こえていた車の音や、街の喧騒が遠のいていく。

「ここのつ、とお」

階段を下りきった。

「あなたの目の前に、ドアがあります。どんなドアですか」

少し考えてから答える。

「スチール製のドアです」

「これからあなたは、ドアを開けます。ドアのなかは、あなたが安心できる場所です。海のなかかもしれないし、自分の部屋かもしれない。雲の上でもいい。そこはあなたにとって、とても居心地のいいところです。さあ、ドアを開けてください」

ドアノブに手をかけて、ゆっくりと開ける。

「さあ、そこはどこですか」

木々が生い茂る森だった。

「森のなかです」

医師は質問を続ける。

「暗いですか。明るいですか」

「明るいです。木々のあいだから、木漏れ日が差し込んでいます」

あとは自然に、言葉が出た。

しばらく森を歩いていると、樹齢百年はありそうな、大きな樹があった。幹に抱きついた。

緑と土の匂いがした。鳥の声も聴こえる。

樹に抱きついていると、遠くから医師の声が聞こえた。

「そこに、あなたを脅かすものや、嫌な気分にさせるものはなにもありません。安全な場所です。しばらくそこで休みましょう」

幹にそっと頬を寄せた。大きなものに守られているような気持ちになる。心地よい。気持ちが落ち着いていくのが自分でもわかる。

しばらくそうしていると、遠くから再び医師の声がした。

「落ち着きましたか？」

「はい」

夢心地で答える。

「あなたはその場所に、行こうと思えばいつでも行けます。目を閉じて、深呼吸をして、ゆっくり階段を下りれば、あなたが心を落ち着ける場所が広がっています。いいですね？」

ゆっくりと肯く。

「では、そろそろ戻りましょう」

もう少し、森のなかにいたかった。でも、またいつでも来られる。そう思い、幹から手を離した。

医師は、この場所へ誘ったときと逆の方法で、もとの世界へ連れ戻す。

「さっき開けたドアから外へ出て、私の声に合わせて階段を一段ずつ上《のぼ》ってください。いいですか。数えますよ。ひとーつ、ふたーつ」

言われたとおりに、声に合わせて階段を一段ずつ上る。

「ここのつ、とお」

階段を上りきった。同時に、パン、と手を叩く音がした。

「目を開けてください」

はっとして瞼を開ける。

あたりを見回す。見慣れた診察室で、椅子に座っていた。壁にかけられているカレンダーも医学書が納められている事務用ラックも、隅に置かれている観葉植物もなにも変わらない。違っているのは、自分の気持ちだけだった。速かった鼓動がゆったりとして、気分が落ち着いている。

医師は椅子から立ち上がると、下りているブラインドをあげた。

夏の終わりの爽《さわ》やかな日差しが、窓から入り込んでくる。

「気持ちが落ち着かなくなったり、わけもなく動悸がしたりするときは、いまの方法を思い出してくださいね。自宅、駅のホーム、公園、どこでもいいです。どこかに腰かけて、目を閉じて、いまのように自分を、安全な場所へ連れていってあげてください。再び目を開けたとき、気分は落ち着いているはずです」

微笑むと、医師は満足そうに肯いた。

「薬はいつもの安定剤と睡眠剤を出しておきますね。ではまた、二週間後にいらしてください」

椅子から立ち上がり、頭を下げる。

「ありがとうございました。先生」

1

ダイニングテーブルの椅子に座っていた高村文絵《たかむらふみえ》は、スナック菓子を食べていた手を止めて、壁にかかっている時計を見た。

午後の三時。迎えの時間だ。

眺めていた女性向けの生活情報誌を閉じ、玄関に向かう。

櫛《くし》を通していない髪を大雑把《おおざっぱ》に手で撫《な》でつけ、サンダルをつっかけ外へ出る。

向かう場所は小松《こまつ》酒店だ。自宅から歩いて一分ほどのところにある。まだバスは来ていない。間に合ったようだ。

店の脇に立っていると、ほどなく、道の奥から小型のバスがやってきた。子供が通っている幼稚園の通園バスだ。バス全体がパンダに見えるように、ペイントされている。通称、ルンルンバスだ。ルンルンというのは、パンダの名前らしい。園にはほかに、うさぎのピョンピョンバスと、犬のワンワンバスがある。

市内に数ある幼稚園から光陽《こうよう》幼稚園を選んだのは、娘の美咲《みさき》が、「ルンルンバス」に乗りたいとせがんだからだ。

光陽幼稚園は「親の愛情がなによりも大切」をモットーに掲げていた。昼食は毎日手作り弁当だし、親子で参加する行事もほかの園より多い。

光陽幼稚園の行事の多さは、三歳上の姉の美樹《みき》のときで懲りている。やれ花見だレクリエーションだと、月に二度は親子行事がある。そのたびに、まだおむつの取れない美咲を背負い、行事に参加した。毎日の弁当作りも大変だったし、多くの保護者が楽しみにしている行事も、文絵にとっては苦痛でしかなかった。行事で園に行くたびに、下の子のときはお昼は給食で行事が少ない幼稚園にしよう、と文絵は思った。

だから、美咲が姉と同じ光陽幼稚園に行きたいと言い出したときは、ぎょっとした。あの手この手で、気持ちを替えさせようと試みる。しかし、美咲は光陽幼稚園のルンルンバスに乗りたいと言って聞かない。

決め手は、夫の敏行《としゆき》だった。文絵が光陽幼稚園を嫌がる理由を説明しても、子供の気持ちが一番だ、と言う。一見、子供の意見を尊重するいい父親のように思えるが、そうではないことを文絵は知っている。姉と同じ幼稚園ならば、スモックや備品などがお下がりで使えるから経費が浮く。それが、敏行が光陽幼稚園を推す本当の理由だった。

ルンルンバスが文絵の前で停まった。

ドアが開き、美咲が跳ねるようにタラップを降りてくる。

美咲の姿に、文絵は思わず顔を歪《ゆが》めた。昨日、洗濯したばかりのスモックが、赤や黄色の絵の具で汚れている。替えのスモックは一枚しかない。家に帰ったら、汚れたスモックをすぐに洗わなければ、また汚してきたときに乾いていないかもしれない。

「美咲ちゃん、また明日ね」

ドアが閉まる前に、付添いの若い女の先生が手を振った。

「せんせい、さようなら」

美咲も手を振り返す。ドアが閉まり、バスは文絵たちの前から走り去った。

バスが見えなくなると、美咲は家に向かっていきなり駆け出した。

「待ちなさい、美咲！　手を繋《つな》ぎなさい！　車が来たら危ないでしょう！」

文絵は千葉の松戸市に住んでいる。自宅は市の中心地から車で二十分ほどのところにある。

細い道が入り組んだ古い住宅街で、普段からあまり車は通らない。だからといって、事故に遭わないとは限らない。よくない出来事は、往々にしていきなりやってくるものだ。

美咲は文絵の言うことを聞かない。鬼ごっこでもしているかのように、全力で家に向かって走っていく。

「待ちなさいったら、美咲！」

文絵は美咲のあとを追った。

腹についた贅肉が、上下に大きく揺れる。文絵は全力で走っているのだが、傍《はた》から見れば、だらけながらもたもたしているようにしか見えないだろう。

息を切らして家に戻ると、美咲はもう靴を脱いで家のなかへ入っていた。

無事に家に帰っていることにほっとしながらも、言うことを聞かない娘に腹が立った。

「美咲、ママの言うこと聞きなさいって、いつも言ってるでしょう。事故に遭ったらどうするの！」

ドアを閉めて鍵をかけると、ドアの内側についているポストを開けた。自宅に届く郵便物は、玄関に直接ついている郵便受け口から受け取る仕組みになっている。

ポストのなかには、はがきが二枚、入っていた。レンタルビデオ店のダイレクトメールと、前に一度だけ購入したことがある健康食品会社からの、新商品を紹介する宣伝はがきだった。

サンダルを脱いで家に入ると、文絵はろくに読まずに、二枚ともごみ箱へ捨てた。

「美咲、今日、幼稚園でなにしたの。昨日、洗ったばかりのスモックをそんなに汚して」

文絵はリビングの床に放り出されている幼稚園バッグから、空の弁当箱を取り出しながら聞いた。文絵の声が耳に入らないのか、美咲は答えない。テレビの前に座って、お気に入りのアニメのDVDを、デッキにセットしている。

「美咲」

文絵はもう一度、名前を呼んだ。

返事もしない。

文絵は弁当箱を流しに乱暴に置くと、リビングへ行き、美咲の手からテレビのリモコンを奪い取った。

「なにするの、ママ」

美咲は、文絵を睨《にら》んだ。文絵も睨み返す。

「なにするの、じゃないでしょ。外から帰ってきたら、すぐに手を洗う約束でしょう。それから、スモックすぐに脱いで。洗うから」

美咲が不満そうな顔をする。

「トトロ、みてからでいいでしょ」

「だめ!」

文絵は強い口調で叱る。

美咲はしぶしぶ、洗面所に向かった。手を洗う音がして、美咲がリビングに戻ってくる。そのままキッチンに向かい、食器棚の扉を開けた。

「ああ、ない！」

美咲が叫ぶ。

「かえったら食べようと思ってたカプリコチョコ。ママ、食べたでしょ！」

買い置きしていたチョコスナックは、昼食のあとにドラマを観ながら食べた。子供のお菓子を食べたことがばつが悪く、文絵は弁当箱を洗いながら言い訳した。

「美咲はいちご味、嫌いだったじゃない」

「それはおねえちゃん！　あたしは好きだもん。ママ、ひどい！」

美咲は声をあげて泣きはじめた。甲高い声が耳障りだ。

文絵は弁当箱を洗いながら、先ほどまで自分が食べていたスナック菓子を顎《あご》で指した。

「ほら、そこにポテトチップスがあるじゃない。それを食べなさい」

美咲は泣き止まない。地団太を踏んで、文絵を責める。

「やだ！　カプリコチョコがよかったの！　ママのばか！」

水道の流水が、弁当箱の隅にあたって跳ねた。エプロンが濡れる。文絵はかっとなって叫んだ。

「嫌なら食べなきゃいいでしょ！」

ピンポン。

玄関のチャイムが鳴った。壁にかかっている時計を見る。三時半。きっと美樹だ。

エプロンを外しながら玄関に向かった。

やはり美樹だった。開けたドアの外で、唇を固く結び、目を赤くしている。

文絵はやりきれない息を吐いた。

「また学校でいじめられたの?」

美樹はなにも答えず、体当たりするように身体で文絵を押しのけると、家へあがった。まっすぐ二階の自分の部屋へ駆け込む。

「美樹、下りてきなさい。美樹!」

呼んでも返事はない。おそらく自分のベッドにうつぶせになって泣いているのだろう。

文絵は、ばらばらに脱ぎ散らかされている靴を揃えると、玄関の脇に揃えて置いた。

リビングから、美咲の癇癪《かんしゃく》を起こしたような泣き声が聞こえた。

悲鳴にも似た泣き声が、耳をつんざく。

急に目眩がした。目の前に靄《もや》がかかり、思考が鈍くなってくる。

――ああ、まただ。

文絵は壁に手をついて、ふらつく身体を支えた。

解離が起こる前兆だ。

幼少時代の辛《つら》い記憶を思い出したり、子育ての苦労やいまの自分の醜さを直視したりすると、解離の症状があらわれる。

目を閉じ、激しく頭を横に振る。

――気をしっかり持って。

だが、文絵の意思とは反対に、意識はどんどん浮遊していった。

美樹へのいじめがはじまったのは、今年の春からだった。

いま、美樹は小学二年生だが、一年生から二年生に進級するとき、クラス替えがあった。

五月に入って間もなく、授業参観があった。学科は国語。教科書に載っている、童話「三匹のこぶた」を勉強していた。

授業がはじまってまもなく、ある男の子が、保護者がいる教室の後ろを気にする仕草を見せた。先生に注意されないように教科書で顔を隠しながら、後ろをちらちらと盗み見る。しばらくすると、周りにいた子供たちも、後ろを見はじめた。後ろを見た子供たちは、顔を見合わせてくすくす笑っている。

そのときは、子供たちがなにを見て笑っているのかわからなかった。子供たちの笑いの理由を知ったのは、美樹が学校から帰ってきてからだった。

その日、学校から帰ってきた美樹は、リビングに入るなり泣きはじめた。

驚いて駆け寄り泣いている理由を訊ねると、美樹は今日の授業参観の話をはじめた。

国語の時間、児童たちが笑っていたのは、文絵のことなのだという。今日の授業の教材になった「三匹のこぶた」には挿画がついていた。擬人化された豚の絵が、文絵にそっくりだったから、というのが笑った理由だった。

「わたしに、なんてあだ名がついたと思う?」

美樹は、文絵に怒りをぶつけながら言う。

「ピグッチよ。豚は英語でピッグって言うんだって。子供はチャイルド。わたしは豚の子供だからピグッチだって、圭太《けいた》くんが言ったの。そうしたら、クラスのみんなが、ピグッチ、ピグッチって呼びはじめて……」

圭太というのは、二年生になってから同じクラスになった児童で、幼い頃から英語教室に通っている男の子だ。いい意味でも逆の意味でも活発な子で、クラスのムードメーカーだった。

美樹は泣いて真っ赤になった目で、文絵を睨みつけて叫んだ。

「どうしてママは、そんなに太っているの！」

頭のなかで、ぐわん、という音にならない音がした。

忌まわしい過去の記憶が蘇《よみがえ》る。と同時に、子供から馬鹿にされた屈辱と怒りが、胸に込み上げてくる。

反射的に携帯を手に取った。学校の担任に、自分と娘が児童から受けた辱めを報告するためだった。

発信ボタンを押しかけた文絵は、感情のままに行動しようとする自分を、必死に押しとどめた。

相手はまだ七歳か八歳の子供だ。相手の子供はいじめという陰湿なものではなく、単にからかい半分で言ったのかもしれない。ここで大人が過敏に反応しては、逆に問題がこじれてしまうかもしれない。

文絵は自分を落ち着かせながら、努めて平静を装った。

「そんな冷やかし、いまだけよ。そのうち、みんな言わなくなるから」

話を聞き流す母親の素振りに、美樹もさほど大げさに騒ぐようなことではないかもしれない、そう思ったのだろう。

「そうかなあ」

泣き止んだ娘の頭を、文絵は撫でた。

「そうよ。気にしない、気にしない」

そのときは、美樹も納得したようだった。

しかし、美樹に対する児童たちの態度は変わらなかった。むしろ、エスカレートしていた。教科書やノートに豚の落書きが書かれていたり、廊下ですれ違いざま、美樹を見ながら鼻をつまみ、臭い臭い、と笑いながら走り去っていく児童もいるという。

いまでは美樹も、登校する時間になると、腹痛や頭痛といった身体の不調を訴えるようになった。学校に行きたくないゆえの詐病なのか、精神的な問題で本当に痛むのかはわからない。一応、熱を測り平熱ならば、なにかあったら保健室に行きなさい、と言い聞かせて強引に家から送り出す。

美樹へのいじめを、学校の担任は気づいているのか気づいていないのか、なにも言ってこない。

担任に相談しなければ、と思いながらもタイミングがつかめず、いまに至っている。

文絵は、壁にかけてある鏡を見た。

鏡のなかには、ぶよぶよに太った女がいた。目と鼻は、肉がついて盛り上がった頬のなかに埋もれ、顎の下には贅肉が肉袋のように垂れ下がっている。胸より前に突き出た腹は、妊婦のようだ。

いまは醜い姿だが、文絵にも輝いていた時期があった。

中学生のときだ。

幼児期から小学生のときは、いまとおなじように醜く太っていた。学校でつけられたあだ名はシロブタ。色が白く旧姓が牟田《むた》だったので、シロムタになぞらえられたのだった。

文絵の両親は、父親が二十六歳、母親が二十二歳のときに結婚した。そのときはすでに、母親のおなかのなかに文絵がいた。

父親は地元の福井に本社を置く中堅企業の、サラリーマンだった。出張が多く、月の半分は家を空けていた。

夫がいない寂しさからか、ホステス時代の遊び癖が抜けないのか、母親は夜になると化粧をし、文絵を置いて出ていくことが多かった。夜遅く帰ってくると、決まって強い酒の匂いがした。

たったひとりの子供なのに、ふたりとも文絵に関心はなかった。

家にほとんどいない父親はともかく、文絵とともに暮らしている母親は、まったく文絵に手をかけなかった。文絵の学校の交友関係はもとより、文絵の身なりにもかまわない。

小学生ともなれば、女の子たちは髪型や洋服に気を遣うようになる。髪に可愛い飾りをつけたり、おしゃれな洋服を身につけていた。

だが、文絵は違っていた。お金がもったいない、という理由で、髪はいつも母親が手芸用のはさみで切っていたし、洋服もどこからか貰ってきた誰かのお古をあてがわれていた。育児と同じくらい、母親は家事もしなかった。ほこりでは死なない、とか、それくらいの汚れはなんでもない、との理由で、掃除や洗濯を何日もしなかった。文絵は、食べ染みがつき、汗の臭いがする服で登校した。

不格好で不潔な文絵を、周りの生徒は「きたない、臭い」といじめた。なくなった運動着がごみ箱のなかから出てきたり、机のなかに給食の残飯を入れられたこともある。

学校でいじめに遭っていることを、文絵は教師や親には言えなかった。いじめが表面化して問題になれば、さらにいじめられると思ったし、なにより人に知られることで、いま以上に惨めな思いをしたくなかった。

辛い生活を変える転機が訪れたのは、小学六年生の冬だった。

父親が、春の人事異動で福井から岐阜へ転勤することになったのである。引っ越しは四ヵ月後の三月で、文絵は春から新しい土地の中学校に通うことになった。

文絵は、自分が変わるのはいましかない、と思った。もういじめられるのは嫌だ。醜い自分と決別したい、そう強く思った。痩せて身なりを清潔にすれば、新しい土地できっと友達ができる。楽しい学校生活が送れるはずだ。そう考え、自分を変える決意をした。

引っ越しを知った翌日から、文絵はダイエットに励んだ。間食をやめて、食事も半分に減らした。空腹に耐えきれず、つい甘いものに手を出しそうになるときもあったが、生まれ変わった自分を想像してひたすら堪えた。

少しずつ痩せていくにしたがい、周りは変わりはじめた。

もともと、文絵の顔立ちは整っている。頬や顎についていた肉がとれると、顔の大きさが半分になった。逆に目は大きくなり、鼻が高くなる。

体型もそうだ。身長が高かった文絵は、もとから手足が長かった。身体についていた贅肉のせいで、気がつかなかっただけだ。

シロブタと呼ばれることが減り、私物が紛失することもなくなった。

卒業式の前の日、文絵は計画して貯めていた小遣いで、生まれて初めて美容院へ行った。ひとつにまとめてずっと伸ばしていた髪を、肩の長さに切ってもらった。

普段からドライヤーもかけずにほったらかしだった髪は、それが功を奏したらしく、傷みがなく艶々《つやつや》していた。美容院の鏡のなかには、誰もが目を見張る美少女がいた。

卒業式当日。十五キロの減量に成功し、春から通う中学校の制服に身を包んだ文絵を、誰もが息を呑んで見つめた。同級生の女子は、好奇と嫉《しっ》妬《と》の入り混じった目をし、男子は美しく変貌した文絵に、見入っていた。白豚が白鷺《しらさぎ》に変身した瞬間だった。

転校先の中学校で、文絵は注目の的だった。可愛いともてはやされ、地域のアイドルとまで言われた。友達と呼べる人間も、たくさんできた。女子のなかには、美しさへの嫉妬からか、文絵を無視する者もいたが、そんなことはまったく気にならなかった。小学校時代のいじめを考えたら、自分に害を及ぼさないだけましだと思った。

男子生徒からは、好意を多く寄せられた。ラブレターは少ないときで月に二通、多いときは五、六通ほど貰った。そのどれにも返事は出したことはない。自分を磨くことに精一杯で、異性になど興味がなかった。

ボーイフレンドと呼べる人間ができたのは、高校生になってからだった。

友人の紹介で会ってみたところ、なんとなく気が合った。いま振り返れば、どこを好きになったのか思い出せない。いまになれば、誰よりも文絵をお姫さまとして扱ってくれたからだと思う。

しかし、その男子生徒との付き合いは、長くは続かなかった。もともと飽きっぽい性格なのか、自分にしか興味がなかったのかはわからない。

最初に付き合った男子生徒とは三ヵ月、ふたり目は二ヵ月しかもたなかった。三人目に付き合った男子とは半年続いたが、その後、強引に口説かれた他校の生徒に乗り換えた。

人生には、驚くほど異性からもてる、モテ期というものがあるらしいが、中学から高校にかけての六年間が、文絵の最初のモテ期だった。

文絵は高校卒業後、東京都下の大学に入学したが、その頃からモテ期は遠ざかる。

地方では可愛いと評判だった文絵だが、都会の東京ではそこそこ可愛い女の子としか扱われなかった。声をかけてくる男性はいたが、生まれも育ちも都会の洗練された女子大生には敵わなかった。

人間、一度いい思いをすると、その味が忘れられない。地方でちやほやされた経験が、文絵を、そこそこでは満足できない人間にしてしまっていた。

もやもやした気持ちを抱えていた時期、文絵ははじめて人を好きになった。同じサークルの先輩で、見た目もいいが性格もよかった。いつも明るく朗らかで、誰にでも優しい。文絵は生まれてはじめて、自分から交際を申し込んだ。

先輩との交際は、八カ月ほど続いた。半同棲までした。先輩が二股をかけていると知ったのは、付き合いはじめて半年が過ぎた頃だった。同じサークルの友人から、先輩が別に付き合っている女性がいると聞かされた。友人いわく、もともと女癖が悪いことで有名らしい。

問い詰めると、あっさり認めた。泣いて責めると、面倒そうな顔で、ちょっと可愛いからっていい気になるな、お前クラスの女など吐いて捨てるほどいる、そう言われた。

諦めることができず、引き止めようと努力したが無駄だった。最後は新しい彼女から、私の彼氏につきまとわないで、と直接言われた。あのときの彼女の勝ち誇ったような目は、いまでも忘れられない。

失恋のショックから、食事を異常に食べるようになった。朝起きると、まず牛乳一リットルをかけたシリアルを平らげ、次に買い置きしてあるカップ麺を食べる。そのあと、二時間とあいだを置かず、食べられるものはなんでも口に入れた。食べるものがなくなると、近くにあるコンビニに走り、買い物かごいっぱいの食材を買い込む。それも次の日までもたない。

そんな暮らしを送っていたら、一ヵ月で体重が十キロ増えた。そんな食べ方をしていて、胃を壊さないわけがない。胃の不調を感じ内科を受診したら、心療内科を勧められた。紹介された心療内科で、過食症と診断された。大学二年の終わりの頃だった。

医師の指導のもと、ダイエットをはじめた。増えた体重は、三ヵ月でもとに戻った。しかしその後、再び太るのが恐ろしくなり、今度は拒食症になった。

文絵は過食と拒食を繰り返した。食べて、吐いて、吐いては食べる。身も心もぼろぼろだった。

その頃、文絵はよく同じ夢を見た。小学校でいじめられていたときの夢だ。浴びせられる罵声《ばせい》、降りかかる嘲笑《ちょうしょう》、向けられる白い目、果てしない孤独。いつもうなされて、目が覚めた。とても大学に通える状態ではなく、文絵は一年休学した。

ようやく精神状態が安定しはじめて、再び大学へ通えるようになった。

やっと自分に合う薬が見つかったことと、自分を傷つけた先輩が大学を卒業していなくなっていたことが、文絵を立ち直らせたのだと思う。

身長に対する適正体重を維持できるようになり、就職活動をはじめる頃には、再び白鷺に戻っていた。

大学四年生の秋には、無事に就職先の内定が決まった。東証二部に上場する、都内の印刷会社だった。

辛い時期もあったが、東京での五年間の暮らしは、文絵を確実に垢抜けさせた。化粧の仕方も上手になったし、服のセンスも磨かれた。文絵に、二度目のモテ期が訪れた。就職した文絵は、社内はもとより、営業で訪れる取引先の男性社員からも、よく飲みに誘われた。会社紹介のパンフレットの、社員モデルに選ばれたこともある。

再び訪れたモテ期に、文絵は毎日が楽しくて仕方がなかった。周りから注目され、きれいだ、可愛いともてはやされる快感に酔いしれた。失恋の痛手からは、すっかり立ち直っていた。

しかし心が満たされていた時間は、結婚するまでだった。

会社に勤めて二年目に、いまの夫と知り合った。友人がセッティングした合コンに、敏行がいた。敏行は病院に医療機器を売る営業マンで、明るい笑顔が印象的だった。

敏行はひと目で文絵を気に入ったようだった。別れ際に携帯のアドレスを交換すると、その日の深夜には、礼が書かれた丁寧な長文メールが届いた。見た目どおりの、誠実な人柄を窺わせる文面だった。

しかし最初は、あまり乗り気ではなかった。敏行が平凡なサラリーマンだったからだ。いまの自分の容姿を考えれば、見た目も収入も、もっと条件がいい男がいる、そう思った。

若い男性や女性が読む雑誌で、モテる女性と男性の条件、などといった特集記事を見かけるが、男性の条件として、まめであること、がよくあがる。敏行には、このまめさがあった。頻繁《ひんぱん》にメールや電話で連絡をよこすが、押しつけがましい感じはない。常に文絵の都合を考え、控えめな態度だった。大学時代に辛い恋愛経験をしている文絵は、敏行の謙虚な姿勢に好感を抱いた。

付き合ってから半年後、文絵は自分が妊娠していることに気がついた。敏行との子供だ。妊娠したことを告げると敏行は喜び、すぐに結婚を申し込んだ。

文絵は迷った。当時、文絵は二十五歳だった。まだ、独身生活に未練があった。そもそも敏行は、彼氏としては不満はないが、理想の結婚相手ではない。

かといって、授かった命を葬ることも躊躇《ためら》われた。結局、敏行の熱烈なプロポーズに押し切られるかたちで、結婚した。

いま振り返れば、あの頃が一番幸せだったと思う。敏行は誠実で優しかったし、なにをするにも文絵の気持ちを尊重してくれた。だがそれも、プロポーズを承諾し、正式に結納を交わすまでだった。

文絵は結婚後も、外で働くことを望んだ。子供が生まれれば、なにかと出費が増える。産休をとって、その後、子供を託児所に預けて会社に復帰したい、と敏行に言った。表向きは生活のためだったが、家と子供に縛られたくなかったというのが本音だった。

そのときはじめて、敏行は強硬な態度を見せた。外で働くことに反対したのだ。子供が小さいうちは母親が育てたほうがいい、せめて乳離れするまでは手をかけたほうがいい、というのが敏行の持論だった。

そのときは、文絵も敏行の意見に同意した。敏行の考えはもっともだと思ったし、一年などあっという間だと思った。

それが、敏行の詭弁《きべん》だったと気づいたのは、結婚して一緒に暮らしてからだった。

文絵はつわりがひどく、医師から入院を勧められた。それを機に会社を辞めた。式は挙げなかった。日をみて籍だけ入れた。

一緒に暮らしはじめると、敏行は異常なほどの嫉妬深さを表に出しはじめた。自宅の電話が少しでも繋がらないと、どこに行っていたのか問い詰め、買い物に出掛けても、すぐに帰ってこいと命令する。文絵が外に出るのを極端に嫌がり、束縛した。

子供が生まれて一年も経てばまた外に出られる。そう自分に言い聞かせて、文絵は拘束された生活に耐えた。

子供は無事に生まれた。女の子だった。名前は美樹とつけた。

母子ともに健康で、予定どおり退院した。その日から、育児に追われた。

育児書や病院の看護師の話から、育児の大変さはわかっているつもりだった。しかし、頭で理解している以上に育児は辛かった。二、三時間おきの授乳やおむつの交換に追われ、寝不足の日が続いた。

それも、産後一、二ヵ月のことだろう。そう考えていた。しかし、そうではなかった。美樹は夜泣きがひどかった。腹が空いているわけでもなく、おむつが濡れているのでもないのに、夜中になると、決まって泣き出す。泣き疲れて眠る頃には、夜が白々と明けかけていた。

当時、文絵たちは都内にある1LDKの賃貸マンションに住んでいた。一室を居間にして、もう一室を寝室にしていた。

美樹の夜泣きがはじまると、敏行は居間で寝るようになった。翌日の仕事に差し支える、というのが理由だった。真夜中、寝不足でふらふらになりながら、泣き叫ぶ子供をひとりであやしていると、涙が出そうになった。

美樹の首が据わった頃、勤めていた会社の同僚が、連れ立ってマンションに遊びに来た。

彼女たちは美樹を代わる代わる抱きながら、それぞれの近況を報告した。同期入社の千絵《ちえ》は、最近新しい彼ができて月に一回、旅行に出掛けていた。二歳上の先輩で合コン仲間だった友恵《ともえ》は、結婚相談所に入会し、毎週のようにお見合いパーティに参加しているという。一歳下の後輩の明美《あけみ》は海外旅行にはまり、金を貯めてはアジアやヨーロッパへ気軽な一人旅を楽しんでいた。

彼女たちの話を聞いているうちに、文絵は自分が惨めに思えてきた。まだ二十六歳。本来なら自分も、彼女たちと同じように、合コンや旅行を楽しんでいてもおかしくない年齢だ。しかしいまの自分は、ぐずる子供をあやし、掃除に洗濯、食事の準備と、家事に追われる毎日だった。気持ちの上でも体力的にも自分にかまう余裕がなく、近所のスーパーへもすっぴんで買い物に行く。自慢だった長い髪も、ばっさりと切った。手入れが面倒になったからだ。

だが、子供は成長する。いずれ美樹も大きくなる。美樹が乳離れしたら、自分も社会復帰しよう、と思っていた。

たしかに子供は可愛い。けれど文絵は、母親ではなく、ひとりの女性、ひとりの人間に戻りたかった。独身の頃のように、自分で働いた金で好きなものを買って、おしゃれを楽しみ、飲み会にも出たい。たまには旅行にだって行きたい。男性からも、昔のようにちやほやされてみたい。あとわずかな辛抱だ、そう思っていた。

ところが、敏行はあいだを置かず、ふたり目を望んだ。文絵は美樹ひとりでいいと拒んだが、ひとりっ子ではかわいそうだ、と敏行は主張し、半ば強引にふたり目を作った。文絵の希望は、ふたり目の妊娠と同時に、遠いものになった。

いま住んでいる一戸建ては、美咲が生まれた年に購入したものだ。ローンが払えなくなり差し押さえられた訳あり物件を、競売で安く手に入れた。敏行がインターネットで見つけてきた、格安の中古物件だった。

中古といっても築三年と新しく、間取りも4LDKと広い。駅からは遠いがスーパーや小学校が近く、国道から奥まった場所にあるので車の騒音に悩まされることもない。

敏行は見学に行ったその日に、即座に購入を決めた。いずれ自分の家を持たなければいけないのならば、早めに買ってローンを組んだほうがいい。定年を過ぎてまで、ローンに苦しめられたくない、というのが理由だった。

文絵は気が乗らなかった。訳ありの訳を、敏行が教えてくれなかったからだ。いくら差し押さえの競売物件とはいえ、間取りを考えても、築年数や立地から見ても、一千九百万という金額は安すぎる。魅力的な物件だが、そこでなにがあったのかわからない家で暮らすのはまっぴらだった。

それにこれ以上、生活費を切り詰めなければならないのかと思うと、気が滅入った。

だが、敏行はここでも、聞く耳を持たなかった。その頃には、思いどおりにならないと気がすまない、我の強い男だとわかっていた。言うだけ無駄、そんな言葉が頭のなかにこびりついていた。

ふたりの子供を育てながら、夫が稼いでくる限られた給料だけで暮らす生活が続いた。贅沢はできない。毎月、家計は火の車だった。新聞に入ってくるスーパーの広告を眺め、十円でも安い品を買い求める。おしゃれどころか、自分の洋服一枚だって、買うのが躊躇われた。

家計の気苦労と育児のストレスが溜まり、食べることだけが楽しみになった。スナック菓子や子供の食べ残しを、手当たり次第、口にした。もともと太りやすい体質だ。体重は見る間に増え、一年で十キロを超えた。九号だった服が、十三号でもきつくなった。身体を締め付けないような、ウエストがゴムのスカートやパンツを穿《は》くようになり、脂肪がついた腹を隠すため、丈の長いゆったりとしたカットソーやブラウスを着るようになった。

失恋のときと同じだった。ぶくぶくと太り、身なりにかまわなくなった。化粧もしないので、まだ三十代なのに十歳近く上に見える。

そんな文絵を、敏行は嫌悪のこもった目で見るようになった。次第に口に出して、醜くなった、と文絵を蔑《さげす》み、結婚して五年でこんなに変わってしまうなんて詐欺だ、と言った。

――こんな私にしたのは誰なの。

心で叫んだ。声に出して言いたかったが、鏡のなかの変わり果てた自分を見ると、声は喉の奥に貼り付き出てこなかった。

文絵は次第に、外に出ないようになった。買い物やクリーニングなど、必要最低限の外出しかしない。昔の知人や幼稚園で知り合ったママ友とも連絡を取らなくなった。大学のときと同様に、家にこもるようになった。醜い自分の姿を見られたくなかった。

その頃から、奇妙な感覚を覚えるようになった。実際に起こっていることなのに現実味がなかったり、もうひとりの自分が遠くから、自分を見ているような感覚にときどき陥る。起きていながら夢を見ているような感じだ。大学時代にはないことだった。

夜、眠れなくなり、家事をする気がなくなった。子供たちにも、手をかけなくなった。掃除をしないので部屋は散らかり、水回りも汚れている。手作りだった食事も、できあいの総菜やインスタントものが多くなった。

敏行もさすがにおかしいと思ったのだろう。心療内科を受診するよう、文絵に勧めた。

翌日、近くの個人病院を訪れた。文絵を診た医師は、軽い精神安定剤と睡眠薬を処方し、二週間後にまた来るように言った。

それから文絵は定期的に、病院へ通った。病名を告げられたのは、通院してからふた月後だった。医師の診断は、疲労とストレスからくる過食症および解離性障害に含まれる離人症だった。

過食症は自覚していたが、後者ははじめて聞く病名だった。

解離性離人症とは心の病で、自分自身の思考や行動、ときには外界に対して非現実感を覚えるものだ、と医師は説明した。例えば、自分で料理をしているのに、ガラス一枚隔てた向こう側で別な人間が調理しているような感覚を覚えたり、自分の身体が宙に浮いているような感じがしたりする。現実感が薄れ、白日夢を見ているような状態だ。

まさに、文絵がときおり感じるものだった。医師は「投薬と、ストレスを軽減することで、いずれよくなります。気長に治していきましょう」と言いながらカルテを閉じた。あれから二年経つが、一進一退を繰り返すだけで、いまだに薬は手放せない。本当に治るのだろうか、という不安と、毎月かかる治療費が重く心に圧《お》し掛かる。


「ママ!」

美咲の呼ぶ声に、遠のいていた文絵の思考が戻ってくる。

ゆっくり瞼を開けると、玄関で鏡の前に立っている自分がいた。

「ママったら! のどがかわいた!」

美咲の声が、水のなかで聞いているようにくぐもっている。

壁をつたいながら、リビングへ向かう。

途中、廊下の隅に置いていた木彫りの象が、倒れていることに気がついた。夫が社員旅行で沖縄に行ったときに、買ってきた土産だ。なにかの弾みで倒れたのだろう。

床にしゃがみ、倒れている象をもとに戻す。重さも感じなければ、触れた木の感触もない。

五感が失われている。

――落ち着いて。自分を取り戻さなければ。

通院している心療内科の医師から教わった、自己催眠の方法を思い出す。その場に座ると、ゆっくりと目を閉じて、深呼吸をする。薄暗い空間を思い浮かべ、頭のなかの階段をゆっくりと下りていく。

開けたドアの先は、空だった。真っ白い雲が、一面に広がっている。

雲の上に横たわり、目を閉じる。ゆったりと流れていく雲に合わせて、深く呼吸をする。

しばらくそうしていると動悸が収まり、ゆったりとした気分になってきた。

「ママ、はやくきて！」

また美咲の声がした。だが、先ほどとは違う。鮮明に耳に響いてくる。麻痺していた五感が戻ってきたのだ。

——自分に戻れそう。

入ってきたドアを出て、一段ずつ階段を上る。上りきって目を開けると、周りを覆っていた靄はすっかりなくなっていた。膝に床の冷たさが伝わってくる。自分を取り戻したのだ。

「ママったら！」

美咲の呼ぶ声に、文絵ははっきりと答えた。

「いま行く」


美咲にジュースを出して、夕飯の支度にとりかかろうとしたとき、玄関のチャイムが鳴った。

誰だろう。訪問販売だろうか。

文絵は玄関に向かうと、ドアの覗き穴から外を見た。ドアの外には宅配便のジャンパーを着た男性が立っていた。

届けものだ。

文絵は玄関のドアを開けた。宅配業者の男性は、社名を名乗ると文絵に一通の封筒を差し出した。

「高村さんですね。お届けものです。サインを貰えますか」

文絵は下駄箱の上に常に置いてあるボールペンを手に取ると、送り状の受取人の箇所に手早く苗字を書いた。

キッチンに戻ると、ダイニングの椅子に腰かけて、封筒の差出人を見た。アサヒメイク株式会社プレゼント係、とある。差出人名に覚えはない。

醜く太り、人との関わりを避けるようになった文絵は、ひとつの趣味を見つけた。懸賞だ。懸賞にはまったきっかけは、たまたま出した、スナック菓子のプレゼントに当たったことだった。菓子のパッケージについている点数を集めて応募すると、スナック菓子のキャラクターがプリントされているブランケットがもらえる。ブランケットの真ん中にプリントされているうさぎが、美樹と美咲が好きなキャラクターで、欲しいとせがまれてのことだった。

当選したブランケットを見せると、美樹と美咲は歓声をあげて喜んだ。

文絵に抱きつき、文絵を褒め称えた。

「ママ、すごい！　ありがとう！」

めっきり笑わなくなった敏行も、喜ぶふたりの娘の姿に心が和んだのだろう。めずらしく楽しそうに笑った。

文絵の気持ちは、久しぶりに高まった。誰にも会わず、家族が喜び、得をする。内にこもる文絵は、自分にぴったりの楽しみを見つけた。

それから文絵は、懸賞にのめり込んだ。賞品などなんでもよかった。食品、雑貨、商品券、手当たり次第に、はがきやネットを使って応募した。たくさん出しているので、どれに応募したかなど、いちいち覚えていない。

文絵は封筒を開けた。なかにはディナーショーのチケットが入っていた。あまり芸能界に興味がない文絵でも知っている、人気男性タレントのものだった。

場所は都内の一流ホテル。日時は二週間後の週末で、夕方の六時からとなっていた。

有名タレントの歌とトークを楽しみながら、一流シェフが作る料理を食べる。こんな機会はめったにない。外に出ることが億劫《おっくう》な文絵でも、このチケットには心が揺れた。

その日の夜、勤めから帰ってきた敏行に相談した。

「どうしよう」

「いいじゃないか、行ってこいよ」

敏行は文絵に、行くことを勧めた。子供たちは自分が見ているという。ずっと引きこもっている文絵を、心配してのことだろう。新婚の頃とは違い、いまでは嫉妬もしなくなった。太ったいまの文絵に、言い寄ってくる男などいないと安心しきっている。

「ただで楽しめて、美味《うま》い料理が食べられるんだ。行かなきゃもったいないだろう」

ただ、という言葉が文絵を刺激した。そのひと言で、文絵の気持ちは決まった。

ディナーショー当日、文絵は美咲の入園式のときに着た、3Lのスーツで出掛けた。三年前に買った服で、スカートの丈が長く、型は時代遅れになっていた。だが、美咲の入園式のときに一度着ただけで、まったく傷みはない。それに、このスーツ以外、ディナーショーに着ていけるような洒落《しゃれ》た洋服は、持ち合わせていなかった。

いつもは髪も適当だし、化粧もしない。だが、この日は違った。三ヵ月も美容院に行っていない髪を丁寧にブローし、化粧もした。身支度を終えた自分を鏡で見ると、そこには、肥ってはいるがいつもより華やいだ自分がいた。

文絵は腕時計を見た。四時半。

開場は五時半で、開演は六時だ。

文絵の自宅がある松戸市から、会場となる都内のホテルまで、電車を乗り継ぎ一時間ほどかかる。文絵は開演ぎりぎりにホテルに着くように計算して、家を出た。

案内状に書かれていた説明では、ショーの席は指定席A席と自由席のB席に分かれているとのことだった。文絵が当たったのはB席だ。席は早い者勝ちだ。早く会場に入ったほうが、ステージに近い席がとれる。ホテルのロビーは、いい席をとろうとするB席の客でごったがえしているだろう。

文絵はそれが嫌だった。

ショーには約二百人の客が集まる。その半分がB席だとしたら、およそ百人もの人間が、ロビーを埋め尽くしているのだ。早く会場に着いても、話し相手になる連れがいるなら、時間も潰せる。文絵に、そんな相手はいない。

加えて、文絵はディナーショーなど、一度も行ったことがなかった。場違いな空間で時間を持て余すなど、文絵にとっては拷問に近い。そんな辛い思いをしてまで、男性タレントを近くで観たいとは思わなかった。会場の雰囲気を楽しみ、口にしたこともない一流の料理が食べられればそれでよかった。

ホテルに着いたのは、開演十分前だった。ロビーには、文絵と同じくいましがた着いたばかりと思われる客が数人と、ホテルの従業員がいるだけだった。ほとんどの客は、すでに席に着いているらしい。

受付で制服姿の女性にチケットを渡し、会場へ入る。

防音が施された分厚い扉を開けた文絵は、思わず臆した。

なかは、八人掛けの円卓がずらりと並び、大勢の人の熱気に溢れていた。天井からは豪華なシャンデリアがぶら下がり、いくつものスポットライトがそこかしこを照らしている。

客のほとんどは女性だった。華やかなデザインのワンピースやスーツに身を包み、めかし込んでいる。

文絵はB席の空いている椅子を探した。当然、ステージに近い席はすべて埋まっている。文絵が見つけた空いている席は、会場の一番後ろに設《しつら》えられたテーブルだった。八人掛けの席は、文絵が座ってもまだふたり分、空いている。どうやらこのテーブルが、一番のハズレらしい。

文絵が席に着くと同時に、会場の照明が落ちた。

開演だ。

司会役の女性が、ステージの隅で、集まった客への礼とホストのタレントの紹介を行った。

ショーは、前半がディナータイム。十分の休憩を挟んで、タレントのショータイムという構成だった。

今夜のディナーショーの流れを話し終えると、司会役の女性は「では、しばらくのあいだ、当ホテル自慢のシェフが腕を振るったフランス料理をご堪能ください」と言ってマイクを置いた。

いつのまにそばにいたのか、ホテルの従業員が目の前のグラスにワインを注いだ。ほどなく、前菜が運ばれてくる。

歓談がはじまる。

会場内を、楽しげな話し声と笑いが飛び交う。文絵と同じテーブルに座ったふたりの女性は連れらしく、運ばれてくる料理を口にしながら、笑顔で会話を楽しんでいる。

誰も文絵に話しかけることもなければ、気にかける者もいない。見る人には淋しげに映るかもしれないが、文絵にとっては逆だった。誰の目を気にする必要もなく、こんどいつ口にできるかもわからない豪華な料理に舌鼓《したつづみ》を打つ。

ディナータイムが終わり、休憩のあとにショータイムがはじまった。

ステージにスポットライトが当たり、霧のようなスモークのなかから、男性タレントがあらわれた。客席から歓声があがる。男性タレントはヒット曲を数曲歌いあげたあと、ジョークを交えた軽妙なトークを披露し、会場の笑いを誘った。最後はステージから下り、バラード調の曲を歌いながら各テーブルをまわる。男性タレントは客が求める握手に、にこやかに応じた。すべての曲を歌い終えると、男性タレントは会場に来てくれた礼を述べ、割れるような拍手のなか、ステージから姿を消した。

男性タレントが退くと、会場の照明がついた。眩《まぶ》しさに思わず目を細める。夢から覚めたような気分だ。しばしのあいだ、放心したように会場を眺めていた。文絵の胸を埋めているものは、解離のときの現実離れした浮遊感ではなく、独身のときに味わった、心が浮き立つような昂揚感と、家事と育児だけの重苦しい日常から離れた解放感だった。

——来てよかった。

文絵は満足しながら、会場を出た。

ホテルを出る前に、洗面所に寄った。用を済ませてロビーに出る。二百名近くいた客は、すでに数えるほどしか残っていなかった。連れ立って別な場所へ流れたか、そのまま帰路に就いたのだろう。

文絵は夫に、いまから帰る、と携帯から電話を一本入れたあと、ホテルの出口へ向かった。ホテルのエントランスに差し掛かったとき、背後から久しく聞いていない苗字が聞こえた。

「牟田さん？」

ぎくりとして、思わず立ち止まった。だが、振り返らずに歩き出す。

牟田は文絵の旧姓だった。結婚してから、牟田の名前で連絡をとっている者はいない。おそらく人違いだ。

だが、声は執拗に文絵を呼び止める。

「牟田さん。ねえ、牟田さんでしょう」

文絵はそれでも無視して、足早に出口へ向かう。

出口の自動ドアの前まで来たとき、右肩を摑まれた。文絵は驚いて振り返った。

文絵を引き止めたのは、女性だった。長い髪をきれいに巻き、目元がすっぽりと隠れるぐらい大きなサングラスをかけている。

女性は文絵が振り返ると、両手を胸の前で合わせて嬉しそうに笑った。

「やっぱり牟田さんだ。お久しぶり」

色の濃いサングラスをかけているため、顔立ちはよくわからない。長身の体軀や顔の輪郭、口元、声などから、記憶を辿《たど》る。しかし、いくら考えても女性に心当たりはなかった。

戸惑っている様子から、文絵が自分をわからないと察したのだろう。女性は名前を口にした。

「私よ、私。岐阜の中学校で同じクラスだった杉浦加奈子《すぎうらかなこ》よ」

「杉浦……さん？」

名前を聞いても、思い出せない。加奈子は少し低めの落ち着いた声で、文絵に声をかけた経《いき》緯《さつ》を説明した。

「牟田さん、さっきのディナーショーにいたでしょう。私も観ていたんだけど、ショーが終わってホールから出ようとしたとき、偶然、牟田さんを見かけたの。最初は人違いかと思ったけど、横顔を何度も確認して、間違いないと思って声をかけたのよ。やっぱり当たりだった」

加奈子は手の甲を口に当てて、くすくす笑った。水仕事などしたことがないのではないかと思うような、きめの細かい肌をしている。爪を長く伸ばし、口紅と同じ色のマニキュアをしている。

立ち話じゃなんだから、と言って加奈子は文絵の腕を取ると、強引にロビーのソファに座らせた。

テーブルを挟んで腰かけると、加奈子は文絵の都合も聞かず、中学時代の思い出話をはじめた。歯が出ていてビーバーというあだ名をつけられていた教師がいた話や、頭がよく生徒会長を務めていた錦《にしき》という生徒がいた話などを、懐かしそうに語る。

その思い出話を聞いているうちに、杉浦加奈子、という生徒の面影がうっすらと思い出されてきた。学年は覚えていないが、たしかに同じクラスにそのような名前の女生徒がいた。苗字と名前の二文字をとって、スギカナ、と呼ばれていたはずだ。

「杉浦さん、昔、スギカナって呼ばれていたんじゃなかった？」

文絵がそう言うと、加奈子は目を輝かせた。

「そうそう。その、スギカナよ。やっと思い出してくれた？」

文絵は改めて、目の前の加奈子に目を凝らした。

加奈子は、背は文絵と同じくらいだがスタイルがいい。手足は長く、胸はほどよいふくらみを持っている。サングラス越しに透けて見える目はぱっちりと大きく、鼻筋は通り、口の形もいい。加奈子が動くたびに、シルク素材と思われるブラウスの胸元のフリルが、優雅に揺れた。

文絵は自分の記憶に疑念を抱いた。

もともと記憶力はいいほうではない。服用している安定剤のせいか、最近は物忘れがひどく、記憶が混乱することもたびたびあった。もし、そうだとしても、自分の頭のなかのスギカナと、目の前にいるスギカナはあまりに違っていた。自分が知っているスギカナは、地味でクラスでも目立たない存在だったはずだ。それとも自分の記憶の劣化が激しく、別な誰かと混同しているのだろうか。

懸命に自分のなかの杉浦加奈子を思い出そうとするが、加奈子の姿は靄がかかったように、ぼんやりとした輪郭しか浮かんでこない。どうしたものか対応に困っていると、そんな気持ちを推察したのか、加奈子は文絵の視線を避けるようにうつむいた。

「私、変わったでしょ」

加奈子はサングラス越しに文絵を見た。

「整形したの」

文絵は戸惑った。

ひと口に整形といっても、さまざまな施術法がある。ヒアルロン酸やボツリヌス菌から作られた製剤などを皮膚に注入し、鼻を高くしたり小顔にしたりするプチ整形から、目頭を切開して目を大きくしたり、鼻や顎に特殊な医療素材を入れ、顔の印象そのものを変えてしまう本格的なものまで幅広い。大学のときの友達から仕入れた知識だ。

加奈子の言う整形が、どちらを指しているのかはわからない。しかし、女性が整形していると告白するには、抵抗があるはずだ。しかも加奈子は、二十年以上も会っていなかった他人だ。そんなデリケートな話を、なぜここでするのだろうか。

「牟田さん、私のことよく覚えていないでしょう」

文絵は返答に困った。たしかにそのとおりだ。それは、文絵にとって加奈子はさして重要な存在ではなかった、ということになる。覚えていないと告げることは、加奈子に対して失礼にあたると思った。

言い淀んでいる文絵を無視して、加奈子は話を続ける。

「私ね、ブスで地味な自分が、嫌で嫌で仕方なかったの。ファッション誌を読んでおしゃれの勉強をしたり、メイクもいろいろな方法を試してみた。でも、素材がだめだと、なにをやってもだめなのね。いまどきの服を着ても、人気タレントと同じ髪型にしても、なにも変わらなかった。ブスはブスのままだった」

加奈子は自嘲気味に笑う。

「辛くてね。どうしたらきれいになれるのか、いつも考えてた。でも、私、ある出来事をきっかけに気づいたの。このままじゃ私、一生ブスで地味で冴えない女だって。自分の顔そのものを変えなきゃだめなんだって。だから、整形した」

淡々と話してはいるが、声には固い決意を秘めた凄みがあった。

加奈子はふっと息を吐くと、引き締めていた口元を緩め、文絵を見た。

「私にとって牟田さんは憧れの存在だった。きれいで華があって、男子からも女子からも人気があった。いつも輪の中心にいて輝いていた。牟田さんのようになりたい、っていつも思ってた」

文絵は中学時代の教室を思い出した。そう、いつも自分の周りには人がいた。自然に人が集まり、輪ができた。誰もが文絵をきれいだ、可愛い、ともてはやした。輪の中心で文絵は、ちやほやされる心地よさと優越感を覚えながら笑っていた。

加奈子は腕を伸ばし、文絵の手に自分の手をそっと重ねた。

「会えて、本当に嬉しい」

文絵は重なっている、ふたつの手を見た。

爪の手入れもしていない、浮腫《むく》んで膨らんだ手に、白くきめ細やかな手が重なっている。色鮮やかな赤いマニキュアが目に眩しい。

――ちょっと待って。

思考が、中学時代から現在《いま》に戻る。

あの頃の自分といまの自分は似ても似つかないはずだ。なんで牟田文絵だとわかったんだろう。

「憧れの牟田さんに二十年ぶりに会えるなんて、信じられない。芯からきれいな人は、体型や年齢が変わっても、やっぱり内から光るものがあるわよねえ……」

——嘘だ。おべんちゃらに決まっている。

顔が一気に熱くなった。

学校のアイドル的存在だった生徒は、いまや同級生の前で醜い姿を晒《さら》している。変わり果てた自分が、たまらなく恥ずかしくなった。

「ごめん。家の者が待ってるから」

文絵は加奈子と目を合わせず、ソファから立ち上がった。

「待って！」

立ち去ろうとした文絵の腕を、加奈子が摑んだ。まともに顔を合わせることもできず、目の端で加奈子を捉える。加奈子は文絵を下から見上げながら、腕を摑んでいる手に力を込めた。

「牟田さんと、もっといろいろお話ししたいの。昔の話でもいいし、いまの生活の話でもいい。なんでもいいの。牟田さんと仲良くなりたい。憧れだった牟田さんと」

いたたまれなかった。

加奈子が憧れていた自分は、もういない。ここにいるのは、冴えない、地味でデブな女だ。

「本当にもう行かないと」

摑んでいる手を振りほどこうと、腕に力を込める。だが、加奈子は手を離すどころか、両手で腕に縋《すが》りついてきた。

「私、牟田さんにお礼がしたいのよ」

「お礼？」

文絵は思わず振り返った。加奈子に礼をされるようなことなど、した覚えはない。

加奈子は優雅に微笑んだ。

「牟田さんは覚えていないかもしれないけれど、私は忘れていない。いつか牟田さんに会えたらお礼がしたいって、ずっと思ってた」

「私、あなたになにをしたの」

加奈子は問いに答えず文絵の腕をぐいっと引っ張ると、無理やり自分の隣に座らせた。

「私ね、鎌倉に別荘を持っているの」

加奈子の話によると、自宅マンションは都内にあるが、海と山に囲まれた景観が好きで、鎌倉に一戸建ての別荘を買ったのだという。購入して三年になるが、週末の大半は別荘で過ごしている、と加奈子は言った。

文絵は驚いた。

都内にマンションを所有しているほか鎌倉に別荘を持っているなど、よほど経済的に余裕がなければできないことだ。

改めて加奈子を見ると、身につけているものは高価なものばかりだった。有名ブランドのバッグに腕時計。首に巻いているスカーフも、いま文絵が着ているスーツより高いかもしれない。

話しぶりと身につけているものから、加奈子が裕福な生活を送っていることは窺えた。

加奈子は文絵の手を握った。

「ねえ、ぜひ別荘に遊びに来て。ここで偶然、牟田さんに会えたのも、なにかの縁だと思うの」

加奈子はねだるような声で、文絵を誘う。

「自慢じゃないけど、海が一望できる快適な家よ。そうそう、最近、近所にベーカリーショップがオープンしたんだけど、そこのクロワッサンがすごく美味《おい》しいの。どこかの女性誌にも紹介されてたんだけど、行列ができるほどの評判なのよ。話題のパンと美味しい飲み物を用意して待ってるから、ゆっくりお話ししましょう。たまには、気分転換もいいものよ」

加奈子は文絵の手を離そうとしない。この調子だと、文絵が肯くまで離さないだろう。

はじめは、人気者だった自分の変わり果てた姿を見られるのが恥ずかしくて、すぐにでもこの場を去りたかった。でも、加奈子は再会を心から喜んでいる。それは嘘ではなさそうだ。

ここまで言ってくれるなら、誘いに乗ってみようか。たしかに、平凡な日常には飽き飽きしていた。

気持ちが動く。

わずかな沈黙から、文絵の心の揺れを察したのだろう。加奈子は具体的に、会う日にちの相談をはじめた。

「牟田さんは平日と週末、どっちがいい？　私は時間に縛られてないから、いつでも大丈夫よ。

牟田さんの都合に合わせるわ。ねえ、いつなら時間取れるかしら」

文絵は深い考えもなく、聞かれた問いに答えた。

「子供がいるから、どちらかといえば週末のほうがいいかな」

加奈子は目を輝かせ、身を乗り出した。

「じゃあ、次の土曜日なんてどう？　ね、そうしましょう」

「あ、いえ、まだ行くと言ったわけじゃ……」

加奈子は文絵の戸惑いなどおかまいなしに、文絵が来る日は人気のパンが売り切れる前に早めに買い物に出掛けなければいけない、とか、飲み物はこのあいだイギリス旅行に行ってきた友人から貰ったアシュビィズにしよう、などと当日の予定をたてはじめている。

加奈子のはしゃぎぶりを見ているうちに、文絵の心は再び沈みはじめた。

「アシュビィズのハニーがとても美味しいの。一緒に飲みましょう」

たしかアシュビィズとは、イギリスでも伝統のある有名な紅茶だったはずだ。会社に勤めていた頃、紅茶に凝っている同僚がいて、その子から聞いたことがある。

都内の自宅マンション、鎌倉の別荘、人気ベーカリーショップのクロワッサン、イギリス土産の紅茶。

千葉の片隅にある中古住宅に住み、ローンの支払いに追われ、スーパーの特売品を買いに走る毎日を送る文絵にとっては、別世界の話だった。

日々の暮らしに追われる者が、富裕層の生活に触れたところでなにも得るものはない。劣等感と惨めさが増すだけだ。

「ごめんなさい。私やっぱり……」

文絵は加奈子の手の下から、自分の手を引き抜こうとした。その手を加奈子は離さなかった。

「牟田さん」

加奈子は文絵の手をさらに強い力で握り、サングラス越しにまっすぐ文絵を見据えた。レンズ越しでも伝わる強い眼差しに、思わず息を呑む。静かだが重みのある声で、加奈子は言った。

「あなたにお願いがあるの」

「お願い……」

文絵は眉根を寄せた。

久しぶりに会った元同級生に、なにを要求するのか。瞬時に頭に浮かんだものは金だった。借金の話だろうか。だが、すぐに打ち消した。加奈子から聞いた暮らしぶりや身なりから、金に困っている様子はない。万が一、そうであったとしても、いまの文絵の質素な身なりを見て、借金を申し込むとは思えない。では、ほかになにがあるというのか。

加奈子は真剣な表情を和らげ、にっこりと微笑んだ。

「長くなるから、この話は今度家に来たときにするわ」

加奈子はバッグからメモ帳とペンを取り出すと、さらさらとなにか認《したた》めた。書いたページを破り、文絵に差し出す。

受け取ったメモには、固定電話の番号が書かれていた。

「私の連絡先よ。牟田さんのも教えて」

加奈子はメモ帳とペンを、文絵の手に握らせた。文絵は戸惑った。加奈子の別荘に行くつもりはない。自分の連絡先を教えても意味がないことだ。かといって、連絡先の交換を拒む理由も見つからない。

文絵は自分の携帯の電話番号を書いて、加奈子に渡した。加奈子はバッグにメモ帳とペンを入れると、留め金を閉じた。

「じゃあ、今度の土曜日に会いましょう。時間はそうねえ、お昼を一緒に食べたいから十一時くらいに鎌倉でどう？　着いたら電話して。駅まで迎えに行くから」

文絵は慌てた。

「待って。私、まだ行くって決めてない」

「どうして？」

加奈子が小首を傾《かし》げる。文絵はとっさに取り繕った。

「まだ、夫や子供の都合も聞いてないし、用事が入っているかもしれないし……」

「なあんだ」

加奈子はほっとしたように笑った。

「今週がだめなら来週にしましょう。土曜日がだめなら日曜でもいいのよ。さっき言ったとおり、私はいつでも大丈夫だから」

加奈子は文絵を見つめながら、改めて強く手を握った。

「今日、憧れの牟田さんに会えて本当に嬉しかった。まだまだ話したいことがたくさんある。ほら、一組の太田《おおた》くんと高橋《たかはし》くんが取っ組み合いの喧嘩をして大騒ぎになった話とか、運動会のリレーの最中に、校庭に犬が迷い込んで競技が中止になった話とか」

言われて、そんなことがあったことを思い出す。楽しかった日々が蘇る。自然に口元に笑みが浮かぶ。

加奈子はうつむいている文絵の顔を、下から覗き込んだ。

「ね、思い出話、いろいろしましょ。それにさっきの、あなたにお願いしたいことがあるって話、悪い話じゃないのよ。それどころか、とってもいい話。言ったでしょ。あなたにお礼がしたいって」

加奈子は摑んでいる手を離した。

「じゃあ、土曜日、十一時に。駅に着いたら連絡して。必ずよ」

加奈子は何度も文絵のほうを振り返り、手を振りながらホテルを出ていった。

エントランスにひとり佇《たたず》む文絵は、加奈子の連絡先が記されたメモを見つめた。生活水準の差を見せつけられて、惨めな思いをすると思うと気が乗らない。しかし、学生時代の思い出話をしながら、楽しい時間を過ごしたいという思いもある。なにより、加奈子が言う、いい話というのが気になった。

——一度だけ行ってみようか。

受け取ったメモを失くさないよう、文絵はバッグの内ポケットに大切にしまった。

2

覆面パトカーの助手席から降りた秦圭介《はたけいすけ》は、空を見上げた。

晴れ渡った空に、うろこ雲が浮かんでいる。浜のほうから吹いてくる風は、わずかに冷気を含んでいた。今年は残暑が厳しく、九月の下旬になっても、汗ばむ日が多い。だが、鎌倉には秋の気配が漂っていた。

海が違うからだろうか。

秦が在籍する神奈川県警本部庁舎は横浜湾大桟橋のすぐ近くにある。海のそばだ。が、季節を感じることはない。隙間なく立ち並ぶ高層ビルやショッピングモールなどの人工物、道路をひっきりなしに行き交う車の騒音や排気ガスが、海風が運んでくる季節の匂いを薄めてしまうのだろう。

「主任、ここです」

運転席から降りた井本拓《いもとたく》が、目の前の家を指差した。広々とした敷地に建つ一軒家だ。

井本はこの春、本部の捜査第一課強行犯捜査係に配属されてきた新人だ。歳は二十八で階級は巡査。所轄の川崎署で刑事になって、三年目で本部に引き上げられた。刑事の実務経験二年未満での本部入りは、めったにない。期待されている証拠だろう。

若いからか、もともと洒落っ気が強いのか、いつも身体のラインに沿った細身のスーツを着ている。かけている眼鏡も、有名ブランドのものらしい。新任の歓迎会で横に座った警務課の女性職員からブランド名を聞いたが、長ったらしいカタカナだったことしか覚えていない。

秦は身につけるものに関心がない。時計は正確な時間がわかればいいし、スーツも安物でかまわない。興味があるものといえば、山と野球くらいなものだ。同じ金を使うなら時計やスーツなどではなく、ザイルやビバーク用のテントに使ったほうがいい。もしくは横浜スタジアムの年間チケットに。

「現場はたしか貸し家だったな」

「はい。鎌倉署がいま、所有者の不動産会社と連絡をとってるようです」

秦は肯くと、皺《しわ》だらけのズボンのポケットに両手を突っ込み、周囲の眺望に目を凝らした。海を見下ろす高台にあるこの現場からは、相模湾に浮かぶ江の島が一望できる。

家は白亜の三階建てで、一階はガレージになっていた。シャッターが降りている。普通車が優に三台は入る幅がある。

ガレージの横に階段があった。その先は玄関だ。マホガニー調の木製のドアが、開けっぱなしになっている。

門の前に所轄の制服警官が張り番に立っている。赤いコーンと黄色いテープでマスコミや野次馬の立ち入りを封鎖してあった。もっとも、このあたりは広い敷地に一戸建てがゆったりと立ち並ぶ、閑静な住宅地だ。会社所有の別荘も多い。マスコミもまだ動いていないようで、野次馬は見当たらなかった。

「本部の捜一です」

井本が腕章を見せて目礼すると、まだ若い張り番の警官は大仰《おおぎょう》なまでの敬礼を返した。

「ご苦労さまです!」

秦は軽く肯き、井本のあとに続いて門をくぐる。

玄関の横には、出窓があった。壁の色に合わせたのだろう。壁と同じ白い窓枠だ。家をひと言で表すとしたら、ヨーロピアン調の瀟洒《しょうしゃ》な家、だ。

短い階段を上りながら、隣で井本が溜め息をついた。

「でかい家ですね。鎌倉の七里ガ浜、海まで徒歩十分の洋風三階建て。買うとしたら、いくらぐらいするんでしょう」

秦は淡々と言った。

「俺たちが一生かかっても、手が届かん額さ」

秦は横浜の郊外に住んでいる。本部勤め三年目の三十五歳のとき、築十年の中古マンションを買った。間取りは2LDKで、購入してから十年が経つ。築二十年ともなると、至る所に傷みが出てくる。特に水回りだ。このあいだも台所の配管が詰まり、水道業者を呼んだ。

「どれ、仕事だ、仕事」

秦は上着のポケットから白い手袋を取り出し両手にはめる。

玄関で靴を脱ぎ、現場のリビングへ向かった。微《かす》かな腐敗臭が漂ってくる。

リビングではすでに、鑑識が現場検証を行っていた。七、八人の係官が、現場写真を撮ったり、指紋の採取をしたりしている。

「いやあ、中も豪華ですね」

井本が口を開けながら、リビングを見渡した。秦も室内をざっと見回す。高い天井からはスズランの花を象《かたど》ったシャンデリアがぶら下がり、部屋の中央には大ぶりの応接セットが置かれている。ソファの生地はベルベットだ。壁際に置かれたリビングボードの中には、年代物のブランデーやウイスキーがいくつも並んでいる。

無言で作業をしている係官のなかに、秦は見慣れた後ろ姿を見つけた。背中に神奈川県警のロゴが入ったライトブルーの制服を身につけ、ソファの横にしゃがみ込んでいる。

「よう、坊主」

秦は男の背に声をかけた。男が振り向く。県警本部鑑識課の久保《くぼ》伸二《しんじ》。警察学校で秦と同期だった警部補だ。

久保は殺しの臨場では、いつも仏に手を合わせぶつぶつと経を唱えてから、現場検証をはじめる。若い頃から髪が薄く坊主頭にしていたこともあり、秦はいつしか久保のことを親しみを込めて、坊主、と呼ぶようになった。

「なんだ、爺《じじい》の班は非番じゃなかったのか」

久保は秦を、爺と呼ぶ。秦は昔から老け顔で、若白髪が目立った。流行にも無頓着で、カラオケに行っても流行《はや》りの歌ひとつ歌えない。無理やり引っ張りだされて歌うのは、いつも演歌だ。若いのに爺くさい、という理由でいつのまにか、爺と呼ばれるようになった。久保がつけたあだ名はやがて県警内に広まり、いまでは部下からも陰で爺主任と呼ばれている。

「あいにく朝方、逗子署の管轄で強盗《タタキ》事件の通報があってな。表在庁の六班は臨場中だ。急遽《きゅうきょ》呼び出されて裏の俺たちにお鉢が回ってきた」

秦は答えた。

一ヵ月前に起きた川崎市ＯＬ強姦殺人事件で、神奈川県警捜査一課は犯人検挙に向け、総員体制で捜査に当たってきた。犯人を逮捕し送検したのは、つい二日前だ。

久保は床から立ち上がると、腰を叩きながら秦のところへやってきた。

「被害者《ガイシャ》は」

秦は訊ねた。

「あそこだ」

久保は、いましがたまで、自分がしゃがんでいた場所を見た。

「あのソファの陰に横たわっている。このあいだの仏も無残だったが、今回もきついな」

久保が言う「このあいだの仏」とは、強姦殺人事件の被害者のことだ。殺されたのは、大学を卒業して地方から出てきたばかりのＯＬだった。帰宅途中で車に乗せられ、閉鎖された工場の跡地で強姦されて殺された。

犯人は同じアパートに住む無職の男だった。長年勤めた会社をリストラされたばかりで、自暴自棄になっていた。前から目をつけていた被害者を、アパートまで送るという口実で車に乗せ犯行に及んだもの、と捜査本部では見ている。取調べでは否認を貫いているが、所有する車から被害者の髪の毛や血痕が見つかっており、現場に残された体液のDNAも一致していた。

男はことが済んだあと、自分のしたことが急に怖くなり、そばに落ちていたスパナで、泣いている女性の頭部を殴り撲殺した。我を忘れて何度も殴ったのだろう。女性の顔面は判別がつかないほど崩れていた。

「見てもいいか」

秦は久保がしゃがんでいた場所を、顎で指した。久保は肯いた。

「リビングの現場検証は、だいたい済んだ」

久保は秦に背を向けると、ソファへ向かった。秦も続く。秦は自分のあとをついてこない井本に気づき、後輩を睨んだ。

「なにぼおっと突っ立ってるんだ。早く来い！」

「は、はい……」

井本はおどおどした様子で、秦の後ろをついてきた。

秦のもとへ来る前、井本は川崎警察署の刑事部第二課に所属していた。二課は汚職、選挙違反といった、社会や経済を蝕《むしば》む犯罪の摘発を担当している。一課のような暴力や殺しとは縁がない。当然、仏を見るのも秦のところへやってきてからだ。

井本は死体と対面することに、まだ慣れていない。できれば見たくない気持ちも、わかる。だが、一課に配属された以上、これから仏を無数に見る覚悟を決めなければならない。

秦が県警本部の捜査一課に配属されたのは、警部補に昇進した三十二歳のときだった。あれから十三年、何度か所轄と本部を行き来したが、ずっと一課もしくは強行犯係に籍を置いている。昇進試験の勉強などする暇はなく、階級は警部補のままだ。もっとも、たとえ暇があったとしても、いまとなっては試験勉強などする気はないが。

秦はこの十三年のあいだ、眠っているかのようなきれいな仏から、人の原形をとどめていない悲惨なものまで山ほど死体を見てきた。最初はいまの井本と同じように、仏を見るのが怖かった。なによりも、日にちの経った仏の臭いに辟易した。クリーニングに出しても染みついた死臭が消えず、下ろし立てのスーツをだめにしたこともある。無残な死体を見たあとは、食欲が落ち、眠れない日が続いた。

だが、当時、班長だった上司から叱責されたことでふっきれた。班長は目を背ける秦の首根っこを摑み、仏の前に突き出し怒鳴った。

――俺たちの仕事は、犯人を捕らえて被害者の無念を晴らすことだ。その任務を担っている刑事が、仏を見られないでどうする。

そう、仏を見ることによってはじめて、犯人への憎しみと被害者への同情、検挙へのとめどない意欲が湧いてくるのだ。それから秦は、仏から目を背けなくなった。一課に籍を置いて一年も経つ頃には、どんな死体を見ても動じなくなっていた。

「これが仏さんだ」

秦はソファを回り込んだ。

ソファの後ろに仏がいた。かなり出血したのだろう。周りの絨毯《じゅうたん》に、赤黒い染みがついている。

秦は仏に向かって手を合わせ、黙禱した。

仏は男性だった。うつぶせの状態で死んでいる。服装は黒に銀色のピンストライプが入ったシャツに、グレーのズボン。後頭部が陥没し、頭蓋骨が妙な形にへこんでいる。割れた後頭部に蛆《うじ》が蠢《うごめ》き、白っぽい骨と赤黒い肉片が見えている。横を向いた顔は、目を開けたまま硬直していた。

周囲にはかなりの腐敗臭が漂っている。背後で井本が、込み上げてくる吐き気を懸命にこらえている気配がした。

「死後どのくらい経ってるんだ」

秦は訊ねた。久保は腕を組み、仏を見下ろした。

「詳しいことは解剖してみないとわからんが、死斑や硬直状態、身体の傷み具合から見て、死後五日から一週間ってとこかな」

「死因は」

「それもいまの時点でははっきり言えんが、頭部を殴られたことによる脳の損傷、および、多量の出血による失血死だと思う」

「凶器は」

「ワインボトルだ」

秦の矢継ぎ早の質問に、久保は迅速に答える。

「死体のそばにワインボトルの破片が散乱していた。採取した破片はこれから県警に戻って詳しく調べるが、これが凶器だと思ってまず間違いない」

「破片ってことは、ワインボトルは割れていたのか」

久保が肯く。

「中身が入った状態で殴ったんだな。見ろ。あたりに飛び散ったワインの跡が残ってるだろう」

秦は床を見まわした。毛足の長い白い絨毯が赤黒く染まっている。血痕かと思ったがワインだったのか。

そう言うと久保は、手を横に振った。

「ワインと血痕が混じってるんだよ。ワインが白なら一目瞭然だったろうが、ワインは赤だったんだ。具体的なことは、分析しなければわからない」

秦は上着のポケットに両手を突っ込んだ。

「中身が入ったボトルが割れるってことは、よほどの力で殴ったな」

久保が同意する。

「ああ、犯人が男か女かはわからんが、全身の力を込めて殴ったろうよ。これでもかってくらいな」

リビングのテーブルの上に、使用済みのワイングラスがふたつあった。加害者と被害者が使ったものだろう。ふたりは酒を飲んでいた。酔いが廻った被害者がなにかしらの理由で後ろを向いた瞬間、犯人は被害者の後頭部めがけて、ワインボトルを振り下ろしたのだろう。被害者は気づく間もなく昏倒したはずだ。

いつも思うことだが、殺人現場の凄惨さにはやりきれない気持ちになる。犯人と被害者がどのような関係なのかは、わからない。動機もだ。だが、生きたくても生きられない人間がいる一方で、人の手によって命が奪われている現実を目の当たりにすると、いたたまれなくなる。

秦は仏にもう一度手を合わせ、現場をあとにした。

その夜、所轄の鎌倉警察署に帳場がたった。戒名は「七里ガ浜貸別荘会社役員殺害事件」。署の三階にある大会議室には、所轄と本部の捜査員たちが集まっていた。所轄からは刑事課、地域課、交通課などから刑事と警官三十五名。本部からは、秦が率いる五班の班員五名と、捜査一課長の寺崎《てらさき》警視と杉本《すぎもと》管理官、それから鑑識課の久保主任とその部下、初動捜査に当たる機捜の刑事たちをはじめ、二十六名が出席している。総計六十余名の所帯だった。

「では、いまから捜査会議をはじめる」

上座に座っている寺崎が、野太い声で言った。上座の右端に座っている秦は、立ち上がり号令をかけた。

「気をつけ、敬礼《れい》」

集まった捜査員たちが、秦の声に合わせて立ち上がり礼をする。

「休め」

捜査員全員が着席すると、寺崎は本題に入った。

「本件、鎌倉七里ガ浜三丁目××で起きた殺人事件で、現在、わかっていることを報告する」

秦は配られた資料に目を落とした。静まり返った会議室に、寺崎の声が響く。

「被害者は田崎実《たざきみのる》、三十八歳。住所は東京都品川区北品川××。本籍は愛知県東海市荒尾町××。身元は被害者《ガイシャ》のズボンのポケットに入っていた財布から出てきた免許証で、確認がとれた。戸籍を調べたところ、父親は十年前に他界している。母親は存命。兄弟はなく、結婚もしていない。独身だ」

秦は資料に書かれている田崎の情報を、寺崎の声に合わせて目で追う。

「田崎は現場となった七里ガ浜の貸別荘を、一年ほど前から借りていた。貸別荘を管理していた不動産屋との契約書を確認したが、職業の欄には会社役員としか書かれていなかった。不動産屋の社長によると、貸別荘を借りる目的は人それぞれで、なかには貸別荘を借りていることを人に知られたくない人間もいるとのことだ。田崎は敷金礼金を含めた一年分の家賃を、即金で支払っていた。社長は田崎もその手の人間だと思い、金も先払いしていることから、勤め先までは訊ねなかったという。以上のことから、いまのところ田崎の職業は不明だ」

寺崎の報告が続く。

「遺体発見は本日、九月二十八日、金曜日の午後二時。第一発見者は、清掃を頼まれているハウスクリーニング会社ハートクリーナー——住所は神奈川県横浜市中区××——の従業員、倉《くら》橋友子《はしともこ》、三十九歳。倉橋は週に一度、リビングと水回りの清掃のため、今回現場となった家を訪問していた。倉橋が田崎から渡されて所持していた合鍵を使ってリビングに入ったところ、倒れている田崎を発見。警察に通報した」

あちこちで、資料を捲《めく》る音がする。

「遺体はリビングの中央に置かれている応接セットのソファの後ろに、うつぶせの状態で見つかった。死因は後頭部を強打されたことによる脳挫傷および失血死と思われる。解剖結果が出ていないため、死亡日時は明確ではないが、遺体の状況から、死亡後、五日から一週間が経過していると見られる。凶器は遺体周辺に砕けて散らばっていたワインボトル。破片から被害者の毛髪と血痕が発見された」

寺崎は資料を閉じると、捜査員たちを見渡した。

「現時点で遺体に関してわかっていることは以上だ。次、鑑識」

前から二列目に座っている久保が、はい、と返事をして立ち上がった。

「まず玄関からですが、第一発見者である倉橋友子の証言によると、鍵はかかっていたそうです。玄関に田崎のものと思われる靴が、一足だけありました。黒い革製のものです。サイズは二十七。田崎の足の大きさと一致しています。採取可能な足痕は四種類ありました。ひとつは玄関に置かれていた黒い革靴のもの。それと、サイズが異なる女性用のパンプスと思われるものが二種類発見されています。残りは倉橋友子が履いていたスニーカーのものです」

寺崎の隣に座っている杉本管理官が、口を挟んだ。

「サイズが異なる女性用のパンプス……ということは、ふたつのパンプスは別人のもの、ということか」

久保は杉本を見ながら、はい、と答えた。

「ひとつは約二十三センチ。もうひとつは約二十四センチです。服もそうですが靴も、同じサイズのものでもメーカーによって、大きさが若干異なります。しかし、靴のサイズに関しては、一センチも違うということはまずありません。ふたつの足痕は、明らかに別人のものと思われます」

秦は顎に手を当てた。ひとつは被害者のもの。もうひとつは第一発見者のもの。残るふたつは女性用のパンプス。ということは、犯人《ホシ》は女性である可能性が高い。

杉本は納得したように肯くと、資料に目を戻した。

「報告を続けます」

久保も資料に目を戻す。

「続いて指紋ですが、貸別荘だったためか、かなり多くの指紋が検出されました。しかし、ほとんどが一部しか残っていない片鱗《へんりん》指紋で、完全な状態で残っていた指紋はわずかでした。ですが、今回の凶行に使われた凶器と思われるワインボトルの破片から、指紋が採取できました。いま、分析を行っているところです」

「それは犯人逮捕の、有力な決め手になるな」

寺崎が誰にともなくつぶやく。

「先ほど寺崎課長がおっしゃったように、まだ剖検の報告が届いていないため、正確な死亡日時は不明。しかし、近日中に結果報告があがってくるはずです。鑑識からは以上です」

久保が着席する。

寺崎が室内を見渡した。

「次、地取《じど》り」

前列にいた所轄の強行犯係主任の仙崎貴史《せんざきたかし》が立ち上がった。

「はい、近隣の聞き込みを行いましたが、数名の住人から、サングラスをかけた女がよく出入りしていた、という情報を得ています」

やはり女か。秦の頭の中に、ワインボトルで男の後頭部を殴りつける女の図が浮かぶ。

「女は身長百六十前後。体型は標準。ヒールの高い靴を履き、いつも身ぎれいにしていた、とのことです」

「年齢は」

寺崎が訊ねる。

「いつも大きめのサングラスをしているため、正確に顔を見た者はいません。ですので、年齢はよくわからないそうですが、体型や雰囲気から三十歳から五十歳のあいだではないか、と言っていました」

「ずいぶん幅が広いですね」

杉本が寺崎に向かってつぶやく。寺崎はなにも答えず、報告を続けるよう促《うなが》した。

所轄の刑事の声が、わずかに低くなる。

「いまわかっていることは以上です」

杉本が資料から顔をあげた。

「それだけか」

仙崎は、ばつが悪そうに答えた。

「はい」

「もう少し詳細な情報はないのか。女が出入りしていた頻度とか、被害者と女が一緒にいたところを目撃したとか」

仙崎は詫びることで、情報を得ていない旨を伝えた。

「すみません……」

杉本はせっかちなことで有名だ。

第一発見者から通報があり、機捜や所轄の刑事が臨場するまで十分として、地取りをはじめたのは午後二時半くらいからだろう。捜査会議開始が午後六時。会議に間に合うまで、ぎりぎり粘ったとしても、せいぜい三時間くらいしか聞き込みはできなかったはずだ。その時間で、詳細な情報収集を求めるのは酷な話だ。だが、杉本は容赦しない。粘りが足りないんじゃないのか、と静かに仙崎を責める。その嫌味を寺崎の声が遮った。

「鑑識、司法解剖の結果は何時《いつ》頃出るんだ」

久保が再度、立ち上がる。

「はい、医師の話によると検案がつまっていて、すぐには無理だとのことです。死体検案書が届くのは、早くても明後日になるかと思われます」

寺崎は顔の前で腕を組むと、淡々とした口調で言った。

「川崎《かわさき》医師に連絡を取って、明日には死体検案書をあげるように伝えてくれ。先生には貸しがある」

「はい」

そう答えると、久保は席に着いた。

「他に伝えるべき情報や質問はないか」

寺崎が捜査員たちを見渡す。挙手する者は誰もいない。

「現場の状況を勘案すると、顔見知りによる犯行の線が濃厚だ。物取りによる強盗殺人の可能性も皆無ではないが、被疑者が女性だとすればおそらく怨恨、もしくは痴情のもつれ、という線が強い。したがって、被害者の交友関係をはじめとする敷鑑《しきかん》捜査が重要になってくる。そのつもりで当たってくれ」

異論がないことを見届けると、寺崎は肯いて言った。

「これで捜査会議を終了する」

寺崎の野太い声が、室内に響く。続いて、杉本が立ち上がり、声を張り上げた。

「では、これから捜査の組み分けを発表する」

本部と所轄の合同捜査の場合、捜査は必ず、本部の人間と所轄の人間が組む。今回は誰と組むことになるのか。ベテランか、新米か。班長である自分が任されるのは、被害者の交友関係をあたる敷鑑だろう。現場付近の聞き込みを行う地取りは、若手がやると相場は決まっている。

寺崎は秦を見た。

「本部捜一、五班の秦主任は、鎌倉署強行犯係の中川《なかがわ》巡査と敷鑑を頼む」

部屋の後ろのほうで、はい、という女性の声がした。女声特有のアルトの声域に、秦はぴくりと反応した。資料から顔をあげ、声がしたほうを見る。

声の主は最後列の真ん中にいた。中川は席を立つと秦のもとへやってきて頭を下げた。

「鎌倉署強行犯係の中川菜月《なつき》巡査です。よろしくお願いします」

秦と組む相手は若い女だった。前列の人間の陰になり、中川の存在は目につかなかった。長い髪を後ろでひとつに束ね、黒いパンツスーツを着ている。歳《とし》は二十代後半くらいだろうか。切れ長の目と薄い唇から、怜悧《れいり》な印象を受ける。

やりづらいな。

秦は閉口した。

男女差別をしているつもりはない。前に組んだ相手が悪かったのだ。

秦がはじめて女性刑事と組んだのは五年前だった。横須賀署で合同捜査本部が立ち上がり、そのときに組んだ相手が所轄の女性刑事だった。三十代後半の木村《きむら》巡査長は、高卒で入庁し、刑事になってまだ二年の新米だったが、扱いがむずかしかった。

男女雇用機会均等法だなんだと、自分が若かった頃に比べたら、女性の社会進出がかなり進んだ。しかし、現実はまだまだ男性が主体の社会だ。特に警察はその色が濃い。総務や事務関係なら別だが、身体を張る刑事畑では、まだまだ女性軽視の傾向がある。第一、女性刑事の枠自体が少ない。刑事研修を受けて資格を得ても、枠が空くまで何年も待たされる。木村もその洗礼を、手厳しく受けたのだろう。

そのとき扱ったのは、横須賀市郊外で起きた連続婦女暴行事件だった。秦は木村と、現場付近の聞き込みを行う地取りを担当した。

まだ新米だったこともあり、木村には教えることがたくさんあった。聞き込みの手順やキーマンの探し方を秦は教えた。つい叱責口調になったこともある。男も女も関係ない。先輩刑事が後輩にやる、ごく一般的な指導だった。だが、木村はそう取らなかった。

組んで一週間が経った頃、地取りを終えて所轄に戻る車の中で、木村は急に泣き出した。自分が女だから、やり方が気に入らないのだろう、と言う。ばからしい、と一蹴した。木村は膝の上で拳をにぎりしめながら、署に着くまで声を殺して泣き続けた。

そんなことが、事件が片付くまで続いた。犯人が挙がったときには、事件が解決した喜びより、これで木村と顔を合わせなくて済むことに安堵《あんど》した。

五年前の出来事など、すっかり忘れていた。しかし、菜月と組むと聞いたとき、そのときの苦い経験が蘇った。

警察社会は上意下達の世界だ。個人の思惑など関係ない。相手が親の仇でも、上から組めと言われれば従わなければならない。

溜め息をつきながら、秦は首の後ろを掻いた。

「秦だ。よろしく」

ふたりに近づいてきた寺崎が、手にしていた茶封筒を秦に差し出した。

「これを持って明朝、被害者《ガイシャ》の住居を当たってくれ」

開けてみると、田崎の自宅への捜索差押許可状だった。被害者の身元が判明してすぐ、裁判所に申請したのだろう。秦は許可状を封筒にしまうと、上着の内ポケットに入れた。


組み合わせの指示が終わるのを待って、四、五名の警官が部屋に入ってきた。仕出し弁当が入った段ボール箱と、缶ビールやペットボトルの茶が入った箱を胸に抱えている。所轄の総務課の人間だろう。

「明日から事件が解決するまでのあいだ、所轄に泊まり込みになる。しばらく寝泊まりをともにする者同士、軽い親睦会のつもりでやってくれ」

そう言い残し、寺崎が部屋を出ていく。「じゃあ、私もこれで」と、杉本もあとへ続いた。

総務課員たちが捜査員たちに、弁当や飲み物を配る。秦は缶ビールを受け取ると、プルタブを開けた。

弁当を食べていると、周りに部下が集まってきた。今日、一緒に現場に臨場した井本と、現場に少し遅れて到着した金子《かねこ》達也《たつや》、浅田純《あさだじゅん》、曽根《そね》卓美《たくみ》、合田《ごうだ》義勝《よしかつ》の面々だ。五人は秦を中心にして、円座を組むように椅子に座った。

「やっと大きな事件《ヤマ》が片付いたと思ったら、またすぐ泊まり込みの事件発生か。今回はどのくらいで自宅に帰れるんですかね」

浅田が鶏のからあげを口に入れながらぼやいた。浅田巡査は三十五歳、本部の一課歴は三年。童顔のため、実際の歳より若く見える。半年前に結婚したばかりだ。

「かみさんとは昨日会っただろ。もう、恋しいのか」

隣で金子が冷やかす。金子巡査は独身で歳は浅田と同じ三十五歳。歳は同じだが、本部一課歴は五年で浅田より古株だ。浅田とは逆に老け顔で、四十歳と言われても肯ける顔立ちをしている。

ふたりのやりとりを聞いていた曽根が、横から口を挟んだ。

「そのうちかみさんも、旦那がいないことに慣れるさ。三年も経つとな、家に帰れば『あら、あなた帰ってきたの。あなたの分の食事はないわよ』なんて言われるようになる」

「それは曽根さんちの話でしょう。うちのやつはそんなこと言いません」

浅田はむきになって反論する。曽根は浅田の反論を肯定するでも否定するでもなく、小さく笑いながらビールを呷《あお》った。

曽根巡査長は秦の二歳上だ。秦と同じく二度ほど所轄に転属しているが、一課歴は十二年になる。長身痩軀で、眼光は鋭い。

みんなのやりとりをにこにこして聞いていた最古参の合田が、うつむいている井本に声をかけた。

「食わないのか、井本。腹が減っただろう」

合田巡査部長は定年を一年後に控えてなお、現場にこだわる古武士のような刑事だ。

秦は時計を見た。十時十五分。いつもならとっくに晩飯を食べ終わっている時間だ。だが、井本は弁当の蓋《ふた》も開けずビールだけを飲んでいる。井本は合田をちらりと見て、大丈夫です、とだけ答えると、またうつむいた。

今日の仏の姿が頭から離れず、食欲が湧かないのだろう。秦はわざと大きな口を開けて、鮭のフライにかぶりついた。

「気持ちはわからんでもないが、食わないと身体がもたんぞ。そんなことじゃ、一課は務まらん」

「そうそう。班長の言うとおりだぞ、井本」

合田がすかさず相槌《あいづち》を打つ。

ふたりに促された井本は、唇をきつく噛むと、弁当の蓋を開けてがむしゃらに食べはじめた。

「それにしても主任。今回はいい組み合わせですね。羨《うらや》ましいっす」

金子がにやにやしながら、秦を見た。

「どういうことだ」

意味がわからず問い返す。

「捜査の組み分けですよ。秦さんと組むことになった中川菜月。彼女、所轄はもちろん本部でもちょっとした有名人なんですよ」

「なぜだ」

秦が訊ねると、金子が驚いたように目を見開いた。

「なぜって、見ればわかるでしょう。あのくらいの美人で刑事なんて、なかなかいませんよ」

井本を除く残りの面々もにやにや笑っている。

秦は改めて菜月を見た。菜月は会議中に座っていた同じ席で、所轄の同僚刑事と弁当を食べていた。ビールではなく、ペットボトルの茶を飲んでいる。

言われてみれば、たしかに美人と呼ばれるカテゴリに入る顔立ちをしている。涼しげな目元に通った鼻筋。スタイルもいい。女性にしては背が高く、百七十五センチある秦よりわずかに低いくらいだ。手足も長い。なるほど人目を惹《ひ》くタイプだ。しかし、それがなんだというのだ。

秦は視線を菜月から弁当に戻すと、残りの飯を搔き込んだ。

「捜査に見た目なんか関係ないだろう。俺は相手が刑事らしい刑事であることを、願うだけだ」

本音だった。

金子が意外そうに、ええーっ、と声を漏らした。

「そんなもったいない。俺ならあんな美人と組めたら、毎日の捜査が楽しくてしょうがないですよ」

「くだらん」

秦は食べ終えた弁当に蓋をすると、そう吐き捨てて席を立った。

「片付けなら私が」

浅田が空になった弁当箱に手を伸ばした。その申し出を、秦は手で断った。

「いい、ゆっくり食え」

秦が帰ることに気づいたのだろう。部屋を出るとき、菜月がこちらに向かって頭を下げる姿が見えた。秦は手をあげることで、菜月の見送りに気づいたことを示した。

部屋を出て廊下を歩いていると、後ろから呼び止められた。

久保だった。久保は秦の隣に並ぶと、歩きながら言った。

「早飯は昔から変わらないな」

「お前も、もう帰るのか」

秦が訊ねる。

久保はだるそうに首を回した。

「ああ、現場検証ってのは長い時間、床にはいつくばっているだろう。肩と腰にくる」

「歳だな」

久保が苦笑する。

「俺が歳だってんなら、お前も同じだろう」

今度は秦が苦笑した。

「違いない」

階段を下りて出口へ向かう。長い廊下を歩いていると、久保がぽつりと聞いた。

「奥さんは変わりないか」

　秦は、ああ、と答えた。

「変わりない」

「そうか」

　リノリウムの廊下に、ふたりの靴音だけが響く。

　外に出ると、ひんやりとした夜風が身体を包み込んだ。秦は両手を上着のポケットに突っ込むと、駅とは逆の方角へ向かって歩き出した。久保が、おいおい、と呼びとめる。

「駅はそっちじゃないぞ。ビール一本で酔ったのか」

　秦は歩きながら振り返った。

「コンビニで靴下と下着を買っていく。洗濯をサボっていたから、洗い置きがないんだ」

　久保は、そうか、とつぶやくと、踵《きびす》を返した秦の後ろ姿に向かって大きな声で叫んだ。

「間違って女物なんか買うなよ！」

「そこまで酔ってない」

　久保のからかいを、秦は正面を向いたまま、軽くかわした。

　コンビニに入ると、下着と肌着を五枚ずつ、靴下を五足、それから今夜、寝る前に飲む酒を買った。

　店を出てから、腕時計を見た。十一時。遅い時間だが、まだ起きているかもしれない。上着の内ポケットから携帯を取り出し、固定電話にかける。

数回のコールで電話は繋がった。

「はい、五十嵐《いがらし》です」

携帯の向こうから、年配の女性の声が聞こえた。秦は遅くの電話を詫びた。

「夜分すみません。圭介です。お休み中じゃなかったですか」

「ああ、圭介さん」

女性は嬉しそうな声で、名前を呼ぶ。秦の妻、響子《きょうこ》の母親の幸代《さちよ》だ。

「大丈夫、まだ起きてましたよ。ちょうど寝る準備をしていたところ。いまお帰り?」

「はい、そうです」

「遅くまでお疲れさまです」

穏やかな声が、秦に労《ねぎら》いの言葉をかける。

秦は今日、鎌倉で殺人事件が発生したことを、義母に伝えた。幸代はテレビで報道を見ていたらしく、神妙な声で言った。

「男の人が殺された事件よね。そう、圭介さんが担当なの」

秦は、はい、と答える。

「所轄と本部の合同捜査本部が立ち上がり、自分の班が担当することになりました」

「じゃあ、しばらく泊まり込みね」

幸代は刑事の生活というものを、よく理解してくれている。

「響子は、変わりないですか」

秦は電話で必ずする質問を、幸代にした。幸代の答えは、いつもと同じだった。

「ええ、なにも変わりないわよ」

幸代の返事を聞くと、複雑な気持ちになる。変わりがあってほしいような、ほしくないような、自分でも理解しがたい思いが込み上げてくる。

「響子のことは心配しないで。私がついているから大丈夫」

「ありがとうございます。それから、お義父《とう》さんの法事ですが……」

響子の父親、茂《しげる》の十三回忌が、半月後に迫っていた。今回の事件捜査が長引けば、出席できるかどうかわからない。そう言おうとした秦を、幸代の明るい声が遮った。

「それも大丈夫。七回忌のときに親戚を呼んで丁寧にしたから、今回は近場にいる夫の兄弟を呼ぶくらいで済ませるつもりだったの。それに――」

幸代の声が、一瞬沈んだ。

「それに、あの人も警官だったんだから、圭介さんの仕事はよくわかってるわよ。私が圭介さんの分まで拝んでおくから」

「なにからなにまで、すみません」

幸代はいつもの明るい口調に戻って言った。

「謝ることなんかないわよ。とにかく、身体にだけは気をつけてね。これからだんだん寒くなるから」

見えない相手に頭を下げて、秦は電話を切った。

息を吐いて空を見上げる。

義母も、もう歳だ。今年で七十歳になる。気丈に振る舞っているが、きっと身体のあちこちに疲れが出ているだろう。

義母に甘えてばかりもいられない。そう思いながらも、気がつけば三年が経っていた。

相模湾から潮を含んだ冷たい風が吹いてくる。

秦は上着の前を片手で閉じ、駅へ向かった。


翌朝、所轄の会議室で朝礼を開いたあと、それぞれの組に分かれて捜査を開始した。

菜月は朝礼が済むと、まっすぐ秦のもとへやってきた。

「おはようございます」

今日はグレーのパンツスーツだ。黒い大きなショルダーバッグを肩から下げている。

秦は挨拶を返したあと、今日の動きを菜月に伝えた。

「まずは被害者《ガイシャ》の自宅マンションだ。独身でも同居人がいるケースもあるし、友人知人が出入りしている場合もある。同じマンションの住人からなにか情報が得られるかもしれん。当然、郵便物も捜査資料として押収する。その後、マンションを管理している不動産業者を当たる。連帯保証人がいれば、人間関係を探る糸口になる」

秦は菜月を見た。

「ここは何年だ」

「四年目です。鎌倉署の前は、戸塚に二年いました」

「大卒入庁か」

「はい」

となると、現在二十八歳か二十九歳だ。昨日の自分の見立ては当たっていた、ということになる。

「敷鑑の経験は」

菜月は秦の質問に、きびきびと答える。

「二度あります。一件は二年前に起きたコンビニ強盗事件。もう一件は一年前に起きた放火殺人事件です。あとは主に地取りを担当していました」

想像していたとおりの答えだった。まだ若く敷鑑経験の乏しい刑事と、ベテランを組ませて若手を育てよう、と寺崎は考えたのだろう。

若手と組んで捜査をしたことは、いままでに数多くある。若い刑事と組むことに問題はない。気が乗らないのは、相手が女、ということだけだ。

「じゃあ主任、行ってきます」

所轄の中堅刑事と組んだ井本が、会釈をして部屋から出ていった。井本は地取り担当だ。

秦は気を取り直して、首の後ろを二度ほど叩いた。

いつまでも、個人的な感情を引きずってはいられない。いまは被害者の情報を少しでも多く手に入れることを考えるのだ。

「どれ、俺たちも行くか」

「はい」

控えめだが、覇気を感じさせる声で菜月は返事をした。


秦と菜月は電車を乗り継いで、品川区にある田崎の自宅マンションへ向かった。

田崎が住んでいるマンション「ヴェレーナ北品川」は、京急本線の北品川駅から徒歩で十五分ほどのところにあった。大通りから一本裏道に入り、緩やかな坂を上る。坂を上りきったところに、レンガ調の壁でできた十階建てのマンションがある。そこが、ヴェレーナ北品川だった。


田崎の部屋は、五階の五〇七号室だ。

自動ドアを入ると、右側に管理人室、左側に郵便受けと宅配ボックス、正面のガラスドアの前には、暗証番号や部屋番号を入力する、モニター付きのオートロックシステムが置かれている。管理人室の中に、男性がいた。椅子に腰かけ新聞を読んでいる。秦は男に声をかけた。

「すみません。こちらの管理人の方ですか」

男は開いていた新聞の端から、顔を出した。見た目、七十歳前後。髪にも長い眉毛にも、白いものが目立つ。シルバー人材センターからの派遣といったあたりか。

管理人は秦の問いに、面倒くさそうに答えた。

「そうですが、なにかご用ですか」

秦は上着の内ポケットから、警察手帳を出して見せた。

「神奈川県警の者です。こちらの住人に関して、調べたいことがあって来ました」

管理人の顔色が変わる。読みかけの新聞を閉じ、部屋の横にあるドアから外に出てきた。

「神奈川県警ってことは、警察の方ですか」

管理人はもの珍しげに、秦と菜月を交互に見つめた。

「このマンションの五〇七号室を借りている人物は、田崎実さんという方に間違いないですね」

「ちょ、ちょっと待ってください」

管理人は急いで管理人室に戻ると、棚から一冊の綴りを取り出し、ぱらぱらと捲った。綴りを閉じると秦たちのもとへやってきて、小さく何度も肯いた。

「間違いないです。五〇七号室は田崎実、という人が借りています……が、その人がなにかしたんですか」

管理人の目には、不安と好奇心が浮かんでいた。秦は手短に、田崎は昨日、鎌倉で他殺死体で発見された、と答えた。管理人は小さな目を、これ以上開かないくらい見開いた。

「その事件、テレビで見ましたよ。殺された男性が、このマンションの住人なんですか」

だからこうして来ているんだろう、と言いたい気持ちを抑え、秦は本題に入った。

「警察は犯人逮捕に全力を注いでいます。捜査にご協力を願います」

「協力と言われても、私はなにをすればいいんですか」

管理人は胸の前で合わせた手をもじもじさせながら、困惑顔で言う。秦は隣にいる菜月に、メモを取れ、と小声で指示を出した。菜月はバッグからノートとペンを取り出し、メモを取る準備をした。

「田崎さんは、ひとり暮らしですか。こちらの調べでは独身とのことですが、同居人がいた様子はないですか。もしくは女性と同棲していたとか」

所轄の刑事が、現場となった貸別荘の近隣の住人から、サングラスをかけた女がよく出入りしていた、との情報を得ている。現場の玄関からも女物のパンプスの足痕が検出されている。田崎の後ろに女がいる可能性は高い。

「さあ……」

申し訳なさそうに、管理人は首を横に振った。

「管理人とはいっても、私は朝の九時から昼の三時までしかいないので、住人とはほとんど顔を合わせないし、話もしません。話すとすれば、向こうが水漏れや騒音の苦情を言いに来るときか、こちらが家賃の催促をするときくらいです。住人の家族構成くらいは管理帳に記載していますが、誰と住んでいるかとか、住人の人間関係まではわかりません」

「ここの住人の情報が記載されている管理帳を見せてもらえませんか。田崎さんのところだけで結構です」

管理人は部屋から管理帳を持ってくると、該当ページを開いて秦に渡した。

「これが田崎さんのものです」

管理人が開いたページには「賃貸者、田崎実」と書かれていた。昭和××年×月×日生まれ、同居人はなし。連帯保証人の欄に、株式会社コンパニエーロとある。住所は東京の四谷になっている。

「株式会社コンパニエーロ。聞いたこともねえなあ」

秦はちらりと菜月を見た。見ることで、この会社を知っているか訊ねた。前に組んだ女性刑事と違い、菜月は察しがよかった。秦の意図を汲み取り、首を横に振る。

秦は質問を続けた。

「田崎さんは、家賃の支払いはどうでした。滞納したことがあるとか、金に困っていた様子はありませんでしたか」

管理人は秦が手にしている管理帳を、横から覗き込んだ。

「家賃の滞納はないですね。毎月、きちんと支払われています。それに、住人とのトラブルもないですね」

「どうしてわかるんですか」

管理人は田崎の情報が書かれている欄の下にある、メモ欄を指差した。

「住人が問題を起こした場合、管理帳に書くんですよ。人によってはメモ欄に書ききれないくらい、あれやこれやとトラブルを起こす人もいます。いわゆるトラブルメーカーです。問題が起きるとそのつど記録して、ひどい場合は管理会社に報告して、契約を更新しないこともあります」

隣で菜月が、必死にペンを動かしている。秦は管理人に、ここにコピー機があるか訊ねた。管理人は首を横に振る。あったら、ここでコピーをしてもらうつもりだった。秦は田崎のページを、捜査資料として提供してもらえないかと管理人に訊ねた。

「田崎さんのページを、一日だけお借りできませんか。今日、警察に持ち帰りコピーを取ったら、明日にはお返ししますから」

コピーを取るだけなら、近くのコンビニでもできる。だが、コピー機によっては出力履歴が残るものもある。事件に関係のある重要資料の履歴を、外部に残すわけにはいかない。

管理人は、何日でもどうぞ、と言いながら綴りから田崎のページを抜き取り、秦に差し出した。秦は受け取ると菜月に渡した。菜月は田崎のページを、ファスナー付きのクリアケースに入れるとバッグにしまった。

秦は管理人に向き直ると、上着の内ポケットに入れていた封筒から紙を取り出した。

「これを見ていただきたいのですが」

老眼なのだろう。管理人はかけていた眼鏡を外すと、紙に鼻がつくぐらい顔を近づけた。

「捜索差押許可状……」

管理人は言葉を区切るようにゆっくりと、紙に書かれている文字を読み上げた。

秦は捜索差押許可状を内ポケットに戻しながら、裁判所から出る令状であることを説明した。

「これがあれば、身内や近親者の同意や立ち会いがなくても、被疑者や被害者の自宅に入ることができ、なおかつ捜査の資料となる物を押収することができるんです」

意味を理解しているのかいないのか。管理人は秦の説明を、はあ、といまひとつ腑に落ちない表情で聞いている。

「マンションの各部屋の合鍵は、お持ちですよね。それで五〇七号室を開けてください。これから田崎さんの部屋を調べます」

「あ、はいはい。お待ちください」

自分がなにをすべきか、やっと気づいたのだろう。管理人は急ぎ足で部屋に戻ると、ひとつの鍵を持ってきた。

「これが五〇七号室の鍵です」

三人はエレベーターで五階に上がった。エレベーターを降りると管理人は、通路の一番奥を指差した。

「五〇七号室は廊下の突き当たりの部屋です」

秦は田崎の部屋の前に立った。

表札は出ていない。秦はズボンのポケットから白い手袋を出し、手にはめた。チャイムを押す。人が出てくる気配はない。菜月もバッグから手袋を取り出し手にはめる。

秦はドアノブを回してみた。思ったとおり、鍵がかかっている。

「鍵を貸してください」

秦は管理人から鍵を受け取ると、ドアを開けた。管理人に部屋の外で待っているように言い残し、中へ入る。

部屋の間取りは1LDKだった。玄関の右側に手洗いと風呂があり、左側にクローゼットがある。通路の先はリビングになっていた。小さいながらもキッチンカウンターがついている。リビングにはふたり掛けの革製のソファとテーブル、三十二インチほどのテレビがあるだけで、他はなにも置かれていない。リビングの隣の部屋は寝室になっていた。

「郵便物を調べろ。公共料金の支払いやダイレクトメールの類《たぐい》のものまですべてだ。それから風呂と手洗い。特に女が一緒にいた形跡がないか注意して探れ。俺はリビングと寝室を調べる」

菜月に指示を出す。菜月は肯くと玄関へ向かった。

秦はキッチンを調べはじめた。流しにビールの空き缶が二本と、サラミの食べかけ、皿が一枚置かれている。冷蔵庫には缶ビールが三本と、スティックチーズが入っているだけで、食材と呼べるものは入っていなかった。

流しの下にある戸棚を開けるが、なにも入っていない。流しの背面にある備え付けの食器棚にも、コップがひとつと皿が数枚あるだけだ。同居人がいる気配はない。

続いてリビングを見渡したが、家具が置いてあるだけで紙きれひとつ落ちていない。テレビの裏やソファの溝などを調べるが、なにも出てこない。

秦は寝室に向かった。

窓際にパイプベッドとサイドテーブルが置かれている。サイドテーブルの上に、ノートパソコンがあった。

電源を入れる。画面が立ち上がり、パスワードを入力するウィンドウが現れた。ロックされている。秦は電源を切った。これは県警に持ち帰り、科捜研に回して解析してもらうしかない。

秦は備え付けのクローゼットを開けた。クリーニング済みのスーツやシャツがハンガーに掛けられている。すべてのスーツのポケットを調べるが、なにも入っていない。

秦はクローゼットを閉じると、ベッドの横に置かれているサイドテーブルの引き出しを開けた。

ほお、と声が漏れる。重要な手掛かりを掴んだり、事件解決への手ごたえを感じたりしたときに出る口癖だった。

引き出しの中には、都銀の預金通帳が入っていた。名義人は田崎だ。印鑑もある。おそらくこの通帳の届出印だろう。

秦は通帳を開いた。通帳は一年前から二カ月前までの、入金や引き出し記録が記帳されていた。引き落としは公共料金のほかに、三件の不動産会社の名前と、セイアイノソノ、という名前が記されていた。不動産関係の一件はここのマンションの家賃だろう。もう一件は鎌倉の貸別荘。もう一件は不明だ。他にも別な部屋を借りていたということか。セイアイノソノというのも、わからない。どこかの施設名のようだが、毎月二十五万前後の金が引き落とされている。

入金名は一件だけだった。毎月、二百万円前後の金が振り込まれている。入金先は株式会社コンパニエーロとある。このマンションの連帯保証人になっている会社だ。田崎はここの会社役員の可能性が高い。

　秦が通帳を閉じたとき、寝室に菜月が入ってきた。

「どうだった。なにか見つかったか」

　菜月は手にしていた郵便物を、秦に差し出した。

「郵便物は公共料金の請求書や、ポスティングされたチラシ以外はなにもありませんでした。脱衣所の洗面台には歯ブラシが一本、コップに入って置かれていました。ほかには電気シェーバーとドライヤー、ブラシ。風呂場は男性用のシャンプーとコンディショナー。洗面器と椅子がありました。トイレは半分ほど使われたトイレットペーパーと、掃除用具があるだけです」

　秦は手渡された郵便物を見ながら訊ねた。

「女の気配はないか」

「はい。女性が同居していれば、トイレに使用済みの生理用ナプキンを捨てる容器があると思います。歯ブラシも一本だけですし、化粧品の類もありませんでした」

　そうか、とつぶやき、秦は手にしていた通帳をひらつかせた。

「こっちはこれを見つけた。田崎はこのマンションと鎌倉の貸別荘のほかにも、部屋を借りているようだ。三件の不動産会社が毎月、一定額を引き落としている。そのほかは、セイアイノソノという名義の会社かなにかが、毎月二十五万前後の金を引き落としている。入金先は一件のみ。このマンションの連帯保証人になっている会社だ。そこから毎月、二百万前後の金が振り込まれている」

「二百万……大金ですね」

菜月が考え込むように、顎に手をあてた。

秦は通帳を再び開き、入金先を読み上げた。

「株式会社コンパニエーロ。なんの会社か調べなければいかんな」

「ちょっと待ってください」

菜月はリビングに置いていた自分のバッグからスマートフォンと、先ほど管理人から借りた田崎の情報が書かれた管理ページを持ってくると、画面を操作しはじめた。

「なにをしてるんだ」

秦は横から、スマートフォンの画面を覗き込んだ。

「株式会社コンパニエーロがどんな会社か、調べているんです」

「これで、わかるのか」

菜月は画面を見ながら答えた。

「ネットで登記情報提供サービスというサイトがあるんです。そこに会社名と住所を入力すると、会社の登記情報が閲覧できるんです」

ほお、と口から漏れる。

秦はいまどきの通信機器は苦手だ。携帯も持ってはいるが、ほとんど通話にしか使わない。パソコンもネット検索やワードでの文書作成くらいはできるが、パワーポイントとなるとお手上げだ。若いやつらが会議資料作成に使っている、グラフ作成や画像加工などは、まったくできない。秦は菜月の手がすばやく画面上を動くのを感心しながら眺める。

「出ました。これですね」

菜月がスマートフォンを秦に差し出した。液晶画面には、株式会社コンパニエーロの情報が載っていた。

商号、株式会社コンパニエーロ。本店住所、東京都新宿区四谷××。代表取締役は田崎実。目的、輸入品販売および美容一般に関する物品販売。資本金五百万円。設立日は一年前になっている。

「株式会社コンパニエーロは、美容に関する会社だったのか。で、田崎はそこの経営者。となると、月収二百万も肯ける」

ありがとうよ、と言いながら、秦はスマートフォンを菜月に返すと、上着の内ポケットから自分の携帯を取り出した。捜査一課長の寺崎へ、直通電話をかける。数回のコールで寺崎が出た。

「秦です」

自分の名を告げると、秦は現時点で把握している情報を報告した。

「田崎は美容関係の会社の社長か」

寺崎がひとり言のようにつぶやく。

「そちらには、なにか新しい情報は入っていますか」

秦が訊ねる。

「ああ、田崎の母親の居所がわかった。愛知県警の調べでな」

寺崎の話によると、田崎の母親セツは、愛知県の特別養護老人ホーム、清愛の園に入居しているという。セツは今年で七十六歳。認知症を患い、人の見分けもつかないほど重症らしい。入居費は息子である田崎が払っていた。

田崎の通帳に記載されていたセイアイノソノは、母親が入居している施設だったのか。田崎は毎月二十五万前後を支払い、母親の面倒を見ていた。

「親孝行な息子だったんですね」

秦がつぶやくと、さあどうかな、という言葉が返ってきた。

「施設職員の話では、田崎が最後に母親に会いに来たのは五年前で、あとは一度も面会に訪れたことはないそうだ。金だけ払って施設に預けっぱなし。それで親孝行と言うのかね」

預けっぱなし、という言葉に秦の胸がきりっと痛む。秦は首の後ろを二、三度叩くと気持ちを切り替えた。

「いまから我々は、株式会社コンパニエーロを当たります。同居人がいた形跡はありませんが、念のため指紋や毛髪などの採取をしておいたほうがいいと思います。鑑識を回してもらえますか」

「わかった。すぐにそっちに回す。それから、たったいま司法解剖の結果が出た」

秦は携帯に、耳を強く押しつけた。

「直接の死因は後頭部打撲による脳挫傷だが、血液から多量のベンゾジアゼピン系の成分が検出された。一般名トリアゾラム錠。俗に言うハルシオンだ」

「催眠鎮静剤ですか」

寺崎は、うむ、と答えた。

「アルコールも検出されている。おそらく犯人はハルシオン入りのアルコールを田崎に飲ませて、田崎の意識が朦朧としたところを見計らい撲殺したんだろう」

相手を弱らせてから撲殺するということは、犯人は力では敵わない女の線がやはり濃い。

とにかく、と寺崎は言葉を続けた。

「詳しくは、夕方の捜査会議で報告する。まずはそっちに鑑識を回す」

お願いします、と言って秦は携帯を切った。

秦は後ろに立っている菜月に向かって、郵便物と田崎名義の預金通帳、印鑑、パソコンを持ち帰るよう指示を出した。菜月はバッグから紙袋を取り出すと、押収物を入れ、玄関先に向かった。管理人に確認を求める。指定の用紙に物品名を書き入れ、管理人のサインを貰うと、菜月は持ってきたセロハンテープで袋の口を閉じた。

玄関で靴を履いた秦はドアに錠をかけると、手袋をはずし管理人に鍵を返した。

「いまからここに、鑑識が来ます。それまで部屋のドアに触れたり、中に入ったりしないでください。くれぐれもお願いします」

管理人は真面目な顔で、何度も肯いた。

秦と菜月はマンションを出た。冷たいビル風が身体に吹きつける。

田崎が会社経営者であることは判明したが、田崎を取り囲む人間関係や殺された動機などはまだ見えてこない。金のトラブルか怨恨か。それとも、それ以外のなにかなのか。田崎が経営していた株式会社コンパニエーロを探れば、動機に繋がる情報が出てくるかもしれない。

「田崎の会社がある四谷に行くぞ」

「はい」

背後で菜月が答える。

ふたりは、駅に向かって歩きはじめた。

3

ディナーショーがあった翌週の土曜日、文絵は鎌倉の駅に降り立った。

駅は多くの人で混雑していた。観光客や寺社への参拝客だろう。

文絵は駅のトイレに入ると、鏡の前に立った。髪型や化粧が崩れていないか、チェックをする。

今朝は朝食の支度を済ませると、鏡台の前に座り念入りに身支度をした。普段なら櫛を通すだけの髪をブローし、化粧もファンデーションを塗るだけではなく、アイラインをひいた。口紅も普段より濃いものを塗った。以前、職場の同期から貰った海外旅行土産の口紅だった。自分には派手すぎると思い、一度もつけたことがなかったものだ。

洋服は堅苦しくなく、かといってカジュアルすぎないものを選んだ。丈の長い花柄のチュニックに、白いパンツを合わせた。今日のために、近くのショッピングモールで購入したものだ。高価なものではなかったが、月々の生活費を考えると購入するのは躊躇われた。しかし文絵は、着古した普段着で出掛ける気にはなれなかった。

鏡台の前からなかなか離れない文絵に、夫の敏行は「デートかよ」とにやにやしながら言った。これから会うのがどういう相手かは、夫には散々、説明してある。文絵が睨みつけると、敏行は肩をすくめ、小声でつぶやいた。

「女は見栄っ張りだなあ」

汗をかいた鼻の頭にファンデーションを塗り直し、文絵はトイレを出た。

腕時計を見る。まもなく十一時だ。文絵はバッグから携帯を取り出し、加奈子に電話をかけた。電話はすぐに繋がった。

文絵が名乗る前に、携帯の向こうから軽やかな声がした。

「牟田さんね。電話、待ってたわ」

声が弾んでいる。加奈子は心から、文絵の電話を待っていてくれたようだ。文絵は、いま鎌倉に着いた、と加奈子に伝えた。加奈子は江ノ電に乗るように指示した。

「別荘は七里ガ浜にあるの。七里ヶ浜駅で待ってるから」

てっきり車で迎えに来てくれるものと思っていた文絵は、少しがっかりする。

文絵は電話を切ると、江ノ電に乗った。

満員の江ノ電に揺られ七里ヶ浜駅に着くと、改札の外に加奈子がいた。淡いブルーのワンピースを着ている。おそらくシルクだろう。裾が風に吹かれて優雅に揺れている。今日もこのあいだと同じ、大きなサングラスをかけていた。

「牟田さん、こっち」

加奈子は文絵を見つけると、微笑みながら手をとった。

「来てくれてありがとう。鎌倉まで迎えに行けなくてごめんなさいね。車を出そうかとも思ったんだけど、週末はいつも道路が混むの。電車のほうが早いし、別荘もここから歩いて五、六分の距離だから、七里ヶ浜駅まで来てもらっちゃった」

文絵は、気遣いは不要だという印に、顔の前で手をひらひら振った。どこで渡そうか迷ったが、用意してきた手土産をここで差し出す。

「これ、珍しいものじゃないんだけど、よかったら。前に会社の同僚から貰って美味しかったので、ときどき取り寄せて食べているの」

嘘だった。ネットで一日かけて人気のあるスイーツ店を探しだし、取り寄せたクッキーだった。普段、食べている菓子といえば、近所のスーパーで安売りしているポテトチップスや煎餅《せんべい》だ。

加奈子は文絵の言葉になんの疑いも見せず、精一杯の見栄が詰まった手土産を、礼を言いながら受け取った。

「行きましょう」

加奈子は文絵の先に立って、歩きはじめた。

線路を横切り、長く延びた緩やかな坂を上っていく。海から吹く風が心地よい。郷里のとりとめもない思い出を話しながら、加奈子の後に続いた。

駅から徒歩で五分ほどの高台にある豪奢《ごうしゃ》な一軒家の前で、加奈子は立ち止まった。

「ここよ」

目の前にある家を見て、文絵は息を呑んだ。

敷地は4LDKの文絵の家が、優に三軒は建つくらい広く、芝生が敷き詰められた庭には、さまざまな草花が植えられていた。

建物は三階建てで、一階がガレージになっている。壁は白く、二階の出窓に高価そうな花瓶が置かれているのが見える。

加奈子は蔦《つた》がデザインされた真鍮《しんちゅう》製の門を開けると、煉瓦の敷石を渡り玄関へ向かった。

玄関はガレージの横にある階段を上った先にあった。木製のドアの中央に、百合を象ったステンドグラスが施されている。建物の造りは現代的なのに、どこかアンティークな雰囲気を感じる。

加奈子はバッグから鍵を取り出すと、玄関の錠を外しドアを開けた。

「どうぞ」

加奈子が文絵をなかへ促す。文絵はあたりを眺めながら、恐る恐る足を踏み入れた。なかに入ったとき、さわやかな柑橘系の香りがした。

「いい香り」

文絵がつぶやくと、加奈子が隣で「アロマよ」と答え、下駄箱の上にある陶器の置物を指差した。

「私、いまアロマに凝ってるの。その日の気分で香りを変えるのよ。今日は牟田さんが来るから、一番お気に入りのオイルにしたの。オレンジとベルガモットをベースにしたものなんだけど、気に入ってくれたなら嬉しい。さ、どうぞ」

加奈子はヒールを脱いで家に上がると、文絵にスリッパを出した。

玄関の向かいにあるドアを開けると、そこがリビングになっていた。加奈子の家の居間とキッチンを合わせても、この半分にも満たない。おそらく二十畳はあるだろう。

加奈子は「ちょっと待っててね。お茶の用意をしてくるから」と言って、リビングの奥へ足を運ぶ。リビングの奥には、対面式のキッチンがあった。

取り残された文絵は、改めて部屋を見渡した。

中央には、大ぶりの応接セットが置かれていた。ソファの生地は、濃いグレーのベルベットだ。ソファの上には同じ生地で作られたクッションがふたつ置かれている。

高い天井からは豪華なシャンデリアがぶら下がり、壁際には天井までとどきそうなリビングボードがある。なかには、高級そうなブランデーやウイスキーが並んでいる。

手持ち無沙汰の文絵は、窓辺に立って外を眺めた。

「すごい――」

眺望を目の当たりにして、思わず声が出る。高台にある別荘の窓からは、相模湾に浮かぶ江の島が一望できた。

キッチンから、加奈子が首だけ出した。

「いい景色でしょう。別荘を買うとき、いろいろな物件を見たんだけど、決め手になったのは景色なの。夜になると江の島の灯りが、とてもきれいなのよ」

文絵が外の景色に見とれていると、加奈子がトレイに紅茶と菓子を載せて運んできた。

「さあ、座って」

加奈子がソファに座る。文絵もテーブルを挟んで向かいに腰を下ろした。

「このままでごめんなさいね」

加奈子はシャネルのサングラスのフレームを指で上げながら言った。

そういえば加奈子はディナーショーの日も、同じサングラスをかけていた。外でかけている分には不思議はないが、部屋のなかでも外さないとなると別だ。どんな理由があるのだろう。

加奈子はサングラスに関してはそれ以上触れなかった。慣れた手つきで薔薇《ばら》の模様が描かれているティーポットから、お揃いの絵柄のカップに紅茶を注ぐ。

ふわりと蜂蜜の香りがあたりに漂う。これがディナーショーの日に加奈子が言っていた、友人の英国土産だというアシュビィズのハニーなのだろう。

菓子はロールケーキだった。クリームの中にイチゴやメロンなどの果肉が入っている。

加奈子は紅茶とロールケーキを勧めながら、申し訳なさそうに文絵を見つめた。

「このあいだ言った、人気のベーカリーショップのクロワッサンを用意しようと思ったんだけど、買いに行ったときはもう売り切れてたの。ごめんなさい。でも、このロールケーキも美味しいのよ。同じ店のもので、クロワッサンの次に人気があるの」

どうぞ、と言いながら加奈子は自分の紅茶に口をつけた。

文絵は早くも、別荘を訪れたことを後悔しはじめていた。

七里ガ浜の高台にある豪奢な家、アロマが香る玄関、高価な調度品が置かれた広いリビング、英国産の紅茶、雑誌に載っている人気店の菓子。なにもかもが、文絵の日常とはかけ離れている。

「美味しい。牟田さんも食べて。それとも、ロールケーキは嫌い?」

ケーキに手をつけない文絵を見ながら、加奈子は心配そうに言った。文絵は慌てて首を横に振り、ケーキに手をつけた。

加奈子は楽しそうに、中学時代の思い出話をはじめた。文絵の気持ちは、徐々に沈んでいった。紅茶の味も、ロールケーキの美味しさもわからない。

うつむいて適当に相槌を打つ。

いい話がある、という言葉につられて来てしまった自分の短慮を呪う。

はじめから、ここに来れば自分が惨めになるとわかっていたではないか。ディナーショーの会場で再会したときに加奈子が身につけていた、高そうな洋服やアクセサリー。鎌倉に別荘を所有していることなどから、中古住宅に住み夫が持ってくる給料だけでやりくりしている自分とは、世界が違うと気づいていたはずだ。

朝は掃除や洗濯をし、昼食を食べながら近所のスーパーのチラシに目を通す。夕方、自転車でスーパーに行って安売り広告の品を買い、夕飯の準備をする。

それが文絵の日常だ。類は友を呼ぶ、と言われているが、自分は加奈子と同類ではない。友にはなれない。

――急用を思い出したと理由をつけて、早々に引き揚げよう。

加奈子は二杯目の紅茶を注ぎながら、しんみりとした口調で言った。

「本当に嬉しいわ。こうして牟田さんに会えて。いつか、お礼をしたいと思っていたのよ」

文絵は顔をあげた。

そうだ。加奈子はディナーショーの日、お礼をしたい、と言っていた。あれから礼を言われるようなことをしたか考えたが、ついに思い出せなかった。文絵はおずおずと訊ねた。

「ごめんなさい。私、あれから考えたんだけど、あなたにお礼されるような覚えがまったくないの。私、なにをしたのかしら」

加奈子はソファの背にもたれ、懐かしむような目で遠くを見た。

「私が中学校のときに、いじめられていたこと覚えてる?」

文絵は首を横に振った。地味で目立たない生徒だったことは覚えているが、いじめられていたという記憶はない。

「私、地味でブスで陰気だったでしょ。一部の男子から嫌われててね。机の中に給食の残りを入れられたり、ノートにブスとか死ねとか書かれたりしていたの。下駄箱の靴によく画鋲《がびょう》が入ってたわ」

文絵の胸が、ずきりと痛んだ。小学校のときの、嫌な思い出が蘇る。

「毎日、学校に行くのが辛くてね。でも本当に辛かったのは、みんなから無視されていたこと。誰も私を見ないの。私はいつもその場にいない人。まるで自分が幽霊にでもなったみたいな気分だった。まだ、靴に画鋲を入れられたり、ノートにいたずら書きされてたほうが、何倍もましだと思った」

小学校時代の自分のことを言われているようだ。背中に嫌な汗が伝う。

「唯一、心の安らぐ場所が、学校の裏にあったうさぎ小屋だった。ほら、学校でうさぎを飼ってたでしょう。私、飼育係だったからうさぎ小屋の掃除や世話をしていたんだけど、用がないときでも、よくうさぎに会いに行っていたわ」

そういえば、たしかに学校でうさぎを飼っていた。全部で五、六羽はいただろうか。

「うさぎの可愛い仕草を見ていると、心が和んでね。嫌なことを忘れられた」

それが自分となんの関係があるのだろう。訊ねようとしたとき、文絵の考えを見越したように、加奈子が文絵を見つめた。

「中学二年のときだった。私がいつものようにうさぎに草をあげていたら、牟田さんがやってきてね。私を見て、当番じゃないのに世話をしているの、って訊いた。驚いて肯くことしかできなかった。すると牟田さん、へえ、って感心したみたいに言ってくれた。優しいんだね——って」

加奈子はサングラスのまま、膝に目を落とした。

「すごく嬉しかった。無視されたり、ばかにされたりするだけで、誰からも褒められたことがなかったから。学校でアイドルの牟田さんから優しいって言ってもらえて、どれだけ嬉しかったか……」

加奈子は、なにかを吹っ切るように顔をあげた。

「私ね、あの当時、死のうと思っていたの。私なんか生きててもしょうがないんだ、って思ってた。ある本に、愛情の対義語は憎悪じゃなくて無視だ、って書いてあったけど、あの頃は誰からも無視されていたから。本当に辛かった。でも」

加奈子は文絵を見た。

「あなたの言葉で、少し、生きていく気力が湧いた。私もいつか牟田さんのような、素敵な女性になりたいって思った。牟田さんのあのひと言がなかったら、整形する勇気も持てず、いつまでもブスで陰気なままの女だったと思う」

そんなことがあったのか。

文絵は加奈子の話を、他人事《ひとごと》のように聞いていた。加奈子が自分に礼を言いたい理由はわかった。だが、ここまで説明されても、そんな出来事があったかどうかすら、思い出せない。あったような気もするが、人違いのような気がしなくもない。得心する気持ちと釈然としない感情が、胸のなかで混在していた。

反応が鈍い文絵に、記憶がない可能性を悟ったのだろう。加奈子は優しく微笑んだ。

「牟田さんが覚えていなくてもいいの。私にとってあれは大切な思い出で、いつか牟田さんに、あのときのお礼を言いたいと思っていた。その願いが叶ったんだから」

そこで加奈子は一呼吸置いて、言葉を区切るように言った。

「ありがとう」

文絵はいたたまれなくなった。

加奈子の目に映っているのは、いまの自分ではない。中学のときの輝いていた牟田文絵だ。過去の栄光を持ち出されて礼を言われても、いまの太って醜くなった自分が、よけい惨めになるだけだった。

文絵は二杯目の紅茶を、一気に飲み干して言った。

「悪いけど、そんなこと覚えてないし、恩に感じる必要もないわ」

文絵はわざとらしく、腕時計を見た。もう昼を回っている。別荘に来てから一時間が過ぎた。ここらが潮時だろう。

文絵はソファから立ち上がった。

「もうお昼だし、お暇《いとま》するわ。ロールケーキ、美味しかった。紅茶も。ありがとう」

文絵はソファの上に置いていたバッグを手にとった。

「待って!」

加奈子の切迫した声が、リビングに響いた。去っていく恋人を止めるような声音だ。

文絵は驚いて動きを止めた。加奈子はソファから立ち上がると、文絵を無理やりソファに座らせ、隣に座った。

「まだ、話は済んでないわ。私、どうしても牟田さんにお礼がしたいのよ」

加奈子の真剣な口調に圧される。

「お礼なんて」

必要ない、と続けようとした言葉を、加奈子が遮った。

「ディナーショーの日、あなたにお願いがある、って言ったこと覚えてる?」

文絵は肯いた。自分にとっていい話だと言っていた。それにつられて、ここまで来てしまったのだ。

加奈子は安心したように微笑んだ。

「その話よ。いまからあなたに頼み事をするわ。間違いなく、あなたにとっていい話よ。でも、まずこれを見てもらってから、話をしたほうがよさそうね」

そう言うと加奈子は、かけていたサングラスを外した。

加奈子の顔を見た文絵は、口をついて出そうな驚きの悲鳴を、やっとのことで呑み込んだ。

「驚いた?」

加奈子は顔にかかっている長い髪を、肩の後ろに払った。

見てはいけないと思いつつ、加奈子の顔から目が離せない。加奈子の目はまつ毛が長く大きくて、くっきりとした二重をしていた。白目の部分も青みがかっていて、黒い瞳の色が一層際立っていた。

だが、驚いたのは加奈子の目の美しさではない。右目の中央からこめかみにかけて広がっている痣《あざ》だった。痣は赤黒い部分と黒ずんだ部分が混ざり合っていて、斑《まだら》になっていた。皮膚は広がって醜くひきつれている。

加奈子は再びサングラスをかけた。

「ごめんなさいね。こんなもの見せて」

「なにがあったの」

こんな痣が昔からあったなら、加奈子のことをはっきり覚えているだろう。記憶にないということは、痣は中学を卒業して別れたあとにできたのだ。

加奈子は文絵から視線を外した。

「私、整形したって言ったでしょ」

文絵は肯く。

「整形は成功したの。目は二重にして、目頭も切開して大きくした。鼻にシリコンを入れて高くして、張っていたえらを削って小顔にした。ダウンタイムが過ぎて鏡を見たら、そこには自分が求めていた理想の顔があった。飛び上がりたくなるほど嬉しくて、術後の傷や腫《は》れの痛みなんか、すぐに忘れちゃった」

加奈子は顔をあげて、柔らかな微笑を漏らした。

「それからの毎日は楽しかった。街を歩いていても、男性にたくさん声をかけられたし、服を買いに行っても、店員から、おきれいですね、って褒められたわ。リップサービスじゃなくて、心から言っているのがわかった。誰もが私の顔に見とれたわ。でもね、その幸せは二年で終わりを迎えたの」

加奈子の声が沈む。

「整形してから二年後の秋、当時、付き合っていた男と別れることになってね。別れることになったっていっても、それは私の一方的な考えで、男は別れたがらなかったわ。大学病院の勤務医で、プライドも高かったのね。私と別れたくなかったこともあったんでしょうけど、自分がふられるということが耐えられなかったみたい。男のマンションで別れ話をしていたんだけど、話がこじれて男が感情的になってきてね。俺と別れるならこうしてやる、って叫ぶと、部屋の隅に置いていたバッグから茶色い瓶を取り出して、中身を私に向かってかけたの」

そのときの記憶が蘇ったのだろうか。加奈子はサングラス越しに、痣がある部分に手を当てた。

「反射的に身をかわしたんだけど、顔の右上にかかってしまってね。ものすごい激痛だった。呻き声をあげながら無我夢中で部屋を飛び出し、近くの病院に駆け込んだの。男が私にかけたのは硫酸だった。病院の薬品室から手に入れたのね。男はその後、警察に逮捕されたけど、警察の事情聴取で、本当はかけるつもりはなかった、脅すつもりだったんだ、って泣きながら供述したらしいわ」

加奈子はなにかをふっきるように勢いよく顔をあげる。

「つもりだった、で世の中が通るなら、警察はいらないってのよね」

言ったあと、面白い冗談でしょ、とでもいうように加奈子は声を出して笑った。

「男は傷害の罪で懲役二年の実刑を受けた。出所したあとのことは知らないわ。痣を消そうと形成外科を何軒も回ったけど、医師の診断はどこも同じ。いまの状態よりよくなることはない、ってね」

文絵はなんと言っていいかわからず、口に手を当てたまま黙って聞いていた。

「だから、このサングラスは手放せないの」

加奈子は愛しむように、サングラスのフレームを指で撫でた。

話を聞きながら、文絵は不思議に思った。加奈子に起こった出来事は不幸としか言いようがない。気の毒だとも思う。だが、加奈子はなぜ醜い痣を晒してまで、自分を引き止めるのだろう。その痣が自分への頼み事と、なんの関係があるのか。

加奈子は再び、うつむいた。

「この痣が一生消えない、とわかったときは自殺も考えた。せっかく美しい顔を手に入れたと思ったのに、また醜い自分に逆戻り。私はどこまでついてないんだろうって。でもね、私は自殺を思いとどまった。どうしてだか、わかる」

加奈子は顔を、文絵のほうに向けた。

「牟田さんの言葉を、思い出したからよ」

「私の、言葉」

加奈子は肯いた。

「牟田さんがうさぎ小屋で私にかけてくれた、優しいんだね、っていう言葉。あのひと言があったから、生きる勇気が持てた。あんなひどいいじめを乗り切れた。だから、この痣の辛さも、きっと乗り切れるってね」

加奈子は記憶を辿るように、窓辺に顔を向けた。どこか、ここではない遠くを、見つめているのだろう。

「私、証券会社の受付嬢をしていたの。あの事件のあと、会社は辞めたわ。同情や憐憫《れんびん》が嫌だった、ってのもあるけど、こんな顔になって、受付嬢なんか続けられないよね。受付嬢どころか、会社勤めもできない。サングラスかけたOLなんて、どこも雇ってくれないでしょ」

そう言って加奈子は薄く笑った。

文絵は戸惑っていた。かつていじめに遭っていた同級生が、整形手術によって美女に生まれ変わり、証券会社に勤めていた。そこまではいい。が、不幸な事故に巻き込まれ、あれほどの疵《きず》を顔に負って職を失い、再び絶望のどん底に叩き込まれた。その彼女が、いまこうして途轍《とてつ》もない豪勢な暮らしをしている。いったい加奈子に、どんな幸運が訪れたのか。またそれが自分とどう関係してくるのか。文絵にはまったく想像がつかなかった。

少し沈黙したあと加奈子は、意識したかのような快活な声で、話を続けた。

「辛気臭い話はこれくらいにしとくね。その後いろいろあったけど心機一転、思い切ってフランスへ行ったの。貯金をはたいてね」

「フランス？」

文絵は思わず聞き返した。

「そう、パリに三年間。第二外国語がフランス語だったから。それだけの理由。外国ならどこでもよかったの。実はね、医者の元彼から、たっぷり慰謝料ふんだくったの。事件が悪質なんで、それでもあいつ、実刑ついちゃったけどね。まあ、刑期は半分になったみたいだから、向こうも払った甲斐はあったんでしょ」

そこまで言って、加奈子は急にソファから立ち上がった。

「牟田さんに、見てもらいたいものがあるの。ちょっと待ってて」

加奈子はリビングを出ていくと、三階へ上がっていった。戻ってきたときには、手に小ぶりの籐《とう》の籠《かご》を抱えていた。

「これよ」

加奈子は文絵の隣に腰を下ろすと、籠をテーブルの上に置いた。

籠の中には、液体が入ったガラス瓶が二本と、ポンプ式のプラスチック瓶がひとつ。白い陶器でできた、円形の平べったい容器が入っていた。

文絵はガラス瓶を手にとった。瓶の表に、LUMIERE、と書かれている。加奈子はもう一本のガラス瓶を手にとった。

「化粧品よ。名前はリュミエール。フランス語で灯りという意味なの。すべての女性を美しさへ導く灯りになりたい、そう思ってつけたの」

つけた、という言葉に、文絵は眉を寄せた。

「名前をつけたって……」

加奈子は口元を綻ばせ、優雅に微笑んだ。

「リュミエールは、私がつくったの」

「あなたが?」

文絵は驚きの声をあげた。

化粧品の開発など、ひとりでできるはずがない。

以前、テレビ番組で、化粧品の製造過程を紹介していた。専門の技術者がいて、なんども品質検査を繰り返す。商品が完成しても、それで発売できるわけではない。化粧品を製造する工場の生産ラインや商品を流通させるための営業部門、省庁の認可も必要だ。商品化が実現するには、クリアしなければならない多くのハードルがある。金の問題もある。人的投資と設備投資だけで、莫大《ばくだい》な金がかかるはずだ。

「リュミエールをつくったって、あなたが化粧品会社を設立したってこと?」

文絵の怪訝な表情を見て、加奈子はすぐに訂正した。

「ごめんなさい。言い方が悪かったわね。正しくは、リュミエールって名前を、私がつくったってこと」

加奈子は下から、サングラス越しに文絵の顔を覗き込んだ。

「牟田さん、ラ・ビジュっていう化粧品、知ってる?」

はじめて聞く名前だった。

「フランスの化粧品で、海外のセレブのあいだで愛用されているものなの。日本の有名人でも使っている人は多いわ。ほら、女優の本城《ほんじょう》かれんとか、メイクアップアーティストの相沢純《あいざわじゅん》とか」

相沢純は知らないが、本城かれんは知っていた。アラフォーだが、どう見ても三十代前半にしか見えない若さを保ち、誰の目をも惹きつける容姿をしている。コマーシャルやドラマ、映画に引っ張りだこの、国民的人気女優だ。

「すべてはね、ピエールとの出会いだったの」

加奈子は思い出を愛しむようにそこで言葉を止め、手にしている化粧品の瓶を撫でた。

話が飛びすぎて、どう収束するのかわからない。文絵は困惑したまま、続きを待った。

加奈子の話によると、ピエールとはルーブル美術館で「運命的出会い」を果たしたのだという。ピエール・アルジャーニはラ・ビジュのブランド名で知られるアルジャーニ化粧品の創業者一族の御曹司で、社交界では有名なプレイボーイだった。

「彼ね、フェチなのよ。痣フェチ——信じられる? セックスのあいだ中、私の痣を舐《な》めてるの。私とのセックスではそうしないと、いかないのよ」

加奈子は声に出して笑った。

「初めて会ったとき、きみのサングラスの向こうに、求めていたものがあることがわかった。

きみのような女性を待っていた。そう何度も言ってたわ。嘘か本当か知らないけど。でも、彼の財力とコネクションは本物だった」

ピエールのコネで、ラ・ビジュの日本での独占代理業者の地位を手に入れた加奈子は、日本に戻るとラ・ビジュの販売網を広げるための会社を設立した。もちろん、ピエールの資金援助を受けて。

「私ね、こんな話するのはなんだけど、女性としての具合がいいらしいの。いままで付き合ってきた男は、みんな褒めてくれた。医者の男が執着した理由のひとつもそれよ。本人がそう言ってたわ」

「その、ピエールっていう人、独身なの」

文絵は最前から気になっていたことを訊ねた。加奈子は当然とでもいうように、まさか、と言って笑った。

「妻子持ちよ。つまり私は、愛人《ラマン》ってわけ。彼、プレイボーイだって言ったでしょ。私のほかにも、愛人がいるかもね」

「いまでも、その人とは会ってるの」

「もちろん。スポンサーだもの。いまも商談を兼ねて、定期的にフランスへ渡ってるわ」

フランス人の御曹司、ルーブル美術館での運命的な出会い、スポンサー、会社設立……なにからなにまで、文絵には信じがたい話だった。そんな映画のような話が、実際にあるのだろうか。胡散臭《うさんくさ》いといえば、胡散臭い。

――でも。

文絵は改めてリビングを見渡した。鎌倉の海が見える別荘や、加奈子が身につけているアクセサリーや衣服、豪華な調度品。加奈子が言ったように、この財力は本物だ。

加奈子は、でね、と言って文絵の顔を覗き込んだ。

「ここからはあなたへの頼み事に関係してくるんだけど、アルジャーニ化粧品が、密《ひそ》かにヨーロッパで発売した新商品があるの」

「密かに?」

「そう、一般のコマーシャル・ベースにはまったく乗せていない、会員制の商品。すごく高いのよ。販売対象はセレブの顧客だけなの」

加奈子は籐の籠から、陶器製の容器を取り出し蓋を開けると、なかに入っているクリームを指にとり、文絵の手の甲につけた。

「塗ってみて。保湿クリームよ」

文絵は言われるまま、手の甲にクリームを塗った。伸びがよく、肌に均一に広がる。べたつかないのに、しっとりしていて肌に染み込んでいく感じだ。たしかに肌によさそうだ。なにかの花の香料を使っているのだろう。いい香りがする。

「どう、いいでしょう。フランスでの商品名はフルール。花の意味よ」

ええ、素敵ね、と答える文絵の胸には疑問が浮かんでいた。

なぜ日本で違う商品名をつけるのだろう。

疑問を口にすると、加奈子は言った。

「フルールはね、フランスでも一般には知られていない商品なの。販売価格も、通常の化粧品の三倍以上するしね。日本で知っている人はほとんどいない。私ね、このセレブ専用の高級化粧品を、もっと普通の人にも使ってほしいの。だって、それだけいい商品なんだもの。セレブなどの限られた人たちだけじゃなく、一般の人にも美しくなってほしい。だから、あえてフランス本国とは一線を画す名前をつけて、売り出すことにしたの」

「そんなことして、大丈夫なの、契約とか……」

よく知らないが、代理店と本社とのあいだには、いろいろ細かい契約が存在するはずだ。

「ライセンス契約のこと？」

「そう。それ」

加奈子は感心したように言った。

「牟田さんってビジネスに詳しいのね。そういったことには、あまり関心がないのかと思ってた」

関心があるわけではないが、新聞や週刊誌を読んでいれば、自然と目に入ってくる情報だ。

そう答えると加奈子は、顔の前で軽く手を振った。

「いや、そうじゃなくて。なんていうのかな、牟田さんって、浮世の細かいしがらみとは乖離《かいり》した存在っていうか、ほんわかした存在っていうか……」

要は世間知らずだ、と言いたいのだろうか。文絵は唇をきつく噛んだ。加奈子はそこで、くすりと笑った。

「ごめんなさい。いま私が言ったことは忘れて。これはやっぱり運命だわ。そう、ピエールと同じように、私と牟田さんは出会う運命だったのよ。そういうしっかりした人を、私は探していたの」

「どういうこと」

真顔に戻って、加奈子は続けた。

「いま、説明する」

秘密を打ち明ける準備でもするように、加奈子は新しい紅茶を用意した。

「私がライセンス契約を結んでいるのは、アルジャーニ社じゃなくてピエール個人なの。もちろん、正式に契約書を交わしてるわ。日本的に考えるとちょっと変に感じるかもしれないけど、ヨーロッパの老舗《しにせ》同族会社では、意外とあるのよ。ピエールは社長じゃないけど、会社の株の三分の一を所有している筆頭株主だし、実質的には彼の会社って言っていいの」

ティーポットにお湯を入れた加奈子は、砂時計を逆さにした。砂がさらさらと落ちはじめる。

「いまの社長は義理の兄で、いずれピエールが社長になるのは規定路線だわ。ただね、ピエールといまの社長、仲がよくないの。よくあるでしょ、そういうの。法的には問題ないけど、私との仲を身内に知られたくないこともあって、彼は日本の代理店の件をあまり表に出したくないのよ。だから、名前を変える、っていうのも、実はあるの」

砂がすべて落ちきると、加奈子は新しい紅茶を文絵と自分のカップに注いだ。

文絵は淹《い》れたての紅茶を口にしながら、加奈子の話を頭のなかで整理した。加奈子の恋人は、ラ・ビジュをつくっているアルジャーニ社の筆頭株主で、いずれ、社長になる男だ。そのアルジャーニ社が、このたびフルールという、新しい高級化粧品を開発した。そのフルールを、今回、日本でリュミエールと名前を変えて販売することになった。そのライセンス契約を、加奈子が手に入れた。

ここまではわかった。だが、ひとつ疑問がある。

たしかにリュミエールはいい化粧品なのだろう。海外のセレブたちが愛用している化粧品だ。悪いはずがない。

だが、店で見かけたこともなければ、雑誌でも見たことがない。化粧品に詳しくない文絵でも、そこまで有名な化粧品なら名前くらい目にしたことがあってもおかしくないのではないか。なぜ店や雑誌で大々的に売り出されていないのだろう。

ティーカップを手にしたまま黙り込んでいる文絵を見て、文絵が抱いている疑問を悟ったのか、加奈子は保湿クリームの容器を籠に戻しながら言った。

「そんなにいい化粧品なら、どうして店頭などで見たことがないんだろう。そう思ってるんでしょう」

心の内を見透かされて戸惑う。慌てて否定しようとしたが、図星なだけに言葉が見つからない。

加奈子は小さく笑うと、化粧品が入っている籠を見つめた。

「リュミエールは、フランス本国と同じように、会員にならないと買えないものなの」

「会員？」

「そう、牟田さんも、店頭に並んでいる商品価格には、中間マージンが加算されているってことは知ってるわよね。メーカーから販売店に届くまでの送料や人件費。ほかにも販売店の店舗経費や人件費も商品価格に上乗せされるわ。場合によっては、もっと中間マージンが上乗せされることもあるけれど、この時点ですでにかなりの中間マージンが発生しているの。いくらメーカーが商品価格を安くしても、中間マージンが発生する限り、商品価格は高くなっちゃうの。それでなくても、もとが高いんだもの。あまりに高すぎると、いくらいい品でも手は出ないでしょ」

文絵は肯いた。加奈子の言うとおりだ。店に商品を置けば、当然、店側に小売りマージンを払わなければならない。コマーシャルを出しているところは、コマーシャルに出ているタレントへの支払い分も、商品の原価に上乗せしているだろう。

でも、と言って加奈子は得意げに背筋を伸ばした。

「リュミエールはその中間マージンが発生しない仕組みになっているの。製造者から直接、消費者に商品が届くのよ。そうすれば、余計な経費の削減ができるでしょう。いいものを安く消費者に提供できるの」

文絵は嫌な予感がしてきた。

加奈子は礼がしたいと言いながら、自分に化粧品を売りつけようとしているのだろうか。

今回、別荘に招待したのも、会員への勧誘だったのかもしれない。

文絵が普段使っている化粧品は、ドラッグストアで売っている安価なものだ。中間マージンをカットしたとはいえ、海外セレブが愛用している高価な化粧品を、夫の給料だけでほそぼそと暮らしている自分に買えるわけがない。

なにより、いまの文絵は化粧品や洋服などといった、自分を飾る品物には興味がなかった。どんないい化粧品を使っても、ブランド品の洋服を着ても、豚のように太っている限り美しくなれるとは思わない。

文絵の胸に、怒りにも似た切ない気持ちが込み上げてきた。

礼がしたいなどと調子のいいことを言ってはいるが、昔話を餌にして自分の利益のために呼び出しただけではないか。ほかの人間にも同じようなことを言って、化粧品を買わせているのだろう。輝いていた昔の思い出に釣られて、のこのこと訪ねてきた自分が惨めになる。

文絵はサングラスの奥にある加奈子の目をまっすぐに見つめると、先手を打った。

「すごいね。自分で会社を立ち上げるなんて。クリームを塗ってみて、いい化粧品だっていうこともわかった。でも、ごめんなさい。私、化粧品には興味がないの。悪いけど、会員になる話はお断りするわ」

文絵の言葉に、加奈子は驚いたように口を開けた。なにを言っているのか、というように首を横に振る。

「ちょっと待って。誰が牟田さんに、会員になって、なんて言った？　私はそんなことひと言も言ってない。牟田さんに会員になってもらおうなんて、思ってないわ。まして、化粧品を買わせようなんて」

今度は文絵が驚く番だった。

ではなぜ加奈子は、化粧品の話を持ち出したのだろう。自分の醜い痣を晒してまで、自分を引き止める理由はなにか。

加奈子は、膝に視線を落とした。

「そうね。化粧品の話と会員の話を持ち出されたら、牟田さんがそう考えてもおかしくないわよね」

でも、と言って加奈子は、顔をあげて再び文絵を見た。

「私が牟田さんにお願いしたいことは、これから話すことなの」

真剣な口調に、文絵は身体を強張《こわば》らせた。いったいなにを言われるのだろうか。

加奈子はサングラス越しに、文絵の目をじっと見つめた。

「牟田さんに、私になってもらいたいの」

——私になってもらいたい。

文絵は心のなかで、加奈子の言葉を反芻《はんすう》した。だが、意味がわからない。

加奈子はテーブルの上の化粧品を眺めた。

「さっきも言ったけど、私はこの化粧品を多くの人に使ってもらいたい。商品の販路を広げるためには、もっと会員を増やさなくちゃいけない。会員を増やすために、どこかの会場を借りて商品説明会を開いたり、会員向けのセミナーもしなくちゃいけない。でも、そのとき障害になるのは、これよ」

加奈子はサングラスを外すと、醜い痣が文絵によく見えるように、長い髪を掻き上げた。

「化粧品は、美を売るものよ。その美を売る人間がこんな醜い顔をしていたら、誰も買わないわ。買うほうは売る人間が美しいからこそ、自分もあの人のように美しくなりたい、と思って商品を買うの。こんな痣を持つ私が、人前に出て商品を勧めることはできないわ」

だから、と言って加奈子は文絵のほうに身を乗り出した。

「私の代わりを、牟田さんにしてもらいたいの。化粧品の商品説明や会員向けセミナーの講師役を務めてほしいのよ」

「講師役……」

加奈子が肯く。

「もちろん、それなりの報酬は支払うわ。会社勤めのように長い時間拘束もされず、週に三、四日、二、三時間だけ化粧品の説明をするだけでお金が入るのよ。そのほかに、簡単な雑務をしてもらうけれども、それは在宅で時間のあるときにできることよ。それでひと月……」

「これでどうかしら」

加奈子は片手を広げた。

五万、ということだろう。

文絵は即座に計算した。

コンビニやスーパーのレジ打ちのバイトを時給八百円と考えると、子供を学校や幼稚園に送り出してから帰ってくるまでのおよそ五時間働いたとして、ひと月八万ほどだ。平日五時間勤務の半分以下の労力で、五万円貰える。たしかに条件は悪くない。

「こんないい話、なかなかないでしょう。ほかに雑務もあるけれど、それは会社のスタッフがするから大丈夫。牟田さんに負担はかからないわ」

「ちょっと待って」

話を続けようとする加奈子を、文絵は遮った。加奈子は小首を傾げた。

「なに？」

文絵は唇を嚙んだ。たしかに条件はいい。時間に縛られず、たまに人前で話をして、簡単な雑務をするだけで金が入るのだ。

——だが。

文絵は自分を見つめる加奈子から、視線を逸《そ》らした。

「無理よ」

「どうして？」

加奈子が不思議そうに訊ねる。文絵は膝の上に置いている手を、強く握った。

「さっきあなたは、『化粧品は美を売るもの。売る人間が美しいからこそ、商品が売れる』みたいなことを言ったでしょ」

「ええ、言ったわ」

加奈子が答える。文絵は小さくつぶやいた。

「私は、美しくないわ」

自分は醜い。ぶくぶくと太り、大きかった目も高かった鼻も、盛り上がった頬肉のなかに埋もれている。顎の下には二重にも三重にも肉がぶら下がっている。こんな自分が、美を売るなんてできるわけがない。

文絵は背けていた視線を、加奈子に戻した。そして、加奈子の痣を見ながら言った。

「その痣だけど、もう一度、病院に行ってみたらどうかしら。医学は年々進歩しているわ。皮膚移植の技術とかも進んでいると思う。その痣さえなくなれば、あなた自身でできるじゃない」

加奈子は手の甲を口に当てて、くすくすと笑った。

「そうかもね。でも、いまの私には、この痣はなくてはならないものになってしまったのよ」

「どうして?」

加奈子は顔に、妖艶《ようえん》な笑みを浮かべた。

「ピエールよ」

文絵は、先ほどの加奈子の話を思い出し、はっとした。そうだ。ピエールは加奈子の痣を好んでいるのだ。

加奈子は深い息を吐いた。

「世の中、なにがどうなるかわからないわね。一度は死のうとまで考えた憎い痣が、いまでは、なくてはならないものになっているんだから。この痣のおかげで、私はいまの暮らしを手に入れたのよ。だから私にはあなたが必要なの」

加奈子は文絵を、愛しげな眼差しで見つめた。

「あなたは美しいわ。それは私がよく知っている。中学のときのあなたは眩しいくらいに輝いていた。いまは育児に追われて自分を磨く時間がなく、昔より体重が増えたりして、その輝きが薄れているけれど、あなた自身が持っている美の資質は、消えていない。あなたの奥底に眠っているだけ。痩せて自分を磨けば、昔のように美しい自分を取り戻せるわ」

昔の美しい自分。その言葉に、目眩のような誘惑を感じる。痩せて自分を磨けば、本当にあの頃の自分を取り戻せるのだろうか。

加奈子は文絵の手をとった。

「美しくなれるうえに、月に五十万の収入が得られるのよ。迷うことないじゃない」

文絵は耳を疑った。

「五十万?」

聞き返す文絵を、加奈子はきょとんとした顔で見つめた。

「そうよ。さっき伝えたじゃない。片手を出して」

「そうだけど、あれは五万円ってことじゃなかったの」

加奈子は驚いたように目を大きく見開いたあと、声を出して笑った。

「まさか。そんなはした金で、牟田さんにお願いしようなんて考えてもいないわ」

はした金、という言葉に顔が熱くなる。加奈子にとって、五万ははした金なのだろう。だが、文絵にとってはひと月の食費分に相当する大金だった。加奈子は笑い終えると真顔に戻り、文絵に視線を戻した。

「五十万って言ったけど、それがもっと増える可能性もあるのよ」

もっと。文絵は膝を加奈子に向けた。

「それってどういうこと？」

加奈子の話によれば、会員がひとり増えるごとに、文絵に一万円の金が入ってくるという。会員が十人増えれば、ひと月六十万。二十人増えれば七十万。もっと会員が増えればそれ以上の収入になる。

「お客さまが美しくなり、感謝され、なおかつ自分も収入が得られる。すばらしい仕事だと思わない？」

加奈子の説明を聞く文絵の頭のなかに、ある言葉が浮かんだ。

マルチ商法。

ネットワークビジネスと呼ばれることもあり、加入者がほかの人を組織に参加させ、ピラミッド式に販売組織を拡大させていく商法だ。

会員になるとほかの人を勧誘し、自分の子会員にさせることで紹介料を貰えたり、子会員や、子会員が勧誘した孫会員などが商品を売った金額の何パーセントかを貰えるというようなシステムになっている。

文絵も以前、幼稚園のママ友から勧誘されたことがある。そのときは健康食品だった。粉末のサプリメントで、身体に害を及ぼす活性酸素を取り除く作用があるのだ、とママ友は言っていた。会員になるための入会金やひと月分の商品代金、合わせて五万円が必要だった。

マルチ商法に関する情報は、新聞や週刊誌でよく目にしていた。美味しい話に釣られて会員になったはいいが、結局は会員を増やせなくて自分の出費がかさんだり、たくさんの在庫を抱えてその処分に困ったりといったトラブルが絶えない、といった記事だった。

適当な理由をつけて、サプリメントの勧誘は断ったが、加奈子がしていることもマルチ商法ではないのか。

文絵がおずおず訊ねると加奈子は、あんなものと一緒にしないで、と首を横に振った。

「リュミエールの会員になるときは、たしかに入会金を貰うわ。でもそのお金は、誘った会員、マルチ商法で言うところの親会員には入らないの。リュミエールでは会社の収入になるのよ。化粧品の売り上げもそう。会員が増えれば、会社の収入が増える。牟田さんに支払えるお金も増やせる」

加奈子は安心させるように、握っている文絵の手を優しく撫でた。

「牟田さんが得る収入は会員から支払われるのではなく、会社から支払われるものなのよ。会員が増えれば牟田さんの収入も増える、と言ったのはそういう意味。マルチ商法やネットワークビジネスとは根本的にシステムが違うの。だから、安心して」

詳しいことはわからないが、とにかく自分は会員から金を貰うのではなく、加奈子の会社から貰うということは理解できた。要は、加奈子に雇われる形になるのだろう。

加奈子は文絵の、肉付きのいい手を眺めた。

「まず、痩せることからはじめましょ。それから、肌も磨かなくちゃ」

そう言うと加奈子は、テーブルの上にあった籐の籠を、文絵に手渡した。

「この化粧品、一式あげるわ。これでふた月はもつから、今晩から使ってみて。明日の朝、肌が違うわよ。しっとりして肌に張りが出てるから」

文絵は首を左右に振った。

「だめよ。こんな高価なもの、貰えない。それに、私まだあなたの仕事の手伝いをするなんて決めてないし」

加奈子は文絵の手をとった。その手の力強さに戸惑う。

「いま、私がここにいるのは牟田さんのおかげよ。ううん、大げさに言ってるんじゃないの。心からそう思っている。私、牟田さんにお礼がしたいのよ」

加奈子の真剣な眼差しに、心が揺れる。

「仕事の話は、ゆっくり考えてもらっていいわ。でも、この化粧品は貰ってちょうだい。あなたに使ってほしいの。憧れの牟田さんが、再び美しくなっていく姿が見たいのよ」

「美しくなっていく姿……」

加奈子は肯いた。

「そう。あなたは美しくなるの」

4

北品川駅から電車を乗り継ぎ、四谷に向かう。

株式会社コンパニエーロは、地下鉄の四谷三丁目駅から徒歩で十分ほどのところにあった。表通りから横道に入った、雑居ビルが立ち並ぶ一角だ。

秦は、目の前のビルを見上げた。

「こんなところに、美容関係の会社か。似合わないいな」

五階建てのビルは、かなり老朽化が目立つ。白かったはずの壁はくすみ、ところどころ細かい亀裂が入っている。鉄製の雨樋《あまどい》には錆《さび》が浮いていた。隣のビルとのあいだには、空になったコンビニ弁当の容器や、コーヒーの空き缶が捨てられている。

入口の横に、テナントのプレートが貼られていた。一階が不動産会社で、二階が海産物会社の東京支社、五階には結婚相談所が入っている。ビルの名前は不動産会社名と同じだった。一階の会社がビルのオーナーなのだろう。三階と四階の箇所には、なにも貼られていない。

秦は隣にいる菜月に訊ねた。

「おい、ここに間違いないいな」

菜月は手にした手帳を開き、スマートフォンで確認した。

「四谷共進《きょうしん》ビル3F——このビルで、間違いありません」

秦は入口から中に入ると、エレベーターを使わず、階段を上った。ビル内部の雰囲気を掴んでおきたかった。

階段は人がようやくすれ違えるくらいの広さしかない。節電を心がけているのか電灯も薄暗い。踊り場に埃は溜まっていないようだ。掃除はされているのだろう。あとに続く菜月が、足を踏み外しそうにでもなったのか、小さく声をあげた。

「大丈夫か」

振り向かずに秦は声をかけた。

「すみません、大丈夫です。躓《つまず》いてしまいました」

三階に着く。表の通りと直角に廊下が続いている。長さは十メートルほどだ。ビルの横幅は八メートル程度だったから、共有スペースを除くと、部屋の内部は約二十坪、と秦は踏んだ。

青く塗られたスチール製のドアに、社名はなかった。プレートを剝がした痕がある。

軽くノックする。返答はない。

秦は白手袋をはめた。ドアノブを回してみる。鍵がかかっていた。秦は念のため、ドアの横にあるチャイムを押した。無言のままだ。中に人がいる気配はない。

「いないなあ」

「休みでしょうか」

菜月が怪訝そうな声を出す。

「さあ、どうかな。引き払ったのかもしれん」

秦はドアに残った、接着剤の微かな残痕を触りながら言った。

「一階の不動産屋を当たるぞ」

「はい」

今度はエレベーターを使って一階に下りる。五、六人乗れば一杯になる、狭い箱だ。ぎしぎしと揺れながら、ゆっくりと降下する。スピードも鈍《のろ》い。都心とはいえ、地下鉄の駅から徒歩十分、裏通りに面した築年数三十年程度の五階建てビル。家賃は坪一万円程度か。共益費を入れて月二十数万程度の物件と思われた。田崎の通帳からの、引き落とし額と一致する。

一度ビルを出て、不動産会社の正面に回った。窓は物件情報でふさがれ、自動ドアのガラスにも、ところ狭しとテナントビルの賃貸情報が貼られている。

秦は菜月に目配せし、自動ドアの開閉スイッチを押した。

「いらっしゃいませ」

ドアが開くと同時に、中から声がかかる。

紺色の事務服を着た女性が事務机から顔を上げ、にこやかに会釈した。長い髪を巻き、ひと目でそれとわかる、つけまつ毛をつけている。口紅も淡いピンク系だ。しかし、肌の衰えは隠せなかった。若づくりしているが、三十半ばといったところか。

秦は上着の内ポケットから、警察手帳を出した。

「神奈川県警の秦といいます。ちょっと、お訊ねしたいことがありまして。いま、いいですか」

警察、それも神奈川県警と聞いて驚いたのだろう。女性の顔から笑みが消え、表情が強張った。ここで待つように言い残し、足早に奥へ引っ込む。

一分後に女性があらわれたときは、男が一緒だった。背が高く痩せている。黒縁の眼鏡をかけており、髪は薄い。男は不安げな表情で、秦と菜月を交互に見た。

「共進不動産の守谷《もりや》です。警察の方が私どもに、なんのご用でしょうか」

秦は守谷のフルネームを確認し、続いてビルに入っているテナントについて訊ねた。

「このビルに入っているテナントについて、確認したいんですが。三階と四階は、空いてるんですか」

守谷は肯いた。

「ええ、いまこのビルに入っているテナントさんは、二階の福伝《ふくでん》水産さんと、五階の四谷ハピネス結婚相談所さんだけです」

秦は訊ねた。

「このビルに、コンパニエーロという名前の美容関連会社が入っているはずなんですがね」

守谷は、ああ、と声をあげた。

「コンパニエーロさんね。たしかに入ってましたよ。三階です」

守谷の話によると、コンパニエーロは一年前に賃貸契約し、ひと月前に解約を申し出てここを引き払った、とのことだった。菜月がスマートフォンで調べた会社設立時期も、一年前になっていた。田崎は会社設立と同時に、このビルに部屋を借りたのだ。

「具体的にはいつ、出ていったんですか」

秦が訊ねる。

「えーと、二週間くらい前だったかな。解約通知が突然でしたからね。少し揉めはしました」

「揉めたというと」

「うちの場合、解約通知は通常三カ月前と決まっているんです。新規テナントの募集期間がありますからね」

「ひと月前では、契約違反ということですか」

「まあ、厳密に言えば。ただ先方も、敷金の返納を求めないということでしたので」

秦は菜月を振り返る。菜月は手帳にペンを走らせていた。いまのところ口を挟む気はないようだ。秦は質問を続けた。

「どこかに引っ越したんでしょうか」

「という感じではなかったですね。引っ越し当日、運び出した荷物は段ボール箱がふたつばかりで、あとは処分したようです。前の日、シュレッダーにかけられた紙片を、いくつものごみ袋に分けて捨てていましたからね。新しい事務所を借りたんなら、事務用品や書類は持っていくでしょう」

守谷は天気の話でもするように、淡々と語る。

「いまは一円から会社がつくれるでしょう。この不景気でリストラされたサラリーマンが、一念発起して会社を立ち上げることはよくあるんです。うちのビルにもこの五年で、三、四社ほど、そんな会社が入りました。でも所詮、こう言っちゃあなんだが、素人です。たいてい経営が行き詰まり、すぐに潰れてしまいます。夢も希望もなくし、残るのは借金だけ。コンパニエーロさんも、その類じゃないですかねえ」

守谷は好奇心を湛《たた》えた目で、秦を見た。

「で、そのコンパニエーロさんが、どうかしたんですか」

秦は問いには答えず、背広のポケットから写真を取り出した。運転免許証から引き伸ばした田崎実の顔写真を、守谷に見せる。

「賃貸の契約、解約をしたのは、この男性ではなかったですか」

守谷は顔を近づけると、眼鏡を指で上げて写真をじっくり見た。軽く肯いて、眼鏡をかけ直す。

「もう少しふっくらしてた印象がありますが、間違いない。この男性です」

秦は写真の男性が、鎌倉の別荘で起きた殺人事件の被害者であることを伝えた。

「えっ、殺されたんですか」

守谷は眼鏡の中の細い目を、大きく見開いて言った。

「そういえばテレビでやってましたわ、鎌倉の殺人事件。あの人だったのか……ぜんぜん気がつかなかった。それで、犯人は捕まったんですか」

人は警察にものを聞かれたとき、ふたとおりの反応に分かれる。面倒事に巻き込まれることを嫌い、関わり合いになるのを避けるタイプと、他人の不幸は蜜の味とばかり、好奇心を剝《む》き出しにして首を突っ込むタイプだ。

秦自身は、前者のタイプだ。他人の私生活には興味がない。後者のような人間を、暇な人種だと、個人的には思う。

だが、刑事の立場からすれば、後者のほうがありがたい。刑事は口を開かせてナンボだ。無関係と思われる些細な情報が、事件解決の糸口になることがある。

秦は首の後ろを、二、三度叩いた。

「まだです。だからこうして、いろいろお聞きしているんです。捜査にご協力願えませんか」

守谷は笑みを浮かべ、もちろんです、と力強い声音で答えた。

秦と菜月を奥へ促す。応接セットのソファに自分もどっかり腰を下ろすと、先ほど応対に出た女性に、茶を淹れてくれ、と叫んだ。

秦はソファに座ると、改めて守谷に菜月を紹介した。

「同僚の中川刑事です」

よろしくお願いします、と言って菜月が会釈する。

「ほう、刑事さんでしたか。わたしゃてっきり、女優さんかと思いましたよ」

見え透いた世辞を、菜月はファーストフード店なみの営業スマイルで受け流す。言われ慣れているのだろう。たしかに美人だが、菜月はそういう点では嫌味がない。

「それにしても近頃は、ドラマに出てくるような美人刑事さんが、本当にいるんですね。いやあ、神奈川県警はレベルが高い」

「いえいえ、とんでもない」

　営業スマイルを継続しながら、菜月が顔の前で手を振る。

　秦は苦笑いした。話題を戻すため、軽く咳払いする。

「鎌倉で起きた事件の被害者ですが、名前は田崎実さん、三十八歳。株式会社コンパニエーロの代表取締役になっています。会社設立の目的は、輸入品販売および美容一般に関する物品販売です。間違いないですか」

「はい。たしか、そんなふうに聞いてます」

　女性従業員が茶を運んできた。

「どうぞ」

　好奇心に満ちた目で、三人の前に湯呑みを置く。

「勤務中ですので、お気遣いなく」

　菜月が如才なく応じる。

　刑事は基本的に、聞き込み先での供応は受けない。お茶の一杯くらいなら問題にならないが、秦は一度も手を出したことはなかった。

　交番勤務をはじめた頃、年配の巡査長からこんな話を聞いたからだ。暴対課の新人刑事が、暴力団事務所に聞き込みに行ったとき、お茶だけならまだしも茶菓子にまで手を出して、あとで先輩刑事に張り倒されたという。お茶の次はビール、茶菓子の次は出前の寿司と、一度でも隙を見せれば、あいつらはどんどんエスカレートする。そのうちやれ酒だ女だと、かさにかかって攻めてくる。ミイラ取りがあっという間にミイラになるんだぞ。そう言って拳固で殴ったんだと――巡査長は温和な笑みを湛えて、秦を戒めた。二十年も前の出来事だ。

守谷は自分の前に置かれた茶を、音をたてて啜った。

秦は本格的に聞き取りを開始する。

「田崎さんについて、なにかご存じないですか。金銭的なトラブルを抱えていたとか、人間関係で悩んでいたとか」

いやあ――と、守谷は首を傾げ、腕を組んだ。

「私どもにとってはビルのテナント料さえ滞りなく支払っていただければ、それだけで良いお客さまですからね。懐が火の車だろうが、どうしようもないろくでなしだろうが、関係ないんですよ。だから、お客さまの個人的な事情には関わりを持ちません。お訊ねのようなことは、まったくわかりませんねえ」

「そういう意味では、田崎さんは良い客だったようですね。家賃の支払いはきっちりしていたようだ」

先ほど、田崎の自宅マンションで通帳を見つけた。三件の不動産会社から家賃らしき金額が引き落とされていたが、そのうちの一件が、キョウシンフドウサン、だった。家賃は毎月二十四万弱、滞納することなく支払われていた。

昨日の今日で、被害者の家賃の支払い事情まで知っていることに驚いたのだろう。守谷は感心したように、秦を見た。

「おっしゃるとおりです。コンパニエーロさんは良い客でした。だから、ビルを出ると聞いたときは、正直がっかりしましたね。ここだけの話、誰かが出ていくならハピネスさんのほうがよかった。もう、二カ月も家賃を滞納してるんです。いくら独身の男女が増えてるとはいえ、結婚相談所なんていまどき流行りませんよ。この不景気でしょう。うちも出入りが激しくて大変です」

守谷の愚痴を聞き流し、秦は話を本題に戻した。

「コンパニエーロには、何人くらい社員がいましたか」

守谷は、さあ、と首をひねり、事務机に座っている女性従業員に声をかけた。

「浅倉《あさくら》さん」

浅倉は急に名前を呼ばれて、ぴくん、と肩を動かした。おそらく聞き耳を立てていたのだろう。

「はい、なんでしょう」

「ちょっといいかな」

守谷は自分の近くに来るように、浅倉を手招きした。浅倉が守谷のそばに立つ。

「これはうちの社員の浅倉純子《じゅんこ》といいます。ここに勤めて、もう十年くらいになります」

どうも、と浅倉が頭を下げる。秦は座ったまま軽く会釈した。菜月も倣《なら》う。

守谷はソファの背にもたれると、浅倉を下から見上げた。

「浅倉さん、コンパニエーロに社員が何人いたか、知ってるか」

腹のあたりで手を揃えると、浅倉は肯いた。

「社長さんを除くと、ふたりです」

菜月がメモをとる。守谷は意外そうに、ほお、と声を漏らした。

「よく知ってたな。俺は店子の社員の数まで知らないぞ」

「たまたまです」

浅倉は以前、三階に出入りしている女性を目撃していた。

浅倉の朝の仕事は、階段の清掃からはじまる。八時前に出勤し、不動産会社の鍵を開けて荷物を置くと、廊下に出る。一階の階段脇にある掃除用具置き場から箒《ほうき》を取り出し、五階から一階まで、掃除をするのが日課だ。

ときどき、閉店後に留守電が入っていて、用件を済ませてから掃除をするときがある。普段より掃除が遅くなるときに、コンパニエーロに勤務する女性を見かけたのだという。

年齢は二十代前半くらい。女性はいつも、九時くらいに出勤していた。

今年の春先、近くのコンビニで女性を見つけた。女性が支払いのときに硬貨を落とし、拾ってあげたことがきっかけで、顔を合わせると立ち話をする仲になった。

女性の名前は、小笠原《おがさわら》。下の名前までは聞かなかった。コンパニエーロはなにをしている会社なのか、と浅倉が訊ねると、小笠原は、化粧品の輸入代行業者だ、と答えた。小笠原は派遣社員で、別の派遣会社のもうひとりの女性と一緒にコンパニエーロで働いている、と言った。

他に従業員はなく、社長を入れて三人だ、とも言っていた。

「その派遣会社の名前は」

秦は訊ねた。

浅倉は申し訳なさそうに顔をしかめた。

「すみません。そこまでは聞いてません」

「田崎さんのことは、なにか話していませんでしたか」

浅倉は首を振った。

「小笠原さんと顔を合わせたといっても二、三回ほどで、会話の内容もいま話したことのほかには、天気の話ぐらいでした。だから、それ以外のことはなにも知りません。もうひとりの女性とも、顔を見れば会釈する程度でしたし」

浅倉はもう一度、すみません、と小声で詫びた。

浅倉からはこれ以上、なにも聞き出せそうにない。秦は仕事を中断させた詫びを言い、守谷に顔を向けた。

「コンパニエーロの賃貸契約書を見せてもらえませんか」

守谷は浅倉に、コンパニエーロの書類を持ってくるよう指示した。

浅倉が持ってきた書類を受け取り、目を通す。

クリップで留められた書類の表紙には、事務所賃貸借契約書、と書かれていた。賃貸人は共進不動産、賃借人は株式会社コンパニエーロ代表取締役・田崎実。田崎の住所は自宅マンションになっている。賃料は一ヵ月二十二万円で共益費が一万八千円のつごう二十三万八千円、支払い方法は銀行口座引き落とし。賃貸借契約の期間は、昨年の十月から三年間だった。ただし三ヵ月前に店子から申し出があれば、これを解除できるとある。だが田崎は契約を履行せず、八月末に突然、解除を申し出て九月に事務所を引き払っている。

「敷金二ヵ月分と相殺してくれないか、ということでした。九月分の賃料は八月末に振り込まれましたし、まあ実質、三ヵ月分の家賃は貰ったようなかたちだったんで、こちらも了承したんです」

「契約上は一応、九月末日まではいられたんですね、こちらに」

「ええ。でも田崎さんは、九月の中旬に入ってすぐ引き払われましてね。鍵を置いていかれました」

早々と引き払った理由はなんだろう。それがわかれば、事件解明の糸口に辿り着けそうな気がする。

秦は事務所賃貸借契約書のコピーを一部貰い、ソファから立ち上がった。

「コンパニエーロが入っていた部屋を、見せてもらえますか」

「はい」

守谷は自分のものと思《おぼ》しきデスクに向かう。引き出しのロックキーを解き、鍵をひとつ手にすると、秦と菜月を促して部屋を出た。

エレベーターで三階に着くと、守谷は閉じているドアを鍵で開けようとした。ドアノブに手をかけようとする守谷を、秦は止めた。ドアノブに、重要な指紋が残っている可能性がある。

秦はズボンのポケットから白い手袋を出してはめた。

「私が開けます。守谷さんは、中へ入らないで廊下にいてください」

守谷は緊張した面持ちで、後ろへ退いた。

秦は受け取った鍵で、ドアを開けた。

部屋はどの階も同じ造りなのだろう。広さも窓の位置も、一階にある共進不動産と同じだった。部屋の中には、窓際にスチール製の事務机がふたつ、奥にもひとつ置かれていた、入口を入った右手には、書類棚があるだけだ。他は、なにもない。

「あの机と棚は、置いていったんですか」

守谷は秦の背中越しに、部屋の中を覗き込んだ。

「あれはうちのものです。うちの店子さんはたいてい、自前の机や棚など持ち合わせていません。だから、最低限必要な事務用品を希望に応じてレンタルしてるんです、格安でね」

ほう、と秦は感心してみせる。

守谷はにやりと笑って続けた。

「もともと、夜逃げした店子が残していったもんでしてね。処分するには金がかかるし、どうしたものかと悩んでたとき、事務用品のレンタル屋を探してるお客に会いましてね。これ幸いと……以来、うちの貴重な収入源として重宝しているというわけです」

秦は頬を緩めた。ちゃっかりした経営者だ。これくらいじゃないといまの世の中、渡っていけないのだろう。だが、そのおかげで、指紋が取れる可能性がある。

秦はドアの前でしゃがみ、床を見る。リノリウムの床には、埃がうっすらと溜まっている。肉眼でも、ところどころに残っている足痕が確認できた。

立ち上がると、秦は後ろに立っている菜月を振り返った。

「部屋に入ると、残っている足痕を消してしまう恐れがある。ここは、鑑識に任せたほうがいい」

県警本部鑑識課の久保は、臨場した捜一や機捜の刑事が、無神経に現場を踏み荒らすことにいつも腹を立てていた。酒が入ると必ずといっていいほど、初動捜査の重要性を延々と語る。久保の愚痴を長年聞いている秦は、むやみに現場に踏み込まないことを心がけていた。

「すぐに、鑑識を呼びます」

「上から桜田門に仁義を通してもらうのを忘れるな。覆面の鑑識車両を要請するんだぞ」

わかっているとは思ったが、念のため釘を刺す。

「了解です」

菜月がバッグから、スマートフォンを取り出す。それから、と秦は付け加えた。

「寺崎課長に連絡して、コンパニエーロに勤めていた女性がどこの派遣会社から来ていたのか調べてほしい、と伝えてくれ」

はい、と菜月が応える。

秦はドアを閉めて、鍵をかけた。守谷にこれから鑑識が来ることを伝え、それまで部屋を開けないように、と指示を出す。守谷は神妙な顔で肯いた。

菜月が連絡を終えると、秦は階段へ向かった。

「三階は鑑識に任せて、俺たちは二階と五階に入っているテナントの聞き込みをする」

はい、と答えて菜月が後ろに続く。

二階に下りると、秦は福伝水産東京支社のチャイムを鳴らした。

ドアが開き、ポロシャツ姿の男が顔を出した。まだ若い。肩まである茶色い髪を、後ろでひとつに束ねている。男は秦と菜月を怪訝そうに見つめた。

「どちらさまっすか」

秦は警察手帳を見せた。

男は顔色を変え、緊張した面持ちで背後に声を張り上げた。

「社長！」

窓際のソファに腰かけていた男が立ち上がり、入口に歩を進めてくる。

「なんじゃい、大声だしやがって。わしの耳はまだ達者じゃ」

社長と呼ばれた男が、秦の前で立ち止まった。髪に白いものが混じっている。歳は秦と同じくらいだろうか。背が低くビア樽のような腹をしている。探るような目つきで、秦と菜月を見た。若い男が、小声で耳打ちをする。

「警察《サツ》です」

秦の耳は聞き逃さなかった。

――素人じゃないのか。

秦は横にいる菜月に目配せし、素早くアイコンタクトをとった。

――いまの聞いたか。

菜月が微かに肯く。

目を瞬かせると男は、白いジャケットのポケットから名刺入れを取り出した。中から一枚抜き出す。

「福伝水産東京支社長の三浦《みうら》います。どんなご用でしょう」

秦は名刺を受け取りながら、神奈川県警の秦です、と自己紹介した。

上の階に入っていたコンパニエーロについて聞きたい、と言うと、三浦の目の瞬きが止まった。落ち着いた声音で秦に訊ねる。

「コンパニエーロさんが、なにか」

秦は、ある事件の捜査に関連してちょっと、とだけ答えた。

「ここはほとんど、こいつに任せてるんで、私はなにも知りません」

三浦は、こいつ、と言うところで、後ろに立っている若い男を親指で指した。

秦は田崎の写真を取り出し、三浦に訊ねる。

「では、この男性に見覚えありませんか」

さあ――と、写真をちら見した三浦は首を捻《ひね》った。

「知りませんね」

「もう一度、よく見てもらえますかね。会ったことはないですか」

秦は三浦に視線を据えた。三浦は渋々といった様子で、田崎の写真に再び顔を近づける。

「やっぱり、知りませんね。同じビルに出入りしていたわけですから、階段ですれ違ったことはあるかもしれません。でも、記憶にないです」

淡々とした口調だ。嘘とも、本当とも、どちらとも取れそうな表情だった。

秦は視線を、三浦から若い男に向けた。

「そちらさん、お名前は」

「え、俺ですか」

急に話を振られ、戸惑ったのだろう。若い男の目が泳いでいる。三浦は後ろを振り返ると、強圧的な口調で言った。

「もたもたしねえで、答えろ」

若い男は、中野《なかの》洋平《ようへい》と名乗った。

「中野さんは、なにか知らないですかね」

いやあ、と言いながら中野は、首を傾げるばかりだ。三浦が中野の頭を小突く。

「はっきりしろ。知ってることがあるなら、刑事さんたちにきっちり話せ」

若い男は小突かれた頭を押さえながら、首を激しく振った。

「お、俺、なにも知らないっす」

「本当だな」

三浦が念を押す。中野が泣きそうな顔で、何度も肯いた。

「本当っす。本当に、なにも知らないっす」

三浦は秦に視線を戻すと、右の口角をわずかに持ち上げて言った。

「すいません。使えないやつで」

――この会社にはなにかある。

秦は菜月を促すと、ドアの外に出た。

「お手間を取らせました。ご協力感謝します」

三浦にも聞こえるように、声を張る。

中野がドアを閉める直前、菜月が口を挟んだ。

「もし、なにか思い出したら、警察にお電話ください」

三浦に見えないように、菜月が自分の名刺を中野に差し出す。

中野は一瞬、迷った素振りを見せた。が、菜月の顔に視線を向けて肯き、名刺をすばやくポケットに仕舞う。

――俺の名刺だったら、果たしてあいつ、受け取っただろうか。

秦は心のうちで湧いた疑問に、自嘲の苦笑いを浮かべた。

ドアが完全に閉まると、菜月が囁《ささや》いた。

「なんか、臭いますね」

「お前もそう思うか」

「はい。今回の事件に関係あるかどうかわかりませんが、胡散くさい臭いがぷんぷんしました」

秦は、階段に向かいながら肯いた。

「うん。ありゃ堅気の会社じゃねえな。本部に帰ったら洗うとしよう」

「はい」

菜月が唇を引き締める。

階段を上り、五階へ向かった。

四谷ハピネス結婚相談所のドアには、周囲に薔薇があしらわれたプレートが貼られていた。

チャイムを鳴らすと、どうぞ、という男性の声がした。ドアを開ける。目の前に机が置かれ、男がひとり座っていた。シルバーグレーの髪をオールバックにし、黒いベストにグレーのワイシャツ、赤いネクタイを締めている。

女性の受付嬢を想像していた秦は、いささか面食らう。

男は丸い眼鏡を、片手で持ち上げた。

「お客さま、という感じではないですね」

秦は警察手帳を取り出し、所属と名前を言った。菜月も続いて自己紹介する。

「ほう、刑事さんですか」

男はさして驚いた様子もなく、名刺を取り出した。

秦は受け取った名刺を確認する。

——四谷ハピネス結婚相談所所長・宮田《みやた》圭吾《けいご》、とある。

「結婚詐欺を働くような会員は、うちにはいないと思いますけどねえ」

完全に誤解しているようだ。秦は来訪の目的を告げた。

「三階に入っていたコンパニエーロさんについて、ちょっと聞きたいんですがね」

「コンパニエーロ？　ああ、あの美人のお嬢さんがいたところか」

「美人のお嬢さん？」

鸚鵡《おうむ》返《がえ》しに訊ねる。

「朝、一階のエレベーターでよく乗り合わせましたよ。美人のお嬢さんと、それなりのお嬢さん」

やはり従業員の女性はふたりいたということか。

「話をされたことはありますか」

秦は訊ねる。

いや、と首を振りかけて宮田は思い出したのか、そう言えば、と話を繋いだ。

「帰りがけに一度、それなりのほうのお嬢さんと乗り合わせましてね。こっちは一杯ひっかけていたから、おきれいですね、うちのパンフレットのモデルになってくれませんか、と誘ったら、冗談はよしてください、とぴしゃりと断られました。でも、満更でもない顔をしてましたよ。いや、本当に。ただの酔っ払いの、たわいもない冗談なのにね。世の中、不美人ほど自意識過剰とは、よく言ったもんです」

宮田は面白いジョークでも披露したかのように、にやりと笑った。菜月は表情を崩さず、視線を落としたまま黙々とペンを動かしている。

秦は田崎の写真を取り出した。

「この男に見覚えはないですかね」

宮田は眼鏡を外し、写真を見た。宮田の答えは、見たといえば見たし、見てないといえば見てないという、まるで禅問答のように曖昧なものだった。

「それはどういう意味です」

秦は重ねて聞く。

「見てるかもしれないけど、記憶にない、ということです」

悪びれる様子もなく、宮田は答えた。

菜月が遠慮がちに口を挟む。

「興味がなかった、ということでしょうか。それともただ単に、相手が目立たなかった、とか」

「前者ですね。僕は他人には興味がないんです——金にならない他人にはね。その人、どうかしたんですか」

なにか隠しているのか、それとも単に捻くれ者なのか。秦は後者の気がした。

「実は神奈川で結婚詐欺の被害届が出てましてね。写真の人物に容疑がかかってる、というわけです」

はったりをかましてみる。

宮田が口を開けたまま、目を丸くした。そんな馬鹿な――表情はそう言っている。

宮田は、田崎が殺人事件の被害者であることを知っているのか。それとも事件が結婚詐欺であることに驚いたのか。秦の頭に疑念が湧く。

「お役に立てなくてすみません」

我に返った宮田が、退室を促すように話を切り上げた。

「こちらこそ、お時間を取らせました」

秦は頭を下げた。

もしなにか思い出したら、と言って名刺を取り出す。

「ご連絡ください」

宮田は名刺をちらりと見て、さっきよりさらに目を丸くする。

一課の強行犯係が単純な結婚詐欺を洗うはずがない。そこに気づいたのだ。

こいつも相当、胡散くさい。

退室して廊下に出ると、菜月が呆《あき》れたように口を開いた。

「あんな嘘ついて、大丈夫なんですか」

「撒き餌《え》だ、撒き餌」

秦は平然と言う。

「もし宮田が餌に食いつくようなら、別の突破口が開けるかもしれん。それにしても、このビルの住人は、ひと癖もふた癖もあるやつばかりだな」

菜月も肯いて笑みをこぼした。

「本当に。四谷ハピネスも洗ってみたほうがいいですね」

「ああ。本部に連絡しといてくれ」

秦はそう言うと、鑑識の到着を待つために一階に向かった。


鎌倉警察署の大会議室では、夜の捜査会議が行われていた。

捜査員たちが、今日の捜査報告を順にしていく。菜月と秦は、他の鑑《かん》取《ど》り捜査員と並んで、前方の右端に固まって座っていた。

報告は地取り担当の、井本たちからはじまった。

井本たち地取り担当は、現場となった七里ガ浜別荘周辺の聞き込みを行ったが、有益な目撃情報は得られなかった。昨日と同じく、サングラスをかけた女が別荘に出入りしていたという複数の証言を住人から得たが、女の身元特定に繋がるような情報はなかった。女が電車を使っていた可能性があることから、井本班は江ノ電七里ヶ浜駅周辺で聞き込みに当たった。が、ここでも、サングラスの女に繋がる有力な情報は出なかった。

「明日も引き続き、現場と駅周辺の聞き込みを行います」

井本はそう言って、着座した。井本が座ると、鑑識の久保が立ち上がった。

「鑑識です」

久保は田崎の自宅マンション、およびコンパニエーロの事務所を調べた結果を報告した。

田崎の自宅マンションからは、田崎本人の指紋や毛髪以外、めぼしい個人特定情報はなにも検出されなかった。古い微細指紋がいくつか検出されたが、これは以前の住人の残したものか、不動産関係者のものと想定された。これにより、田崎は一人住まいで、同居人や部屋に出入りしていた人間はいないことが判明した。

コンパニエーロの事務所からは、田崎の指紋のほかに、いくつかの明瞭な指紋が採取された。殺害現場で採取した指紋と照合した結果、田崎の指紋以外で一致するものはなかった。指紋を警察データベースで検索したところ、「いずれもヒットせず」だった。

床に残っていた足痕も調べた。田崎と同じ二十七センチの革靴痕のほかに、いくつかの足痕が見つかった。二十三センチと二十三・五センチのハイヒールかパンプスだ。久保は報告した。ハイヒールとパンプスは、おそらく派遣社員のものだろう。

「現場のものと同じ足痕《ゲソ》は、見つからなかったのか」

寺崎が訊ねる。久保は、同定できるものはありませんでした、と残念そうに答えた。

「防犯カメラのほうは、どうなってる」

寺崎の隣にいる、杉本管理官が訊ねる。

事件が起きると、現場周辺のコンビニや駅、街頭に設置されている防犯カメラの映像が解析される。

久保は杉本を見た。

「現在、現場周辺に設置されていた防犯カメラのデータ収集を終え、警視庁の捜査支援分析センターの情報支援部に、鮮明な画像解析を依頼しています。結果が出るまで、しばらく時間がかかるということです」

「しばらくとは、どのくらいなんだ。二日か、三日か」

久保は一瞬言い淀んだ。が、前方のひな壇を見つめると、はっきりとした口調で答えた。

「詳細は聞いておりません。収集したデータは膨大な量なので、二、三日で結果は出ないものと思われます」

杉本は苦々しい顔をした。

「遅ければ、つっつけ。こっちも急いでるんだ」

久保は、はい、と答えて報告を続ける。

「川崎医師から、死体検案書があがってきました」

久保は手元の書類を捲った。

「被害者が殺害されたのは、九月二十二日の夜十一時から二十三日の早朝七時にかけて。遺体発見時は死後約一週間と推定される。腐敗が進んでいたため、死亡推定時刻には前後四時間の幅を持たせてあるとのことです。死亡したところの種別は、病院以外のその他。直接の死因は、後頭部を強打されたことによる脳の損傷。受傷から死亡までの期間は短時間です。凶器は現場で発見されたワインボトル。傷口から、現場に散乱していたワインボトルと同じ破片が発見されました」

久保は書類を閉じた。

「以上です」

報告を聞いていた杉本が、ぽつりと言った。

「ワインボトルから、指紋は発見されてるよな」

杉本のつぶやきに、久保が答えた。

「田崎と別の人物のものと、ふたつが発見されています。指紋データベースにアクセスして照合を行いましたが、一致するものはありませんでした」

うむ、と唸《うな》って杉本は瞑目する。目を開くと杉本は、敷鑑の報告を指示した。

秦は立ち上がると、今日一日で得た情報を伝えた。

田崎が住んでいた自宅マンションの管理人が保管していた管理帳から、連帯保証人が株式会社コンパニエーロであることを摑んだ。コンパニエーロは輸入品販売および美容一般に関する物品販売を業務としている会社で、田崎はそこの代表取締役だった。田崎の口座には、コンパニエーロから毎月二百万円前後が振り込まれていた。

コンパニエーロが入っていた四谷の雑居ビルに向かい、ビルのオーナーでもある不動産業者と、テナント二軒を当たったが、コンパニエーロには派遣社員がふたりいたという情報を得ただけで、田崎本人や事件に関連するような情報は聞けなかった。秦は、ただし——と手元のメモから顔を上げて言った。

「何点か、面白いことがわかりました」

「面白いこと?」

寺崎が鸚鵡返しに問いかける。

「はい。ひとつ目は、田崎が賃貸契約を突然、解除していることです」

秦は守谷から得た情報を伝えた。

「すると被害者《ガイシャ》は、なんらかの事情で急遽、会社をたたむことにしたというわけか。話を聞いてると、金の問題ではなさそうだが」

杉本が口を挟む。

「ええ。不動産業者によると賃料は毎月、きちんと支払われていたようですし、通帳の出納からも、目先の金に困っていた様子は窺えません。もっとも、人の懐具合の内実はわかりませんから、即断するのは危険だとは思いますが」

秦は敷金の件も付け加えたあと、報告を続けた。

「ふたつ目は、同じビルに入っているテナントの福伝水産を洗ったところ、九州の指定暴力団、福伝連合会のフロント企業、福伝興業の系列下に連なることがわかりました」

「福伝といえば、いま九州で業田《ごうだ》組と抗争事件を起こしてるよな」

驚いた口調で、杉本が確認する。

「はい。うちの暴力団対策課《ボウタイ》に人定をとったところ、福伝水産代表取締役の岸本武《きしもとたけし》は、福伝連合会会長の元舎弟とのことです。いまは引退して堅気になってますが、先代の時代は、福伝三羽烏《がらす》のひとりに数えられていた武闘派だそうです。東京支社長の三浦哲也《てつや》を洗ったところ、岸本の出身母体、白勇会の下部組織《エダ》の構成員であることがわかりました」

「フロント企業が水産業か。珍しいな」

ひな壇に並ぶ鎌倉署の副署長、永川栄治《ながかわえいじ》がひとり言のように漏らす。

「田崎の事件と関係するかどうか、現時点ではわかりませんが、引き続き動向を探るべきかと」

「うん。そうしてくれ」

寺崎がメモをとりながら言った。おそらく人員の配分を考えているのだろう。

「三つ目は、中川巡査が気づいたんですが——」

秦は隣の菜月にちらりと目をやった。菜月は自分の名前が出てくるとは思わなかったのだろう。視線を落としたまま、顔を紅潮させている。

「事務所家賃の引き落としです。月々二十四万円弱が、田崎の口座から引き落とされていました。普通なら、会社の口座を使うはずです。なぜ田崎は、自分の口座から会社の家賃を払っていたのか。いくら自分の会社とはいえ、税務対策上あり得ないことです」

「たしかに、会社の家賃は経費で落とせるもんな」

寺崎が顎に手を当て、空《くう》を睨んだ。

「コンパニエーロの口座を、洗う必要があるかと思います」

秦は進言した。

杉本が力強く肯いて、指示を出す。

「銀行に要請して、コンパニエーロの口座を徹底的に洗え。税務記録もだ。あと通信会社も忘れるな。コンパニエーロの通話記録の提出を要請しろ。それと派遣会社。手分けして首都圏の派遣業者にローラー作戦をかけろ。なんとしてでも、田崎のもとで働いていた女性社員を割り出せ。以上」


会議を終えた捜査員たちは、寝泊まりしている所轄の道場へ向かった。

女性は泊まれないため、菜月は帰宅した。明日、定時に出勤してくるという。

「私はみなさんと一緒に寝泊まりしても、問題ないのですが」

菜月は今回の事件解決に意欲を燃やしているようで、性別だけで特別扱いされることに不満を持っているようだ。

規則だからな、と声をかけ、秦は菜月と会議室で別れた。

秦は道場の隅に荷物を置くと、スーツから寝間着として持ってきたジャージに着替えた。

制服姿の警官が、弁当と飲み物を道場に運んできた。

着替え終わった者から、道場の入口に置かれている弁当と飲み物を取りに行く。なかには、着替える前にシャワーを浴びに行く者もいる。秦はシャワーは後回しにして、先に食事を済ますことにした。日中、歩き回ったため、腹が減っていた。

ひとりで弁当を食べていると、久保がやってきた。

「ここ、いいいか」

訊ねる。秦が返事をする前に、久保は向き合うかたちで腰を下ろした。

秦の前に座ると、黙々と弁当を頬張る。半分食べたところで、久保は口を動かしながら言った。

「この事件《ヤマ》は、長引きそうだな」

秦は、ああ、と同意した。久保は口の中の食べ物を、ペットボトルのウーロン茶で流し込んだ。

「いまのところ犯人《ホシ》に繋がる有力情報といえば、サングラスの女だけだ。ほかは茫洋として、明確な像はなにも浮かんでこない。被害者の素性もまだはっきりしないし、会社のほうも得体が知れない、ときた」

久保は続ける。

「凶器から指紋が出ているが、そういうときに限って前科《マエ》がない、ときたもんだ。前科があるやつはたいてい、証拠を残すような真似《まね》はしないからな」

久保の言うとおりだ。いままでの経験から、秦も長期戦を半ば覚悟していた。

沈黙が広がる。ふたりの間には食べ物を咀嚼《そしやく》する音だけが響いた。

先に弁当を食べ終わった秦は、久保の私生活に話題をシフトした。

「未来《みき》ちゃんは、元気か」

未来とは、二歳になる久保の娘だ。四十を過ぎて授かった一人娘を、久保はいたく可愛がっていた。秦の前で久保は、自分の家族のことを口に出さない。が、こちらから話を持ちかけると、嬉しそうに表情を崩す。

久保が自分に気を遣って、子供の話をしないことはわかっていた。本当は娘の成長を、秦にも語りたいのだ。だからときどき、秦のほうから子供の話題を振る。

久保はばつが悪そうに頭を掻きながら、案の定、表情を緩めた。

「女は小さくても女だ。子供の頃から口うるさい生き物《もん》だと、この歳になって知ったよ。俺が帰ると、脱いだ服は洗濯機とか、煙草はだめとか、一丁前なことを言いやがる」

秦は笑った。

「口が立つってことは、頭が回るってことだ。いいことじゃないか」

「女房のミニチュアがいるみたいだ」

久保は照れくさそうに首を竦《すく》め、でもな、と言葉を続けた。

「この仕事をしていると、贅沢は思わなくなる」

何を言わんとしているのか摑めず、秦は久保を見た。

久保は静かに息を吐いた。

「この春から、未来を保育園に預けてるんだ。義理の母が身体をこわしてな。女房が実家の店を手伝うことになった」

久保の女房の実家は、クリーニング店を経営している。

「大変なのか」

久保は首を振った。

「腰を痛めたんだ。命に関わるようなもんじゃない。だが、痛みがひどいらしくてな、日常の生活にも不便している。もう七十だ。完治というわけにはいかんだろうな」

七十という歳を聞いて、幸代のことを思い出した。幸代も今年で七十だ。

それで、と久保は話を続けた。

「未来が通っている保育園なんだが、保護者の会ってのがあってな。月に一度、保護者が集まって育児に関する情報交換をする。そこで、習い事の話が出たんだそうだ。保育園児のいまから、英会話教室や学習塾に通わせている親がいるらしい。それを知った女房が、うちも必要かしら、なんて言い出した。俺は、必要ない、と一蹴した」

久保は目を伏せた。

「学校の成績や学歴なんて、くだらないと思わんか。学歴なんかなくていい。えらくなんかならなくていい。笑って生きていってくれれば、それでいい。俺はそう思う」

秦は黙って肯いた。

秦には久保の気持ちが、痛いほど理解できた。

刑事をやっていると、人間が生きていくうえでなにが幸せなのか、と考えさせられるときがたびたびある。高学歴高収入のエリートが、人間関係のもつれや愛憎の絡みから殺人を犯す一方、公園で円座を組み、笑い合って飲んでいる日雇い作業員がいる。

双方のあいだには、共通した幸せの定義がない。いい大学を出たから幸せが保証されるとは限らない。学歴がないからといって、不幸なわけでもない。どんな境遇にあろうと、胸を張って笑える人生を送れる者が、幸せなのだ。

秦はバッグから着替えの下着とタオル、シャンプーを取り出し立ち上がった。お先に、と言い残し、シャワー室へ向かう。

一番奥のシャワーが空いていた。服を脱ぎ、シャワーを浴びる。五分もかからず、秦はシャワー室を出た。早飯、早糞、早風呂は、刑事の務めだ、そう昔の上司に教わった。

道場に戻ると、隅から布団を出し床についた。

外しておいた腕時計を、枕元に置く。文字盤を見る。十時半。消灯は十一時だ。

消灯までのあいだ、それぞれが自由に過ごす。携帯で電話をかけている者もいれば、ワンセグを見ている者、雑誌を読んでいる者もいる。

秦は頭の後ろで手を組むと、天井を見つめた。白く光る蛍光灯を見つめる。

——笑って生きていってくれれば、それでいい。

耳の奥で、久保の声がする。

「消灯」

若い男の声がして、道場の電気が消された。ざわついていた道場の中が、静かになる。

秦は身体の向きを、仰向けから横に変えた。

最後に腹の底から笑ったのは、いつだっただろうか。

考えるが思い出せない。

ほどなく、至るところから寝息が聞こえてきた。思い出せないまま、秦は眠りについた。

5

松戸の自宅に戻った文絵は、風呂からあがると鏡台の前に座った。

洗った髪を乾かし、今日、加奈子から貰った化粧品を手にとる。ガラス瓶の容器に、金色の蓋がついている。蓋の上部には、百合の模様が象られていた。

文絵が普段使っている化粧品は、ドラッグストアで売っているひとつ三役というものだ。ひとつの商品で、化粧水、美容液、保湿クリームを兼ねている。容器は重厚なガラス瓶ではなく、安価なプラスチック製だ。

いつもはそのクリームを、顔に適当に塗っただけで肌の手入れを終える。だが、今日は違う。水分の浸透性が高い化粧水、肌に張りを与える効果がある美容液、保湿効果が高いクリームを使う。

文絵は化粧水の蓋を開け、中身をコットンにとった。ふわりと百合の香りがする。高級な香水のようだ。

コットンで顔をパッティングする。乾いた肌に、化粧水が染み込んでいくのがわかる。絹のように滑らかな美容液をつけたあと、ほどよい濃度の保湿クリームを塗る。手に残ったクリームを、首に伸ばすことも忘れない。首のお手入れも大切よ、と加奈子に言われたからだ。

文絵は鏡台に肘《ひじ》をつき、両手で頬を包み込んだ。百合の香りがあたりに漂う。安い化粧品の、粉っぽい匂いではない。うっとりしていると、布団に寝転びスマートフォンでゲームをしていた夫の敏行が声をかけた。

「なんだか、甘ったるい匂いがするな」

文絵は夫に化粧品を見せることを躊躇ったが、振り向いて瓶を差し出した。

「化粧品。今日から使ってみようと思って」

手を伸ばして瓶を受け取った敏行は、関心なさそうに眺め、すぐに文絵に返した。

「それ、どうしたんだ。ずいぶん高そうじゃないか」

貰った、と言えばきっと夫はいい顔をしない。不機嫌そうに、本当はあとで買わされるんじゃないか、と言うはずだ。

文絵は、加奈子から持ちかけられた仕事の話を思い出した。

加奈子の代わりに、化粧品の商品説明や会員向けセミナーの講師役を務めるだけで、月に五十万、いや、もしかしたらもっと収入が得られるかもしれない。簡単な雑務をしなければならないが、それは在宅でできる。こんな美味しい話はない。

だが、この話をしたら敏行は、頭から反対するだろう。

そんな美味い話があるわけない、マルチ商法まがいの悪徳販売に引っ掛かったんだ。もうそいつと会うんじゃない、と言うはずだ。

そう言われても文絵自身、反論できなかった。自分のなかにも、加奈子の話を信じきれないもうひとりの自分がいた。

——まだ、加奈子から紹介された仕事をすると決めたわけではない。貰った化粧品を使ってみるだけだ。

そう自分に言い聞かせる。

文絵は頰を両手で、軽く叩いた。

「この化粧品、懸賞で当たったの。やっぱり高い化粧品はいいね。肌がしっとりする」

敏行は文絵の嘘を、なんの疑いもなく信じたようだった。うつぶせの体勢から仰向けになり、中断していたゲームに手を伸ばす。

敏行は指を動かしながら、欠伸《あくび》混じりに悪態をついた。

「いくらいい化粧品を使ったって意味ないだろう。そんな三段腹のままじゃ」

文絵の高揚した気分が、一気に萎《しぼ》んだ。

鏡のなかの自分を見る。

敏行の言うとおりだ。デブのままでは、いくらいい化粧品を使ってもきれいにはなれない。

鏡に映る自分の姿が、ぐにゃりと歪んだ。靄がかかったように、目の前がぼやけていく。

解離の症状だ。

今日は長く外出したり、いろいろ考えることがあり、薬を飲み忘れていたことに気づく。

文絵は椅子から立ち上がった。壁を伝うように台所へ行く。水道の蛇口を捻り、コップに水を注ぐと、病院から処方されている安定剤を飲んだ。

流しの縁を掴み、眼を閉じた。台所で項垂《うなだ》れている自分を、もうひとりの自分が上から見ている。痺《しび》れたように、全身の感覚がない。こめかみに汗が浮かんでくる。

――大丈夫。いつものことよ。少しすれば治る。

意識的に深い呼吸を繰り返す。

しばらくすると、くぐもっていたテレビの音が、次第に鮮明になってきた。流しの縁を掴んでいる自分の手にも、感覚が戻ってくる。

いきなり、間近で美咲の声がした。

「ママ」

甲高い声で、我に返った。隣を見ると、美咲がパジャマの裾を掴んでいた。

「ママ、ねむい」

美咲は眠そうに、眼をこすっている。

文絵は時計を見た。八時。普段、美咲は九時にベッドに入る。だが、今月に入ってからは、九時前に眠くなる。幼稚園は今月に入ってから、連日、月末に行われる運動会の練習をしていた。まだ年中組の美咲には練習がきついらしく、毎日、疲れて帰ってくる。

文絵は美咲の頭を撫でた。

「もう寝よう。歯磨きしておいで」

「えほん読んで」

美咲が甘える。

「一冊ね」

美咲は肯いて、洗面所へ歩いていった。

文絵はまだぼんやりとしている意識を覚醒させるために、頭を左右に振った。

顔をあげると、対面式のキッチンカウンターに置いてある卓上ミラーが目に留まった。

鏡は文絵が置いたものだった。

心療内科を訪れる前、精神が不安定でいらいらしている時期があった。子供から、ママいつも怖い顔してる、と言われて、キッチンに鏡を置くようにした。いらいらしたら鏡に自分の顔を映し、できるだけ穏やかな表情を心掛けるためだった。

文絵は鏡のなかの自分を見た。

二重顎の太った女が、自分を見ている。

耳の奥で加奈子の声がした。

――憧れの牟田さんが、再び美しくなっていく姿が見たいのよ。

「再び、美しく、なる」

鏡に映る自分を見つめながら、呪文のようにつぶやく。

頭のなかの加奈子が答えた。

――そう。あなたは美しくなるの。

翌朝、洗面所で洗顔した文絵は驚いた。

肌がいつもと違う。弾力がありしっとりしている。ざらつきがなく滑らかだ。文絵は顔を、鏡に近づけた。小鼻にあった毛穴も、気のせいか締まったように見える。

すごい。

文絵は洗面所の鏡に映る自分の顔を、三方向から眺めながら思った。

高い化粧品は、やはり品質が優れているのだ。自分が普段使っている、ひと瓶千五百円の安物とは違う。

加奈子はひと瓶で、二カ月使えると言った。一回使っただけで、これだけ違いが出るのだ。二カ月後には、どれだけ美しい肌になっているのだろう。

文絵の身体に、小さな震えが走った。昂奮を伴った逃れようのない甘美な誘いが、文絵の身体を駆け廻る。

――これで、痩せたら、もっと美しくなれるだろうか。

家の者を送り出すと、文絵はドラッグストアに走った。

ダイエット商品の棚に行き、商品を眺める。陳列棚には、さまざまなダイエット商品が並んでいた。食事をローカロリーのドリンクに代えるタイプのものや、毎日のお通じをよくするためのもの、空腹を感じさせないように作られたローカロリーのビスケットもある。

さんざん迷って、食事をドリンクに置き換える商品にした。短期間で痩せられる、という謳《うた》い文句が決め手になった。

十四回分入って、消費税込み二千五百円。少し高いと思ったが、自分が食べているスナック菓子や、多めに買っていた食材を減らせば、出費が減る。浮いたお金で、ダイエットドリンクを買おうと決めた。

文絵はドラッグストアから帰ると、昼ご飯から早速、ダイエットドリンクを飲みはじめた。ドリンクはチョコレート味やロイヤルミルクティー味など、五種類入っていた。袋に入っている粉末を専用のプラスチック容器に入れ、２５０㎖の水で溶かして飲むのだ。粉末には満腹感を与えるための成分が入っているため、無理なく体重を減らせるとのことだった。

味は思っていたほど、不味《まず》くはなかった。薄い牛乳にほんのりとチョコや紅茶の味がついている感じだった。バリウムに味がついたようなものだろうか、と考えていた文絵は、飲みやすさに驚いた。

これなら、一日二回でもいける。

文絵は、一日二食をダイエットドリンクに置き換えることにした。

家族の食事とは別に、自分だけ夜もダイエットドリンクを飲んだ。たしかに空腹感はあまり感じなかった。だが、身体が油分を欲した。子供が食べているスナック菓子を見ると、お腹は空いていないのについ手が出そうになる。

だが、文絵は耐えた。早々に歯磨きをして、ネットでダイエット食を検索した。ローカロリーのきのこやこんにゃくを使った料理を探す。レシピをプリントアウトして、ホチキスで綴じた。

身体に変化があらわれたのは、ダイエットをはじめて一週間が経った頃だった。体重が一キロ落ち、いつもはいているスカートのウエストが、ほんのわずか緩くなった。

人間は効果が目に見えると、やる気が出る。文絵のダイエットへの意欲は、いっそう高まった。頑張って努力を続けていると、風呂上がりに体重計に乗ることが楽しくなった。どんどん減っていく数字を見ると、嬉しくてまたやる気が出た。

文絵はダイエットに夢中になった。

ダイエットをはじめるまでは、ろくに湯船にも浸《つ》からずシャワーを浴びただけで済ませていた風呂を、半身浴にした。ぬるめのお湯に長い時間浸かって、汗をかくのだ。風呂上がりには、脂肪燃焼効果があるといわれているプーアール茶を飲む。近くのスーパーへの買い物も、いままで使っていた自転車をやめ、歩いていくようにした。少しでも運動量を増やすためだ。

野菜がメインの朝食、一日二回のダイエットドリンク、半身浴とプーアール茶、適度な運動。毎日、同じメニューを繰り返し、文絵は三週間で、四キロの減量に成功した。

体重が落ちるに従い、いままで身につけていた洋服が気に入らなくなった。

文絵が持っている洋服の大半はおしゃれのためではなく、脂肪がついた身体を隠すためのものだった。大きな布に袖をつけただけのような、たっぷりしたものが多い。下はスカートもパンツも、ウエストはゴムだ。全体的にもっさりとして野暮ったい。

緩くなった服の、ウエストのあたりを指で摘んでみた。それまではなかった、腰のくびれがあらわれた。文絵は久しぶりに、自分の姿を得心するまで眺めた。

翌日、近所の衣料品店に行って新しい服を買った。腰の部分に絞りが入ったカットソーと、ウエストがボタンになっているスカートだ。二着で三千九百円の安物だった。だが、文絵は満足だった。家に帰ると買ってきた服を着て、姿見の前に立った。鏡のなかには、前より見られる姿になった自分がいた。

肌の調子もよかった。化粧品の品質が優れていることに加え、毎日ていねいに手入れをしていることもあるのだろう。肌のきめが整い、目尻にあった皺も目立たなくなってきた。化粧の乗りもいい。

ダイエットをはじめてからひと月が過ぎた日の夜、文絵がいつものように鏡台の前で肌の手入れをしていると、背中に敏行の視線を感じた。

「なに」

文絵が振り向くと、敏行は文絵を見ながら小声でつぶやいた。

「お前、最近変わったな」

「なにが」

文絵はしらばっくれた。文絵は自分がきれいになったことを、自覚していた。敏行は文絵の全身を眺め、声をかけた。

「久しぶりに、今夜どうだ」

自分が寝転んでいる布団を、敏行は軽く叩く。夜の営みの誘いだ。敏行と身体の関係が無くなってから、ずいぶん経つ。

文絵は胸が高鳴った。再び、女として意識されたことに対するときめきだった。

微笑むことで、文絵は敏行の誘いを受けた。文絵の胸は、勝者の喜びに満ち溢れた。

加奈子から連絡があったのは、ひと月半が過ぎた頃だった。そろそろ加奈子に連絡をしようと思っていた矢先に、加奈子から携帯に電話が入った。電話に出ると加奈子は、お久しぶり、と明るい声で言った。

「どう、その後」

加奈子は訊ねた。文絵は申し訳なさそうに答えた。

「連絡しなくてごめんね。電話しようと思いながら、つい日にちが経っちゃって」

高価な化粧品を貰ったまま連絡ひとつしなかった文絵を、加奈子は責めなかった。

「いいのよ。それより化粧品どうだった。使ってくれたんでしょ」

文絵は化粧品の話題に飛びついた。話したくて、うずうずしていたのだ。うん、と答えて、声を弾ませた。

「貰った日の夜から使ってる。すごいね、リュミエール」

文絵は興奮しながら加奈子に、いかに自分の肌が変わったのかを伝えた。すべすべになった肌に触れながら、リュミエールの品質の素晴らしさを熱く語った。

「使った次の日の朝から、肌が違うの。水分をたっぷり含んで、しっとりしている感じ。驚いちゃった」

加奈子が携帯の向こうで、安堵の息を吐く気配がした。

「よかった。半分、押しつけるような形で渡してしまったから、使ってくれてるかどうか気になっていたの。気に入ってくれて嬉しい」

加奈子は心から、喜んでいるようだった。

文絵は加奈子と話しながら、鏡台の前に立った。鏡に映る自分を眺める。加奈子にはじめて会ったときより、痩せてきれいになった自分がいる。

――いまの自分を見せたい。

文絵は思った。

携帯の向こうで、加奈子が誘った。

「ねえ、また私の別荘に来ない。化粧品の感想も聞きたいし、このあいだの話もしたい」

このあいだの話、というのが仕事の手伝いを指していることは、文絵にもすぐにわかった。加奈子の仕事を手伝うか否か、まだ決めかねている。だが、文絵は加奈子に会いたかった。痩せた自分を加奈子に見せたかった。文絵は次の日曜日に別荘を訪れる約束をして、携帯を切った。


日曜日の鎌倉は、観光客で混み合っていた。

鎌倉から江ノ電に乗り、七里ヶ浜駅で降りる。今日はひとりで加奈子の別荘へ向かった。駅まで迎えに行く、という加奈子の心遣いを断った。加奈子の別荘は高台の目立つ場所にある。一度行っただけでも、容易に覚えられる。

文絵はなんなく、加奈子の別荘に辿り着いた。玄関のドアの横にあるインターホンを押す。

インターホン越しに、はあい、という声がして、なかから足音が近づいてきた。

文絵の胸は高鳴った。昨日、文絵は美容院に行った。切りっぱなしのまま、四ヵ月以上も放っておいた髪をカットし、ゆるいパーマをかけた。前に会ったときに加奈子から、あなたのきれいな顔だちには華やかな髪型が似合う。伸ばしてパーマをかけたほうがいい、とアドバイスをされた。髪にボリュームが出て、前より明るい感じになった。

髪に合わせて、今日は明るい柄のワンピースを着てきた。いつも行く衣料品店で買った安物だが、サイズが合わなくなった暗い色の服よりは、ましだと思った。

変わった自分を見て、加奈子はどんな顔をするのだろう。

加奈子の反応を想像し、顔が綻ぶ。ドアが開くと同時に、文絵は緩んだ顔を引き締めた。

「いらっしゃい」

玄関に立っている加奈子は、明るい声で言った。今日はとろみのある淡いサーモンピンクのブラウスと、プリーツスカートを身につけている。相変わらず今日も、サングラスをかけていた。

「こんにちは」

文絵は上擦りそうになる声を、懸命に抑えた。努めて平静を装う。

加奈子は文絵を見ると、まあ、と大きな声をあげた。頭の上からつま先まで眺め、感嘆の息を漏らす。

「ずいぶん痩せたわね。誰かと思っちゃった」

文絵は身体の前で指を、もじもじと絡めた。

「あなたに会った次の日から、ダイエットをはじめたの。おかげで少し痩せた」

感心したように、加奈子は首を横に振った。

「少しどころじゃないわよ。本当にびっくりした。それに、すごくきれいになった」

顔が熱くなる。加奈子はにっこり笑うと、まあ上がって、と文絵に促した。

リビングのソファに座ると、加奈子が紅茶を運んできた。加奈子は優雅な手つきで紅茶を淹れた。テーブルの中央には、ケーキスタンドが置かれていた。上の皿にはプチケーキ、下の皿にはクッキーが載っている。

加奈子は淹れたての紅茶を文絵に差し出すと、改めて文絵の顔をまじまじと見た。

「それにしても、本当に驚いたわ。玄関のドアを開けたとき、一瞬、誰だかわからなかった。いったいどのくらい痩せたの」

文絵は身長が百六十二センチある。ピークのときは、七十三キロあった。それがいまでは、六十キロまで減っていた。

「十三キロも痩せたの」

加奈子は驚きの声をあげた。文絵は肯きながら、でも、と言葉を続けた。

「最低でもあと五キロ、できれば十キロは落としたい。まだお腹回りの肉が気になるから」

「いまでも標準体型に近いとは思うけど、たしかにもう少し痩せたほうが、身体にもっとめりはりが出るかな」

文絵は気分がよかった。聞かれるまま、どのようにしてダイエットに成功したのかを語る。得意だった。

ひととおり話を聞き終えた加奈子は、溜め息を漏らした。

「あなたって頑張り屋さんなのね。ますます、仕事をお願いしたくなっちゃった」

いきなり飛び出した本題に、にこやかだった文絵の顔が強張った。

痩せて美しくなった自分を見せたくてやってきたはいいが、仕事の話を受けようか断ろうか、決めかねていた。

「仕事の話、考えてくれたかな」

加奈子は文絵の顔を覗き込んだ。文絵は視線を逸らした。

「ええまあ、ただ、自信がなくて……」

文絵は言葉を濁した。加奈子は文絵のティーカップに、紅茶を注ぎ足しながら言った。

「どうして迷うの。週に何度か、二、三時間、人前で話をして、在宅で簡単な雑務をする。それだけで最低でも月に五十万円手に入るのよ。しかも」

加奈子は文絵の目を、まっすぐに見据えた。

「あなたの美しさを、多くの人に見てもらえるのよ」

「私の、美しさ」

文絵の脊髄を、痺れるような甘い快感が駆け上った。

加奈子は肯くと、ちょっと待ってて、と言って三階へ上がっていった。戻ってきたときには、手に洋服を持っていた。ワンピースだった。生成りの無地で、胸元が大きく開いている。ウエスト部分に絞りが入り、腰から裾にかけてAラインに広がっていた。加奈子は文絵の前に立つと、ワンピースを広げて見せた。

「今日のワンピースも悪くないけれど、あなたは肌の色が白いから、もっと淡い色の服のほうが似合うと思う。これ、ちょっと着てみない?」

文絵は慌てて、顔の前で手を振った。

「そんな高価なもの、怖くて着られない。汚したら大変だもの」

「いいから、ちょっと着てみて。ぜったい似合うから」

加奈子は文絵に、強引にワンピースを押しつけた。文絵は膝の上に置かれたワンピースを眺めた。生地にシルクでも入っているのだろうか。上品な光沢があり、肌触りもとろけるように滑らかだ。肌にしっとりと馴染む生地は、きっと身体のラインを美しくみせるだろう。

――着てみたい。

文絵は、口のなかに溜まった唾を飲み込んだ。

「廊下の突き当たりに洗面所があるから、そこで着替えて」

加奈子はリビングのドアを開けた。文絵は誘惑に勝てなかった。ワンピースを手に、洗面所に向かう。

ワンピースは、思っていたとおり肌に馴染んだ。スクエアカットの襟ぐりも、鎖骨が見える程度の開きが上品だし、膝が隠れるくらいの丈もちょうどいい。この服に、高さのあるヒールを合わせると、もっとスタイルがよく見えるはずだ。

文絵は洗面台の鏡に映る自分の姿に見とれた。

なかなか戻ってこない文絵に焦れたのだろう。ドアの外で加奈子の声がした。

「どう?」

文絵は慌てて、洗面所のドアを開けた。文絵を見た加奈子は、目を輝かせて両手を顔の前で合わせた。

「やっぱり思ったとおり。すごく似合う。見立てどおりだわ」

「そうかしら」

文絵は改めて、鏡を見た。自分でも似合っていると思う。

「それ、あげる」

文絵は驚いて、加奈子を振り返った。

「二年前にフランスで買ったものなんだけど、いざ着てみたら私にはちょっとデザインが甘すぎてね。結局、一度も袖を通さないまま、クローゼットのなかに眠っていたの」

たしかに、整形手術で西洋的な顔立ちに変貌した加奈子には、淡い色より原色や鮮やかな柄の服のほうが似合うように思う。

「だから、貰ってちょうだい」

声をかけられて我に返った文絵は、首を激しく振った。

「この生地、シルクでしょう。こんな高価なもの貰えないわ」

「遠慮することないわ。手元に置いていても私は着ないんだから。でも、なにか理由がないと貰いづらいっていうなら、就職祝いにしましょう」

「就職祝い?」

文絵は聞き返した。加奈子は肯いた。

「私の仕事を手伝ってもらう、就職祝い」

加奈子はにっこり微笑むと、洗面所を出て行こうとする。文絵は慌てて引き止めた。

「待って。私、まだ仕事を手伝うって言ってない」

「お金さえあれば、そんなワンピース、山ほど買えるわ。高価な時計やブランドのバッグだって手に入る。エステにだって通える」

加奈子は洗面所のドアを閉めながら言った。

「あなたはもっと、美しくなれるのよ」

——もっと美しくなれる。

加奈子が言い残した言葉は、文絵の胸に強く響いた。

自分の服に着替えてリビングに戻ると、加奈子が紙袋を用意して待っていた。加奈子はワンピースを受け取ると、用意していた紙袋に入れて文絵に差し出した。高級ブランドショップの紙袋だった。

「はい、どうぞ」

文絵は受け取るべきか断るべきか迷った。だが、シルクの肌触りと、鏡に映った自分の姿が頭から離れなかった。ワンピースは、まるで文絵のために仕立てられたように似合っていた。

——くれるって言うんだから、黙って貰えばいいじゃない。

頭のなかで、自分の声がした。

急に視界が揺れた。ぐらりと目眩がして、まわりの音が遠のいていく。また解離の症状だ。

文絵は焦った。

——だめ。こんなところで解離しては。気をしっかり持って。

目をきつく閉じ、自分に言い聞かせる。深呼吸を繰り返し、気持ちを落ち着かせる。息を大きく吸いながら、額に滲み出た汗を拭った。胸に手を置く。じっとしていると、遠のいていた音が戻ってきた。

文絵はほっと息をついた。

今日は、いつもの倍の安定剤を飲んできた。医師から調子が悪いときや不安なときは、一回二錠まで増やしていいと言われていた。幼稚園や小学校の行事に行くときは、外で解離症状が出ることを防ぐために、前もって薬を多く飲んでいた。

意識が遠のいていたのは、時間にして三十秒もなかったと思う。だが、加奈子にはわかったはずだ。

「ねえ、大丈夫？　すごく気分が悪そうよ」

なんでもない、と言いかけて口を噤《つぐ》んだ。

これからを考えたら、解離性障害を患っていることを伝えるべきだろうか。文絵は迷った。

言えば、仕事の話はなかったことになるかもしれない。病を抱えた人間に自分の代わりを頼むような危険は冒さないだろう。

だが、もし仕事を手伝うなら、加奈子には自分の病を伝えておかなければいけない。講演会の途中で解離が起きたりしたら、大変だ。仕事を手伝うどころか、迷惑をかけてしまう。そうなったら、持病を抱えていることを隠していた文絵を、加奈子は責めるだろう。

いや——精神的な持病があると知った段階で、この話はなかったことにしてくれ、と言いだすかもしれない。加奈子はどっちだ。どっちをとる。

意識がまた、遠のきそうになる。

だめ深呼吸をするのよ。

目をきつく閉じて、意識を引き戻す。

ようやく、呼吸が楽になる。

加奈子はサングラスを外し、不安そうな顔で文絵を見つめていた。

「救急車呼んだほうがいいんじゃない?」

もう、隠しきれない。打ち明けるしかない。だめならだめで、諦めがつく。自分で決めかねている判断を、加奈子に委ねるのもいいかもしれない。それで、加奈子が引くならば、仕方がない。もう加奈子と会うことはないだろう。もともと、こちらから望んだ付き合いではないのだ。傷つくことはない。

文絵は紅茶をひと口飲むと、加奈子に切り出した。

「実は、あなたに言っておかなければいけないことがあるの」

「なに」

覚悟を決めたはずなのに、いざとなると言葉に詰まった。先ほど、加奈子が引いても傷つくことはない、と心で思ったばかりなのに、いざとなると加奈子に拒否されることを恐れている自分がいた。

シルクのワンピースが入った紙袋を、目の端で捉える。手を伸ばせば手に入る金と華やかな世界に、やはり未練がある。

「ねえ、言っておかないといけないことって、なに」

俯いたまま黙り込んだ文絵に、焦れたのだろう。加奈子が、文絵の顔を下から覗き込んだ。

文絵は覚悟を決めた。引くか引かないかは、加奈子が決めることだ。加奈子に判断を委ねよう。

文絵は顔をあげて、加奈子を真正面から見つめた。

「あのね。私、持病があるの」

「持病？」

文絵は一呼吸置き、病名を告げた。

「解離性障害っていうの」

「カイリセイショウガイ」

加奈子はひと言ずつ区切るように、文絵の言葉を繰り返した。どうやら、はじめて聞く病名のようだ。

文絵は病気の説明をした。

突然、意識が遠のき、周りの音が水のなかで聞いているようにくぐもって聞こえてくる。現実感がなくなり、目の前で起きている出来事が、遠くで起こっているように感じはじめ、自分を見つめているもうひとりの自分が出てくる。そのあいだ、自分は話しかけられてもうまく受け答えができない。深呼吸を繰り返し、症状が治まるのをひたすら待つしかない。

「二年ほど前から心療内科にかかってる。いまでも一日三回、薬を飲んでるの。解離の症状が出る頻度は、一週間に二回くらい。これでも、だいぶ良くなったの。発病した頃は、毎日のように解離を起こしてた」

文絵はそこまで一気に語ると、目の前に置かれている紅茶を飲んだ。

俯いたまま、目だけで加奈子の表情を探る。加奈子は驚いた様子もなく、じっと文絵を見ている。サングラスで隠れた目からは、加奈子の心内を察することはできない。

——加奈子は自分が仕事を頼もうと思っていた人間が病気持ちと知って、それも精神系の持病と知って、どう思っているのだろう。やはり話は、なかったことにするのだろうか。

沈黙がいたたまれず、文絵は自分から本題を切り出した。

「病気の話をしたのは、もし仕事を引き受けるなら、前もって話しておかなくちゃって思ったから。講演の途中で症状が出たりしたら大変でしょう。仕事を手伝うどころか、逆に迷惑をかけちゃう」

文絵が働きに出ず、夫の給料だけで生活費をやり繰りしているのは、病気のこともあったからだ。勤務中に症状が出たら、と思うと怖くて外で働けなかった。

加奈子が訊ねた。

「解離してるあいだは、さっきみたいにぼんやりしているの?」

文絵は加奈子を見ずに、肯いた。

「普段はもっと、ぼうっとしている時間が長い。今日は薬を多めに飲んできたから、軽くて済んだの」

「倒れたりすることもあるの?」

文絵は首を振った。

「人によっては、意識を失って倒れたり、自分を見失って暴れたりする人もいるみたい。でも私は、そういうことはない。意識が遠のいてぼうっとするけれど、自分をまったく見失うわけじゃない。現実の自分をもうひとりの自分が、遠くから見ているようになるの。他人《ひと》からは、急にぼんやりして考え事をはじめたように見えるみたい」

そう、と納得したように言うと加奈子は、前に乗り出していた身を引いてソファの背にもたれた。

動悸が激しくなる。病気のことを知った加奈子は、どうするだろう。仕事の話はご破算になるのか。

加奈子は、ふっと微笑んだ。今度は、自然な笑顔だった。

「突然、倒れて救急車を呼ぶようなら大変だけど、ちょっとぼんやりするくらいなら大丈夫よ。心配なら今日みたいに、薬を多めに飲んでいれば軽く済むんでしょう。それに」

加奈子は顔から笑みを消し、真剣な眼差しで文絵を見つめた。

「私はこの仕事を、あなた以外の人に頼むつもりはないの。前にも言ったでしょう。恩返しがしたいって」

加奈子は身体を乗り出すと、言葉を続けた。

「今日、会って、やっぱりこの仕事をお願いできるのはあなたしかいない、って改めて思った。恩を返したい気持ちもあるけれど、ひと月半で十キロ以上も痩せる意志の強さに感動した。頑張り屋のあなたになら、この仕事を任せられるって思った」

加奈子は文絵に近づき、手を握って言った。

「この仕事は、あなたにしかできないわ」

――あなたにしかできない。

加奈子の言葉に、文絵の胸が激しく高鳴った。目頭が熱くなる。人から必要とされ、認められた喜びが、胸に満ち溢れてくる。

週に二、三日、自分の都合のいい時間に働いて、ひと月五十万円もの大金が手に入る。場合によっては、収入がもっと増える。こんな仕事は、二度と巡ってこない。

文絵は口の中に溜まった唾を、気づかれないように飲み込んだ。

「私にできるかしら」

その言葉を待っていたかのように、加奈子の握った手に力がこもった。

「もちろん大丈夫よ。私が保証する」

加奈子は形のいい唇に、笑みを浮かべた。

「一緒にがんばりましょう」

文絵は大きく肯いた。

加奈子はソファから立ち上がると、キッチンに向かい新しい紅茶をティーポットに淹れてきた。二杯目の紅茶を新しいカップに注ぐ。ふわりとマスカットの香りがした。

「早速だけど、仕事をはじめる前に会ってもらいたい人がいるの」

「会ってもらいたい人？」

加奈子はティーポットをテーブルの上に置くと、額にかかる髪を後ろに搔きあげた。

「これからあなたがする仕事を、サポートする人間よ」

「仕事仲間ってこと？」

文絵の質問に加奈子は、肯定とも否定とも取れるように首を傾げた。

「仕事仲間で間違いはないけれど、正確にはあなたのマネージャーみたいなものかな。説明会のときや個別のお客さまへ商品を紹介するとき、会場や自宅まであなたを連れていったり、説明に必要な資料を準備したりする人よ」

文絵は慌てた。

「マネージャーなんて大げさよ。場所さえわかれば自分で行くし、資料だって前もって渡してもらえれば自分で準備できる」

そう言うと加奈子は、首を振って文絵の意見を退けた。

「あなたはこれから、日本におけるアルジャーニ社の、ひいては化粧品リュミエールの顔になるのよ。その人間がひとりで営業して歩くなんて格好がつかない。どんな仕事でも、まずはお客さまに信用してもらうことが大切なの。商品がどんなに良くても、お客さまの信頼を得なければ品物は売れない」

たしかに加奈子の言うとおりかもしれない。どんな仕事でも、信用が大切だ。

加奈子は紅茶に口をつけると、テーブルの上の携帯を手にとった。

「いまからその人を、ここに呼ぶわ」

「いまから?」

話が早く進みすぎて戸惑う。

加奈子は携帯を耳に当てながら言った。

「善は急げよ。いい人だし、仕事もできる人だから安心して。きっとあなたの役に立つわ」

相手が携帯に出たようだ。加奈子は明るい声で応対した。

「もしもし、私。いま大丈夫? うん、このあいだ話した件。そう、その人が、あの話を引き受けてくれたの。それでね、いまふたりで私の別荘にいるんだけど、来られないかしら。早く紹介したくて。そう、よかった。新宿からなら一時間くらいね。うん、待ってる。気をつけて」

加奈子は携帯を切った。

「いまから来るって。むこうもあなたに会いたがってた」

会話の口調から、ふたりはかなり親しい間柄のようだ。

「どんな人なの」

文絵は訊ねた。加奈子は、即答した。

「素敵な人よ。歳は私たちと同じ三十六歳。人柄はいいし、細かい気配りもできる。きっとあなたも気に入ると思う」

痣さえなければ、モデルでも通用するような容姿を持っている加奈子が、素敵な人、というのだ。きっと、加奈子に負けないくらいファッショナブルで美人なのだろう。少し緊張する。

肩に力が入った文絵を見て内心を察したのか、加奈子は安心させるように明るく笑った。

「そんなに身構えなくていいわよ。気さくな人だから」

加奈子はぎごちない笑みを浮かべた。

マネージャーになる人物は、加奈子が連絡をとってからきっかり一時間で到着した。

リビングに入ってきた姿を見て、文絵は驚いた。化粧品に関わるということで、なんとなく、頭から女性だと思っていた。だが、相手は男性だった。

「はじめまして。飯田《いいだ》章吾《しょうご》といいます」

章吾は文絵に向かって、軽く頭を下げた。ソファから立ち上がり、文絵も頭を下げる。文絵は章吾の目を、まともに見られなかった。見れば顔が赤くなりそうだからだ。

章吾は加奈子の隣に腰を下ろすと、ジャケットの内ポケットから白い革製の名刺入れを取り出し、なかの一枚を文絵に渡した。名刺には、名前と住所と連絡先が、書いてあった。住所は新宿のマンションになっている。連絡先は携帯だった。

章吾は加奈子が淹れた紅茶を飲みながら、文絵をまじまじと見つめた。

「加奈子さんから、仕事を頼んだ人はとても魅力的な人だって聞いていたけど、本当ですね。すごい美人だ」

加奈子が笑いながら、目の端で章吾を睨んだ。

「私がいままで、嘘をついたことがあった？」

降参とでもいうように、章吾が肩を竦める。テーブルの上に置いた車のキーには、ベンツのエンブレムがついていた。

章吾の言葉は社交辞令だ、とわかっていても文絵は喜びを隠せなかった。緩んだ口元を見られたくなくて、ますます俯いた。

章吾をひと言で表すならば、湘南の海が似合うサーファー、という感じだった。

もともとなのか日焼けしているのか、章吾の肌はほどよい褐色をしていた。短い髪を整髪料で立たせている。白いポロシャツに生成りのチノパンを身につけ、ジャージ素材のジャケットを羽織っていた。

背は高く、足が長い。顔立ちも整っている。目は大きく鼻梁はすっと伸び、薄い唇は引き締まっている。笑うと少年のような表情になった。

章吾が街で声をかければ、たいていの女性はついていくだろう。たしかに加奈子は嘘をつかない。章吾は素敵な人だった。

「章吾はね、私が化粧品販売の仕事をはじめたときから、一緒に仕事をしてきた仲間なの。ピエールにも会ったことがあるし、リュミエールの品質や使い方をそれはもう、熟知している。私が日本に不在のときは、私に代わって仕事をしてくれているの。だからそのときは章吾を私だと思って、なんでも相談してちょうだい」

「よろしく」

章吾は白い歯を見せて笑った。

なにか気の利いたことを言いたかったが、あがってしまい思いつかなかった。ようやく、よろしくお願いします、とだけ答えた。

加奈子は自分と文絵の出会いや、中学時代のエピソードを章吾に楽しそうに語りはじめた。章吾は肯きながら、加奈子の話を聞いている。文絵は加奈子から話を振られるたびに、ええ、とか、まあ、などと適当に相槌を打った。

加奈子の話など、耳に入っていなかった。大金が入るうえに、こんな素敵な男性と一緒に仕事ができる。そう思うと、年甲斐もなく胸がときめいた。

こんな胸の高鳴りは、いつ以来だろう。

夢見心地で章吾を見つめていると、加奈子に訊ねられた。

「ねえ、いいでしょう?」

章吾に見とれていて、話が耳に入っていなかった。慌てて聞き返す。

「なに?」

「だから、これからあなたのこと、文絵って呼んでいい? って訊いたの。一緒に仕事をする仲間なのに、あなたじゃなんか他人行儀でしょう。私のことも加奈子って呼んで」

「加奈子……」

文絵がつぶやくと、加奈子は満足そうに微笑んだ。

「よろしくね。文絵」

6

鎌倉警察署の三階にある大会議室には、まもなくはじまる朝礼のために、捜査員たちが集まっていた。大勢の捜査員の間を縫い、秦は前方の席に腰を下ろす。首をぐるりと回し、大きな息を吐いた。

秦は神奈川県警に入庁してから、今年で二十三年になる。交番勤務と交通課を経て、刑事になったのは入庁五年目だった。以後、所轄と本部を何度か行き来したが、ほぼ一貫して強行犯係に籍を置いてきた。殺しの帳場は、数え切れないほど経験している。

殺人事件の捜査にはじめて加わったのは、刑事になって間もない二十八歳のときだった。

事件は誘拐殺人。五歳になる立川成美《たてかわなるみ》ちゃんが自宅近くの公園に遊びに行くといったまま行方不明となり、その日の夜、被害者宅に身代金三千万円を要求する電話が入った。

両親からの一一〇番通報を受け、県警本部は捜査一課特殊班を出動させてすぐに捜査に乗り出したが、現金の受け取り場所に犯人はあらわれず、後日、自宅から二十キロ離れた山中で成美ちゃんの遺体が発見された。遺体発見と同時に、所轄の川崎南署に帳場が立ち、川崎南署捜査一課に所属していた秦も、特別捜査本部の一員として捜査に駆り出された。

捜査本部で仕事をするうえで、一番辛かったのが、道場での寝泊まりだった。

中学、高校、大学と野球部に所属していた秦は、部活の合宿や遠征などで、長期にわたる集団行動には慣れていた。枕が代わると眠れない、などというやわな神経ではない。そう自分では思っていた。実際、遠征先で寝不足になった覚えはない。

交番勤務の頃、秦が強行犯係の刑事志望と知った年配の巡査長から「殺しの帳場に入ったら、事件が解決するまで、解決しない場合は最長で三ヵ月、所轄の道場で寝泊まりする生活になるぞ」と聞いても、なんら臆するところはなかった。

自分の考えが甘かった、と気づいたのは、泊まり込みをはじめて三日目くらいだ。消灯時間になっても、目が冴えて眠れない。隣の人間の寝息がやけに大きく聞こえ、眠気の妨げになる。

最初の一日二日は、はじめての捜査本部で我ながら気が高ぶっているのだろう、そのうち身体が自然に眠りを欲する、そう思っていた。だが、三日経っても四日が過ぎても、深い眠りは訪れなかった。周りの音を遮断するため頭から布団を被り、目をきつく閉じる。そのうち、眠気が襲ってくる。ようやくまどろんだと思うと、誰かの手洗いに立つ気配やいびきで目が覚める。軽い眠りと覚醒を繰り返しているうちに、朝が来る。身体は眠りを要求しているのだが、脳が張り詰め眠れなかったのだ。気楽な学生の小旅行的な集団生活と、個々の刑事が朝から晩まで、事件解決に全精力を傾ける捜査本部という特殊な空間での集団生活は、似て非なるものだった。

むろん、所轄の若手捜査員は近くの独身寮に帰って寝ることもできた。だが秦は、憧れの本部捜一の先輩たちと同じように泊まり込みを希望した。捜査本部の空気に、先輩刑事の立ち居振る舞いに、少しでも慣れたかったからだ。

ふた月後、成美ちゃんの自宅近くに住む二十五歳のフリーターが捕まった。幼女に対する変質的な興味と金欲しさによる犯行だった。

帳場経験を重ねるごとに、長期にわたる道場での寝泊まりや、朝から晩まで捜査に追われている感覚に馴染んでいった。いまでは、数十名の大所帯で生活をしても、眠れないことはない。だが、なんど捜査本部を経験しても慣れないものがあった。

朝礼だ。

起床し朝食を摂ったあと、帳場が立っている所轄の会議室で朝礼がある。朝礼には幹部はもとより、捜査員全員が出席する。

朝礼の内容は、前日までにわかっている情報の確認と、その日の重点捜査の伝達だ。時間にして十分、長くても二十分ほどで終わる。だが、秦はこの短い時間が苦痛でならない。

起床した時点で、秦の気持ちはすでに臨戦態勢に入っている。前日までの事件の情報も、当日調べるべきことも頭の中にしっかりと刻み込まれている。再確認する必要はない。時間の浪費だ。朝礼の間、秦には自分が、獲物に食らいつこうとしながらも、太い縄で止められている闘犬のように思える。

朝礼五分前になると、会議室の前方の扉が開いて、数人の男たちが部屋に入ってきた。

捜査本部の長である神奈川県警捜査一課長の寺崎と杉本管理官、各部長クラスの幹部連だ。

今日の朝礼当番は秦だった。幹部全員が席に着くと、秦は立ち上がり号令をかけた。

「起立、敬礼《れい》、休め」

会議室にいる捜査員たちが、秦の声に従う。捜査員たちが着席すると、寺崎は手元の書類を見ながら、現在わかっている事件の情報と、今日、特化して力を入れるべき捜査点を捜査員に伝えた。ひとつは被害者の田崎が経営していた株式会社コンパニエーロに勤めていた派遣社員の特定。もうひとつは、田崎が使用していた携帯および事務所の固定電話の通信履歴だった。

「地取りと敷鑑担当は、引き続き現場と被害者周辺を当たってくれ。鑑識は遺留品の解析を続行。ナシ割りは凶器となったワインボトルの販売ルートを絞り込め。ほかの者は、先ほど伝えたふたつの捜査点を早急《さっきゅう》に割り出すように——いいな。以上」

「はい！」

腹の底から湧きあがる力強い声が響き、それぞれが慌ただしく会議室を出ていく。

どれ、やるか。

秦は緩んだ緊張の糸を張り直す。首をぐるりと回し席を立つと、背後に人の気配を感じた。

菜月だった。

「今日もよろしくお願いします」

菜月が頭を下げる。淡い口紅を塗った以外は、顔にほとんど化粧っけがなかった。だが余計な飾りをつけていない分、聡明そうな顔立ちが際立っている。

——それにしても主任。今回はいい組み合わせですね。羨ましいっす。

初日の捜査会議後に、弁当を食べながら金子が言った言葉を思い出す。

たしかに、朝イチで見る顔にしては悪くない。緊張感のある顔を見ると、気が引き締まる。

「行くぞ」

秦は椅子の背にかけていた上着を羽織ると出口へ向かった。

廊下に出ると菜月が訊ねた。

「どこに向かいますか」

「新横浜駅だ」

菜月は驚いた様子もなく、淡々とした口調で秦に確認した。

「愛知にいる、田崎の母親のところですね」

そうだ、と秦は答えた。

「どのみち、遺族に報告しなくちゃいかん。出張許可は昨夜のうちに取った」

菜月の察しがいいところが、秦には好ましかった。

秦は頭が悪いやつが嫌いだ。一から十まで説明するのが面倒だし、説明する時間がもったいない。それに、頭が悪いやつは自分の察しの悪さを、往々にして人のせいにする。説明が足りないからだとか、急にそんなことを命じられるとは思わなかった、と愚痴る。

そんな愚痴を言われると秦は、お前の血のめぐりが悪いのがいけないんだろう、と怒鳴りたくなる。刑事という仕事は、想像力が必要不可欠だ。一見、繫がりがないと思える点と点が、些細な情報ひとつで線に結びつく場合がある。遠く離れているふたつの点の繫がりを、ありとあらゆる角度から推察する能力が、捜査員には必要不可欠だ。想像力がないやつは、刑事には向かない。

鎌倉署を出た秦と菜月は、鎌倉駅から横須賀・総武線千葉行きの電車に乗り、横浜に向かった。横浜駅に着くとJR横浜線に乗り換え新横浜に出る。新横浜からは新幹線のぞみで名古屋へ向かった。

名古屋駅に着いたのは、十一時半を回った頃だった。

田崎の母親が入居している施設がある由良井市までは、在来線で三十分かかる。人口六万人の、名古屋のベッドタウンだ。秦と菜月はホームを横切り、発車待ちをしている電車に乗り込んだ。

由良井駅に着き改札を出ると、スーツ姿の男が秦に歩み寄ってきた。歳は菜月と同じくらいだろうか。髪を短く刈り揃え、垂れがちの目を落ち着かない様子できょろきょろさせている。男は秦と菜月を交互に見ながら、確認口調で言った。

「秦さんと中川さん、ですよね」

秦は肯いた。男は緊張した面持ちで、上着の内ポケットから警察手帳を取り出した。顔写真の下に、愛知県警察の徽章《きしょう》が見える。

「ご苦労さまです。自分は由良井署地域課の堀口保《ほりぐちたもつ》といいます。今日は捜査に同行させていただくために参りました」

「お世話になります。本来なら署に伺うべきところ、こちらのわがままで駅での待ち合わせにさせていただき、すみません。なにせ日帰りで時間がないものですから」

秦は頭を下げた。駅から所轄まで車で十五分かかる。時間がもったいなかった。

菜月も隣で、深々と礼をする。

「とんでもない。お忙しいのは重々承知しておりますから」緊張気味にそう言うと、堀口は右前方を指差した。「あちらに、車を用意してあります」

堀口が改札を離れ、先導する。駅の敷地内の駐車場に停めてある白いセダンのロックをリモコンキーで解除すると、ドアを開けた。

「どうぞ」

秦と菜月は、促されるまま後部座席へ座った。堀口が運転席に座り、車を発進させる。

「昼食は済まされましたか。もしまだなら――」

堀口の言葉を秦は遮った。

「飯はいいです。田崎の母親がいる施設へ向かってください」

「そうですよね、お時間がないのに……失礼しました」

申し訳なさそうに言うと、堀口はハンドルを右へ切った。迂闊《うかつ》なことを口走り、恥ずかしくなったのだろう。後方確認ミラーに映る堀口の顔は赤く染まっていた。

車は幹線道路を北へ向かう。誰もしゃべらず、車内は沈黙に包まれた。

気まずさを振り払うように、堀口が口を開いた。

「いやあ、すぐにお会いできてよかったです。おふたりのお顔はファックスで送られてきた資料で確認していましたが、見つけられるか不安でした」

何も言わない秦の代わりに、菜月が礼を言いながら微笑んだ。

感情が隠せないタイプなのだろう。車内ミラーの中で、緊張していた堀口の顔が嬉しそうに緩む。

昨夜、名古屋への出張許可を申請すると、寺崎はすぐ愛知県警に連絡を取ってくれた。

傍から見れば警察はひとつの組織だが、実際は都道府県ごとに独立した捜査機関だ。県をまたいで捜査に行く場合は、仁義として必ず相手側に一報を入れる。

寺崎から連絡を受けた愛知県警の捜査一課長は、所轄に指示して土地鑑のある署員を案内役につける旨を承諾した。捜査共助は持ちつ持たれつだ。愛知県警の刑事が横浜に来るときは当然、神奈川県警が協力する。もっとも、刑事はいつも忙しい。そういうときに運転手兼案内役を仰せつかるのは、手の空いている地域課署員である場合が多かった。

由良井駅から、車で二十分ほどのところに清愛の園はあった。植木で囲われた広い敷地の中に、三階建ての建物がある。もとは白かったと思われる外壁は、日焼けして黄ばんでいた。それでも清潔に見えるのは、施設内の手入れが行き届いているからだろう。植木の落ち葉を入れたごみ袋が、北側にある倉庫の前にいくつも並べられている。

施設の門をくぐると、秦たちは正面にある受付に向かった。先に立って歩いていた堀口は、窓口にいる女性の事務員に警察手帳を見せた。

「警察の者です。こちらに入居されている方について、お話を伺いたいのですが」

若い事務員は驚いた様子で後ろを振り返ると、窓際の席に座っている女性を呼んだ。

「渡部《わたべ》主任」

渡部と呼ばれた丸顔の女性は、読んでいた書類から目だけを上げて秦たちを見た。

「こちら、警察の方だそうです」

事務員の言葉に、渡部の柔和な表情が引き締まった。鼻先で止めていた眼鏡をかけ直すと、椅子から立ち上がり、秦たちのもとへやってくる。

堀口が口を開こうとするのを手で制し、秦は施設を訪れた理由を説明した。

「こちらに、田崎セツさんが、入居されてますよね。先日、亡くなられた息子さんの田崎実さんの件で、ちょっと伺いたいことがあって来ました」

愛知県警からの問い合わせで、だいたいの事情は承知しているのだろう。渡部は声を潜めて言った。

「物騒な話は、この場では控えていただけますか。入居者の方々の耳に入ったら、みなさん動揺します」

　秦は後ろを振り返った。待合室にいる数人の人間が、スーツ姿という堅苦しい格好の三人を、物珍しげに眺めている。

「詳しいお話は、接客室で伺います。こちらにどうぞ」

　渡部は事務室を出ると、隣にある「接客室」と書かれたプレートが貼られているドアを開けた。

「いま、施設長をお呼びします」

　秦たちがソファに座ると、渡部はそう言い残し部屋を出ていった。十分後、渡部は男性を伴って戻ってきた。シルバーグレーの髪が、白衣に似合っている。男性は秦たちが座っているソファの向かいに腰を下ろすと、三人に名刺を差し出した。

「清愛の園の施設長を務めている、桐沢《きりさわ》と申します」

　名刺に「社団法人清愛の園　施設長　桐沢弘《ひろし》」とある。秦たちも名刺を差し出し、改めて名乗った。

　桐沢は秦と菜月の名刺を確認すると、大仰に眉を顰《ひそ》めた。

「神奈川県警……捜査一課の刑事さんですか」

　秦はソファに浅く座り直すと、軽く身を乗り出した。

「すでにご存じかと思いますが、田崎セツさんの息子さんが、先日、鎌倉の貸別荘で遺体となって発見されました。警察は殺人事件として捜査を進めています。いま、被害者の実さんの身辺を洗っていますが、母親のセツさんやこちらにお勤めの方々に、田崎実さんに関するお話を聞くために伺いました」

桐沢は目の端で、隣に座っている渡部を見た。渡部は桐沢に向かって、軽く首を振った。桐沢は一度目を伏せてから、秦を見た。

「施設にいる職員から話を聞くことに問題はありませんが、セツさんから話を聞くのはむずかしいと思います」

「認知症だから、ですか」

セツが重度の認知症を患っているという情報は、すでに入っている。桐沢は肯いた。

「そうです。田崎セツさんは、長いこと認知症を患っています。ひと言で認知症といっても、物忘れ程度の軽度のものから、自分の名前すら思い出せないような重度のものまであります。セツさんの場合、後者に当たる。仮にいま、ここに実さんがいたとしても、自分の息子とはわからないでしょう。セツさんと会っても、あなた方が求めるような情報は、得られないと思います」

たしかにセツは、こちらの質問にまともに答えられないかもしれない。受け答えどころか、会話にすらならない可能性もある。だが、セツが意識せずに語る言葉の中に、田崎実の身辺に関する情報が含まれているかもしれない。わずかな時間でもいいから、セツとの面会を許可してもらいたい。

秦がそう言うと、桐沢は少し考えるような素振りを見せたが、諦めたように深く息を吐いた。

「そこまでおっしゃるのなら、許可しましょう。ただし、ほかの入居者の目もありますから、面会は病室ではなくこの部屋でお願いします」

秦が了解すると、桐沢は渡部に、セツさんをここへ、と指示した。渡部は肯き、部屋を出ていった。
二、三分が経った頃、渡部が部屋に戻ってきた。渡部は車椅子を押していた。車椅子には老女が座っていた。胸に汚れた犬のぬいぐるみを抱いている。渡部は老女が乗っている車椅子を、テーブルを挟んだ秦たちと向かい合う形で止めた。
「こちらが、田崎セツさんです」

渡部は秦たちに老女を紹介すると、腰をかがめてセツの耳元に口を寄せた。

「セツさん。こちらにいるのは、おまわりさん。わかる？　おまわりさんが、セツさんとお話ししたいんだって」

聞こえているのかいないのか、セツは顎が外れたように口を半開きにしたまま、どこか遠くを見ている。瞳が焦点を結んでいない。

セツの身体は、車椅子の中にほっそりと納まっていた。上下に分かれた病院着から、少し強く握れば折れてしまうのではないかと思うほど痩せた手や足が覗いている。白い髪は薄く、地肌が透けて見えた。

絶え間なく小刻みに震えている手を、セツが渡部に差し出した。生まれたての赤子が、本能で母親の乳房を求めているような仕草に見える。渡部がセツの手をとった。

「なあに、怖いの？　大丈夫、私もここにいるからね」

セツは、あーあー、と喉を震わせるように唸った。

渡部が握っているセツの手の甲には、青痣がいくつもあった。注射の痕だと、秦にはすぐにわかった。おそらく、ブドウ糖かビタミン剤の点滴だろう。腕の血管が注射に耐えきれなくなりぼろぼろになったため、手の甲に浮き出ている血管を使っているのだ。

秦はセツの手から目を逸らすと、セツが口にする言葉をすべてメモにとれ、とアイコンタクトで菜月に指示した。菜月は肯いてバッグから手帳を取り出した。秦は、耳が遠いであろうセツに向かって、音量は大きいが努めて穏やかな口調で呼びかけた。

「田崎セツさん」

セツは物音に怯《おび》える猫のように、身体をびくりとさせた。

「田崎実さんは、あなたの息子さんですね」

秦の問いの意味を、理解できないのだろう。セツは首を前後に揺らしながら、唸り続けている。それでも秦は、質問を続けた。田崎が最後に会いに来たのはいつか、田崎と親しかった友人は誰か、田崎が誰かに恨まれるような出来事はなかったか。

何を聞かれても、セツは言葉を発しなかった。唸りながらどこか遠くを見つめているだけだ。秦の一方的な問い掛けを、渡部は切なそうな顔で見ている。

——やはり無理か。

セツから情報を引き出すことを諦めかけたとき、セツが犬のぬいぐるみの頭を撫でながらつぶやいた。

「実、実う」

気のない様子でソファの背にもたれていた堀口が、驚いた様子で身を起こす。

「反応しましたね」

実験動物を観察しているような堀口の口調に、秦は舌打ちしたくなった。内心を悟られないよう、無表情を装う。

セツは皺だらけの顔を歪めている。笑っているのか、怒っているのかわからない。助け船のつもりなのか、普段と同じ対応なのか、横から渡部が口を挟んだ。

「そうね、実さん、可愛いねえ」

セツの白く濁った目が、左右に振れた。

「実、ほら、そんなに走ったら転ぶじゃろ。母ちゃんの手ぇ、握っとりゃーせ」

セツの中では犬のぬいぐるみが、幼い息子になっているようだ。セツは声を震わせて、ぬいぐるみに語りかける。

「今日のご飯は、実の好きなカレーライスじゃ。いっぱいあるでよ。ほら、よそ見をしとるとこぼすでいかんわ」

隣で菜月が、口の中でこもって聞き取りづらいセツの言葉を必死に追っている。

セツのひとり語りは、しばらく続いた。実に話しかけるセツの言葉の中に、事件に関わる単語は見当たらない。いつまでセツに話を続けさせるのか、とでもいうように渡部が秦を見た。

これ以上、話を聞いても無駄だろう。秦が、もう結構です、と言いかけたとき、セツがある名前を口にした。

「実、あんたノガミのおじちゃんに、ちゃんとお礼言うたんか。このあいだも小遣いもろうたばっかりじゃろ」

秦は渡部に訊ねた。

「ノガミのおじちゃん、とは誰ですか」

渡部は困った顔で、首を傾げた。

「さあ、ときどきセツさんが口走る名前ですけど、私どもにはわかりません。昔、近くに住んでいた知人かもしれないし、身内の方かもしれません」

秦はセツに向かって身を乗り出した。ゆっくりと、大きな声で言う。

「ノガミのおじちゃん、とは誰ですか。親戚の人ですか。それとも近所の人ですか」

セツは秦に顔を向けた。セツの視線は秦を通り越し、虚空を見ていた。セツは、胸に抱いている犬のぬいぐるみをきつく抱きしめると、子供をあやすように身体を前後に揺らしはじめた。口の中でぶつぶつとつぶやいている。なにか歌っているようだ。

「セツさんは自分が眠くなると、ぬいぐるみを抱きしめて、ああやって歌いはじめるんです。きっと昔、お子さんに添い寝しながら、子守唄を歌って寝かしつけていたんでしょう」

だからセツをもう休ませてくれ、と渡部の目が訴えている。体力も限界のようだ。セツは車椅子の上で、とろとろとまどろみはじめた。秦は礼を述べ、セツを休ませてやってくれるよう渡部に言った。

渡部が車椅子を押して退室すると、秦は桐沢に時間をとらせた詫びを言った。

その後、桐沢と渡部、施設の職員からも話を聞いたが、目ぼしい情報は得られなかった。田崎は入居のときと、その後一度顔を見せただけで、あとは梨の礫《つぶて》だったようだ。

車に戻ると秦は、エンジンをかけた堀口に後部座席から訊ねた。

「田崎実の近辺に、ノガミで繋がる人間はいませんか」

堀口はバックミラーで秦を見た。

「さあ、どうでしょう。田崎実の身辺に関する調査資料は作成していますから、すぐに確認してみます」

堀口は上着の胸ポケットから携帯を取り出した。所轄に連絡をとるのだろう。堀口は相手が出ると手早く事情を伝え、ノガミというキーワードに繋がる人物はいないか調べてくれるよう頼んだ。

堀口は携帯を切ると、後ろを振り返った。

「いま、地域課で調べています。少し時間がかかると思いますから、その間に飯でも食いませんか」

秦は時計を見た。一時半を回っている。

「そうしましょうか」

秦は堀口の提案を呑んだ。

堀口は由良井駅まで戻ると、近くの洋食屋に案内した。堀口お勧めのキッチン猫亭は、古い雑居ビルの一階にあった。きれいとはいえない店構えだが、ここの味噌カツがすごく美味いという。堀口は先頭に立ち、色の煤《すす》けた木製のドアを開けた。

三人で店の定番メニューの味噌カツを注文する。味噌カツが運ばれると菜月は、「味噌が黒いんですね。なんだかデミグラスソースみたいです」と目を丸くした。

その言葉に、秦は既視感を覚えた。同じフレーズを、どこかで聞いた気がする。カツを頬張りながら、いったいどこで聞いたのだろう、と考えていると、堀口の携帯が鳴った。所轄からだった。携帯を耳に当てた堀口は、はじめ相槌だけを打っていたが、途中で「そうですか」と目を輝かせて声を大きくした。堀口は内ポケットからメモ帳を取り出し、手早くメモをとりはじめる。しばらく会話を続けた堀口は、相手に礼を言うと携帯を切った。

「いました。ノガミが」

堀口の話によると、田崎実の調査書類に親類に関わる情報が記載されているが、田崎セツには兄がひとりいる。名前は新岡正平《にいおかしょうへい》。歳は八十四歳。田崎実の本籍地である由良井市の野上町に住んでいる。野上町はセツの自宅がある荒尾町から、電車でふた駅のところにあるという。

「セツさんが言ったノガミのおじちゃんとは、野上町に住んでいる自分の兄のことですよ」

「新岡正平の聴き取りは?」

堀口は頭の後ろに手をやると、言い辛そうに答えた。

「いえ、そこまでまだ手が回らなくて……すみません」

堀口が詫びることはなかった。被害者が愛知県出身の人間だとしても、神奈川県内で起きた事件に愛知県警が精力を注いで取り掛かる義理はない。協力依頼があれば動くが、声がかからなければ行動を起こさなくとも当然だろう。どこの警察も、自分の管轄で起きた事件処理で手一杯なのだ。

「飯を食ったら、野上町に行ってもらえませんか」

秦は堀口に言った。堀口は、はい、と勢いよく肯くと、残りの味噌カツを急いでかき込みはじめた。

野上町は黒い町だ、と秦は思った。町の南側を走るバイパス沿いには、全国チェーンのラーメン店や衣料品店が並び賑やかだが、一本道を逸れると区画整理がされていない古い町並みが盆地の底に広がっている。住宅のほとんどが古く、上から見ると立ち並ぶ家々の黒い瓦屋根が、秋の陽に鈍く反射していた。

新岡の家は、細い道を右に左に蛇行しながら進み、坂を上りきったところにあった。建ててから、四十年は経っているだろうか。アイボリーの壁は長年の雨風にさらされ変色し、窓に取り付けられている網戸は、ところどころに穴が空いている。新築の頃は青々としていたはずの庭木は手入れがされておらず、一部が茶色く枯れている。門に取り付けられた白いモルタル製の表札に、新岡の名前があった。

玄関の横にあるチャイムを押すと、中からけたたましい犬の鳴き声が聞こえた。続いて、女性の甲高い声がした。

「マロン、うるさい」

犬の声が奥に遠のき、玄関の戸が開いた。

「はい」

声の主と思しき女が顔を出した。セミロングの髪を後ろで無造作に束ね、赤いチェックのスモックを着ている。髪の生え際に白いものが目立った。

「あの、どちらさまですか」

女は見覚えのない来訪者を、怪訝そうに見た。

堀口が懐から警察手帳を取り出す。

「警察の者です。新岡正平さんはご在宅ですか」

警察と聞いて驚いたのだろう。女は声を抑えるように口に手を当て、お待ちください、と言い残し家の奥へ入っていった。

急いで階段を上る音が聞こえる。続いてふたり分の足音が、ゆっくりと階段を下りてきた。

「おじいちゃん、大丈夫？　転ばないでよ」

奥から女の声がする。

「すみません、お待たせしました」

女が玄関先に戻ってきた。隣の老人が正平だろう。足腰が弱っているらしく、女に腕をとられ、なんとか立っている。女が支えていなかったら、その場にへたり込んでしまうのではないかと思われた。

「警察の方だって」

正平は秦たち三人を、交互に眺めた。目はまだ見えているのだろう。秦は自分を含めた三人の氏名と所属を伝えた。

「田崎実さんについて伺いたいんですが、実さんは正平さんの妹セツさんのお子さん、つまり正平さんの甥御さんですよね」

正平の代わりに女が答えた。

「ええ、そうですが……なにか」

「ご存じなかったようですね。実さんは先日、お亡くなりになりました。鎌倉の貸別荘で殺害されたんです」

ふたりが同時に息を呑む。女は、まさか、と絶句し、正平は口を開け、唇をわなわなと震わせている。秦は話せる範囲で、事件の概要を説明した。

「それで、遺体は」

女が声を震わせて訊ねる。

「まだ司法解剖が終わっていません。ご遺体をお渡しできるのは、もう少し先になるかと」

田崎の死が現実のものとはまだ思えないようで、ふたりとも呆然としたままだ。

「失礼ですが、あなたは実さんとどのようなご関係でしょうか」

秦の問いに、我に返った女は、慌てて名乗った。

「すみません。私はこの家の嫁で、直子《なおこ》といいます」

秦の横で、菜月がバッグから手帳を取り出しメモをとる。話が長引くと悟った直子は、秦たちに家にあがるよう促した。

玄関のすぐ横にある茶の間に通された秦たちは、畳に腰を下ろした。秦が座卓に着き、堀口と菜月は秦の少し後ろに座る。

八畳ほどの広さの部屋には、テレビと和茶箪笥《わちゃだんす》の他には、畳の上に犬のおもちゃがいくつか転がっているだけで、広々として見えた。奥の続きの間には、仏壇があった。仏壇の上の鴨居《かもい》に、大きく引き伸ばした遺影が飾られている。黒縁の枠の中で、年配の女性が微笑んでいる。

「すみません、散らかっていて」

茶の間と戸をひとつ隔てた台所から、直子が盆に茶を載せて部屋に入ってきた。

「どうぞお構いなく」

秦は直子のもてなしを、丁重に断った。直子は秦たちと正平の分の茶を座卓に置くと、正平の隣に座った。秦は畳に手をつくと、改めてお悔やみを言った。

「実さんですが、このたびは大変なことでした。お悔やみ申し上げます」

後ろで菜月と堀口が、頭を下げる気配がした。

直子は突然の訃報に戸惑っている様子で、目を激しく動かしながら礼を返す。正平は呆《ほう》けたように、悄然《しょうぜん》と座ったままだ。

「うちはテレビをあまり観ないんです」

直子がぽつりと言う。

「新聞もほとんど読まないし、読んだとしても、殺人事件の被害者がまさか、自分の親戚だなんて……」

ふたりとも涙は見せなかった。実際、警察から訃報を聞かされた遺族の反応は、こういう茫然自失の対応がほとんどだった。悲しみよりも驚愕《きょうがく》のほうが先に立ち、涙はあとからついてくる。

秦は訊ねた。

「田崎実さんに、最後に会われたのはいつですか」

直子は自分が答えていいものかどうか迷っているらしく、正平のほうをちらりと見た。正平は直子の視線を受けて、正気に戻ったように膝に手を置いた。重たげに口を開く。

「実には、もう長いこと会ってないです。最後に会ったのは、あいつが高校生の頃じゃなかったかな。卒業して上京するからと挨拶に来た」

正平の話を、直子はやんわりと否定した。

「そうだったかしら。実さん、おばあちゃんのお葬式のときにいたんじゃない？」

思い出したのだろう。正平は、ああ、と声をあげた。

「そうだ。春江《はるえ》の葬式に、あいつ来てたな。すっかり大人になっていて、あっちから声をかけられるまで、誰だかわからんかった」

少し曖昧なところはあるが、セツと違い、まだ頭はしっかりしているようだ。

「春江さんが亡くなられたのはいつですか」

秦は訊ねた。直子は考えるように、天井の端を見た。

「義母《はは》が亡くなったのは、私が春実《はるみ》を産んだ年だから、いまから八年前です」

八年前というと、田崎実が三十歳のときだ。

「そのとき、実さんはどこに住んでいたんですか」

直子は、さあ、と首を捻った。

「私、実さんに会うのはそのときが二回目だったし、葬式で忙しくしていて、あまり話をしなかったんですよ。だから、わかりません。すみません」

秦たちが新岡の家を訪ねて、直子は何度目かの詫びを言った。謝ることが、癖になっているのかもしれない。

正平は震えが止まらない手で湯呑みを持つと、茶で唇を湿らせた。

「あいつは昔から、自分のことを言わない子だったからなあ。春江の葬儀んときも、いまどこでなにしてるんだ、って聞いても、東京にいるってだけで、あとはなんも言わなかった」

「実さんが地元にいたのは、高校までですか」

秦の問いに、正平は湯呑みを茶托に戻しながら肯いた。

「高校はどちらに」

その質問には、直子が即座に答えた。

「東海市にある県立東海中央高校です」

「たしかですか」

秦は念を押した。先ほど、田崎には二回しか会ったことがないと言っていたのに、いやに確信を持っていう。

「私も東海中央高の卒業生なんです。だからよく覚えてるんです」

「なるほど」

秦は納得して、質問を続けた。

「実さんは高校を卒業した後、大学へは進学されたんですか」

正平が首を振る。

「大学には行かなかった。高校を卒業すると、あいつは東京へ行った」

「就職先は」

新岡は溜め息をつくと、丸まっている背中をさらに丸めた。

「そこははっきりせんです。高校を出るときには、本人から東京の印刷会社に勤めると聞きました。でも、そのあとセツから聞いた話では、印刷会社を辞めて旅行会社に勤めたとか、そこも辞めて飲食店を経営することになったとか、いろいろ変わりました。しかし――」

正平は言葉を区切り、自嘲気味に続けた。

「どこまで本当かは、わからんです。セツはわりと早く、こっちがいかれちまったからなあ」

こっち、と言いながら正平は、自分の頭を指差した。笑ってはいるつもりかもしれないが、秦には泣き顔に見えた。

「セツにはこのことは」

正平が聞く。

「施設のほうで伝えたようですが、理解なさってないでしょう」

秦は視線を落とした。

「不憫《ふびん》じゃのう。自分の息子の死もわからんとは」

正平が嘆くように言う。

現実を理解できないほうが、幸せなこともある。妻の顔が一瞬、頭を過《よぎ》った。私情を振り払い、仕事を続ける。

「実さんが勤めた会社の名前は、ご存じないですか」

またひとつ溜め息をつき、正平は自分の頭を軽くこづいた。

「私もセツのようになるのは、時間の問題だなあ。細かいことは、すっかり忘れちまいました。聞いたのか聞かなかったのかも、覚えとりません」

「直子さんはご存じないですか」

秦は正平から直子に、視線を移した。直子はまた、すみません、と謝りながら首を振った。

では最後に、と言って正平を見る。

「実さんは正平さんから見て、どんなお子さんでしたか」

「どんな子供……といっても、普通の子でした。勉強はあまりできんかったが、頭はよかったかな。口が達者で、多少、山っ気があった。いつか会社を興して、社長になる、とよう言うとったです」

なるほど、夢だけは叶えた、ということか。

新岡家でこれ以上、実の情報を聞き出すのは無理なようだ。秦は別のルートを当たろうと決めた。

「念のためもうひとつ。実さんが親しくしていた友人や知人は、ご存じありませんか」

正平も直子も、知らないと答えた。秦は、直子の夫はなにか知らないだろうか、と訊ねた。歳が近い従兄《いとこ》同士なら、なにかしら交流を持っていたかもしれない。直子は少し考えてから、隣にいる正平の顔を覗き込んだ。

「多分知らないよね。パパから実さんの話を聞いたことがないもの」

正平は、そうだなあ、と同意した。

「うちの和則《かずのり》は実の三歳上ですが、天真爛漫というか無邪気というか。暇さえあれば外に出ていって、近所の子供たちとその辺を駆けまわって遊ぶ活発な子でした。実は逆で、家に遊びに来ても、ひとりでゲームをしたりテレビを観たりしている子で、あまり外には出たがりませんでした。会話も大人びているというか冷めているというか、物事を斜に構えて見るようなところがあったなあ。そんな子だったから、和則とは馬が合わなくて、中学生になったあたりから家には来なくなりました」

いきなり、台所の奥で犬が激しく鳴きはじめた。正平を除いた全員の目が、台所のほうへ向けられる。

直子がはっとして、茶の間の壁にかかっている時計を見た。直子は時間を確認すると、申し訳なさそうに秦を見た。

「すみません。子供が帰ってきたみたいで……」

子供に物騒な話を聞かせたくないのだろう。とりあえず、聞くだけのことは聞いた。また話を聞く必要があれば出直してくればいい。秦は後ろにいる堀口と菜月に、目で辞去する意思を伝えた。菜月はボールペンとメモ帳を、バッグにしまった。

秦たちが立ち上がると同時に玄関の戸が開いた。

「ただいまあ」

子供の元気な声が響くと同時に、家の中の空気が明るくなったように感じられた。

犬の鳴き声が、一層激しくなる。

直子が立ち上がりかけたとき、茶の間の戸が開いた。廊下には、ピンクのランドセルを背負った少女が立っていた。髪を高い位置でふたつに結んでいる。少女は見慣れない人間がいることに驚いたらしく、大きな目をさらに見開いて秦たちを凝視した。

「ママ、この人たちだあれ」

直子は少女の前に立ちふさがると、両肩に手を置いて反対側を向かせた。

「おじいちゃんの昔のお友達よ。ほら邪魔になるから、あっち行こう。部屋にランドセル置いておいで。おやつあげるから」

おやつ、という言葉に釣られて、少女はばたばたと階段を駆け上がっていく。少女がいなくなると、直子は秦たちに向き直り、無言で頭を下げた。頼むから帰ってくれ、という意味だ。

秦たちは靴を履き外に出ると、玄関先で頭を下げた。

車に戻ると、三時を回っていた。そろそろ戻らないと、七時からはじまる夜の捜査会議に間に合わなくなる。時間があれば、田崎が卒業した学校を回り、交友関係を調べたかったが、今日は無理だ。

秦は堀口に、駅に向かってくれるよう頼んだ。

由良井駅に着くと秦と菜月は車を降り、案内してくれた礼を堀口に述べた。堀口は、必要なときはいつでも声をかけてください。ご協力します、と笑みを浮かべた。

由良井駅から電車に乗り、名古屋駅に向かう。

夕方の駅は、人でごった返していた。明らかに出張帰りと思われるスーツ姿のサラリーマンや旅行目的の女性で溢れている。秦と菜月は人をかき分けながら、新幹線のホームへ向かった。

新幹線を待つあいだ、菜月はバッグから手帳を取り出すと、今日とったメモを読み返した。

「今日は、田崎に直接繋がる線は見えませんでしたが、中学や高校の担任だった人間や同級生を洗えば、多少なりとも周囲の人間関係が浮かんできますね」

「そこは近いうちに調べる」

「はい」

菜月が手帳をバッグにしまう。手を身体の前で組み、遠くを見つめて言った。

「母親であるセツさんの記憶がはっきりしていれば、いろいろなことが聞けたのでしょうけれど」

秦は上着のポケットに両手を突っ込んだまま、なにも答えなかった。

今日、清愛の園を訪れたあと、頭から離れない光景があった。セツの手だ。青い注射痕が残された手。血管がぼろぼろになるまで点滴をされながら生き続けるセツが、憐れに思えた。

ふいに背後で声がした。

「あなた」

思わず振り返る。

秦の後ろに、年配の女性が立っていた。女性は秦から少し離れた場所にいる男性に駆け寄った。ふたりはトランクを持っていた。ラフな服装と歩きやすい靴から、旅行中だと思われる。

秦は視線を戻した。響子のはずがないではないか。似ている声を聞いたからといって勘違いすることなど、いままで一度もなかった。セツを見て感傷的になっているのか。胸の中に湧き起こった青臭い感情に、自分自身、嫌気がさす。

苦々しく舌打ちしたとき、秦ははっと気がついた。

昼食を摂ったキッチン猫亭で菜月が口にした言葉。「味噌が黒いんですね。なんだかデミグラスソースみたいです」をどこかで聞いたと思ったが、あれは以前、響子が言ったことだった。

数年前、なにかの用事で神田に行ったときに、美味いと有名なとんかつ屋に入った。名前はたしか「神戸屋」と言ったはずだ。試しにお奨めの味噌カツを頼んだら、とんかつにかかっている味噌のソースが黒く、それを見た響子が言ったのだった。

目の前に、新幹線のぞみが滑り込んできた。安全のため黄色い線から出ないように、というアナウンスがホームに流れる。

秦は食べ物にうるさくない。総菜や出来合いの弁当を嫌うやつもいるが、秦はそうではない。不味いものより美味いもののほうがいいに決まっているが、基本、腹が満たされればそれでいい。

今日の夕飯も、道場で仕出しの弁当だ。いつもならなんとも思わないのだが、今日は無性に、神田の味噌カツが食べたかった。


鎌倉署に戻ったとき、時計の針は七時を指そうとしていた。秦と菜月は入口を入ると、まっすぐ三階にある大会議室へ向かった。ドアを開けると、多くの捜査員が着座し、会議の開始を待っていた。

秦と菜月が席に着くと同時に、寺崎や杉本たち幹部が部屋に入ってきた。秦は朝礼のときと同じように号令をかけた。捜査員が着座すると、寺崎は鑑識や地取りなどの各担当に、現在における捜査状況の報告を促した。

「まず、地取り」

はい、と返事をし、所轄強行犯係主任の仙崎が立ち上がる。

仙崎の話によると、引き続き現場周辺の聞き込みを行っているが、現場である貸別荘への出入りが目撃されているサングラスの女は、依然、行方が摑めないとのことだった。

「近隣の住人だけでなく、近場のコンビニや商店街、七里ヶ浜駅を使っている乗客も当たりましたが、そのような女を見かけたという情報は得られても、女の身元に繋がる線は浮かんでいません」

「田崎実のほうはどうだ。なにか出てこないか」

仙崎は手帳に目を落とした。

「近隣の住人の話によると、田崎を見かけることはあまりなく、あっても月に一度くらいだったそうです。ただ、近所の者が、夜、貸別荘に頻繁に灯りが点いていたことを目撃しています」

「田崎は品川の自宅マンションと四谷にある会社事務所、鎌倉にある貸別荘を行き来している。いつどこで寝泊まりしているかわからん。貸別荘に灯りが点いていたとしても、そのとき田崎がいたという証拠はない。目撃されているサングラスの女がひとりで使っていたのかもしれんし、ふたりが一緒にいた可能性もある、ということだな」

寺崎は確認とも問いとも取れる言い方をした。仙崎は顔を上げて、はい、と答えた。

「ほかに、新たな目撃情報はないか」

仙崎は手にしていた手帳を閉じた。

「あの辺りは犬の散歩をする人間が多く、早朝から夕方にかけて人の往来があります。近所の人間はもとより、現場周辺を通りかかる人間も当たっているのですが、いまだ、被害者とサングラスの女、貸別荘を定期的に掃除していたハウスクリーニング会社の倉橋友子の三人以外の目撃情報は、出ていません」

新たな情報はなにもないということか。

寺崎は、引き続き捜査に当たってくれ、と地取りの報告を打ち切り、続いて鑑識の報告を求めた。

秦の斜め後ろに座っている久保が立ち上がる。久保の報告は、現在、田崎のマンション、貸別荘、および事務所から採取した遺留品の分析を鋭意行っているとのことだった。目新しい発見はまだない。

久保が着席すると入れ違いに、秦は立ち上がった。

「敷鑑です。本日、田崎の母親が入居している施設に行ってきました」

秦は、母親のセツは重度の認知症を患っていること、施設を出たあと田崎の伯父を訪ねたことを報告した。

「伯父の新岡正平や嫁の直子から得られた情報は、田崎の出身校くらいしかありませんでした。ですが、学校の元担任や同級生を当たれば、田崎の交友関係が見えてくると思われます」

うむ、と寺崎は肯き、腕を組んだ。

「次、ナシ割り」

秦の真後ろの男が立ち上がった。所轄の捜査員だ。若い捜査員は声を張り上げるように報告した。

「凶器のワインボトルに関してですが、ラベルを鑑識が貼り合わせ、銘柄が判明しました。品名はレ・ロゾー・サン・テミリオン、二〇〇六年物でした。ワイン専門店に問い合わせたところ、値段は定価で二千五百円前後。安価だが味がいいので人気があり、比較的多く出回っている品だそうです。国内に入荷したのは、去年の秋。この品はワイン専門店から町の酒屋まで幅広く扱われているそうで、販売ルートの特定はできませんでした。鎌倉近郊の酒屋やデパート、ワインを扱っている店のリストを作成し、片っ端から小売店に当たるつもりですが、何分、大量に出回っている品物ですので、この線から絞り込むのはむずかしいかと」

秦は首の後ろに手を当て、頭を回した。焼酎や日本酒のことなら多少はわかるが、ワインなどという洒落た酒には詳しくない。舌を嚙みそうな長ったらしい名前を聞いたときは、目玉が飛び出るくらい高い酒だろうと思ったが、自分でも手の届く範囲の値段と聞いて逆に驚く。鎌倉の瀟洒な別荘を借りるくらいだ。さぞいい酒を飲んでいるのだろうと思ったが、暮らし自体は質素だったのだろうか。

「そっちは当たりなしか」

悔しそうにつぶやき、寺崎は部屋の後方を見やった。

「株式会社コンパニエーロに勤めていた派遣社員の特定はどうなった」

はい、という声がして、後ろで人が立つ気配がした。鎌倉署地域課の宮城野《みやぎの》だ。

捜査本部には、地取りや鑑取りのように足を使う捜査を担う者のほかに、電話を使う調査のように、中で仕事をする支援班がいる。前者は主に刑事畑の人間が、後者は生活安全企画課や地域課など、現場以外の人間が担当する。

宮城野は身体に似合わない甲高い声を張り上げた。

「四谷共進ビルがある新宿区周辺の派遣会社に片っ端から電話し、コンパニエーロに勤めていた女性ふたりを、先ほど突き止めました」

寺崎が組んでいた腕をほどき、身を乗り出した。

宮城野は報告を続ける。

「ひとりは新宿区高田馬場にある派遣会社、株式会社アップキャリアに登録している小笠原美《み》奈《な》、二十五歳。昨年十月から、田崎がビルを出ていった今年の九月十五日まで、コンパニエーロで働いていました。もうひとりは辻好恵《つじよしえ》、二十九歳。辻は渋谷区代々木にある、ビースタッフィング株式会社にいました。コンパニエーロに勤めていた期間は、小笠原と同じです」

「ふたりから、話は聞けたのか」

横から杉本管理官が口を挟んだ。宮城野は、いいえ、と首を振った。

「小笠原も辻も、すでに新しい派遣先に勤務していて不在でした。重ねて、ふたりの所在が確認できたのが夕方だったこともあり、本日の事情聴取は無理と判断しました。ですが、今日のうちにふたりに連絡はとりつけました。それぞれの上司から彼女たちの連絡先を聞き、携帯に電話して事情を伝えました。小笠原、辻ともに、任意で事情聴取に応じるとのことでした」

寺崎が秦の名前を呼んだ。

「はい」

秦はメモをとっていた手帳から顔を上げた。

「小笠原と辻の事情聴取、お前が担当しろ。田崎の同級生関係は、他の者に当たらせる」より情報を持っていると思われる重要参考人は、ベテランに任せるということか。

了解しました、と答え、秦はまた手帳に視線を戻した。寺崎は宮城野に、報告の続きを促した。

「で、他には」

宮城野は、田崎が使用していた携帯と事務所の固定電話の通信履歴を洗っている旨を伝えた。

「固定電話の発信、着信履歴はすぐに割れました。携帯に関しては、本体が見つかっておりませんが、田崎の預金通帳に、田崎が使用していたものと思われる携帯会社の引き落としの記録が残っていました。いま、その携帯会社へ連絡をとり、履歴の復元を求めています」

以上です、と言って宮城野は着座した。

寺崎は、今日の仕事の労いと明日の捜査への檄《げき》を飛ばし、会議を終えた。

捜査員たちが席を立ち、一斉に部屋から出ていく。秦はドアへ向かう捜査員たちを縫うように、宮城野のもとへ向かった。明日、事情聴取をする小笠原と辻の連絡先を聞くためだ。

宮城野の大きな身体を、人の中に見つけたとき、秦は足を止めた。宮城野の隣には菜月がいた。手帳とペンを手に宮城野と話している。

菜月は秦に気づくと、宮城野に頭を下げて秦のもとへやってきた。菜月は秦の目をまっすぐに見た。

「宮城野さんから、小笠原と辻の携帯番号を教えてもらいました。いまから連絡して、事情聴取する時間と場所を決めようと思います。どのように伝えますか」

やはり機転が利く。

秦は、時間はできる限り早く、場所は相手に決めさせろ、と答えた。

「鎌倉署に出頭すると言うなら取調室を押さえろ。警察に来るのが嫌だと言うなら、そっちの会社に俺たちが行くと言え。会社の会議室か相談室でも使わせてもらう」

はい、と答えて、菜月はスマートフォンを上着のポケットから出した。慣れた手つきで画面を操作する。

「場所と時間が決まったら、携帯に連絡をくれ」

携帯を耳に当てた菜月が秦に大きく肯く。

頼んだぞ、そう言い残し、秦は部屋を出た。

寝泊まりしている道場へ続く廊下を歩きながら秦は、ふと思った。

——人になにか頼んだのは久しぶりだ。

7

文絵は自宅に戻ると、リビングへ向かった。日曜日の夕方、夫の敏行は普段と変わらず、テレビをつけっぱなしにしてパソコンの画面を見ていた。

「ただいま」

丸まっている背中に声をかける。ああ、という気のない返事が戻ってきた。

「子供たちは?」

敏行はなにも答えない。文絵の問いを無視して、パソコンを眺めている。

きっと、二階の子供部屋にいるのだろう。

文絵はリビングを出ると、廊下の突き当たりにある寝室へ入った。外出着から部屋着に着替えて、ドレッサーの椅子に座る。バッグを手に取り、中からクリアファイルを取り出した。クリアファイルの中には、A4サイズの紙が数枚入っていた。リュミエールの成分や使用方法が書かれている資料で、鎌倉の別荘で加奈子から渡されたものだ。時間があるときに読んで覚えてちょうだい、と加奈子は言った。

文絵はドアの外に耳を澄ませた。夫が部屋に来る気配はない。クリアファイルから資料を取り出し、膝の上で開く。

資料にはクレンジングや化粧水など、十種類近くに及ぶリュミエールの商品画像が印刷されていた。商品の隣に、個別の化粧品成分が記載されている。成分配合表にある名前は、コラーゲンやプラセンタなど、化粧品に詳しくない文絵でも知っている名前がある一方、聞いたことがない長い横文字のものもある。成分の効能を読むと、美白効果、保湿成分、表皮幹細胞の活性など、女性なら誰もが欲しているであろう効果が書かれていた。

文絵は資料をドレッサーの上に置くと、鏡を見た。自分の顔を、角度を変えて三方向から眺める。ひと月半前とは、明らかに違う。二重顎でだぶついていた輪郭はシャープになり、瞼が重く垂れさがり腫れぼったかった目は、二重が強調されて大きくなった。盛り上がった頬にうずもれて低く見えていた鼻も、本来の高さを取り戻した。

文絵は鏡の中の自分を、ゆっくりと撫でた。

きれいになった。痩せたことも大きいが、いままで手抜きしてきた肌の手入れを、丁寧にするようになったこともあると思う。肌のきめが整い、トーンが明るくなった。張りもある。

文絵はドレッサーの引き出しを開けて、リュミエールの化粧水を取り出した。半透明のガラス瓶をじっと見つめる。リュミエールの品質の良さを、自分は身をもって知っている。美しくなれる化粧品だと、自信を持って言える。

文絵は空を見つめた。

壇上に上がり、化粧品の説明をする自分を想像する。購入者たちが、文絵に見とれる。おきれいですね、羨ましい、私もあなたのようになりたい、憧れます、さまざまな賛辞を浴びる。文絵を取り囲む購入者の後ろには、章吾がいる。章吾は少し離れた場所から、文絵を見ている。文絵は章吾に微笑みかける。章吾も笑みを返す。そうです、あなたは美しい、章吾の目がそう言っている。

文絵は目を閉じた。

もっと美しくなりたい。きれいになった自分を、多くの人に見てもらいたい。貪欲な女の欲望が、胸にふつふつと沸き上がってくる。

――私、リュミエールの仕事やるわ。

文絵は手にしていたガラス瓶を、胸に抱きしめた。

翌日から文絵は、加奈子の仕事を手伝うための準備をはじめた。人に勧めるには、まず商品をよく理解することだ。購入者が抱いた疑問に、即答できるくらいでなければ困る。文絵は化粧品の成分と効能を、頭に叩き込むことにした。

敏行と子供たちが会社や学校へ出掛けたあと、家事もそこそこにダイニングの椅子に座った。ダイニングテーブルの上に、家族で共有しているノートパソコンを置く。共有といっても、使用しているのはほとんど自分だ。敏行は自分専用のパソコンを持っているし、子供はインターネットよりテレビのアニメが好きだった。

電源を入れると画面が立ち上がり、見慣れたサイトがあらわれた。ホームにしている懸賞サイトだった。以前は家でひとりになると、ダイニングでパソコンを開き、ネットの懸賞サイトを見ながら菓子を貪り食うのが日課だった。加奈子に会ってからは、ダイエットに夢中になり、懸賞サイトを開くこともめっきり減っていた。

文絵は懸賞サイトを消して、検索サイトを開いた。画面上部にあらわれた検索ウィンドウに、リュミエール、と打ち込む。昨日、鎌倉の別荘からの帰り際に加奈子から「時間があるときに、リュミエールをネットで検索してみて。ホームページが出てくるから」と言われた。

画面が切り替わり、ひと目で女性向けとわかる画面があらわれた。白い壁紙にピンクの薔薇があしらわれている。薔薇の下に流れるようなレタリングで「リュミエール」と書かれていた。

これが加奈子の言っていたリュミエールのサイトだ。文絵は画面をスクロールした。リュミエールという文字の下には、クレンジングや化粧水などの商品が並んでいた。さらに下には、問い合わせ先の住所と電話番号が書かれている。住所は新宿区四谷、電話は03ではじまる固定電話だ。

文絵は朝食代わりのダイエットスープを飲みながら、画面を隅々まで眺めた。リュミエールの商品画像の下に、本体価格が記載されている。値段を見た文絵は驚いた。デパートで見かけた海外ブランドの高級化粧品より高かった。クレンジングから仕上げの保湿クリームまで一式揃えると、敏行の月給の半分が飛ぶ。高いものだとは察していたが、ここまでとは思っていなかった。一般女性が化粧品にかける平均金額からは、かなりかけ離れている。

こんなに高級な化粧品を購入できる女性が、どのくらいいるのだろう。雑誌広告などで広く知られている有名ブランド商品なら、高くても手に取る女性はいると思う。だが、リュミエールは違う。これから売り出していく商品で、認知度はないに等しい。果たしてビジネスになるのだろうか。

だが、と文絵は考え直した。しっとりしている自分の頬に、手を当てる。たしかに、リュミエールは手頃な値段の化粧品ではない。しかし効果を実感すれば、この価格も納得できる。化粧品に限らず、食料品や衣類、車だってそうだ。いいものはそれなりの値段がすると、相場は決まっている。

多くの女性は、自分が美しくなるための自己投資を惜しまない。普段、化粧やファッションを意識していない女性でも、きっかけさえあれば、自分磨きにのめり込む。文絵もそのひとりだ。子供が生まれてから自分を磨くことに無関心だったが、少しずつきれいになっていく自分を見ていると、身だしなみにかける金を惜しまなくなってきている。美を求めるのは、女性の性《さが》なのだ。自己投資をしたいと思うきっかけを、文絵がつくってやればいい。

文絵はパソコンの電源を落とすと、用意していたノートを開いた。加奈子から貰った成分表を、声を出しながらすべて書き写す。子供の頃から暗記は得意だった。文絵がリュミエールの成分や効能を記憶するまで、それほど時間はかからなかった。

リュミエールの成分や効能を覚えると、次は話し方の勉強をはじめた。出産後、ストレスで太ってから、文絵は人との交流を避けてきた。PTAの集まりでも部屋の隅に座り、まったく発言しなかった。道ですれ違う近所の人とも、時候の挨拶を交わすだけで立ち話もしない。世間話すら避けていた自分が人前で話す。しかも商品の説明をし、聴衆の心を惹きつけなければならない。それは至難の業だった。

どうしたら話し上手になれるのか。考えて文絵は、自宅から歩いて十分ほどのところにある書店に行き、本を数冊購入した。「人に好かれる話し方」とか「心を動かす話し方」など全部、話術に関するものだ。

表現による多少の違いはあるものの、上手に話すために必要なことは共通していた。要点をまとめて話す。微笑みを絶やさない。口調はゆっくりすぎるのではないかと思うくらいの早さで。そしてなにより、相手の目を見て話す。

文絵は誰もいないリビングで、講演の練習をした。背筋を伸ばし、笑みを絶やさず、すべての客に視線が届くようにあたりを見渡しながら、化粧品の説明をする。化粧品の成分と使用方法を、滑らかに言えるようになるまで、半月かかった。リュミエールの成分を暗記し、スムーズに話せるようになるまで三週間かかった。そのあいだに体重を、さらに四キロ落とした。

章吾を紹介されてから約ひと月後、文絵は加奈子の別荘を訪れた。年の瀬が押し迫った鎌倉は、都内ほどではないが人の往来が多く、慌ただしさが漂っていた。

別荘を訪ねた文絵を、加奈子はグレーの薄手のニットに白いパンツという服装で出迎えた。顔の痣を隠すためのサングラスは、今日もかけている。玄関のドアを開けた加奈子はさらに痩せた文絵を見て、驚きと賛嘆が入り混じった声をあげた。

「すごいわ、文絵。また痩せたでしょう」

文絵は玄関に上がると、コートを脱ぎながら答えた。

「このあいだ会ったときから四キロ落とした。痩せたのは嬉しいけれど、洋服がみんなぶかぶかになって着られなくなっちゃった。十三号だったサイズが、九号でも余裕があるの。おかげで、洋服代がかさんで大変」

加奈子は手の甲を口に当てて、可笑《おか》しそうに笑った。

「嬉しい悲鳴じゃない。それに、お金なんてこれからどんどん手に入るわ。大金と言える額じゃないけれど、ひと月に五十万円あれば、洋服が何着かは買えるでしょう」

金の価値は人それぞれ違う。十万円を大金と思う人間がいる一方で、はした金と思う者もいる。加奈子にとって五十万円という額は、さほど大きいものではないのだろう。だが、文絵にとっては大金だった。

加奈子のあとに続いてリビングに入ると、章吾がいた。ソファに浅く腰かけ、飲み物を口にしている。きっと、いつも加奈子が淹れてくれる紅茶だろう。章吾は文絵に気づくとソファから立ち上がり、驚いたように両手を広げた。

「これは驚いた。はじめてお会いしたときも美しい人だと思ったけれど、その美しさにさらに磨きがかかりましたね」

「いらしてたんですか」

文絵はわざと意外そうに言った。章吾は並びのいい歯を見せて笑った。

「昨日、加奈子さんから、文絵さんが別荘に来るという連絡を貰いましてね。お会いできるのを楽しみにしていたんですよ。この前も素敵でしたが、今日の洋服は一段とお似合いです」

別荘に章吾がいるかどうかはわからなかった。三日前、文絵が別荘訪問の意を電話で伝えたとき、加奈子は章吾を呼ぶとは言っていなかった。だが文絵は、自分が別荘に行くと言えば加奈子は章吾を呼ぶだろう、と予測していた。マネージャーになる章吾を抜きにして、仕事の話はありえないと思ったからだ。だから文絵は、一週間前に奮発して購入したアイボリーのワンピースを着てきた。首回りが大きく開いた細身のシルエットで、いま一番気に入っている洋服だ。

章吾は文絵の全身を眺めた。

「文絵さん、あなたはいったいどこまで美しくなるんですか」

頭の奥が痺れた。動悸がして、解離とは違う目眩を感じた。

賛美の言葉は文絵にとって、すでに麻薬と化していた。敏行や近所の住人から、最近きれいになった、と言われるたびにエクスタシーにも似た甘美な酔いに襲われた。

——もう、前の自分に戻れない。醜かった自分に戻りたくない。

恍惚《こうこつ》としながら、文絵は思った。

章吾の隣に座り、当たり障りのない世間話をしていると、キッチンにいた加奈子がリビングに戻ってきた。

「はい、どうぞ」

淹れたての紅茶を文絵の前に置き、向かいのソファに腰かける。加奈子はソファの背にもたれると、感慨深げに文絵を見つめた。

「ほんと、文絵には驚かされるわ。見る間にきれいになっていくんだもの」

「がんばってダイエットしたから」

そう答えると加奈子は、ううん、と言いながら首を振った。

「きれいになった理由は、痩せただけじゃないわ。身にまとうオーラっていうのかな、雰囲気が変わった。ディナーショーの会場で再会したときは、声が小さくて相手の目を見ずに話すからおどおどしている感じだったけど、いまは違う。視線をしっかり相手に合わせてはっきりとした口調で話すから、堂々として見える」

話術に関する実用書が、役に立ったようだ。

加奈子は飲んでいたティーカップを皿に戻すと、ところで、と真顔になった。

「このあいだ渡した資料、読み込んでくれた？」

文絵はそばに置いていたバッグから、以前、加奈子から渡されたリュミエールの成分表を取り出した。この約ひと月のあいだ、何十回も目を通したものだ。文絵は資料をテーブルに置くと、膝の上で手を揃えた。

「読んだわ。いまここで、どの商品にどんな成分が入っていて、どんな効能があるのか、すぐに言えるほど」

「ほんとに？」

加奈子は小首を傾げながら訊ねた。文絵は肯くと洗顔料から順に、配合されている成分と効能の説明をはじめた。練習のときを思い出し、目の前にセミナーを聞きに来た客がいると想定した。加奈子と章吾の目を見ながら、本で学んだようにゆっくりとした口調で話す。

加奈子と章吾は、文絵の話を黙って聞いていたが、文絵がすべての商品の説明を終えると称賛の拍手をした。

「完璧だ。なにも見ないでこれだけ説明できるなんてすごいよ。ねえ、加奈子さん」

章吾から同意を求められた加奈子は、満足そうに微笑んだ。

「私の見立てどおりだわ。文絵は頑張り屋さんだから、化粧品の知識を一生懸命覚えて、講師をうまく務めてくれると信じてた。でも、考えていた以上の出来だわ。なにも言うことはない」

章吾が興奮しながら、加奈子のほうに身を乗り出す。

「これだけリュミエールの良さをわかりやすく説明してくれれば、きっと多くの女性が商品に関心を持つでしょうね」

そうね、と加奈子は答えた。

「説明のうまさもあるけれど、やっぱり文絵の存在が大きいわ。売り子は化粧品の看板よ。売り子は客が、こんなふうになりたい、と思う女性でなければいけないの。その点――」

加奈子は言葉を区切り、改めて文絵を見た。

「文絵はぴったりだわ。セミナーを聴きに来た女性は、文絵に憧れてリュミエールを使ってみたいと思うはずよ」

加奈子と章吾は、いかに文絵がリュミエールの講師にふさわしいかを熱く語る。なんだか、受験に合格した学生のような気分だった。

章吾とのやりとりをひととおり終えると、加奈子は膝を文絵に向けた。

「これでいつでも、セミナーを開けるわね」

文絵の胸が期待と不安で大きく跳ねた。人前に出ることを望んでいたのに、いざとなると怖《お》気《け》づく自分がいる。

「本当に、私にできるかしら」

そうつぶやくと、加奈子が勇気づけるように言った。

「まだそんなことを言ってるの。あなた以上の適任者なんていないじゃない」

「でも、もし人前であがって失敗したら……」

文絵は膝の上に置いた手に、視線を落とした。その手に大きな手が重なる。驚いて顔をあげる。章吾だった。隣に座っている章吾の手が、文絵の手に重なっていた。章吾はにっこりと笑った。

「平気ですよ。文絵さんはしっかり講師を務められます。万が一、なにかあっても大丈夫。もしものときは、僕がフォローします。あなたには、僕がついていますす」

章吾は文絵の手を、強く握った。文絵の頬が熱くなった。赤くなった顔を見られたくなくて、さらにうつむく。加奈子が文絵の顔を覗き込みながら訊ねた。

「セミナーの講師、引き受けてくれるでしょう?」

文絵は顔を伏せたまま、大きく肯いた。


加奈子から連絡があったのは、鎌倉の別荘で文絵が化粧品の説明をした日から、一週間後のことだった。洗濯物を干し終わり、朝の残り物で昼食を摂ろうとしていたとき、携帯が鳴った。液晶画面を見ると、加奈子の名前が表示されていた。ダイニングテーブルに肘をつきながら携帯に出る。

「もしもし、文絵？」

携帯の向こうから、加奈子の明るい声がした。

「今日は報告があって連絡したの。セミナーの開催日、決まったわよ」

文絵は手にしていた箸をテーブルに置き、携帯を両手で握りしめた。場所は目黒区にあるセミナー会場、日時は二週間後の土曜日、午後二時から一時間半の予定だった。

「大丈夫よね。もし都合が悪いなら、いまならまだ変更がきくけど」

文絵は冷蔵庫の扉にマグネットで張り付けているカレンダーを見た。学校や幼稚園の行事はない。敏行には加奈子のところへ遊びに行くと言えばいい。

「うん、大丈夫」

文絵はダイニングテーブルの上に広げていた広告の裏に、日時と場所を手早く書きとめると加奈子に訊ねた。

「何人くらい集まるのかしら」

「セミナーの招待メールは、八十人に送る」

「八十人も」

文絵は驚きの声をあげた。いきなり、そんな大勢の前でなど話せない。加奈子は笑いながら、文絵の不安を打ち消した。

「いくら試供品が貰えるといっても、全員来ることはないから。来ても三十人くらいだと思う。このあいだ章吾と一緒に下見してきたんだけど、会場は四十人まで入れる大きさだったから、予定していた人数より増えても問題ないわ」

三十人。小学校のひとクラスほどだ。クラスのPTA全員の前で、話をするような感じだろうか。文絵がそう言うと加奈子は、そうそう、と同意し言葉を続けた。

「その会場では、ホワイトボードと小型のプロジェクターが使用できるの」

文絵は慌てた。ホワイトボードを使うなんて聞いていない。プロジェクターなんて使い方すらわからない。縋るように携帯を握りしめる。

「待って、セミナーで小道具を使うなんて聞いてない。私、板書なんてしたことないし、プロジェクターも使ったことなんかない」

加奈子が微笑む気配がした。

「大丈夫よ。ホワイトボードは商品の説明をするときに、商品名と主な成分の名前を書けばいいだけよ。プロジェクターは、章吾が操作する。章吾が文絵の話に合わせて、資料をスクリーンに映すの。文絵はなにも心配しなくていいのよ。このあいだ別荘で私たちにやったように話せばいいだけ」

だとしても、ぶっつけ本番では不安だ。文絵がそう言うと加奈子は、当日、開場の前に、章吾と昼食でも摂りながら打ち合わせをすればいい、と提案した。

「章吾には事情を説明して、文絵に連絡をとるように伝えておくから」

言い終えると、加奈子は一方的に電話を切った。

文絵は携帯をテーブルの上に置くと、手をつけていない昼食を見つめた。本当に自分に講師が務まるのだろうか。集まった客は静かに話を聞いてくれるだろうか。話がつまらないからと、途中で帰ってしまわないだろうか。

不安が胸に押し寄せる。

組んだ手を額に当て溜め息をついたとき、再び携帯が鳴った。章吾からだった。携帯に出ると、章吾のよく通る声がした。

「いま、加奈子さんから連絡を貰いました。なんだか文絵さんが怖気づいているから、安心させてやってくれって」

加奈子が文絵との電話を切ったあと、すぐに章吾に連絡してくれたのだ。文絵は携帯に向かって頭を下げた。

「すみません、いざとなると怖気づいちゃって」

携帯の向こうで、くったくのない笑い声が聞こえた。

「謝ることはありませんよ。はじめてのときは誰でも不安ですよね。僕や加奈子さんがなにを言ってもだめでしょう」

いいえ、と文絵は慌てて否定した。

「加奈子や章吾さんには感謝しています。ふたりの言葉にどれだけ励まされたか。不安になるのは、私に意気地がないからです」

章吾は穏やかな口調で勇気づけた。

「場数を踏めば、もっと自信がつきますよ。それよりセミナーの日、昼食をご一緒しませんか。

そこで、最終的な打ち合わせをしましょう。それに、お渡ししたいものもあるし」

渡したいものとはなんだろうか。

訊ねると章吾は、当日お持ちします、とだけ答え、待ち合わせの場所と時間を指定した。時間は正午、場所はセミナー会場の近くにある『ヴィニタリア』というイタリアンレストランだ。

「JR目黒駅から徒歩一分のところにある店です。ネットで検索するとすぐに出てきますよ。そこで食事を摂って、一緒に会場へ行きましょう」

文絵は章吾に、会場に加奈子は来るのか、と訊ねた。章吾の答えは否だった。

「加奈子さんは人前に出ません。理由はおわかりでしょう」

文絵の頭に、サングラスを外した加奈子の顔が浮かんだ。右目の中央からこめかみにかけて広がる赤黒い痣。皮膚はひきつれていた。自分の顔にも同じような痣があったら、やはり人目を避けて暮らすだろう。そんなことも考えつかないほど緊張しているのか。文絵はテーブルに視線を落とすと、章吾に詫びた。

「すみません。少し考えればわかることなのに、緊張で頭が回らないみたいです」

章吾は優しい声で言った。

「加奈子さんはセミナーに来ないけれど、会場には僕がいます。なにかあれば僕が助けます。大丈夫、必ずうまくいきます。僕に任せてください」

頼もしい章吾の言葉に、胸がときめく。文絵は見えない章吾に再度、頭を下げた。

「よろしくお願いします」

「じゃあ、当日に」

電話を切ると、文絵はダイニングチェアーの背にもたれて、つめていた息を大きく吐いた。章吾と話して少しは緊張が解けた。章吾の言うとおり、彼に任せていればいい。章吾の言うことを聞いていれば、間違いないのだ。

不安が薄れると、空腹を覚えた。文絵は箸を手に取ると、冷めた味噌汁を口にした。

セミナー当日、文絵は朝の家事を終えると、ベージュのパンツスーツに着替えて家を出た。敏行には、加奈子に会いに行く、と嘘をついた。敏行は新聞を読みながら、ああ、と答えただけで、文絵の嘘を疑う様子はまったくなかった。

予約を入れていた近くの美容院に立ち寄り、ブローをしてもらう。美容院を出ると駅に向かい、常磐線で松戸から日暮里《にっぽり》に出た。日暮里で山手線《やまのて》に乗り換え、目黒に向かう。

ヴィニタリアは、目黒駅の西側に位置するビルの中にあった。エレベーターで三階まで上り、店名が書かれている木製のドアを開ける。出迎えたボーイに章吾の名前を伝えると、店の奥に通された。

「やあ、お待ちしてました」

今日の章吾は、淡いパープルのセーターに、グレーのジャケットを羽織っていた。

観葉植物の陰になっているテーブルに、ふたり連れの女性が座っていた。彼女たちは顔を寄せ合いながら、章吾をちらちらと見ている。おそらく、章吾が待っている相手がどんな人物なのか、気になっていたのだろう。文絵はトレンチコートを脱ぐと、章吾の向かいに腰を下ろした。女性客の視線を背中に感じる。人から羨望《せんぼう》の眼差しで見られることなど、いつ以来だろう。自然に口角が上がってくる。

章吾は食事をしながら、セミナーの段取りを説明した。受付の準備のために、遅くとも一時半には会場に入らなければいけない。受付は自分がするから、文絵は会場の奥にある控室で待機していればいいという。

「何人ぐらい集まるんですか」

文絵は食後のコーヒーを口にしながら訊ねた。章吾は隣の椅子に置いていた黒いビジネスバッグから、書類を取り出した。ぱらぱらと眺めながら答える。

「予定では三十人前後です」

加奈子が予測したとおりだ。章吾は書類をバッグに戻すと、別なものを取り出した。小さなプラスチック製のケースだ。章吾はケースを文絵の前に置いた。

「これをどうぞ」

これが、二週間前に章吾が電話で言っていた、渡したいものなのだろう。

文絵はケースを手に取り、蓋を開けた。中には文絵の名前が印刷された名刺が入っていた。内容を確認した文絵は、驚いて章吾を見た。

「これは?」

章吾は組んだ手を、顎に当てた。

「あなたの名刺ですよ」

文絵は首を振った。

「それはわかります。そうではなくて、ここです。これはいったいどういうことですか」

文絵は名刺に印刷されている肩書を指差して、章吾に見せた。自分の名前の上には、リュミエール化粧品代表、とあった。文絵は名刺をケースに戻して蓋をすると、章吾に押し戻した。

「私が代表を務めるなんて話、聞いていません。これはお返しします」

自分は人前に出られない加奈子の代役にすぎない。リュミエールを背負う肩書を、名乗るつもりはない。困惑しながら訴える文絵に、章吾は穏やかに言った。

「これは、加奈子さんの意思なんです」

「加奈子の?」

章吾は、ええ、と答えた。実際の経営者は加奈子だが、表向きの代表は文絵に務めてほしいという。

「セミナーの講師が、なんの肩書もないのでは格好がつかないでしょう。それに、世の中には肩書に弱い人間もいます。そういう人は、代表自らが勧める商品ならば安心できる、と考えるでしょう。要は、信用の問題ですよ」

そう言われても、はいそうですか、と簡単には引き受けられない。代表などという重要な役など、自分にはできない。

文絵がそう言うと、章吾は笑いながら首を振った。

「代表といっても、形式的なものですよ。実際の会社経営は加奈子さんがしているわけだし、万が一、問題が起きても責任を負うのは加奈子さんです。記載している連絡先の住所と電話番号も事務所のものだ。文絵さんに迷惑がかかることはありません」

「でも……」

文絵は章吾の目の前に置かれている、名刺が入ったプラスチックケースを見た。章吾の言うとおり、連絡先の住所と電話番号は、文絵の家のものではない。だが、代表の電話番号の下に、モバイルと表され文絵の携帯番号が印刷されていた。もし、客から電話が入ったら、どう対応すればいいのだろう。

文絵が訊ねると、章吾はケースを手に取り四方から眺めた。

「文絵さんに黙って携帯番号を載せたことは謝ります。携帯が普及しているご時世、緊急の連絡先が知りたいと言う人が多いのでね。でも、基本的には文絵さんのほうへ連絡が行くことはありません。常識のある人だったら、いきなり個人に連絡はとりません。まずは代表番号にかけるでしょう」

たしかに章吾の言うとおりだ。もし、自分が会社に連絡をとりたいと思ったら、まずは代表番号へ電話をかける。

「日中だったら事務所にいる事務員が対応します。夜だったら留守電に切り替えているので、そこに用件を吹き込むでしょう。それでも心配だというのなら、名刺を渡すときに、なにかあれば代表番号へ連絡をくれ、出られないときは追って連絡をする、と言い添えればいい。それでも、嫌がらせの電話などが入るようだったら言ってください。僕がきちんと対応します」

章吾はテーブルの上に置いていた文絵の手をとると、名刺をケースごと握らせた。

「ね、そうしましょう」

章吾に見つめられると、なにも言えなくなる。二週間前に電話で聞いた、僕に任せてください、という章吾の言葉が蘇る。そうだ、なにかあれば章吾が解決してくれる。章吾にすべてを任せていればいいのだ。自分にそう言い聞かせて、文絵は章吾に従った。

セミナー会場に着くと章吾は、会議用の長机に配布する資料を並べて、プロジェクターの用意をはじめた。文絵は章吾の邪魔にならないように部屋の奥にある控室に入り、化粧品の成分表を再読した。

資料を読みながら文絵は、落ち着け、と自分に言い聞かせた。今日のために入念に準備した。話し方も覚えた。加奈子も章吾も完璧だと言ってくれた。自分を信じて、練習どおりにすればいい。

化粧室に行き、身だしなみを整える。二時五分前になると、章吾が控室に入ってきた。

「そろそろ時間です。準備はいいですか」

文絵は深呼吸をすると大きな声で、はい、と答えた。

四十人が入る会場は、半分以上が埋まっていた。全員が女性で、下は二十代後半、上は還暦をとうに過ぎているように見える人までいる。年齢はさまざまだったが、客に共通しているのは、身ぎれいにしていることだった。センスのいいファッションスタイルや整っている髪形から、誰もが自分を美しく見せようと努力していることが窺えた。

文絵は臆した。美意識が高い彼女たちを、果たして魅了できるだろうか。リュミエールの素晴らしさを伝えることができるだろうか。

会場に章吾の声が響いた。

「みなさま、今日はリュミエール化粧品の説明会にお越しいただきありがとうございます。ただいまから、セミナーを開催いたします。では早速、本日の講師をご紹介します。リュミエール化粧品代表、高村文絵です。どうぞ」

章吾は、壇上を挟み向かい合うかたちで立っている文絵を見た。会場にいるすべての人間の目が、文絵に注がれる。文絵は震える膝に力を込めた。

——もう後戻りできない。

壇上に上がり、しっかりと前を見据える。深く息を吸い、腹に溜めた。

「こんにちは、高村文絵です。本日は、美しいみなさまをより美しくする、素晴らしい商品をご紹介いたします」

震えることなく、しっかりと声が出せた。

物事は最初が肝心だ。第一声を澱みなく出せたことで自信を持った文絵は、その後も練習どおり講演を進めることができた。夢中だった。失敗しないように必死だった。

気がついたときには、講演が終わっていた。会場から沸き上がる拍手の音で、我に返った。

会場に集まった女性たちが、熱い目で文絵を見ていた。彼女たちの瞳には、文絵に対する憧れと化粧品に対する興味が色濃く浮かんでいた。文絵は章吾を見た。章吾は満足そうに微笑んでいた。章吾の笑みを見て、文絵は講演の成功を知った。

セミナーに参加した三十二人のうち、十五人がその場で会員に登録した。彼女たちは会場の出口で見送る文絵に、さまざまな賛辞を送った。それは文絵が頭に浮かべた空想と、大差ないものだった。

すべての客を見送り控室に戻ると、あとから章吾が入ってきた。章吾は文絵に早足で歩み寄ると、目の前に立ち大きく両手を広げた。

「うまくいきましたね。とても上手でしたよ」

少し昂奮しているのだろう。章吾の頬がわずかに紅潮している。

「はじめての講演で、約半分の人が会員になるなんて滅多にないことなんです。大成功ですよ。やっぱり文絵さんはリュミエールの看板にふさわしい」

文絵は笑みを返した。講演が無事に終わったことも嬉しかったが、章吾が喜ぶ姿を見ていると胸が躍った。

章吾は文絵の手をとった。

「もっと会員を増やしましょう。たくさん講演をして、多くの人にリュミエールの良さを知ってもらいましょう」

肌が触れ合っている手が熱い。文絵は手をとられたまま、章吾の目を見て深く肯いた。

章吾と別れ、駅で帰りの電車を待っている間に、加奈子に電話をかけた。章吾が、加奈子さんには自分から報告をしておきます、と言っていたが、加奈子の喜ぶ声を直接聞きたかった。

電話はすぐに繋がった。すでに章吾から、セミナーが成功した報告を聞いたのだろう。電話に出た加奈子の声は弾んでいた。

「お疲れさま。成功するとは思っていたけど、まさかセミナーを受けた半分の人が会員になるとは思わなかったわ。はじめてのことだから、だいたい五人くらい会員になってくれれば上出来だと思ってた。こんなに多くの人が会員になってくれたのは、リュミエールの品質の良さだけじゃないわ。文絵の魅力のおかげよ。私の目に狂いはなかった。やっぱり文絵は最高よ」

加奈子は聞いているほうが照れるような褒め言葉を、延々と文絵に浴びせる。

電車がホームに滑り込んでくる。文絵は電車が来た旨を伝え、電話を切ろうとした。加奈子は早口で、すぐに次の講演の予定をたてる、と言った。

「あまりあいだは置かないほうがいいわ。仕事はね、波に乗ることが大切よ。いまいい波がきてる。この波に乗って、どんどん事業を拡大しましょう」

加奈子は、次の講演の日時が決まったら連絡する、と言って電話を切った。

文絵は携帯をバッグにしまった。ホームを冷たい風が吹き抜ける。だが、文絵は寒さを感じなかった。身体が火照《ほて》っている。充実感と情熱にも似た気力が、胸を満たしている。

まだ激しく打ち付けている心臓を鎮めるために、文絵は胸に手を置いた。

――リュミエールの会員を、もっと増やしたい。加奈子と章吾さんに、もっと喜んでもらいたい。

文絵はショルダーバッグの肩ひもを強く摑むと、ドアが開いた電車に乗り込んだ。

セミナーは二週間に一度のペースで催された。回を重ねるごとに客は増え、最初のセミナーから半年が過ぎた頃には、毎回、五十人以上の女性が参加するまでになっていた。会員も順調に増え、章吾の話では八月現在、文絵が引き入れた顧客は百人を超えているという。

その頃には、文絵もリュミエールの代表を名乗ることに抵抗がなくなっていた。むしろ誇りにさえ思っていた。当初は、なにか問題が起きるのではないか、と危ぶんでいた名刺の携帯番号だったが、会員から直接かかってくることは一度もなかった。事務的な手続きや問い合わせなどは、すべて事務所が対応していた。

加奈子と章吾から感謝され、会員たちからは女性としての称賛を浴びる。約束の五十万円も、毎月支払われた。手数料がかかるからとの理由から、鎌倉の別荘で加奈子の手から直接受け取った。会員が増えた分の報酬も、近いうちに支払われる予定になっている。

報酬を受け取りながら感謝の言葉を口にする文絵に、加奈子は笑いながら手を振った。

「これくらい当然よ。まだまだ足りないくらい。これからも会員が増えて、リュミエールがさらに世間に広まれば、もっとあなたに謝礼が支払えるわ。そうだ、お金が貯まったらフランスに行かない？　ピエールを紹介したいわ。きっと彼もあなたを気に入ると思う」

海外など行ったことがない。国内だって、新婚旅行で沖縄に行ったくらいで、旅行らしい旅行などしたことがない。だが、金があればフランスだけではなく、オーストラリアやアメリカにだって行ける。豪華な部屋に泊まり、有名な観光地を巡り、美味しいものが食べられる。

月に五十万円の収入を得ていることを、家の者は知らない。だが、確実に家計は潤っている。講師を務める以前はスーパーの安売りで購入していた肉が、デパートで売っている高級肉になり、文絵が身につけている洋服は、安い衣料品店のものから、ファッション誌で紹介されているブランド品に変わった。

子供の服もそうだ。報酬が入る前は新しい洋服をめったに買ってやれず、数少ない安物を着まわしさせていた。だが、文絵が得た収入で、美樹にも美咲にも可愛い洋服を着せてやることができた。

人間、身につけるもので心持ちが変わる。それは大人も子供も同じだった。内気でクラスメートから「ピグッチ」と呼ばれていじめを受けていた美樹は、次第に変わっていった。家での会話が多くなり、よく笑うようになった。

家庭の雰囲気が明るくなると、敏行も変わった。文絵や子供にあまり関心を持たなかった敏行が、いまでは、休みの日になると家族と連れ立って外出するようになった。近場のアミューズメントパークや大型ショッピングモールへ行き、文絵や子供たちと共に過ごす。

ある休みの日、家族で遠出して帰宅し、疲れて自分のベッドに寝っ転がった敏行は、文絵に訊ねた。

「最近、なんだか贅沢になったような気がするな。こんなにお金を使って、生活費のほうは大丈夫なのか」

文絵は、敏行の問いをさらりとかわした。

「私のやりくりが上手なのよ」

あれだけ金にうるさかったのに、敏行は、そうか、と言ったきり、なにも聞かなかった。

鼻歌を歌いながらスマートフォンのゲームをはじめた敏行を見ながら、金というものは人の性格まで変えるものなのだ、と文絵は実感した。

文絵は歩きながら空を見上げた。真っ青な空に、うろこ雲が浮かんでいる。八月下旬、首都圏ではまだ残暑が厳しいが、鎌倉には一足早く秋が訪れていた。

バッグのなかには、いましがた加奈子から受け取った、今月分の報酬が入っていた。

今日は神戸牛のステーキにしようか、それとも、美味しいと評判の寿司屋のにぎりを買って帰ろうか。

——この幸せがずっと続けばいい。

そう願いながら、文絵は澄んだ空気を、深く胸に吸い込んだ。

8

道場で夕食の弁当を慌ただしく平らげた秦は、鎌倉署を出た。

署の敷地を出たところで、部下の浅田に出くわした。買い出しに行ってきたのだろう、手にコンビニのマークが入ったレジ袋を提げている。

秦に気づいた浅田は、人懐こい笑みを浮かべた。

「主任も、買い出しですか」

ただでさえ童顔の面立ちが、笑うとさらに幼く見える。まあな、と受け流した秦は、コンビニ袋から覗いているスナック菓子に視線を向けた。最近とみに目立つ太鼓腹に手をあて、浅田がばつが悪そうに首を竦める。

「間食を控えるように言われてるんですけど、私のストレス解消法は食べることくらいですからね。家に帰ったら、また女房に叱られそうです」

浅田は半年前に結婚したばかりの新婚だ。もともと太り気味の浅田は、結婚してから妻の手でカロリーコントロールされている。普段、家でスナック菓子なんて食べさせてもらえないのだろう。捜査本部に詰めて泊まり込むたびに、ここぞとばかりスナック菓子を頬張っている。

「ほどほどにしとけよ」

秦が苦笑いを浮かべて言うと、浅田は照れ隠しのつもりか、軽く頭を下げて太鼓腹を二回叩き、鼓のような音を響かせた。

浅田と別れて駅へ向かう。

鎌倉駅に着くと秦は、横須賀線に乗り横浜へ向かった。横浜で京浜東北・根岸線に乗り換える。目的地の大田区にある蒲田駅に着いたのは、八時を回った頃だった。

改札を抜け、南へ向かう。三井生命ビルを左手に折れ一方通行の坂を上ると、敷地を樹木に囲まれた建物が見えてきた。蒲田中央病院だ。

秦は正面入口の横にある時間外入口から中に入ると、入院病棟へ向かった。病院の面会時間は夜八時までが大半だが、蒲田中央病院は身内に限り、夜九時まで面会を認めている。残業が多く、平日の八時には間に合わないサラリーマンが多いからだろう。秦のような仕事をしている者にとって、ありがたい配慮だった。

入院病棟は西病棟と東病棟に分かれている。秦は東病棟の正面エレベーターに乗り込むと、三階のボタンを押した。三階は、脳神経外科を受診している患者が入院している。

三階でエレベーターを降りると、目の前のナースステーションに向かった。部屋の中には、看護師がひとり椅子に腰かけていた。秦は窓口から、中にいる看護師に声をかけた。

「すみません。面会に来たのですが」

椅子に座り書類にペンを走らせていた看護師は、秦を見ると少し驚いたような顔をして、椅子から立ち上がった。

看護師の名前は田中寿子《たなかひさこ》。脳神経外科の看護師長だ。はじめて病院を訪れたとき、対応してくれたのが田中だった。あれから三年が経つ。いまでは顔見知りだ。田中はきびきびとした足取りで窓口までやってくると、秦に微笑んだ。

「今日はお仕事終わりですか、秦さん」

「ええ、まあ」

秦は曖昧な返事をした。捜査本部に参集している捜査員の中には、夜の捜査会議が済めばその日の職務は終わったと捉える者もいる。だが秦は違う。捜査本部にいるあいだは、布団に入っていても仕事が終わったという意識はない。帳場が立っているあいだは常に、気が張っている。

それに田中は、秦の勤め先を知っているが、仕事内容までは把握していない。以前、さりげなく問われて、書類ばっかり書いている、と答えたことがある。刑事の仕事の半分は書類作成だ。満更、嘘ではない。たぶん秦のことを、内勤のデスクワーカーとでも思っているのだろう。むろん、正すつもりはなかった。

田中はカウンターの横にあるドアからフロアに出てくると、秦の前に立った。

「今日、お義母《かあ》さんがいらっしゃいましたよ。肌寒い日が多くなってきたから、響子さんの肌着を夏物から少し厚手のものに換えるとおっしゃって、ひと抱えもある紙袋を提げて」

小柄な義母が、大きな紙袋を手にしている姿を想像する。若い者には大したことはなくても、今年で七十歳になる義母にとっては、電車を乗り降りして運ぶには難儀な荷物だったはずだ。いたたまれない気持ちになり、秦は田中に頭を下げると、足早に病室へ向かった。

三〇八号室は、廊下の突き当たりにある。秦は部屋の前に立つと、静かにドアを開けた。

四人部屋のベッドは、すべてふさがっている。起きている者は誰もいない。灯りがついていない部屋の中は、人がいないみたいに静かだ。シューシューという酸素吸入の音しか聞こえない。

秦は右手にある窓際のベッドに向かった。周りを囲むように引かれているカーテンを、そっと開ける。

響子はいつものように、ベッドに横たわっていた。鼻に酸素の管をつけ、腕に栄養を送るための点滴の針を刺している。

秦はカーテンを閉めると、ベッドの横にある丸椅子に腰を下ろした。

ベッドサイドの灯りをつける。灯りに照らし出された妻の顔は、蠟《ろう》のように白かった。

秦は妻の顔を見つめた。三歳年下の響子は、来月で四十二歳になる。健康だった頃は、実際の年齢より若く見られていた。もともとの顔立ちもあるのだろうが、顔の造りよりも屈託なく笑う少女のような表情が、相手にそう感じさせていたように思う。

響子の容貌は、寝たきりになったこの三年間で大きく変わった。点滴で身体に送り込まれる栄養分は、生命を維持するためだけに費やされ、見た目の美しさを保つまでには至らない。程よい丸みを持っていた身体は痩せ細り、肌に潤いがなくなった。日常的な手入れがなされず油分が足りない髪は、ぱさついている。若木がたった三年のあいだに、老木になってしまったような印象を受ける。

響子が倒れたのは、三年前の冬だった。あと一週間で仕事納めだという暮れも押し詰まった日、秦が夜遅く仕事から帰ると、響子が風呂場の脱衣所で倒れていた。風呂からあがって、着替えていた途中だったのだろう。肌着だけ身につけた格好でバスマットの上にうつぶせになっていた。

驚いて駆け寄り、名前を呼んだが、目を覚ます気配はない。嘔吐した形跡があることと、大きないびきをかいていることから、すぐに脳溢血か脳梗塞を疑った。

人が倒れたときはむやみに動かしてはいけない。

響子をその場に寝かせたまま、身体にバスタオルをかぶせ、急いで救急車を呼んだ。救急病院で検査を受けた結果、秦の予想どおり、響子は脳溢血を起こしたことが判明した。すぐに止血剤と血圧を下げる降圧剤が投与され、翌日には出血は止まった。しかし、医師の話によると、響子の完治は見込めないとのことだった。

血管が破れた場所が悪く、出血が多い。加えて、適切な処置を受けるまで時間がかかり、脳内に溢れ出た血液が固まって血腫ができている。血腫が脳を圧迫し、組織を破壊している可能性が極めて高い。一度失った脳の機能が元に戻ることはほとんどない、と医師は言った。

秦は医師の説明を聞きながら、診察室の壁に吊り下げられているフィルムを見た。響子の脳内が写っていた。右半分のほとんどが、出血の痕で真っ白だった。

その日から三年間、響子はずっと病室のベッドで眠り続けている。友人や親せきの呼びかけはもとより、夫や自分の母親の声にすら反応しない。排尿もベッドの上だ。

響子が倒れた日から、響子の身の回りの世話は義母の幸代がしてくれている。

最近でこそ一日置きだが、倒れてからしばらくは毎日、幸代は響子の元を訪れていた。義母の身体を心配した秦が、何度も懇願した結果、一年前からようやく回数を減らすようになった。さすがに、毎日電車で二時間以上かけての往復は、身体にきつかったのだろう。完全介護の病院だから、幸代が行かなくてもたいていのことは看護師がやってくれる。それでも、幸代は来るたびに、床ずれにならないように体位を変えさせたり、手足を揉んだり、汚れものを小まめに洗濯したりしている。

本来ならば夫である自分がしなければいけないのだが、時間が不規則な仕事柄、響子の世話をするのは困難だった。

自分の夫も刑事だった義母は秦の事情を察し、自分が娘の面倒をみる、と申し出てくれた。実の娘なんだから当然ですよ、あの娘《こ》が赤ちゃんに戻ったと思えばなんでもないわ、と幸代は気丈に笑った。それればかりか、響子がこんなことになって本当に申し訳ない、と秦に何度も詫びた。

ほかに頼れる人間がいない秦は、義母の言葉に甘えるしかなかった。

幸代と顔を合わせるたびに秦は、忸怩《じくじ》たる思いに駆られた。響子が倒れた当初は、病気の兆候に少しでも気づいていれば、あの日もう少し早く帰宅していれば、と後悔しない日はなかった。秦の後悔の言葉に幸代は、そんなことはない、と強く首を振った。響子も刑事の妻なんだから、夫が家にいないのは当然なんだから、自分がしっかりしなきゃだめだったのよ——と、目の前の響子を叱るような口調で、幸代は言った。

秦は布団を捲ると、響子の手を取った。指は少し力を入れると折れそうなくらい細く、手の甲には青い血管が浮き出ていた。ひんやりとして冷たい。

響子の手を布団の中に戻そうとした秦は、指先が目に留まり動きを止めた。爪が二週間前に見舞ったときより短くなっている。爪の先が鋭角になっていることから、切ったばかりだとわかる。今日、病室を訪れた義母の幸代が、伸びた爪を切っていったのだろう。

秦は痩せた手を、自分の手で擦った。冷たかった手が、わずかに温かくなる。目も開けず、言葉も話さず、意識もない。だが、響子はたしかに生きている。

「おい」

秦は響子に呼びかけた。

「聞こえてるか」

反応はない。

「なんか言ってくれよ。言えないなら、指先を動かすだけでもいい」

毎回、来るたびに口にするお定まりの台詞《せりふ》だった。手の中にある響子の指は、動く様子はない。だらりと弛緩したままだ。

秦は響子の手を布団の中に戻すと、静かに病室を出た。

照明を落とした廊下に、非常口を示す緑の誘導灯が光っている。エレベーターへ続くリノリウムの廊下を歩きながら、秦は上着の襟元を片手で合わせた。空調が利いているはずなのに、病棟の空気は冷え冷えとしている。秦だけがそう感じるのか、誰もがそう感じているのかはわからない。

廊下の途中で立ち止まると、秦は響子の病室を振り返った。

響子はいつか、目覚めるだろうか。目を開け、言葉を話し、自分の足でこの廊下を歩いて退院できるだろうか。

廊下の端から、照明が消えはじめた。午後九時、消灯の時間だ。

秦は病室から顔を背け、廊下を歩き出した。


まもなくはじまる捜査会議のため、秦は三階にある大会議室へ向かった。

昨夜は朝方までよく眠れなかった。響子を見舞った夜は、いつも寝付きが悪い。身体は眠りを欲しているが目は冴えている、そんな感じだ。

目頭をつまみながら廊下を歩いていると、後ろから声をかけられた。菜月だった。

菜月は朝の挨拶を済ますと、心配そうに秦を見た。

「お疲れですか」

上司の体調を気遣う言葉に秦は、いや、と短く答えた。十五歳以上も歳が違うとはいえ、部下に身体を心配されるほど、自分は腑抜けて見えているのか、と自省する。秦は首をぐるりと回すと、背筋を伸ばした。

「小笠原美奈の事情聴取は、九時からだったな」

秦の隣を歩きながら菜月は、はい、と力強く答えた。

今日は株式会社コンパニエーロの派遣社員だった小笠原美奈と辻好恵の、事情聴取を行う予定だった。

昨夜、病院から鎌倉署へ戻る途中、菜月から携帯に連絡が入った。小笠原と辻に連絡が取れ、明日、ふたりとも鎌倉署へ赴くという。事情聴取をはじめる時間は、小笠原が午前九時、辻が昼食休憩を挟んで午後一時からだった。事情聴取にかかる時間を、ひとり三時間とみて時間を設定した、と菜月は秦に報告した。

「参考人が来たら、取調室へ通しておいてくれ」

菜月にそう命じ、秦は大会議室へ入った。

秦が席に着くとほどなく、捜査指揮を執っている寺崎捜査一課長と補佐役の杉本管理官が部屋に入ってきた。秦の号令に従い、六十人におよぶ捜査員が、席から立ち上がり礼をする。捜査員たちが着座すると、寺崎は部屋の中を見渡し顔の前で手を組んだ。

「昨夜、捜査会議終了後に、新しい情報が二件入った。ひとつの情報の出所は桜田門の捜査二課だ」

捜査二課という言葉に、秦は資料に落としていた目を上げ寺崎へ向けた。捜査二課は贈収賄や詐欺、横領といった経済犯罪を扱う部署だ。殺人事件などの強行犯担当とは畑が違う。畑違いの部署から、いったいどんな情報が入ったのか。

寺崎は手元の書類を捲ると、重々しく告げた。

「今回の事件の被害者、田崎実が経営していた株式会社コンパニエーロだが、詐欺容疑で内偵がかかる矢先だったことが判明した」

部屋の中がざわめく。

寺崎の話によると、九月に入ってから都内の消費者生活センターに、株式会社コンパニエーロに関する問い合わせが十数件寄せられた。相談内容はすべて同じで、九月に入ったらコンパニエーロが株式上場すると聞いて、未公開株を購入したが上場する気配がない、もしかしたら騙されたのかもしれない、というものだった。事実関係を確認するために、消費者生活センターの職員がコンパニエーロに電話をかけたが、代表番号は現在使われておらず連絡がつかない。消費者生活センターは、悪質な詐欺事案の可能性があると考え警視庁捜査二課に通報した。

「消費者生活センターから連絡を受けた捜査二課は、九月下旬から株式会社コンパニエーロ詐欺事案の内偵開始を予定していた。だが、その前に経営者の田崎が殺害された」

寺崎は言葉を続ける。

「内偵捜査に着手する寸前の事案の関係者が殺害されたことを受け、捜査二課は早急にコンパニエーロの関連資料を当たった。報告されている資本金、年商、資産、顧客数を探った結果、コンパニエーロは株式上場の審査基準を満たす事業活動を行っていなかったことがわかった。以上の観点から、殺害された田崎は投資詐欺行為に加担していた可能性が高いと推察される」

秦は眉間《みけん》に皺を寄せながら、顎を擦った。

事件には大きく分けて、ふたつの流れがある。動きがあるものと、ないものだ。前者は、事件発生当初から情報が多く寄せられ捜査がスムーズに進むケースで、後者は殺害動機といった事件の起因すら見えず捜査が難航するケースだ。

一見、前者のほうが、事件の解決が容易に思える。しかし、そうとは限らないことを、秦は長い捜査経験から知っている。たしかに事件に関する情報は、あるに越したことはない。だが、事件を解決するために真に必要なのは数ではなく、事件の核心へ迫る確かな情報なのだ。動きがなく迷宮入りかと思われた事案が、たったひとつの有力な情報により一気に解決へと向かうことがある。

今回の事件は、後者に当たる。

まったく見えなかった田崎の殺害動機が、コンパニエーロの詐欺容疑という情報により捜査上に浮かんできた。仕事上のトラブルだ。田崎に騙され財産を失った客による恨み、もしくは、客から騙し取った金の取り分を巡る仲間割れの線だ。

いずれにせよ、田崎の同級生よりビジネスに関わっていた人物を調べたほうが、有益な情報を得られるはずだ。

続いて寺崎は、会議後入手したもうひとつの情報を述べた。田崎名義の携帯の電話会社が割れた、というものだった。

「本体はいまだ発見されていないが、関連各社へ問い合わせた結果、田崎が契約していた会社が判明した。会社はドコモ。機種はSH－××D。現在、携帯会社に通話履歴の提出および送受信メールの復元を求めている。ドコモの話では、メールの復元は早ければ今日の夕方、遅くても明日中には可能だとのことだった。携帯に加えて、コンパニエーロの代表電話の通話履歴が判明した。いまNTTに、代表電話にかかってきた電話番号および、代表電話から発信した電話番号のリストをつくらせている。以上を勘案して、今後の捜査はコンパニエーロの従業員や客などの聞き込みを重点的に進めることとする」

書類を見ていた寺崎は、顔をあげて細かい指示を出した。

「地取り班はコンパニエーロが入っていたビルのテナント会社および周辺住民をもう一度当たれ。コンパニエーロがなにかトラブルを抱えていた様子はなかったかを探り、会社に出入りしていた人物の詳細な情報を集めろ。鑑取りはコンパニエーロの客の聞き込みだ。消費者生活センターに問い合わせをした客を、リストに基づき順に当たれ。投資額が大きかった客には特に、入念な聞き取りをしろ。被害額が大きければそれだけ恨みも大きいだろうからな。それから支援班。支援班は、田崎が使用していた携帯とコンパニエーロの固定電話の履歴の復元ができたら、電話会社の協力を得て早急に相手を特定しろ。田崎と連絡を取っていた人物がわかれば、事件解決に大きく近づけるかもしれない。携帯や固定電話の履歴に、事件に関わっている人物の番号が残されている可能性は極めて高い。以上。なにか質問はあるか」

挙手する者はいない。寺崎は開いていた書類を、音を立てて閉じた。

「事件解決に向けて、全力を注いでくれ」

捜査員たちが一斉に席を立つ。

部屋を出ようとしたとき、背後から呼び止められた。寺崎だった。寺崎は秦の隣に並ぶと、歩きながら訊ねた。

「コンパニエーロの派遣社員だった女の事情聴取は、今日だったな」

秦が、はい、と答えると寺崎は、前方に視線を据えたまま、緊張感のある声で言った。

「先ほど伝えたように、田崎の殺害動機として仕事上のトラブルが浮上してきた。コンパニエーロの派遣社員だった人間なら、仕事の内情にも詳しいだろう。彼女たちの口から、事件解決に繋がる有力な情報が得られるかもしれん」

寺崎は秦の肩を、摑むように叩いた。

「事情聴取、よろしく頼む」

軽く頭を下げることで、了承の意を示す。寺崎は秦の肩に置いた手を離すと、秦を追い越して会議室を後にした。


事情聴取に備え、寝泊まりしている道場の隅で資料を読み込んでいると、菜月が秦を呼びに来た。小笠原美奈が鎌倉署へ到着し、取調べの準備が整ったという。腕時計を見ると、ちょうど九時だった。秦は床畳から立ち上がると、資料を手に取調室へ向かった。

小笠原美奈は、入口に正対するかたちで椅子に腰かけていた。参考人や被疑者が取調べを受ける、窓際に設けられた奥の席だ。接客業の癖だろうか。秦と菜月が部屋に入ると、小笠原は反射的に立ち上がり軽く頭を下げた。

顔立ちは幼く、小柄で身体の線が細い。明るく染めているショートカットの髪を黒くし、化粧を落とせば高校生でも通るかもしれない。

立ったままもじもじしている美奈を、菜月が椅子に座るよう促す。美奈は言われるままパイプ椅子に腰を下ろすと、落ち着かない様子で膝の上に置いた手をせわしなく動かした。

「ではいまから、参考人の聴取をはじめます」

参考人を安心させようと、秦は柔和な表情を心がけて言った。背後で菜月が、入口の横にある小型机に座り、ノートパソコンを開く気配がする。

今日の日付と事情聴取を開始する時間を述べ、秦は本人確認を行った。

「平成二十四年十月一日、午前九時。いまから事情聴取をはじめます。氏名、小笠原美奈さん。二十五歳。新宿区高田馬場にある派遣会社、株式会社アップキャリアに登録」

秦は書類に記載されている、美奈の本籍、現住所や連絡先などの個人情報を読み上げた。

「間違いないですね」

美奈は硬い表情で、こくんと肯いた。

では、と秦は本題に入った。

「小笠原さんが、コンパニエーロに勤めていた期間はどのくらいですか」

美奈は、ようやく聞きとれるくらいの声で質問に答える。

「去年の十月から、今年の九月までです」

「小笠原さんが行っていた主な業務は、どのようなものでしたか」

「事務関係です」

秦は椅子の背にもたれ、腕を組んだ。

「もう少し詳しく教えてもらえますかね。例えば電話応対だとかなんとか」

小笠原の話を要約すると、彼女の仕事は、会社にかかってくる電話の応対と、化粧品を購入していた顧客リスト管理、商品の受注や発送といったものだった。

「ネットからの注文や電話での注文を受けて、商品を発送するのが主な仕事でした」

商品は事務所の隅に置かれており、注文を受けたら発送用の段ボール箱に詰めて客に送るのだという。

「通販の化粧品ってのは、一日にどのくらいの注文があるもんなんですかね」

美奈は小首を傾げ、ちょっと考えてから答えた。

「メーカーによってさまざまでしょうけれど、コンパニエーロが売っていたリュミエール化粧品は、あまり多くありませんでした。少ないときは五件くらい。多いときでも三十件には届かなかったと思います」

でも、と美奈は言葉を続けた。

「リュミエールは単価が高い化粧品だったから、件数が少なくても、一件あたりの売り上げは大きかったです。お客さんによっては一回の注文で、十万円以上購入する人も少なくありませんでした」

高額な数字に、秦は眉根を寄せた。

テレビはほとんど見ない秦だが、昨今のコマーシャルに美容関連のものが増えているのは知っていた。テレビ画面や新聞の広告欄で、年齢不詳の美魔女と呼ばれる女性が、美と若さがいかに必要か訴えているのを、一度ならず目にした記憶がある。

秦には、美と若さを手に入れようとする女性の飽くなき欲求がわからない。

人間は必ず歳をとる。加齢に伴い、顔に皺ができ、肌の張りも失われていく。それは男も女も同じだ。だが、それがなんだというのだ。自然なことではないのか。それなのに、多くの女性は自然の理《ことわり》に逆らい、美容に金と時間をかける。ときには、親から貰った身体にメスを入れてまで、若く美しくありたいと願う。まるで、歳老いていくことが罪であるかのように、商品を宣伝する側は声を張り上げる。一度の注文で十万以上の商品を購入するというリュミエール化粧品の会員の気持ちは、秦のような人間には到底、理解できなかった。

秦は仕事に頭を切り替え、事情聴取を続けた。

「先月までコンパニエーロに勤めていたとのことですが、契約期間は最初から一年だったんですか」

美奈は、いいえ、と答えた。

「コンパニエーロさんの契約は、半年ごとの更新でした。七月の時点ではあと半年、契約が延びる予定だったんです。八月に入り更新の手続きをしようとしたら、いきなり来月で契約を打ち切るって言われて」

コンパニエーロが入っていた四谷共進ビルの一階には、ビルの持ち主である共進不動産がある。そこの経営者である守谷の話では、田崎は八月末に突然、事務所賃貸の契約を解除している。美奈の話から、田崎は七月の時点では会社を引き払うことは考えていなかったことが推察できる。おそらく、八月になにかしらの理由が生じ、慌ただしく派遣社員と事務所賃貸の契約を解除したのだ。その理由とは、株式上場を謳った詐欺に関するものだろう、と秦は考えた。

「いきなり契約を解除された理由を、聞きましたか」

　秦の問いに美奈は、はい、と肯いた。

「自分になにか落ち度があったのかな、と思って。私たち派遣社員にとって、派遣先の評価は死活問題なんです。派遣先から登録している派遣会社にクレームなんか来たら、あの子は使い物にならない、仕事ができない子を派遣したら派遣会社《うち》の信用に関わる、なんてことになって、派遣の登録を打ち切られることにもなりかねないんです」

「田崎さんは解約の理由を、なんと答えましたか」

「あまりはっきりした返答じゃありませんでした。別の場所に移転する予定だとか、経営の見直しをするためだとか、そんな曖昧なものでした。でも」

　美奈は目を伏せた。

「でも、なんですか」

　考え込むように黙り込んだ美奈に、秦は先を促した。美奈は少し間を置いたあと、自信なさげにつぶやいた。

「派遣の契約を解除した本当の理由は、違うと思います」

「そう思う理由は」

　美奈は、あくまで自分の想像だ、と前置きして言葉を続けた。

「派遣の契約は九月いっぱいだったんですけど、実質、働いたのは九月の中旬までだったんです。田崎さんが事務所を引き払う引っ越しの手伝いが最後の仕事だったんですが、九月に入ってから事務所に穏やかじゃない電話が入るようになったんです」

「穏やかじゃない電話、ですか」

美奈は肯いた。

「それまで、電話での問い合わせのほとんどは、商品の受注に関するものでした。商品の注文や、商品の到着はいつになるのか、といったものです。でも、九月に入ってからは、コンパニエーロの経営者に繋いでもらいたい、と要求する電話が来るようになったんです」

美奈の話によると、電話の相手は商品を購入していた会員で、誰もが怒気を含んだ口調で経営者を出せ、と訴えた。田崎がいるときは、田崎が電話を引き受けたが、客に対する応対は美奈が聞いていてもあやふやなものだった。机の上に腰かけ煙草をふかしながら、もう少し待ってくださいとか、いま手続きをしている段階だなどと、のらりくらりと客をはぐらかしていたという。

美奈は顔色を窺うように、うつむいたまま目だけで秦を見た。

「詳しいことはわかりませんが、田崎さん、お客さんとなにかトラブっていたんだと思います」

美奈が考えているトラブルとは、おそらく商品に対するクレームの類だろう。犯罪とは言えないレベルのものを想像しているはずだ。だが、現実は違う。コンパニエーロはトラブっていたどころか、詐欺という犯罪に手を染めていた可能性が極めて高い。

秦は質問を変えた。

「顧客リストの管理をしていたと言いましたが、そのリストはいま手元に残してありますか」

美奈は、いいえ、と首を振った。

「事務所を引き払うときに、書類はすべてシュレッダーにかけて処分しましたし、データで保存していたものは田崎さんに渡しました」

田崎の自宅マンションや身の回りから、顧客リストのデータが保管されたUSBメモリーやCD-Rといった記録媒体は見つかっていない。

書類もデータもないとなると、顧客を探す方法はひとつだ。一課長の寺崎が指摘していたように、消費者生活センターを当たるしかない。消費者生活センターには、コンパニエーロに関する問い合わせをした人間の情報が残っている。

秦は質問を続けた。

「田崎さんは、コンパニエーロの移転先などの話をしましたか」

この問いにも美奈は、首を振った。

「新しい事務所の場所や連絡先など、教えてもらったことはありません。私も契約がなくなればコンパニエーロとは関係がなくなるわけですから、移転先とかは聞きませんでした」

秦は机の上に肘をつき、ボールペンを挟んだまま右手で顎を擦った。田崎はいきなり事務所を閉じ、行方をくらました。要は、ばっくれた、というやつだ。

「先ほど小笠原さんが言ったトラブルってやつですが、特に田崎さんを恨んでいたような人物に心当たりはありませんか。田崎さんに執拗《しつよう》に連絡を取ってきた客とか、事務所に乗り込んできた客とか」

美奈は済まなそうに下を向いた。

「覚えていません。問い合わせの電話の相手は、リュミエールの会員だ、とだけ言って名乗らない人がほとんどでした。名乗ったとしても苗字だけで、その場でとったメモも残っていません」

本当に美奈は覚えていないようだった。美奈が嘘をつく理由も見当たらない。

秦はコンパニエーロの関係者で事務所に出入りしていた人間の有無を訊ねた。

「コンパニエーロに勤めていた従業員は、あなたともうひとりの派遣社員、辻さんのふたりだけですか。ほかに手伝いに来ていた人間とか、会社と関わっていた人間はいませんか」

「従業員と言えるのは、ふたりだけです」

秦は美奈の言い方が気になった。従業員を強調するということは、従業員以外に会社に関わっていた人物がいたということか。

そう訊ねると美奈は、はい、と肯いた。

「誰ですか」

美奈はうつむいていた顔をあげて、秦の目をまっすぐに見た。

「リュミエール化粧品代表の方です」

捜査線上に、新たに参考人が浮かんだ。背後で菜月の身構える気配がする。

秦はもたれていた椅子の背から身を起こすと、乗り出した。

「代表取締役は田崎でしょう。そのほかに会社の幹部がいたということですか」

美奈は、はい、と答えた。

「田崎さんは株式会社コンパニエーロの代表取締役です。その人はリュミエール化粧品の代表です」

コンパニエーロの経営は、代表取締役である田崎とリュミエール化粧品の代表者のふたりが行っていたということか。しかし確認したホームページでは、リュミエール化粧品の代表者名はあがっていなかったはずだ。

緊張が少しほぐれたのか、美奈は少し多弁になった。

「リュミエール化粧品は、会員にしか販売しない商品です。店頭販売とかはしない代わりに、化粧品に関するセミナーを定期的に開いていました。そこで商品に配合されている成分や効能を説明して、リュミエールの良さを広めていたんです。代表取締役の田崎さんは、商品の売り上げなどに関する経営を担当していましたが、リュミエール化粧品代表は、会員を増やすために開催されるセミナーの講師を務めていました」

美奈はセミナーがあるときは、事務作業のほかに会場の予約やセッティングなどもしていたという。

「セミナーの開催は、だいたい二週間に一度くらいでした。会場は、主に都内の研修センターや貸会議室を借りていました」

秦は美奈に、セミナーを行った会場の詳しい場所を訊ねた。美奈は都内のいくつかの研修センターと、貸会議室の名前をあげた。わかる限りの漢字名を確認する。秦の後ろで、菜月がリズミカルにパソコンを叩く音がする。秦は事情聴取を続けた。

「そのリュミエール化粧品代表ってのは、男ですか、女ですか」

美奈は、女性だ、と答えた。

「すごくきれいな人なんです。目鼻立ちがきりっと整っていて、スタイルもいいんです。ファッション誌に出てもおかしくないくらい。歩き方もすごく美しいんです。高いヒールを履いて胸を張って歩く姿は、モデルみたいでした」

「身長はどのくらいですか」

秦の問いに、美奈は即答した。

「百六十五センチの辻さんと同じくらいだったから、たぶんそのくらいだと思います」

「年齢は？」

この問いにも、美奈はすぐに答えた。

「いま、三十七歳です。私、はじめて会ったときにすごく素敵な人だなって思ったから、セミナー会場の隅で田崎さんに、あの人何歳なんですかって聞いたんです。年齢を知ったときはびっくりしました。だって、二十代だとばかり思ったから。それくらい、若く見えました」

耳たぶが脈打つ。鉱脈にぶち当たったときの癖だ。

「その女性の名前はなんというんですか」

美奈ははっきりとした口調で答えた。

「高村文絵さんです」

「本名ですか」

「それはわかりません。講師名に記されていただけですから」

「字は？」

秦は畳み掛ける。

上目遣いで思い出すように、美奈は言った。

「高い低いの高に、市町村の村。文章の文に絵画の絵です」

「高村文絵、ね」

秦は声に出して名前を繰り返した。

「高村文絵の住所は」

美奈は言葉に詰まった。

「わかりません」

秦は背後を振り返った。菜月にアイコンタクトをとる。

──すぐ本部に報告して、高村文絵の人定を取れ。

菜月は紅潮した顔で肯くと、素早く行動に移した。

菜月が慌ただしく取調室をあとにすると、秦は美奈に視線を戻し、質問を続けた。

「都内なのか、それとも近県なのかくらいはわかるでしょう。事務所やセミナー会場から自宅まで、送迎をしたことはないんですか」

美奈は困惑したように、椅子の上で身をよじった。

「高村さんは事務所に来たことはありません。高村さんが姿を見せるのは、セミナー会場だけでした。会場には、いつも直接来ていました。セミナーがはじまる三十分くらい前に、田崎さんと高村さんが一緒に会場に来るんです。セミナーが終わると、来たときと同じように、ふたりで帰っていました。だから、私や一緒に勤めていた辻さんが送迎するということはありませんでした。頼まれたこともありません」

秦は、田崎と高村の関係を訊ねた。田崎と高村は男女の間柄だったのか、それとも会社の共同経営者というだけの関係だったのか。

美奈は、大きく首を捻った。

「さあ、はっきりしたことはわかりませんが、ふたりが恋人同士だったとしてもおかしくないと思います」

なぜそう思うのか理由を訊ねると、美奈はわずかに口角をあげた。

「なんとなくわかるんです。目には見えない距離感っていうのかな。それがふたりはとても近かったんです」

女の勘ってやつか。

秦は首の後ろを掻いた。科学的な根拠はないが、たしかに女の動物的な勘を馬鹿にできない。いままでに、女の勘が当たっていた事件をいくつも見てきた。

脳裏に、田崎が殺された貸別荘で目撃されている、サングラスの女の存在が浮かんだ。

推定年齢、三十歳から五十歳。身長百六十センチ前後。標準体型でヒールの高いパンプスを履き、いつも身ぎれいにしていた。

リュミエール化粧品代表を務めていた女と、田崎の殺害現場である鎌倉の貸別荘に出入りしていた女が、同一人物である可能性は少なくない。

愛憎のもつれと金銭目的——殺人の動機としては充分だ。

秦が思案をめぐらしていると、菜月が静かにドアを開けて入室してきた。人定の手配が終わったようだ。いま頃本部では、運転免許証やパスポート情報など、ありとあらゆる法的機関データベースにアクセスを申請して、高村文絵の人定を急いでいることだろう。本名なら、ほどなく住所は割れる。

菜月が着席するのを確認すると、秦は椅子にもたれていた背筋を伸ばし、美奈の目を見据えた。

「その高村って女の写真とか画像を、持ってませんか」

美奈は少し考えてから、なにかひらめいたように目を輝かせた。

「辻さんなら持ってるかも。リュミエールのホームページに載せるセミナーの様子を、辻さんがデジカメで撮ってたから」

では、リュミエールのホームページに、講師を務めていた高村の画像が載っているのか。そう訊ねると美奈は首を振った。

「ホームページにアップされているセミナーの様子は、会場全体の様子です。講師や客の顔は写っていません」

「そのデジカメは、個人のものですか」

饒舌《じょうぜつ》だった美奈の口が止まった。美奈は膝の上に置いている手をせわしなく動かし、話していいものかどうか迷うような素振りを見せた。秦が目で返事を促すと、美奈は小さな声で言った。

「会社の備品だったんだけど、彼女、内緒で外にちょくちょく持ち出してたんです」

美奈の話では、備品のデジカメは最新型で画素数も高く、性能の良いものだった。デジカメを持っていなかった辻好恵は、セミナーがないときは借りても差し支えないだろう、と思ってたびたび私用で使っていた。自分が持っている携帯電話のカメラとは、写りが段違いだと、辻は嬉しそうに言っていた。コンパニエーロが事務所を引き払う数日前も、友人の誕生会があるからといってデジカメを持ち出していた。コンパニエーロが事務所を引き払う当日、辻はデジカメを田崎に渡そうと思っていたが、うっかり自宅に忘れてきてしまった。田崎も忙しさに追われて忘れていたのだろう。辻にデジカメの返却を求めることもなく、事務所を去っていった、とのことだった。

「辻さんが画像を削除していなければ、そのデジカメの中に高村さんの画像があるはずです」

秦は詰めていた息を、大きく吐き出した。

辻がすでにデジカメを処分していたり、画像を削除したりしていた場合、警視庁の捜査支援分析センターに、デジカメのメモリーカードに残されているデータの復元を求めなければならない。もし復元が無理な場合は、警視庁の似顔絵捜査員に、協力を求めることになる。データの復元にしろ似顔絵の作成にしろ、高村文絵の顔が判明するまで時間がかかる。画像さえ残っていれば、余分な手間や時間はかからない。

すぐに辻に連絡して、辻がセミナーの画像を所有しているか確かめたほうがいい。そう考えた秦は、ここで美奈の事情聴取を終了した。

美奈が取調室から出ていくと、秦は菜月に指示を出した。

「いますぐ辻好恵に連絡をとって、小笠原美奈が言っていたデジカメを持っているか聞け。持っていると答えたら、今日この場に持ってこいと伝えろ。画像が削除されていなければ、高村文絵の顔を印刷して身元の判明に当たる。画像が削除されていた場合は、警視庁の捜査支援分析センターにデータの復元を頼む。復元が無理なら似顔絵を作成する」

高村文絵という名前が本名でない場合は、画像や似顔絵が人定の鍵になる。

画像確認の重要性は菜月もわかっているのだろう。気合の入った声で、はい、と答えると、菜月はその場で辻に連絡を入れた。電話はすぐに繋がったようだった。ちょうど署に向かおうと支度をしていたところだという。辻はコンパニエーロから貸与されたカメラを持っていた。セミナーの模様を撮影した画像も、削除せずにとってあるという。まだ容量に空きがあるし、なにより、あとで田崎に返却を求められたときに、記録がなくなっていては問題になると思ったらしい。

辻の自宅までの距離を考えると、パトカーを飛ばして迎えに行くよりも、大人しく待っていたほうが早い。

高村文絵の人定の報告は、まだあがってこない。動きがあれば携帯に連絡が入るはずだ。秦は鎌倉署の食堂で軽く蕎麦を掻き込むと、裏庭にある喫煙場所で一服し、取調室へ向かった。

秦が廊下を歩いていくと、取調室の入口に菜月が立っていた。腕時計を見ると、一時にはまだ十分ほど余裕がある。

菜月は秦を見つけると姿勢を正した。

「辻好恵はもう来ています。デジカメにあった高村文絵の画像はすぐにプリントアウトし、本部に提出しました。本人には取調室で待機してもらっています」

さすがは菜月だ。仕事が早い。秦は肯くと、取調室のドアを開けた。

椅子に座っている辻好恵は、小笠原美奈とは対照的な外見をしていた。歳は美奈の四つ上。現在、二十九歳だ。しかし、彫りの深い顔立ちや落ち着いた仕草から、もう少し年上に見えた。あまり動揺しない性格なのか肝が据わっているのか、おどおどしていた美奈とは違い、辻は秦の質問に淡々と答えた。

辻から聞き出せた情報は、美奈とほぼ同じものだった。辻の業務も美奈が行っていた仕事と同じもので、田崎と高村文絵の関係についても美奈と同様の見解だった。

美奈に聞いたものと同じ質問を終えると、秦は辻にコンパニエーロから持ち出したまま返却し忘れたというデジカメの提出を求めた。

辻は黒いバッグから、小型のデジカメを取り出した。

「これです」

秦はデジカメを見ながら、辻に命じた。

「その、リュミエール化粧品代表という高村文絵さんが写っている画像を見せてください」

辻は肯くと、慣れた手つきでデジカメを操作しはじめた。辻はカメラの背面にある液晶画面をじっと見つめていたが、しばらくすると顔をあげて秦にデジカメを差し出した。

「この人が、高村文絵さんです」

秦はデジカメを受け取ると、液晶画面を見た。

画面には視線を前方に向けながら、微笑んでいる女が写っていた。

「これが、高村文絵さんか。間違いないですね」

改めて確認を取る。辻は、間違いない、と答えた。

秦は美奈が言った、すごくきれいな人、という言葉を思い出した。

なるほど、たしかに美人だ。

目は大きく瞳は潤んだように艶めいている。鼻筋は通り、唇の形もいい。頬から顎にかけての線が滑らかで、顎が細い。

「高村文絵さんの連絡先は、知りませんか」

秦は訊ねた。

辻はどこに住んでいるかはわからないが携帯番号は知っている、と答えた。

「セミナー会場で後片付けをしていたときに、お客さんが忘れていった高村さんの名刺を見つけて、私、取っておいたんです。派遣会社の先輩から、人の繋がりはどこでどのように絡んでくるかわからない。仕事関係者の情報は覚えておいたほうがいいって教わっていたので」

辻はデジカメを入れていたバッグから名刺入れを取り出し、中から一枚抜き出した。

「これが、高村さんの名刺です。住所はコンパニエーロの事務所になっていますが、そこにある電話番号は携帯のものだから、高村さんの連絡先だと思います。かけたことはないけれど」

「これ、しばらくお借りしますが、よろしいですか」

返事を待たず、秦は受け取った名刺を振り向いて菜月に渡し、午前中と同じようにアイコンタクトで指示を出した。

――捜査本部にすぐ提出しろ。

菜月が取調室を出ようと立ち上がった瞬間、激しくドアがノックされた。

出ようとする菜月を手で制し、秦がドアを開ける。

鑑取り担当の浅田だった。興奮している様子から、文絵の身元が割れたのだと察した。

秦は取調室の外へ出た。

「なにかわかったか」

浅田は大きく肯いた。

「高村文絵の住所《ヤサ》が割れました。千葉県松戸市〇〇町三丁目二の十四の一、この住所にすぐ向かってください、とのことです」

秦は自分の身体が熱くなるのを感じた。

9

ブランドのロゴが入った紙袋を受け取ると、文絵は店を出た。銀座から地下鉄で上野に向かい、快速に乗り換え松戸に向かう。

紙袋の中には、買ったばかりのジャケットとブラウス、スカートが入っていた。次の講演のときに着るためのものだ。今年は残暑が厳しく、八月が終わっても汗ばむ日が続いたが、九月も半ばを過ぎると夜には涼しい風が吹くようになった。そろそろ秋物が必要だと思い、洋服を新調した。ジャケットはダークグレー、ブラウスは淡いパープル、スカートは黒だった。ブラウスの大きなフリルが少し派手かと思ったが、店員の強い勧めで購入を決めた。

自宅に着き、買ってきた洋服を寝室のクローゼットにしまうと、文絵は両手を広げてベッドに仰向けになった。

顔を横に向けて、クローゼットを見る。人生、なにが起こるかわからない。銀座の専門店でブランドの洋服を買うなんて、一年前の自分は想像もしていなかった。敏行の給料だけでは量販店の安価な洋服を買うのが精一杯だったこともあるが、いまよりおよそ十五キロもの贅肉を身にまとっていた自分は、そもそもファッションそのものに興味を失っていた。

文絵はクローゼットから視線を外すと、目を閉じた。

もう、昔には戻りたくない。醜い姿を晒し、特売品を目当てに十円、二十円を節約していた頃には戻りたくない――いや、戻れない。

文絵は目を開けると、壁にかかっているカレンダーを見た。しばらくカレンダーを見つめていたが、ベッドから起き上がりドレッサーの椅子に座った。化粧品の横に置いていた携帯を手に取ると、開いて液晶画面を確認する。着信やメールの受信はない。

文絵は携帯を閉じると、再びベッドに横たわった。

加奈子と章吾とは、今月の六日に電話で話をしたきりだった。キッチンで洗いものをしていると、加奈子から携帯に連絡が入った。明日からフランスに行くという。目的は、恋人のピエールに会うためと、リュミエールの日本での販売契約の更新手続きのためで、ビジネスとバカンスを兼ねての渡仏だった。

帰国はいつかと訊ねると、九月いっぱいはフランスにいると加奈子は答えた。

「フランスには章吾もあとから来るの。契約書を交わすときに、立ち会ってもらうから」

章吾の帰国も九月下旬の予定だという。加奈子は言葉を続けた。

「私も章吾もしばらく日本を空けるから。化粧品のセミナーも九月はないし。少し遅い夏休みだと思って、文絵もゆっくり休んで」

気をつけて行ってきて、と文絵が言うと加奈子は、帰国したら連絡する、と言って電話を切った。

今日はまだ十八日だ。加奈子と章吾が帰国する九月末まで、まだ日にちがある。加奈子はゆっくり休めと言ったが、文絵は気が抜けた心持ちだった。次のセミナーの日にちが決まらないと、張り合いがない。

今頃、ふたりは合流して、楽しい時間を過ごしているのだろうか。

天井を見つめる文絵の脳裡《のうり》に、パリの街を肩を並べて歩くふたりの姿が浮かんだ。加奈子と章吾は腕を組んで、楽しげに笑い合っている。

いままであまり考えなかったことだが、ふたりはどのような関係なのだろう。

加奈子にはピエールという恋人がいる。ピエールは結婚している。加奈子はそれを承知で付き合っている。不倫の関係を許容しているということは、加奈子にとって、特定のパートナーがいながら別のパートナーとも付き合うという行為も、さほど罪悪感を覚えることではないのかもしれない。その証拠に、自分はピエールの愛人だ、と話す加奈子からは、良心の呵責や躊躇いといったものは感じられなかった。

ということは、ピエールという恋人がいても、加奈子が浮気する可能性はある。いやむしろ、自由奔放な加奈子なら、二股は充分ありうる。もしかしたら、加奈子と章吾は付き合っているのかもしれない。

パリのホテルで、加奈子と章吾が抱き合っている姿を想像する。

文絵はうつぶせになると、枕に顔をうずめた。

ふたりがどんな間柄だろうと、自分には関係ない。自分は講演をしてお金が入ればそれでいいのだ。日本に戻ったら、加奈子から連絡がある。帰国した加奈子は、いつもと変わらない声で明るく言う。

いま帰ったわ。バカンスは楽しかったし、ビジネスもうまくいった。またこれから忙しくなるわよ。そしてまた、ところで、次の講演なんだけど……。文絵は人前に立ち、リュミエール化粧品を勧める。加奈子から報酬を受け取り、豊かな日々を送る。

そう、これはビジネスなのだ。私はお金が手に入ればそれでいい。ふたりの関係など興味はない。

ベッドから起き上がる。文絵は首を振り、夕飯の支度をするために台所へ向かった。

夕食の後片付けを終え、文絵は寝室に戻った。子供たちは自分の部屋に入ったし、敏行は風呂に入っている。

部屋着からパジャマに着替えようとしたとき、ドレッサーの上に置いてある携帯のランプが光っていることに気がついた。着信かメールがあったようだ。

文絵の携帯に連絡が入ることはめったにない。子供の学校関係は固定電話に入るし、たまに携帯に電話をしてくる敏行は、いま在宅している。

迷惑メールか携帯会社からのサービスメールだろうか。

携帯を開いた文絵は眉根を寄せた。

なにこれ。

携帯には着信が入っていた。夕方の五時から三時間の間に、五件もの着信が入っている。アドレス帳には登録していない見慣れない番号ばかりだ。二度かかってきている番号もあった。080からはじまる携帯番号もあれば、市外局番からはじまる固定電話のものもある。

文絵は液晶画面に表示されている番号を、食い入るように見つめた。

間違い電話だろうか、と思ったが、それにしては回数が多すぎる。番号は、全部で三つ。誰からなのかいろいろ考えるが、章吾でないことだけは、文絵にはわかった。留守電に伝言が残されていないからだ。いままでにも、加奈子と章吾からの電話を、タイミングが合わず受けられないことがあった。そんなとき、加奈子は一方的に話すのは苦手だとの理由から留守電に用件を残すことはなかったが、章吾は必ず伝言を残した。

いったい誰だろう。着信があった電話番号に、折り返しかけてみようか。

携帯を手にしながら迷っていると、いきなり着信が入った。携帯を持つ手がびくんと跳ねる。表示された番号は、やはり見慣れないものだった。

子供が一階に下りてくる気配はない。敏行もまだ風呂に入っている。寝室に邪魔が入る心配はなさそうだ。

文絵は恐る恐る、電話に出た。

「もしもし、どちらさまでしょうか」

自分の名前は名乗らなかった。相手が誰だかわからない以上、むやみに個人情報を口にしないほうがいい。

文絵が言い終わるか終わらないうちに、携帯の向こうから、抑え気味だが怒気を含んだ声が被さった。

「あんた、高村文絵さんだね」

女性の声だ。感じからすると六十前後だろうか。あまりに剣呑《けんのん》な声音に戸惑う。違うとも言えず、そうですが、と文絵は応じた。

本人に間違いないとわかると、今度こそ容赦ない怒声が飛んだ。

「リュミエール化粧品が株式上場するって話、いったいどうなってるの！」

文絵は面食らった。どうやらリュミエール化粧品に関する話のようだ。だが、株式上場の話とはいったいなんのことだろう。まったく心当たりがない。

「あの、なんのお話でしょうか」

「しらばっくれないでよ！」

「いえ、本当になんのお話か……。もう少し詳しく説明していただけませんか」

できるだけ丁寧な口調で、相手の気持ちを逆撫でしないよう心がけた。

少し落ち着きを取り戻したのか、女性は中村里江子《なかむらりえこ》と名乗り、経緯を語りはじめた。リュミエール化粧品の会員になって半年になるという里江子は怒りを抑えきれない様子で、興奮気味に捲し立てる。

「リュミエール化粧品の人間から、今年の九月になったら株式上場するから、未公開株を購入しないかって言われたのよ。いまリュミエールの未公開株を買えば、一口六十万の出資に対して九十万円の儲けが加わるって。六十万円の未公開株が上場後には百五十万円になるって聞けば、誰だって飛びつくでしょう。だから指定された銀行口座に十口分の六百万円振り込んで預り証を貰ったのに、いっこうに株式上場する気配がないじゃない。もう九月も半ば過ぎよ。どうなってんのよ！」

株式上場、未公開株、預り証。いったい里江子はなんの話をしているのか。文絵が考えている間も里江子は、携帯の向こうで、どうなってんの、答えなさいよ、と繰り返している。

文絵は自分に落ち着け、と言い聞かせた。きっと里江子の勘違いだ。話がどこかで混乱しているのかもしれない。とにかく、株式上場の話の出所はどこなのか、それを知ることが先決だ。

「あの、その株式上場の話ですが、どちらから聞かれたのでしょうか」

里江子は即答した。

「あなたのところの役員よ。飯田っていう男」

章吾が。

里江子の話によると、いまから二カ月前、章吾から携帯に連絡があった。財産の運用に関わるいい情報があるが興味はないか、という。限られた顧客だけに流している情報だ、という言葉に惹かれ、里江子は話を聞いてみることにした。東京駅近くにある高層ビルのラウンジで章吾と会ったが、そのときに株式上場の話をされた。章吾は今年の九月にリュミエール化粧品は株式を上場する、いま未公開株を購入しておけば利幅がかなり出る、という。

最初は胡散臭いと思ったが、章吾はこうだめを押した。

「実は、フランス本社のほうから上得意の顧客の中から何名さまかだけに、この話を振るように言われているんです。これからも末永くご贔屓《ひいき》を賜れそうなお客さまへの、感謝と御礼の気持ちだと考えていただければ結構です。顧客の選択は役員クラスそれぞれに任されてましてね、僕の持ち分は十名さま限り、それもお一人さま十口までです。実際どなたに話していいものやら迷ったんですが、どういうわけか真っ先に、中村さまのお顔が浮かんだんですよ」と章吾は言った。あるいはそれに類するようなことを。

「まあ、みんなに同じこと言っているんじゃないの」と里江子は言った。

まさか、と首を振って笑みを浮かべると、章吾は言った。

「ただ、ひとつお願いがありまして」

「なにかしら」と里江子は言った。

「上場して六十万が百五十万になった暁《あかつき》には、利益の一割をですね、紹介料ということでキックバックしていただけないかと。もちろん、お支払いは利益確定後で結構です。それと、おわかりかとは思いますが、このことはなにぶん、ご内密に――」と章吾は真顔で言った。あるいはそれに類することを。

自由になる金があった里江子は、その話に乗った。

最初は一口だけのつもりだった。が、預り証を手にすると、章吾へのキックバックを除いても八十一万円の利益が転がり込むのだ、と実感が湧き、矢も盾もたまらなくなった。章吾にすぐ電話し、あと九口なんとか買えないか、と頼み込んだ。章吾はなんだかんだと渋る気配をみせたが、結局、里江子に押されるかたちで計十口分を確保した。

そのときの話では、おそらく九月頭、遅くとも十日くらいには上場の手続きが完了するとのことだった。

それなのに、と里江子は怒りと不安を滲ませて言った。

「もう九月も半ば過ぎなのに、ちっとも上場しないじゃない。事務所に電話しても誰も出ないから、代表のあなたに電話したのよ。ねえ、いったいどうなってるの。いつ株式上場するのよ……まさか詐欺なの」

文絵は混乱した。株式上場の話など。文絵にとっては初耳だ。

里江子は携帯の向こうでわめき続けている。とにかく、一度電話を切って心を落ち着かせよう。

文絵は、確認次第あらためて連絡します、と里江子の話を遮って携帯を切った。

いったいなにがどうなっているの。

とにかく、加奈子と章吾に連絡をとってみよう。もしかしたら、予定より早く帰国しているかもしれない。

文絵は携帯のアドレス帳を開くと、章吾の連絡先を探した。章吾の携帯番号を表示し、発信ボタンを押そうとしたとき、また見知らぬ携帯番号から電話が入った。

文絵の身体がびくりと跳ね上がった。

もしかして、里江子と同じ内容の電話だろうか。もしそうだったらどうしよう。いや、もしかしたら、章吾か加奈子からかもしれない。思わぬトラブルが生じ、なにかしらの理由で別な携帯からかけてきているのかもしれない。

章吾か加奈子であってほしい。

願いながら受話ボタンを押す。電話に出た文絵は落胆した。相手は章吾でも加奈子でもなく、聞き覚えのない声の女性からだった。

女性はゆったりした口調で、谷崎千恵《たにざきちえ》と名乗った。四十代半ばくらいだろうか。電話の内容は、里江子と同じものだった。違っていたのは株の購入金額だけだ。里江子は十口六百万だったが、千恵は二口百二十万だった。

ねえ、と千恵は諦めを滲ませた口調で言った。

「もう株式上場の話はいいから、お金だけ返してよ。そうしたら今回の話はなかったことにしてあげる。私、面倒事嫌いなのよね。それから、もうリュミエールの会員はやめるから。だってそうでしょ。こんな詐欺みたいなことされちゃあ、信用もなにもあったもんじゃないわ」

千恵は、とにかく金を返せ、と文絵に迫る。文絵は、担当の者といま連絡をとっているから、詳細がわかったら連絡する、と宥《なだ》めて電話を切ろうとした。すると、千恵の声音が変わった。それまで穏やかだった声が、怒りを含んだ険しい声になる。

「ちょっと、なにそれ。まさか金は返せないなんて言わないでしょうね。そんなことになったら、警察に行くわよ。詐欺で訴えるから！」

千恵は、いつ返すのかはっきりしろ、と怒鳴る。怖くなった文絵は、一方的に携帯を切り、再度、章吾の携帯に電話をかけた。いったいなにがどうなっているのだろう。携帯を耳に押し当て、章吾が電話に出ることを願う。だが、電話は繋がらない。数回の呼び出し音のあと、留守電に切り替わった。

『呼び出しましたが近くにおりません。発信音のあとに伝言をどうぞ』

携帯の向こうから発信音が聞こえる。文絵は携帯を握りしめた。

「もしもし、私、文絵です。あの、さっきからリュミエールの会員だという女性から、私の携帯に電話が入っています。株式上場がどうのという話をしていますが、私にはなんのことかさっぱりわかりません。私はどうしたらいいんでしょう。この留守電を聞いたら連絡貰えますか。いつ日本に戻るのでしょう。私、わけがわからな……」

最後まで言い終わる前に、留守電の通話時間が切れた。途中、文絵の携帯の呼び出し音が断続的に被さった。おそらく、里江子か千恵がかけ直してきたのだろう。あるいは、別の第三者かもしれない。

文絵は着信確認を放棄し、続けて加奈子の鎌倉の別荘へ電話をかけた。いまさらだが、なぜ、加奈子は携帯を持とうとしないのか疑問に思う。

電話の向こうから、ひたすら呼び出し音が聞こえる。繋がらない。留守電にも切り替わらない。やはりまだ帰国していないようだ。致し方なく電話を切る。と同時に、再び携帯に着信が入った。怖くなった文絵は、咄嗟に携帯の電源を切った。

文絵は携帯をドレッサーの上に伏せて置くと、顔を覆って項垂れた。額に汗が滲み、身体が震えている。いったいなにが起こっているのだろう。こんなときに、加奈子と章吾はいったいなにをしているのだ。

耳の奥で、文絵を責める里江子と千恵の声がこだまする。文絵は声を振り切るように、目をきつく閉じて首を振った。

そのとき、寝室のドアが開いた。反射的に身構えて、ドアのほうを見る。部屋の入口に、夫の敏行が立っていた。敏行は首にタオルを巻いて、驚いた顔で文絵を見ていた。

「なんだよ、そんなにびっくりして。こっちが驚くじゃないか」

文絵は慌てて、冷静さを取り繕った。

「なんでもない。いきなりドアが開いたから、ちょっと驚いただけ」

敏行は、そうか、と言いながらタオルで顔を拭った。

「風呂空いたぞ。冷めないうちに入ったらどうだ」

文絵は肯いた。敏行はドアを閉めて、部屋を出ていった。敏行がキッチンに向かう気配がする。風呂上がりに冷えたビールを飲むのだろう。

文絵は携帯を手にすると、電源を切ったまま、普段持ち歩いているバッグに入れた。

敏行は、文絵がリュミエール化粧品の販売に携わっていることを知らない。もし敏行が、妻が自分に内緒でマルチまがいの仕事に手を出したことを知ったら、激昂するだろう。そのうえ、トラブルに巻き込まれているかもしれないと知ったら、どんな罵声を浴びせられるかわからない。

怒り狂う敏行を想像したとき、急に視界がぐらりと揺れた。耳鳴りがして、身体がふわりと宙に浮く感覚に襲われる。

解離の症状だ。

――だめ。気をしっかり持って。

文絵は自分の頬を叩くと、深い呼吸を繰り返した。視界の揺れが少し治まり、周りの音が戻ってくる。

文絵はドレッサーの横にあるチェストの引き出しから、安定剤を取り出した。解離の症状を抑える薬だ。

寝室を出て、洗面所に向かう。洗面台の前に立ち、水道の水をグラスに注ぐ。薬を飲んだ。洗面台の縁《へり》に手をつき、しばらくじっとしていると、視界が安定し、浮遊する感覚が治まった。ふうーと息を吐いて、鏡を見る。青ざめた顔の女が映っていた。

文絵は唇を噛んだ。

敏行にリュミエール化粧品のことを、絶対に知られてはならない。明日、加奈子の別荘に行ってみよう。もしかしたら、今夜中に帰国して別荘に帰っているかもしれない。もし加奈子が帰っていたら、なにがどうなっているのか問い質そう。話を聞いた加奈子は、きっと笑う。なにかの手違いでちょっとトラブルを起こしているだけだ。大したことじゃない、と言いながら、美味しい紅茶を淹れてくれる。そして、またいつもどおりの日常に戻るのだ。

「そうよ、大したことじゃない。大丈夫」

文絵は不安げな顔でこちらを見つめている女に、そう語りかけた。

七里ヶ浜駅で電車を降りた文絵は、加奈子の別荘へ向かった。気が急《せ》いて、足が自然に速くなる。

敏行と子供が出掛けると、文絵は携帯を手に取り、切っていた電源を入れた。恐る恐る液晶画面を確かめると、昨夜のうちに着信が五件入っていた。一件は里江子だった。文絵の話に納得できず、かけ直してきたのだろう。ほかの四件は、ふたつの番号が二回ずつ表示されていた。どちらもやはり知らない番号だった。おそらく、用件は里江子や千恵と同じだろう。そのすべてを、着信拒否に登録した。

文絵は改めて、加奈子の別荘と章吾の携帯、そしてリュミエール化粧品の事務所に電話をかけた。昨夜、事務所へは連絡をしなかった。時間が遅かったので、事務所に勤めている事務員たちはもう帰っていると思ったからだ。

朝の九時を過ぎれば、もう出勤しているはずだ。そう思い文絵は電話をかけた。加奈子と章吾に連絡がつかなくても、事務所になら事務員がいる。電話は繋がる。そう思ったが、事務所の電話は繋がらなかった。呼び出し音が鳴るだけで、誰も出ない。文絵は壁にかかっている時計で、もう一度時間を確認した。やはり九時を回っている。事務員が遅刻しているのだろうか。

いったいなにやってるのよ。

心で毒づきながら携帯を切る。もうじっとしていられない。文絵は朝食の後片付けもせずに家を出た。

別荘に着いた文絵は、白亜の三階建てを見つめた。一階のガレージはシャッターが降りている。中に車が停めてあるのかどうかはわからない。

文絵は玄関に続く階段を駆け上がると、壁についているチャイムを押した。ドアの向こうでチャイムの音がする。内側に耳を澄ますが、誰も出てくる様子はない。もう一度押す。やはり同じだ。中は静まり返っている。

文絵は階段を下りると、リビングに面している中庭へ回った。下から二階にあるリビングの窓を見上げる。窓にはカーテンが引かれていた。人がいる気配はない。

文絵は唇を噛みしめ、肩にかけているバッグの持ち手を握りしめた。

やはり加奈子はまだフランスにいるのだ。ここにいても埒《らち》が明かない。リュミエールの事務所に行ってみよう。もしかしたら、章吾は加奈子より一足早く帰国しているかもしれない。まだ章吾が帰国していなくても、働いている事務員がいる。事務員に、なにか事情を知らないか訊ねてみればいい。

文絵は電車を乗り継いで都内に戻り、リュミエールの事務所がある四谷へ向かった。ＪＲ四ツ谷駅で降りると、名刺に記載されている住所を探す。

コンパニエーロが入っている四谷共進ビルを探し出した文絵は、ビルを見上げながら眉を顰めた。頭に思い描いていた事務所とは、イメージがかけ離れていた。四谷共進ビルはかなり古く、壁は黄ばみ、剝き出しになっている排水管は錆びついている。美しさを売りにしている化粧品会社が入っているビルだから、もっときれいで清潔感があり、華やかで近代的なビルだと思っていた。

文絵はビルの入口の横に貼られている、プレートを見た。三階にあるはずの株式会社コンパニエーロの名前がない。文絵は改めて、名刺に書かれている住所を確認した。間違いない。コンパニエーロの事務所所在地は、四谷共進ビル3Fとなっている。

なにかの手違いで、プレートが貼り出されていないのだろうか。文絵は訝《いぶか》りながら階段を上った。

三階に着いた文絵は、茫然とした。廊下は薄暗く、あたりに人気《ひとけ》はない。目の前にあるスチール製のドアに、会社の看板らしきものは見当たらなかった。

文絵はドアの横についているチャイムを押した。返事がない。もう一度鳴らす。やはり誰も出てこない。

「すみません、誰かいませんか。すみません！」

文絵はドアを拳で叩いた。どうして誰もいないのだろう。なぜ、ドアにコンパニエーロの名前がないのか。章吾はいったいどこにいるのだ。

夢中でドアを叩いていると、背後で声がした。

「そこ、空き部屋ですよ」

驚いて振り返ると、初老の男性が立っていた。銀髪をオールバックにし、グレーのワイシャツに黒いベストを着ている。手にはコンビニの袋をぶら下げていた。薄暗い廊下で、真っ赤なネクタイだけが浮いて見える。

聞き違いだろうか。男はコンパニエーロが入っているはずの部屋を空き部屋と言った。文絵は男に訊ねた。

「ここが空き部屋って、なにかの間違いじゃないですか。ここは株式会社コンパニエーロのはずですが」

男は、ああ、と納得したような声を漏らすと、目の前にあるドアに目を向けた。

「たしかについこの間まで入ってましたが、もう出ていかれましたよ」

男の話によると、四日ほど前にすべて引き払ってビルを出ていったという。

文絵は自分の耳を疑った。会社を引き払う話など聞いていない。文絵は男に詰め寄った。

「あの、ここにいた男の人が、いまどこにいるか知りませんか。名前は飯田章吾さんといって、背が高くて、少し日焼けした感じがあって……あっ、働いていた事務員さんでもいいです。連絡先を知りませんか。私、どうしても連絡をとらないといけないんです。私、私……」

男は、必死に訊ねる文絵を押しとどめるように手を前に突き出すと、文絵の言葉を遮った。

「すみませんが、ここにいた人のことはまったくわかりません。同じビルの店子だったが、交流はまったくなかったのでね」

――どういうこと。

文絵はふらつく身体を、壁で支えた。コンパニエーロが移転するなんて聞いていない。加奈子と章吾は、いまどこにいるのだろう。いったいなにが起こっているのだ。

混乱する頭で必死に考えていると、いきなりバッグの中で携帯が震えた。びくりとして携帯を取り出す。恐る恐る携帯を開くと、見慣れない番号が液晶画面に表示されていた。

加奈子、それとも章吾さんなの。

文絵はふたりのどちらかであることを願いながら、携帯に出た。聞き覚えのない女性の声が耳に飛び込んできた。

「高村文絵さんですか。リュミエールの株式上場の件で聞きたいことがあるんだけど」

目眩がする。足から力が抜けていく。

文絵は電話を切り携帯を乱暴に閉じると、その場にへたり込んだ。男は、章吾と文絵の仲を勘違いしたらしく、憐れみを含んだ目で文絵を見ると、なにも言わず階段を上がっていった。


文絵が加奈子の別荘とコンパニエーロがあった事務所を訪ねた日から、十日ほど経った。加奈子と章吾からの連絡が途絶えてから、三週間になる。

文絵の携帯には、連日、覚えのない番号からの着信が入っていた。なかには留守電に伝言を残している者もいた。確認するとすべてリュミエール化粧品の株式上場に関わる苦情だった。

加奈子と章吾からは、いまだになんの連絡もない。文絵はなんども、章吾の携帯に電話をかけた。しかし、一度も繋がらなかった。

この頃になると、文絵の精神状態は限界に近づいていた。携帯は加奈子と章吾から連絡がないか確認するとき以外は、電源を切っていた。携帯本体を見ることすら恐ろしく、用事がないときは目につかないように、バッグの中にしまっていた。

リュミエールの仕事をはじめてから治まっていた解離の症状も、極度の緊張とストレスでひどくなり、いまでは一日に一度、多い日には二、三度ほど解離を起こすようになっていた。症状を抑えるための薬の量が増え、一日中、頭がぼんやりしている。

はっきりしない頭で、文絵は何度も自問自答を繰り返していた。

自分は騙されたのだろうか。いや、そんなはずはない。文絵の手元にはコンパニエーロから振り込まれた三百万近い金が残っている。第一、自分を騙しても一文の得にもならないはずだ。では詐欺の片棒を担がされたのだろうか。その可能性はある。しかし文絵にはなんの知識も技能もない。なんのために仲間に引き入れたのだろう。もしこれが詐欺なら、加奈子と章吾のふたりで充分ではないか。文絵に毎月五十万も払う必要はない。そうだ。やはり詐欺なんかじゃない。なにかの間違いでトラブったただけだ。

——それにしても、どうしてふたりと連絡がとれないのか。

不安と恐怖に苛《さいな》まれ、文絵は、家族の前で知らず叫び声をあげるようになった。

急に症状が重くなった文絵を見て敏行は、なにかあったのか、悩みでもあるのか、と聞いてくる。そのたびに文絵は、適当な理由をつけてごまかした。敏行に嘘をつくたびに、文絵の胸には罪悪感が積み重なっていった。心から文絵の身体を心配してくれている敏行に申し訳ない。そう思うと心が沈み、余計に解離の症状がひどくなった。

ベッドに横になっていた文絵は、壁にかかっている時計を見た。今日も夫と子供を送り出してから、ずっとベッドの中にいた。夕方五時。そろそろ子供たちが、遊び友達の家から帰ってくる。腹を空かせた子供たちは、帰ってくるなり夕飯を食べたがる。そろそろ食事の準備をしなければならない。

文絵は重りをつけたようにだるい身体を、ベッドから起こした。

ダイニングに行くとテレビをつけた。静まり返った空間で食事の仕度をしていると、余計に気がふさぐからだ。

ダイニングに続くキッチンに立ち、冷蔵庫を開ける。中には、昨日野菜いためにに使った肉の残りと、卵くらいしか食材がない。炊飯器を開けると朝炊いたご飯が残っていた。いまある材料でつくれるものといえば、チャーハンぐらいしか思いつかなかった。夕飯はチャーハンにすることに決めて、文絵は肉を包丁で細かく切りはじめた。

つけっぱなしのテレビから、夕方のニュースが流れてくる。

文絵は、ふと耳に飛び込んだ言葉に、包丁を動かしている手を止めた。顔をあげてテレビの画面を見ると、若い女子アナが手元の原稿を読み上げていた。

「……とのことから、警察は殺人事件として捜査を進めています」

テレビでは、鎌倉で殺人事件が起きたニュースを伝えていた。現場は鎌倉の七里ガ浜、被害者は男性だった。

文絵は包丁を俎板《まないた》の上に置くと、テレビに駆け寄り、リモコンで別な局に替えた。慌ただしくザッピングしながら、鎌倉での殺人事件を放送している局を探す。だがそのニュースを報道している局は見当たらなかった。

文絵はリモコンを床に置くと、ダイニングに向かった。ダイニングの椅子に座り、テーブルの上に置いてあるパソコンを開く。パソコンのニュースサイトなら、先ほど耳にした殺人事件の詳細がアップされているかもしれない。

画面が立ち上がるまでの時間が、いつも以上に長く感じられる。ネットのホームに設定している検索サイトが表示されると、文絵はニューストピックスを開いた。

画面に、最新のニュースの一覧が表示される。文絵は、鎌倉、殺人事件、というキーワードを探した。

——あった。

ニューストピックスの事件欄に、鎌倉で男性の他殺死体発見、という見出しを見つけた。急いで記事を開き、読みながらスクロールする。

今日の午後二時過ぎ、鎌倉の七里ガ浜の貸別荘で、男性の他殺死体が発見された。被害者の名前は田崎実、三十八歳。現在、警察は現場周辺の聞き込みを行い、犯人に結び付く有力な情報を得るために捜査を続けている、とのことだった。

被害者の名前を確認した文絵は、安堵の息を漏らした。

ニュースを聞いたとき、とっさに章吾ではないかという不安が頭を過った。

今日は九月二十八日。加奈子と章吾が帰国する時期だ。文絵はこの十日ほどの間、章吾の携帯番号に、この伝言を聞いたら連絡がほしい、と何度も吹き込んだ。だが、章吾からはなんの連絡もない。

文絵は章吾と連絡がつかない理由を、章吾が海外に行っているからだ、と思い込もうとしていた。自分に、大丈夫だ、と言い聞かせるためだ。九月末になれば加奈子と章吾は日本に帰ってくる。そのときになれば、いま抱えているトラブルは解消される、そう思いたかったからだ。

しかし、それが理由にはならないことは、文絵にもわかっていた。いまどきの携帯のほとんどは、海外でも通話が可能なタイプになっている。旅先がアメリカだろうがフランスだろうが、連絡はとれるはずだ。だが、章吾から電話もメールもない。そこには、連絡をとらない、もしくはとれない、事情があるからだ。

パソコンを閉じると、文絵はあらためて、いままで目を背けてきた音信不通の理由を考えた。章吾が連絡をしてこないのは、リュミエールの株式上場のトラブルによるものだろうか。あるいは、別な問題を抱えているのか。もしくは、なにか事件に巻き込まれたのではないだろうか。それとも、やはりこれは詐欺事件なのだろうか。

——警察に問い合わせてみようか。

なにか事件に巻き込まれているのだとしたら、警察になにかしら情報が入っているかもしれない。加奈子や章吾の身内から、捜索願が出されている可能性もある。最悪の場合、詐欺の被害届が出されている可能性だって、なきにしもあらずだ。

だが、文絵は警察へ問い合わせるという考えを、すぐに打ち消した。

もし、加奈子や章吾が事件に巻き込まれていたとしたら、警察は早晩、文絵がリュミエール化粧品に関わっていたことを突き止めるだろう。とすれば、敏行にも事情を聞くかもしれない。だめ。

文絵は首を振った。

敏行に、自分がリュミエール化粧品の販売に関わっていたことを知られてはいけない。警察には行けない。かといって、どうしたらいいのかわからない。携帯には相変わらず、リュミエールの株式上場に対する苦情の電話がかかってくる。加奈子と章吾からはなんの連絡もない。

——どうしたらいいの。

文絵はダイニングテーブルに肘をつき、両手で顔を覆った。

子供と敏行を送り出した文絵は、朝食の片付けもせずに、ベッドに横たわっていた。

加奈子と章吾が帰国するといった九月が終わり、今日から十月に入った。最初に、リュミエールの株式上場に対する苦情の電話が入った日から、二週間ほど経った。件数は少なくなったが、苦情電話がまったくなくなったわけではない。一日に一件は、問い合わせの留守電が入っている。

文絵は仰向けのまま目を閉じた。

文絵の携帯に苦情の電話が入るということは、まだ株式上場に関するトラブルは解決していないということだ。いまだにふたりからは、なんの連絡もない。暗中模索の状態は、いったいいつまで続くのだろうか。文絵は安定剤を飲むと、ベッドの中で目を閉じた。

どのくらい寝ていたのだろう。文絵は玄関のチャイムで目を覚ました。壁にかかっている時計を見る。午後四時。子供が学校から帰ってきたのだろう。

文絵は目を開けると、ベッドからゆっくりと身を起こした。

立ち上がったとたん、目眩がした。深呼吸をして、心を落ち着かせる。このところ、解離の症状が重くなる一方で、いま飲んでいる薬では効かなくなってきた。明日、病院に行って新しい薬を処方してもらおう。敏行からも診療に行くことを強く勧められていた。

また、チャイムが鳴った。文絵は壁に手をつきながら、玄関に向かった。廊下を歩いている間も、チャイムは何度も鳴った。

「そんなに鳴らさなくても聞こえてるわよ」

眉間に皺を寄せて、誰にでもなくつぶやく。

玄関に着くと、文絵は三和土《たたき》に置いてあるサンダルをつっかけてドアの鍵を開けた。

てっきり子供が帰ってきたと思っていた文絵は、目の前の見知らぬ人物に、目を見開いた。

ドアの先には、ふたり組の男女が立っていた。ひとりは中年の男で、もうひとりは若い女だ。

男の目は射るように冷たい。後ろに立つ女の目も、強い光を放っていた。

「どちらさまでしょうか」

文絵はドアを半開きのまま訊ねた。嫌な予感がする。不安で声が震えた。

「高村文絵さん、ですね」

男は低い声で訊ねた。この男は、なぜ自分の名前を知っているのだろう。またしても目眩に襲われる。一瞬、その場に崩れ落ちそうになった。

「そうですが……」

やっとの思いで声を絞り出す。男は背広の内ポケットから革の手帳らしきものを取り出し、開いて文絵にかざした。見た感じは、顔写真付きの身分証明書のようだ。

「神奈川県警捜査第一課の秦といいます」

——警察。

男は立てた親指で、自分の背後を指した。

「後ろにいるのは、鎌倉署の中川巡査です。いま、われわれは九月二十八日に鎌倉の七里ガ浜で起きた殺人事件の捜査に当たっています。少し伺いたい件がありまして」

鎌倉の七里ガ浜で起きた殺人事件。秦のその言葉に、文絵は三日前にネットで調べた殺人事件を思い出した。その事件がいったい、自分となんの関係があるのか。

呆然として言葉を失っていると、秦は文絵を探るような目で見た。

「被害者の田崎実さんと、お知り合いじゃないですか」

思いもよらない質問に戸惑う。田崎実などという人間は知らない。そう答えようとするが、口が思うように動かなかった。秦は後ろを振り返り、中川に「写真を」と声をかけた。中川から受け取った写真を、文絵に差し出す。

「この男性ですが、見覚えはないですか」

写真を見た文絵は、声をあげそうになった。両手で口を押さえる。

秦が手にした写真には、章吾が写っていた。なにかの証明写真だろうか。真面目な顔をしてこちらを見ている。表情がないのでいつもの明朗な雰囲気からは程遠いが、間違いなく章吾だった。

「……知ってます、知ってますけど……この人、田崎実なんて名前じゃありません。私の知っているこの人は、飯田章吾さんです」

秦はわずかに眉を上げた。が、すぐに厳しい表情に戻り、底光りする目で文絵に言った。

「殺された田崎さんが所有していた携帯、および田崎さんが経営していた株式会社コンパニエーロの固定電話の履歴を調べたところ、着信履歴にあなたの携帯番号が出てきましてね。田崎さんと連絡をとっていたあなたたから、事情を聞きたいんですよ」

文絵は混乱した。秦という刑事はなにを言っているのだろう。殺された田崎実が、実は章吾だと言いたいのか。そんな馬鹿な。見つめていた地面がぐらりと揺れた。

「署までご同行願います」

遠くで秦の声がした。

「知らない」

文絵はつぶやいた。

「知らない、田崎実なんて男は――」

耳鳴りがする。

「知りません。私は……事件とは関係ありません」

秦の声が途切れ途切れに聞こえる。

「話……署で伺い……す」

文絵は激しく首を振った。

「私、行きません。関係ありませんから！　なにも知りませんから！」

気がつくと叫んでいた。

汗が止まらない。耳鳴りがいっそう激しさを増した。

「高村さん！」

自分を呼ぶ中川の声が、耳の奥で聞こえ金属音と混じり合う。

地面が、目の前に迫った。

文絵はそのまま、深い闇に落ちた。

10

松戸市立中央病院の一階にある救急センターは、慌ただしい空気に包まれていた。待合室には四人掛けの長椅子が四つ、向かい合わせに置かれている。秦を含めて六人の人間が座っていた。

ひとりは若い女性で、秦の真向かいに座っている。腕にぐずる乳児を抱きながら、身体を前後に揺すっている。乳児が泣き声をあげそうになると立ち上がり、落ち着くと座る。その動作を繰り返している。

秦が座っている隣の長椅子には、腰の曲がった老女と中年の男性がいた。老女は深く項垂れ、男性は老女を気遣うように顔を覗き込んでいる。ふたりは親子らしく、ときおり老女を「おふくろ」と呼ぶ男性の声が聞こえてくる。

ふたりが腰かけている向かいのソファには、少年が座っていた。制服のズボンに長袖の白いワイシャツを身につけている。背は、百七十五センチある秦とそう変わらないが、身体つきはまだ幼かった。線が細くどことなく頼りない。おそらくまだ中学生だろう。誰が救急センターに運び込まれたのか、下唇をきつく噛み、宙を睨みつけている。

秦は病院の待合室が、好きではなかった。病院が好きな人間は、そういないだろう。秦も病院自体が苦手だったが、なかでも待合室の空気が嫌だった。

入院病棟の部屋は、患者の病状でおおよそ分かれている。ナースセンターに近いほうから順に、病状が重い患者が入室している。

ナースセンターに一番近い部屋には、常に重篤な患者がいる。容態が急変したとき、看護師がすぐに駆けつけるためだ。ナースセンターから一番遠い部屋には、病状が軽く退院が近い者や、響子のように別な意味で病状が安定している患者が入っている。入院病棟は、どの病室に入室しているかで、患者の病状が察せられる。

しかし、待合室はわからない。

なんの病気でどのような状態なのか、本人に聞かない限り知ることはできない。

待合室で診察の順番を待っているとき、ふと視線を感じることがある。この人間はなんの病気で来院しているのか。病は重いのか軽いのか。数日の投薬で完治するものなのか、それとも命に関わるものなのか。まるで、自分よりも不幸な人間を見つけ出そうとでもしているような目が、秦には耐えられない。

幸い、いま救急センターの待合室にいる者たちは、秦をそのような目で見る人間はいない。みな、救急センターに運び込まれた自分の関係者のことで、頭が一杯なのだろう。

それでも、やはり待合室の空気が息苦しく、外へ出たくなる。が、診察室の中にいる文絵から目を離すこともできない。

自宅の玄関先で倒れた文絵は、秦たちが呼んだ救急車で、松戸市立中央病院の救急センターへ運び込まれた。

文絵が診察室へ運び込まれると、秦は菜月に寺崎警視へ連絡をとるよう指示した。寺崎は神奈川県警捜査一課長で、田崎殺害に関わる合同捜査本部の指揮をとっている。

秦は腕時計を見た。菜月が待合室から出ていって、十分近くなる。電話一本かけるのに、何を手間取っているのか。元来、秦はせっかちだ。事がスムーズに運ばないと苛立ってくる。

大きく息を吐いたとき、自動ドアが開いた。菜月だった。

秦は椅子から立ち上がると、待合室の隅へ菜月を連れていった。

「繋がったか」

菜月は、秦の目を見て肯いた。

「はい。〝医師の指示によるが、いますぐ入院だとか重篤な症状でもない限り、多少の無理をしてでも参考人を鎌倉署へ連行し事情聴取を行え。こっちはいまから近くのホテルを手配する〟とのことでした」

ホテルは文絵を泊めるためのものだ。

参考人が被疑者に変わる可能性がある場合、証拠隠滅の恐れがあるため、自宅へ帰さない処置をとる。事情聴取を行う警察署の近くにある宿泊施設に、本人を泊めるよう持っていく。もちろん任意だから断られればそれまでだが、その場合は二十四時間の行動確認をつけることになる。

文絵が持っている情報は、間違いなく田崎殺害事件に関わる重要なものだ。寺崎の言うとおり、一刻でも早く入手したい。

——医師の診断次第か。

秦は菜月に待合室で待つよう指示を出し、煙草を吸うために外へ出ようとした。

待合室と外部を隔てる自動ドアが開くと同時に、診察室から看護師が出てきた。

「高村文絵さんの身内の方、いらっしゃいますか」

耳に入った看護師の声に、外へ足を踏み出しかけた秦は踵を返した。

急いで駆け寄り、付添いの者です、と伝えると看護師は、医師《せんせい》から説明があります、と言って、秦と菜月を診察室の中へ招き入れた。

文絵を診察した医師の話によると、文絵が倒れた理由は軽い貧血によるものだった。

秦は安堵した。貧血程度ならば、すぐに病院を出て鎌倉署へ連れていける。だが医師は、いま動かすのは無理だ、と釘を刺した。文絵が点滴を受けていたからだ。

医師の説明では、貧血だけなら足元を高くして少しベッドで休んでいれば治るが、文絵には持病があるらしく、精神的に混乱がひどいため、気分が落ち着く点滴を投与した、とのことだった。

「持病とはなんでしょうか」

診察室の椅子の上で、秦は訊ねた。医師はカルテにペンを走らせながら答えた。

「私の口からは、ご家族の方にしかお話しできません。詳しいことはご本人から聞いてください」

医師には、秦と菜月は文絵の自宅を訪ねた知人、と嘘をついていた。医師はカルテを書き終えると、秦に椅子ごと向いた。

「患者の点滴が終わったら会計を済ませて帰っていいですよ。ただ、今日の点滴は応急処置ですから、早めにかかりつけの病院を受診することをお勧めします」

点滴はどのくらいで終わるのか、と訊ねると医師は、うーん、と唸った。

「点滴自体は二十分くらいで終わりますが、この点滴には鎮静作用があるから眠くなるんですよ。眠りから覚める時間は人それぞれですね。三十分程度で起きる人もいれば、一時間以上寝ている人もいます。まあ、そのくらい長いと看護師が起こしますがね」

文絵が早く目覚めるのを待つしかない、ということか。

秦は医師に頭を下げて診察室をあとにすると、一服してくる、と菜月に言い残し待合室を出た。


文絵が処置室から出てきたのは、夕方の五時半近くだった。病院に運び込まれてから一時間半が経っていた。

ぼんやりとした表情で処置室から出てきた文絵を、秦は長椅子に座るよう促した。診察の順番を待っている患者や付添人に話を聞かれないように、一番隅の席を勧める。文絵は言われるまま、長椅子に腰かけた。

文絵が座ると、菜月は身体を気遣うように隣へ座った。秦は文絵の向かいのソファに腰を下ろす。

「気分はどうですか」

秦は声を抑えて訊ねた。

文絵は床に目を落としたまま、大丈夫です、と答えた。強がりではないようだ。病院に運び込まれたときは蒼白だった顔に、本来の赤みが戻っている。

「こういうことは、よくあるんですか」

文絵は小さく首を振った。目眩を起こすことはよくあるが、倒れたことはないという。

「先ほど医師から聞きましたが、なにか持病がおありなんですか」

秦の質問に文絵は、言おうか言うまいか迷っているようだったが、ぽつりと答えた。

「私、解離性障害なんです」

文絵は、千葉県の松戸市内にある坂井メンタルクリニックに通っているという。

解離性障害という言葉を、秦ははじめて聞いた。文絵の話によると、自分が自分ではなくなる感覚が起こり、ひどい耳鳴りや目眩を起こすという。

「三年ほど前から、病院に通っています。薬を飲んで、最近はだいぶ良くなっていたんですけれど……」

文絵はそこで口を噤んだ。それだけ、田崎のことがショックだったと言いたいのか。

「ところで、先ほどお宅にお邪魔した件ですが」

秦は話を切りだした。文絵はびくりと肩を震わせた。

「できればこれから、お話を伺いたいんですがね」

文絵は急に、腹部を両手で抱え、背を丸めた。

「大丈夫ですか。気分が悪いんですか」

菜月が文絵の背中に手を当てる。

文絵はようやく聞きとれるような声で、どちらにともなく訊ねた。

「いまからですか」

「そうです」

秦が答える。文絵は震える声で言った。

「もう、子供が学校から帰ってきている時間です。夫もまもなく帰ります。私が家にいないと、夫も子供も心配します」

「私から事情を説明しますよ」

事情聴取は、捜査本部が置かれている鎌倉警察署で行う。文絵の自宅がある松戸から、鎌倉までは遠い。聴取がいつ終わるかはわからないし、明日もおそらく朝から事情聴取を行うことになるだろうから、今日は警察が用意したホテルに泊まってもらう、と秦は説明した。

ホテルに泊まらせる理由は、自宅から鎌倉警察署までの移動に時間がかかるからだ、ということにした。逃亡や証拠隠滅の恐れがあるから自宅に帰すことはできない、と正直に言えば、自分が疑われていると認識し、取り乱すかもしれない。クロかどうかの心証はまだないが、この一両日の取調べでそれもはっきりするだろう。

秦が説明すると、文絵はいまにも泣きそうな顔をしながら、激しく首を振った。

「だめです……！」

小さいが、悲鳴のような声だった。

「私が化粧品の販売をしていたことは、夫は知りません。私が警察から事情を聞かれると知ったら、理由を訊ねるでしょう。内緒で化粧品販売をしていたことが、夫にばれてしまう」

文絵は秦に身を乗り出すと、必死の形相で懇願した。

「お願いです。私が化粧品販売に関わっていたということは、夫には黙っていてください。でないと、私、私……」

そのあとの言葉は恐ろしくて口にできない、といったところか。文絵は両手で顔を覆うと、長椅子の上で蹲《うずくま》った。

多くの夫婦は大なり小なり、お互いに秘密を抱えているものだ。夫に値段を偽って高級ブランドのバッグを購入する妻もいれば、妻に内緒で愛人を囲っている夫もいる。単なる夫婦喧嘩で終わるものもあれば、離婚を前提の修羅場に発展するものもある。

文絵が夫に内緒にしていた化粧品の販売が、高村夫妻にとってどれだけ大きな問題なのか、秦にはわからない。だが、文絵の様子を見る限り、本人にとっては、家庭崩壊に繋がりかねない、重要な問題なのだろう。

秦は肘を膝につけると、文絵のほうへ身を乗り出した。周りに聞こえないように小声で囁く。

「化粧品販売のことは口に出しません。ご主人には、鎌倉で起きたある事件に関して、奥さんに話を聞きたい、としか伝えませんので」

文絵は秦の言葉を、配慮、と受け止めるかもしれない。だが秦には、文絵の家庭事情など関係なかった。夫に化粧品販売の話をしないのは、外部に情報を漏らさないための遮断措置にすぎない。

文絵はしばらく蹲ったまま身じろぎしなかった。が、どんな理由を繕ってみても、事情聴取を拒むことはできないと悟ったのだろう。丸めていた身体をゆっくり起こすと、諦めたように口を開いた。

「子供に、連絡させてください」

秦は意識して口角をあげ、大きく肯いた。

「もちろんです」

待合室を出て、運転手が待つ覆面車両の後部座席に乗り込む。秦と菜月が文絵を両側から挟むかたちだ。被疑者や参考人を移送する際、万一の逃亡を防ぐため、決められてる手順だった。

文絵は菜月から借りた携帯で、自宅に電話をかけた。

「もしもし、美樹？　うん、ママ」

電話が繋がったようだ。文絵は努めて明るい声で、急な用事ができたからすぐには帰れない。お腹がすいたら冷蔵庫にプリンがある。それを食べながら美咲と一緒にパパの帰りを待つように、と手短に言った。

電話の向こうで子供が、なんの用事か訊ねる気配がした。文絵は一瞬、言葉を詰まらせたが、パパが帰る頃にまた電話する、と言って電話を切った。

文絵は左隣の菜月に携帯を返すと、項垂れてシートに深くもたれた。

「では、鎌倉署へ向かいます」

鎌倉署の交通課から捜査本部に加わっている応援の若い巡査は、エンジンをかけると、アクセルを踏んだ。

鎌倉署に着くと、秦は早速、文絵の事情聴取をはじめた。

はじめる前に、腹が減っているなら食堂で夕食を済ませてからでもかまわない、と秦は言った。が、文絵は力なく首を振った。食欲などないのだろう。

おそらくいま頃、千葉の自宅で夫の敏行も、同じ状態のはずだ。

署に着くと秦は、文絵の自宅へ電話を入れた。電話には夫の敏行が出た。所属を名乗り手短に事情を説明すると、敏行はひどく驚いた。ある事件とはなにで、妻とどんな関係があるのか、なぜ妻が事情聴取されなければならないのか、と矢継ぎ早に訊ねた。ちょっとした事件です、と秦は事件内容については説明を避けた。こういう場合、容疑が確定するまで身内にも黙っておくのが、刑事の常識だ。

「心配するほどのことはありませんが遅くなるかもしれないので、奥さんは今日、鎌倉署の近くにあるホテルへ宿泊してもらいます」

秦はそう言って電話を切った。

敏行の狼狽《ろうばい》ぶりから、妻が警察に参考人で呼ばれるなど、思いもしていなかったことが窺える。いま頃は、なにも手につかない状態で居間の中を行ったり来たりしているか、鎌倉で起きたここ最近の事件をネットで検索しているか。

取調室の隅に置かれている机に菜月が座りパソコンを開くと、秦は文絵の事情聴取を開始した。

秦は文絵の本人確認を行うと、事件について訊ねた。

「三日前の九月二十八日に、鎌倉の七里ガ浜で男性が他殺死体で発見されましたが、この事件はご存じでしたか」

文絵は膝の上で手を揃え、机に視線を落としたまま、はい、と答えた。

「なにで知りましたか」

「その日の夕方のニュースで」

「被害者の名前——田崎実という名前に覚えはありませんか」

文絵は首を振った。

「そんな人、私は知りません」

秦は机の上に置いていたノートのあいだから一枚の写真を取り出すと、文絵の前に差し出した。

「今日の夕方、玄関先でもお見せしましたが、この男性が被害者の田崎実です。よく見てください。本当に覚えはありませんか」

文絵はまるで心霊写真でも見るかのような怯えた目で、机の上に置かれている写真を見た。しばらくじっと眺めていたが、やがて顔を歪めると、きつく目を閉じた。

「写真の男性は知っています。でも、私が知っているこの人の名前は、田崎実ではありません。飯田章吾さんです」

文絵が倒れる前に、口にした名前だ。

文絵の一連の態度から、被害者の本名を知らなかったのは、まず間違いない。つまり田崎は、文絵に偽名を使っていたということになる。

秦は文絵に、被害者と知り合った経緯を訊ねた。文絵はか細い声で、加奈子の紹介です、と答えた。

加奈子――はじめて聞く名前だ。

秦は加奈子のフルネームを訊ねた。文絵は、杉浦加奈子、と答えた。加奈子は文絵が岐阜に住んでいた頃に通っていた中学の同級生で、一年前に、人気男性タレントのディナーショーの会場で、偶然再会したという。

「その中学校の名前と場所は」

「岐阜県小代市の、小代第三中学校です」

「加奈子という女性の実家はどこだったか、覚えていますか」

文絵は記憶を辿るように、空を眺めたが、申し訳なさそうに頭《こうべ》を垂れた。

「すみません。私、昔は加奈子とそんなに仲がいいわけではなかったので、実家の住所や場所までは知りません。でも、一緒に下校した覚えがないので、私が暮らしていた兼井町の方角ではなかったんだと思います」

「いま現在の住まいはどこですか」

文絵は項垂れたまま、小声で答えた。

「加奈子の自宅は、都内にあるマンションだと聞いています。平日は自宅にいるけど、週末は鎌倉の別荘で過ごしているようでした」

「鎌倉の別荘?」

文絵は肯いた。

「鎌倉のどこですか」

秦の問いに文絵は、ゆっくりだが問《つか》えることなく答える。

「七里ガ浜です。海と山に囲まれた景観が好きで、四年前に購入したと聞いています」

鎌倉、七里ガ浜、別荘。田崎が殺された現場と一致する。

秦の耳たぶが脈打つ。

「杉浦加奈子が所有していた別荘の住所は」

この問いには、文絵は答えられなかった。番地などの詳しい住所は知らない、場所ならわかる、という。

秦は菜月に、鎌倉市の住宅地図と、田崎が殺害された別荘の写真を持ってくるように指示を出した。菜月が地図を持ってくると七里ガ浜の場所を開き、机の上に置いた。

「杉浦加奈子の別荘はどこですか」

文絵は地図を目で追っていたが、江ノ島電鉄の七里ヶ浜駅の場所を右の人差指で押さえると、道をなぞり、ある箇所で止めた。

「ここです」

「間違いないですか」

秦は文絵の目を見ながら確認した。文絵はもう一度指で辿ると、間違いない、と答えた。

「駅を出て線路を渡り、坂をのぼってふたつ目の角を曲がった三軒目……。やっぱりここです」

秦は机の上に伏せてあった、殺害現場となった別荘の写真を文絵に見せた。

「それは、この家ですか」

開かれた地図の上に置かれた写真を、文絵は首を傾げるようにして見た。写真を見つめる文絵の表情が変わる。虚ろだった目を大きく見開き、睨むように写真を手に取った。

「三階建てで、一階がガレージになっていて……。真鍮製の門があって、ドアにステンドグラスがはめ込まれていて……」

文絵は顔をあげて秦を見ると、乱れた息の合間に答えた。

「ここです。ここが加奈子の別荘です。ここで、加奈子から章吾さんを紹介されたんです」

秦は腕を組むと、眉間に皺を寄せて椅子の背にもたれた。文絵が指差した加奈子の別荘は、田崎実の殺害現場だった。現場となった別荘は、田崎実が一年ほど前に、貸別荘を管理していた不動産業者から借りたものだ。加奈子という女のものではない。加奈子は文絵に、嘘をついていたということになる。

秦は加奈子について、質問を続けた。

「杉浦加奈子は、この別荘は自分のものだ、と言っていたんですね」

「はい」

「あなたはこの別荘で、杉浦加奈子と田崎実と会っていた」

田崎実、という名前のところで文絵は、違う、と言いたげに秦を見た。が、すぐに目を逸らして、そうです、とつぶやいた。

「杉浦加奈子と田崎実は、どのような関係だったんですか」

少し言い淀んでから、文絵は答えた。

「仕事のパートナーだったと思います」

「思う、というと」

含みのある言い方が気になった。

文絵は言葉を探るように目を泳がせていたが、やがて小さく息を吐いた。

「仕事のパートナーに間違いないけれど、それ以上の関係だったかもしれません」

「男と女の間柄だった、ということですか」

文絵は唇を窄《すぼ》めた。

「そう、です」

どこか悔しそうな声音だった。もしかしたら、文絵は被害者に惚れていたのかもしれない。

そうなると、痴情のもつれ、という線も浮かんでくる。

いずれにせよ、被害者に女がいたというのは重要な情報だ。すぐに重要参考人として、杉浦加奈子を引っ張らなくてはいけない。

秦は杉浦加奈子の連絡先を訊ねた。

文絵は固定電話の番号を口にした。手元のメモに手早く書きとめる。紙の上に書いた番号を改めて眺めた秦は、眉間に皺を寄せた。この固定電話の番号は、どこかで見たことがある。

少し考えてから、秦ははっとした。そうだ、これは殺害現場となった別荘の固定電話の番号だ。

　秦は後ろを振り返ると、パソコンに事情聴取の内容を打ち込んでいる菜月に、別荘の固定電話と文絵が口にした杉浦加奈子の連絡先の照合を求めた。菜月は手元に置いていた事件記録を手早く捲ると、あるページで手を止めて秦に向かって肯いた。

「同じ番号です」

　文絵が述べた杉浦加奈子の連絡先は、貸別荘の固定電話だった。現在、事件現場となった貸別荘は、封鎖されたまま、空き家になっている。

「他に連絡がつく方法は？　例えば杉浦加奈子が所有している携帯とか、都内にあるという自宅マンションの固定電話とか」

　文絵は戸惑いながら首を振った。

「加奈子は携帯を持っていませんでした。連絡をとるときは、章吾さんを介するか、鎌倉の別荘へ電話していました。自宅のマンションの連絡先は聞いていませんし、住所も知りません」

　いまの時代、携帯は一人一台、なかには複数所有している者がいるくらい普及している。加奈子が携帯を所有していないことを不思議に思わなかったのか、と訊ねると文絵は、自分の頭の悪さを指摘された子供のように萎縮した。

「たしかにいまほとんどの人が自分の携帯を持っています。けど、なかには携帯嫌いで、あえて持たない人もいるって聞いたことがあります。加奈子もそうなのかなって……」

文絵はそこで一瞬、口を噤んだ。が、すぐに言葉を続ける。

「もし携帯を持ってて、教えてもらえてないんだったら、嫌じゃないですか。だから聞きづらくて。それに、とりあえず連絡はつくので、この前までは別に、不便に思うことはありませんでしたから」

この前までは、ということは、つい最近、不便に思うことがあったということだ。なにがあったのか訊ねると、文絵は唇を真一文字に結び、黙り込んだ。言いたくないことなのだろう。

秦はいったん連絡先に関する質問を中断し、加奈子の身元について訊ねた。

「杉浦加奈子と田崎実は知り合いだった。ということは、杉浦加奈子もその、リュミなんとかっていう化粧品の……」

「リュミエールです」

秦の欠落している記憶を、文絵が補足する。秦は、そうそう、と肯くと質問を続けた。

「杉浦加奈子は、そのリュミエールという化粧品の販売員をしていたんですか」

文絵は、まさか、というように目を見開いた。

「加奈子は販売員じゃありません。リュミエール化粧品の代表取締役です」

秦は眉根を寄せた。

株式会社コンパニエーロの派遣社員だった小笠原美奈と辻好恵は、文絵がリュミエール化粧品の代表者だと言っていた。いったいどういうことだ。

文絵の話によると、加奈子のパトロンのピエールはフランスの高級化粧品ラ・ビジュを製造販売しているアルジャーニ社の筆頭株主で、加奈子はそのピエールからラ・ビジュの日本における独占代理業者の資格を付与されていた。アルジャーニ社はフルールという新しい化粧品ブランドを開発したが、リュミエールはフルールを、日本での販売用に名前を変えたものなのだという。

「加奈子はフルール販売のライセンス契約を、恋人のピエールと個人的に交わしたんです」

秦は頭を掻いた。女性服のブランドもまったくわからない秦が、輸入化粧品の名前など知るはずもない。肩越しに振り返り、菜月に文絵が言っている化粧品ブランドを知っているか訊ねた。菜月は、すみません、と言いながら首を振った。

「ラ・ビジュの名前は知っていますが、リュミエール化粧品の名前は聞いたことがありませんでした。店頭で見かけたこともありませんし、雑誌広告やテレビコマーシャルでも見かけたことはありません」

菜月の答えに文絵は、リュミエール化粧品の販売説明をはじめた。なにかしゃべってないと不安なのだろう。文絵は顧客に向かうかのように、活き活きと言葉を紡ぐ。

リュミエールは会員にならないと買えない化粧品で、広告やテレビコマーシャルなどの宣伝は行っていない。通常の化粧品価格には、宣伝費や販売員の人件費などが含まれている。その中間マージンをなくし、なるべく価格を抑えているのだという。

会員制の化粧品販売。その言葉に、秦の頭のなかにマルチ商法という文字が浮かんだ。ネットワークビジネスと呼ばれることもあり、ピラミッド式に販売組織を拡大していく商法だ。会員になった者が新しい会員を勧誘し、自分の子会員にすると、組織から紹介料が貰えたり、子会員が購入した商品金額の何パーセントかが手元に入る、という仕組みだ。

秦の顔色から、なにを考えているか察したのだろう。文絵はリュミエールの販売方法を力強く擁護した。

「リュミエールはマルチ商法ではないんです。リュミエールの売り上げは、会員には入りません。すべて会社の収入になるんです。実際、私も加奈子から——」

そこまで言って、文絵は言い換えた。

「株式会社コンパニエーロから、報酬を貰っていました。会員の売り上げの一部を貰っていたわけじゃありません」

「月にどのくらい貰っていたんですか」

文絵は言い淀んだ。が、ぽつりと答える。

「だいたい、五十万円ほど……」

一介の主婦が、パートやアルバイトで稼げる金額ではない。

「受け取り方は口座振り込みですか」

文絵は首を振り、手渡しだった、と言った。

「毎月、月末に加奈子の別荘へ行ったときに、現金で受け取っていました」

秦は心の中で舌打ちをした。

口座振り込みだったならば、どこの銀行窓口、もしくはＡＴＭから振り込まれたか調べて、振り込んだ人間のカード情報や防犯カメラのデータから、加奈子の情報を入手できたかもしれない。が、手渡しとなると、情報入手は無理だ。

秦はもたれていた椅子の背から身を起こすと、文絵の目を覗き込んだ。

「そのコンパニエーロだが、詐欺の被害届が出されていることは知っていますか」

文絵はうつむき加減に頭を下げると、口をきつく閉じた。言葉にはしないが怯えた表情は、知っている、と言っているようなものだ。

秦は言葉を続けた。

「殺された田崎は、〝九月に入ったら株式会社コンパニエーロは株式上場する。その前に未公開株を買わないか〟と会員に持ちかけた。儲け話に目がくらんだ会員は、未公開株を購入した。が、九月に入ってもいっこうに株式上場する気配はない。数人の会員は、もしかしたら騙されたのかもしれない、と都内の消費者生活センターに相談してきたんです。その件に関して、なにか知りませんか」

文絵は黙り込んだままだ。うつむいて肩を震わせている。

田崎が殺された理由は、仕事上のトラブルの線が濃厚だ。痴情のもつれ、という線もあるが、いずれにせよ、文絵、もしくは加奈子が、クロである可能性は高い。

秦は声に力を込めて再度、文絵に訊ねた。

「コンパニエーロが会員とトラブっていたことは、知りませんでしたか」

文絵はびくりとして顔をあげると、激しく首を振った。

「私、なにも知りません。会員から携帯に電話がかかってきて、そんなことを言われたけれど、私、本当になにもわからないんです。すぐに章吾さんや加奈子に連絡をとったけれど、全然電話が繋がらなくて、どうしたんだろうって思って加奈子の別荘やコンパニエーロの事務所にも行ってみたけど、加奈子はいないし、事務所はもう引き払われていて、章吾さんの行方もわからなくて……。私、怖くて、どうしていいかわからなくて……。そんなときに、刑事さんがやってきて……」

文絵は声を詰まらせると、再びうつむき、嗚咽を漏らしはじめた。

「杉浦加奈子と田崎実、ふたりと最後に連絡をとったのはいつですか」

文絵は声を詰まらせながら答えた。

「九月のはじめに……。加奈子から、しばらくフランスへ行くって連絡があったのが、最後です。章吾さんとも、そのときから、連絡が、とれなくなりました」

文絵の話によると、加奈子はリュミエールの日本での販売契約の更新とバカンスを兼ねて、フランスへ行くと言ったらしい。一緒の渡仏ではないが、契約更新に立ち会うため、章吾もあとからフランスへ渡る、と加奈子は言っていたという。

「だが、フランスへ行っているはずの田崎は、鎌倉の別荘で殺されていた」

秦がひとり言のようにそうつぶやくと、文絵は声をあげて泣き出した。

菜月が駆け寄り、気を静めようと背中を擦《さす》るが、文絵の慟哭《どうこく》はやまない。身体全体を震わせて、わからない、知らない、と叫びながら号泣する。

秦は、文絵が精神科を受診していることを思い出した。これ以上昂奮させて、また倒れられでもしたら困る。今日は一度切り上げて、明日、改めて事情聴取を行ったほうがいい。

秦は今日の事情聴取はここまでにし、明日改めて話を聞くことにした。

今日の事情聴取はここまでにする、と伝えると、文絵は少し安心したのか、しゃくりあげながらほっとしたように息を漏らした。

菜月が取調室に置いてあるティッシュの箱を差し出すと、文絵は数枚ぬきとり鼻にあてた。

「ああ、そうそう」

菜月に付き添われて部屋を出ようとする文絵を、秦は呼びとめた。

「杉浦加奈子の顔がわかるものをお持ちですか。写真、携帯で撮った画像、なんでもいいんだが」

文絵はドアの前で立ち止まると、ゆっくりと秦を振り返り、赤い目で秦を見た。

「いいえ、持っていません。加奈子は写真を撮るどころか、人前に出るのをひどく嫌がっていましたから」

「なぜ」

秦が訊ねると、文絵は片手を右目の中央からこめかみにかけて当てた。

「加奈子はここに、ひどい痣とひきつれがあったんです。昔、薬品をかけられた痕だって言っていました。その顔を見られたくなくて、外に出るときはもちろん、家の中にいるときもサングラスをかけていました」

サングラス――

秦の頭に、別荘に出入りしていたサングラスの女の存在が浮かぶ。事件の裏に見え隠れしている女、それが杉浦加奈子なのだろうか。

――杉浦加奈子と名乗る人物を、早急に探し出さなければいけない。

秦は菜月に向かって片手をあげた。もう文絵を連れていっていい、という合図だ。菜月は肯くと、文絵を連れて取調室を出ていった。

鎌倉警察署を出た文絵は、事情聴取に立ち会っていた女性刑事が運転する車で、警察署から車で五分ほどのところにあるビジネスホテルに連れていかれた。

女性刑事はフロントで、予約をしていた中川です、と言った。中川というのが女性刑事の名前らしい。

中川がチェックインの手続きをしているあいだ、文絵はロビーの椅子に座っていた。なにげなくあたりを見ると、壁にかかっている時計が目に入った。午後十時半。三時間半ものあいだ、事情聴取を受けていたことになる。

中川はフロントで部屋の鍵を受け取ると、文絵を連れてエレベーターに乗った。

部屋は五階の五〇二号室だった。中は狭く、シングルサイズのベッドがひとつと、小ぶりなソファがあるだけだ。

中川は部屋に入ると、文絵を窓際にある椅子に座らせて訊ねた。

「コンビニでなにか食べ物を買ってきます。食べたいものはありますか」

文絵は、なにもいらない、と答えた。食欲がない、とにかく横になりたい、と言った。

中川は心配そうに文絵を見つめていたが、わかりました、と言うと一枚のメモを文絵に手渡した。

「私の携帯の番号です。夜中でも繋がりますから、なにかあったら連絡ください」

中川は、明日の九時に迎えに来ます、と言い残し帰っていった。

文絵は椅子から立ち上がると、ベッドに横たわった。

緊張が解けたのか、身体が一気にだるくなる。続いて、ガラスを引っ掻くような耳鳴りがはじまり、目眩がしてきた。

自宅の玄関先で倒れたまま、鎌倉まで連れてこられたから、薬を持ってこられなかった。このままでは、解離を起こしてしまう。

文絵はベッドからゆっくり起き上がると、壁をつたいながら洗面所へ行った。洗面台に置かれているタオルを水で濡らし、顔に当てる。タオルの冷たさに、わずかだが目眩が治まってきた。

——家に電話をしなきゃ。

文絵は洗面所から部屋に戻ると、ベッドに腰かけた。サイドテーブルに置かれている電話に手を伸ばす。が、一度手にした受話器を、文絵はそのまま戻した。

敏行は間違いなく、文絵が警察に連れていかれた理由を訊ねるだろう。夫に隠れて化粧品販売をしていたことは、絶対に言えない。

目眩が治まらない頭で、文絵は必死に言い訳を考えた。秦という刑事は、鎌倉で起きた事件の参考人として文絵から話を聞きたい、とだけ伝えると言っていた。きっと敏行は、ネットでいろいろ調べたはずだ。章吾が殺された事件との関連を、すでに疑っているかもしれない。もしそうなら、被害者の男と自分の妻がどのような関係があるのか考え、悶々《もんもん》としているはずだ。

しかしだからといって、連絡をしないわけにはいかない。もしそんなことをすれば、事態は余計に悪くなる可能性がある。

文絵は大きく息を吐くと、腹を括って受話器をあげた。

敏行には加奈子の存在は伝えてある。章吾は加奈子の友人で、自分は加奈子の別荘で一度だけ会ったことがある。警察は章吾と面識があるすべての人間から、事情を聞いて回っているようだ。自分もその中のひとりで、自分が知っていることを全部話せば家へ帰れる。だから心配しなくていい。そう言おうと決めた。

電話はすぐに繋がった。出たのは敏行だった。文絵からの電話を、気を揉みながら待っていたのだろう。

「もしもし、私」

文絵は努めて明るい声を出した。電話の向こうから、不安と怒りがない交ぜになった声がした。

「いったい、なにがあったんだよ。いま、どこにいるんだ」

文絵は、いま事情聴取を終えて鎌倉署の近くのビジネスホテルにいる、と伝えた。

「子供たちはどうしてる？　もう寝た？」

少しの間のあと、敏行は言いづらそうに答えた。

「ママのお友達が急に具合が悪くなって、ママはお見舞いに行った。お友達が入院している病院が遠くにあるから、今日は帰れない。明日には帰ってくる。そう言っといた」

いままで外泊などしたことがない母親がいきなり家を空けたことに、子供たちはひどく驚いたのだろう。敏行の沈んだ声から、そう察した。

「それより」

敏行は、話を切り替えた。

「なにがどうなってるんだ。家に帰ったらお前はいないし、連絡しようにも携帯は家に置いてあるし。心配していたら、神奈川県警の刑事から、お宅の奥さんから鎌倉で起きた事件に関する話を聞きたい、っていう電話だ。どうしてお前が参考人として、事情聴取なんか受けなきゃいけないんだよ。なんの関係があるんだ。だいたい、その、事件ってなんなんだ」

敏行は怒鳴りあげそうになる声を、懸命に抑えているようだった。

文絵は、あらかじめ用意していた答えを口にした。

「あなた、落ち着いて聞いて。実はある人が殺されて……」

電話の向こうで、息を呑む気配がした。

「殺されたってまさか……あの、貸別荘殺人事件のことか」

文絵は慌てて言葉を挟んだ。

「そう。でも、私には関係ないの。その人とは一度、加奈子の別荘で会ったことがあるだけで。加奈子が関係してるかもしれないと警察は考えているらしくて、それで事情を聞かれてたのよ」

敏行の声がわずかに和らぐ。

「加奈子って、去年、偶然再会した中学の同級生か」

そう、と文絵は答えた。

「鎌倉で殺された男の人が、加奈子の知り合いだったの。それで警察は、加奈子の友人の私のところへやってきたの」

文絵の嘘を、敏行は信じたようだった。自分の妻が直接事件に関係がないと聞き、電話の向こうで敏行は安堵の息を漏らした。

「そうか、よかった。心配したよ」

「ごめんね……」

詫びの言葉に偽りはなかった。敏行に嘘をついている後ろめたさで、胸が苦しかった。

とりあえず安心したのだろう。敏行はいつもと変わらない声で言った。

「じゃあ、明日には帰れるんだな」

文絵は言葉に詰まった。

敏行が思っている以上に、自分は加奈子や章吾と深く関わっている。もしかしたら、事情聴取が明日で終わらない可能性もある。だが、帰れないかもしれない、とは言えなかった。

たぶん、と曖昧に答える。

自信のない答えに、電話の向こうで敏行が笑う気配がした。

「帰れるに決まってるさ。被害者とたった一度しか会ったことのない人間を、何日も拘束するわけないよ」

敏行は、明日警察を出たら連絡をくれ、と言った。

「とりあえず、今日はゆっくり休め。疲れただろう」

文絵をいたわる優しい言葉に、胸が痛くなる。もう一度詫びを言って、文絵は電話を切った。

ベッドに仰向けに横たわり、天井を眺めた。敏行の声が耳に蘇る。

――じゃあ、明日には帰れるんだな。

どうして自分はいま、こんなところにいるんだろう。なぜ、警察の事情聴取なんか受けているのか。

見上げている天井が滲んでくる。

――帰りたい。加奈子に会う前に帰りたい。

目尻から涙が零《こぼ》れた。

文絵は勢いよくうつぶせになると、枕に顔を押しあてて泣いた。

11

取調室の椅子に座る文絵は、たった一晩で五歳以上も老けたように見えた。顔色が悪く、耳から顎にかけて、彫り込まれたかのような翳《かげ》ができている。

菜月の話では、昨夜から食事を摂っていないらしい。やつれている理由は、食べていないだけではないだろう。本人の訴えどおり、文絵が田崎殺害の犯人でないと仮定するならば、突然、我が身に降りかかった厄難に精神が憔悴《しょうすい》しきっているのだ。

机を挟んで文絵の向かいに座っている秦は、今日、三度目になる質問を繰り返した。

「もう一度、確認します。あなたは中学時代の同級生である杉浦加奈子から化粧品販売の話を持ちかけられ、手伝う報酬として月におよそ五十万円を現金で受け取っていた。田崎実とは杉浦加奈子を通じて知り合い、一緒に仕事をしていた。そうですね」

文絵は、はい、とつぶやくと、首を縦に振った。肯くというより、頭の重みでそのまま折れた、という感じだった。

秦の後ろで、パソコンのキーボードを叩く音がリズミカルに響く。同じ文言を何度も打ち込んでいるせいか、記録を取る菜月のキータッチは、いつにも増して機械的だった。

文絵が訴えている内容は、昨夜から変わらなかった。

加奈子とは一年前に、懸賞で当たったディナーショーの会場で約二十年ぶりに再会した。加奈子から化粧品販売の話を持ちかけられ、迷っていたが最終的には手伝うことにした。主な仕事はセミナーで講演を行うことくらいで、経理や商品開発、フランスの化粧品会社との契約などを含む会社経営には、いっさい関与していない。株式上場の話もまったく知らない。自分は加奈子もしくは田崎から指示されるままに動いていただけだ、と繰り返す。

「本当です。どうして章吾さん……」

そこまで言って文絵は言葉に詰まり、目を伏せて唾を飲み込んだ。やっと聞きとれるかどうかの小声で、田崎さん、と言い直して続ける。

「田崎さんが、別荘で殺されたのか、まったくわかりません」

昨夜は秦の口から田崎実の名前が出るたびに、耳慣れない異国語を耳にしたかのように戸惑いの表情を見せていたが、ここにきてようやく、自分が知っている男は田崎実という人間だ、と受け入れたようだった。秦が机に田崎の写真を置き、根気よく「この男の名前は飯田章吾ではない。田崎実だ」と繰り返したからだろう。

文絵の昨夜から今日にかけての供述の変化は、殺害された男の名前を、章吾から田崎に変えたことだけだ。リュミエール化粧品との関わり、加奈子や田崎との関係についての供述は、一貫して変わっていない。

文絵の供述には、これまでのところ表立った矛盾はない。少なくとも、整合性の取れない文脈の供述はない。文絵の動作、表情にも、虚偽の兆候を窺わせる気配はなかった。

肩慣らしのキャッチボールはもう充分できた。そろそろプレーボールの時間だった。秦はいつものように気負わず、ミット目がけて直球を投げ込んだ。

「およそ十日前になりますが、九月二十二日の夜から二十三日の明け方まで、どこにいましたか」

田崎の死亡推定時刻にどこでなにをしていたか。裏の取れる明確なアリバイがあれば、文絵は実行犯の容疑者リストからは、外されることになる。残るのは無実か共犯かの、二択だけだ。

ニュースで耳にしていたのだろう。文絵の疲れた顔に、怯えの色が混じる。

「私を、疑ってるんですか」

秦は取調べの慣例どおりに答えた。

「被害者と関係があった人間、全員に訊ねていることです」

嫌疑を否定しなかったことに納得がいかないのか、文絵は今にも泣きそうな顔で下唇を噛んでいた。が、秦が同じ質問を繰り返すと、諦めたように大きく息を吐いた。

「その日は家にいました」

「ご家族と一緒に？」

昨夜、文絵は家族構成を、夫と二人の子供の四人家族だと言っていた。

文絵は、ふたりの子供と一緒にいた、と答えた。

「ご主人は？」

「法事で家を空けていました」

下を向いて答える。

文絵の話では、九月二十二日は夫の祖母の十七回忌があり、夫の敏行は実家がある名古屋へ泊まりがけで出掛けていたという。

「どうして、一緒に行かなかったんですか」

秦が訊ねると、文絵はばつが悪そうに膝の上の手をもじもじと組み替えた。

「加奈子から、電話が入ることになっていたんです」

加奈子は東京を発つとき、自分はピエールと、日本時間の二十二日に重要な契約を交わす。いまは言えないが、新規事業に関するライセンスの問題で、これからの会社の将来を左右する重大な案件だ。無事に契約が済んだら、パートナーである文絵に、いち早く報告したい。自宅へ電話を入れるから待っていてほしい。そう言い残していた。

「だから家に残り加奈子からの電話を待っていたんです。夫には、体調が優れないと嘘をつきました」

嘘がばれて親に咎《とが》められている子供のように、文絵は椅子の上で縮こまった。

「どうして携帯ではなく、自宅に電話をすると言ったんですか。それまで彼女からの連絡は、携帯にかかってきていたんでしょう」

この問いに文絵は、顔をあげて即答した。海外からだと電波や周波数の関係で携帯に繋がらない可能性がある。携帯にかけても繋がらなかったら自宅へ電話を入れる、念のため待機して て、と加奈子は言ったという。

「だから私、家で待ってたんです。加奈子からの電話をずっと、ずっと待ってたんです」

必死の形相で文絵は訴えた。が、すぐに眉根を寄せ、表情を曇らせると、声を詰まらせた。

「でも、電話はかかってこなかったんです」

文絵は力尽きたように項垂れた。

秦は椅子の背にもたれると、腕を組んだ。アリバイを証明する場合、肉親の証言は参考程度にしかならない。しかも、相手は子供だ。本当だったとしても、それでアリバイが証明されるわけではない。しかし仮に、子供が嘘をつくよう強要されたとしたら、二十年以上、刑事を務めてきた秦には、見抜く自信があった。子供が嘘をついていれば、すぐにわかる。逆に子供が嘘をついている気配がなければ、少なくとも秦の中では、文絵のアリバイは証明されたも同然だ。

――いずれにしても、文絵の子供たちに会ってみる必要がある。

秦が考えていると、後ろから菜月が声をかけた。

「現在、十時です」

言われて腕時計を見る。事情聴取を開始してから一時間が経過している。

「少し、休憩を入れましょうか」

秦は文絵に訊ねた。文絵はすぐさま激しく首を振った。続けてください、と小さいが強い声で言う。嫌なことは早く終わらせて一刻も早く家に帰りたい、というところか。

秦としても、今日の事情聴取はあまり長引かせたくはなかった。昨日、文絵の口から解離性障害を患っていると聞いている。文絵の様子から、精神的に疲労しているのは明らかだった。事情聴取の最中に倒れられでもしたら、事情聴取のやり方に問題があったのではないか、と外野からもベンチからも、責められることになる。新聞を手に苦虫を嚙み潰したようなお偉方の苛立ちが、一課長の口から伝わってきそうだ。

休憩を挟み時間を長く取るか、休憩を入れずに早めに終えるか。

秦が思案していると、取調室のドアがノックされた。入室を促す。部下の井本が入ってきた。井本は、これを、と言いながら一枚の書類を秦に手渡し、速やかに退室した。

井本が持ってきた書類は、文絵の家族構成が記されたものだった。身元が割れてから、千葉県警の所轄に捜査協力を求めていたものだ。

書類を手にした秦は、記載されている内容に目を疑った。文絵に視線を戻し、家族構成を確認する。

「すみません。昨日お訊ねしましたが、もう一度教えてもらえますか。同居しているご家族は何人ですか」

わかりきったことをなぜいまさら聞くのか、という表情で文絵は秦を見た。

「夫とふたりの子供、私の四人です」

秦は弾かれたように椅子から立ち上がると、菜月に向かって言った。

「十分、休憩を取る」

努めて平静を装ったつもりだったが、声が強張っていたのだろう。菜月は敏感に異変を察知したようだ。秦を見て表情を引き締める。

書類を手に部屋を出ると、捜査本部が置かれている会議室へ向かった。部屋に入るなり、声を張り上げる。

「井本！」

会議室の隅でパソコンに向かっていた井本が、形状記憶の針金のように、丸めていた背筋を伸ばした。

「なんでしょうか」

井本は勢いよく椅子から立ち上がると、部屋の入口にいる秦に駆け寄った。秦は書類を井本に向けてかざすと、手で紙面を叩いた。

「これは、間違いなく高村文絵のものなのか」

意外な質問だったのだろう。井本は眼鏡の奥の目を大きく見開いた。

「はい。ついいましがた、高村文絵の自宅がある所轄の松戸南署からファックスで届いたものです」

秦は紙面を自分に向けると、もう一度内容を目で追った。文絵が自己申告した氏名、住所、本籍、電話番号、すべて合っている。となると、この書類は高村文絵本人のものに間違いないことになる。

だが、この家族構成はなんだ。

書類を睨んだまま黙り込んだ秦の顔を、井本が恐る恐る覗き込んだ。

「あの、なにか問題でも……」

秦は書類から顔をあげると、井本を睨んだ。

「夫の敏行に連絡をとり、家族構成を確認しろ。わかったら、すぐに俺に知らせろ」

只ならない気配を感じたのだろう。井本は書類に記載されている敏行の携帯番号をメモ帳に控えると、会議室に引かれている電話へ向かった。

秦は会議室を出ると、取調室へ戻った。文絵と菜月は、休憩を入れる前と同じ姿勢で椅子に座っている。秦は腕時計で十分経過したことを確認すると、事情調取を再開した。

秦は小さく息を吐き、机に肘をついた。ところで、と口を開きながら顔の前で指を組む。

「お子さんはたしか、小学校と幼稚園でしたね」

はい、と文絵は力なく肯く。

「何歳ですか」

「上の美樹は小学二年生で八歳。下の美咲は幼稚園の年中で五歳です」

「一緒に暮らしているんですよね」

文絵は苛立たしそうに肯いた。

「そうです」

「学校や幼稚園にも、自宅から通っているんですね」

文絵は顔を上げて秦を見ると、あからさまに不機嫌な顔をした。

「今回のことと子供が、なんの関係あるんですか」

文絵の目を見据え、ど真ん中に直球を投げ込もうとしたとき、取調室のドアがノックされた。おそらく井本だ。ドアに向かおうとする菜月を手で制し、自分でドアを開ける。やはり井本だった。

部屋を出て後ろ手にドアを閉めると、小声で井本を促す。

「どうだった」

井本は手にしていたメモを、声を抑えて読み上げた。

「高村文絵の家族構成は、所轄から送られてきた内容に間違いありません。文絵は夫の敏行とふたり暮らしです」

秦は眉間に皺を寄せると、手にしていた書類に目を落とした。所轄から送られてきた文絵の家族構成には、敏行と文絵の名前しかなかった。

秦は唸るように言った。

「いったいどうなってるんだ。高村文絵は子供がふたりいると言っている」

井本の表情が強張った。

「高村文絵は、いる、と言っているんですか……」

秦は取調室のドアを見やった。

「上の子は美樹、下の子は美咲。小学二年生と幼稚園だ。ふたりとも自宅から学校や園に通っているらしい。俺も昨日、病院から文絵が子供に電話をしている姿を見ている。文絵が嘘を言っているとは思えないが、書類では夫婦ふたり暮らしになっている」

井本は緊張した面持ちで唾を飲み込んだ。井本の様子がおかしいことに気づいた秦は、井本を睨んだ。

「なんだ。なにか知ってるのか」

井本は小さく肯くと、声を潜めた。

「高村夫妻の子供ですが、ふたりとも三年前に死んでいます」


取調室の椅子に座る敏行は、部屋に入ってからずっと、深く頭を垂れ、机の上に視線を落としている。項垂れる姿は、自分の妻が捜査を混乱させていることを詫びているように見える。

ふたりの子供が死んでいる、と聞いた秦は井本に、もう一度敏行に連絡するよう指示した。

井本から妻の言動を知らされた敏行は、会社を早退して鎌倉署に駆け付けた。

敏行が鎌倉署へ到着すると、秦は菜月に別室で文絵を見守るよう言い渡し、夫を取調室に通した。

敏行からひととおり話を聞いた秦は、では、と言いながら椅子の背にもたれて腕を組んだ。

「奥さんは、三年前に死んだ子供さんがまだ生きている、と思い込んでいるということですね」

敏行は辛そうに顔を歪めると、はい、と小さく答えた。

文絵のふたりの子供は、三年前に事故で死んでいた。

三年前の八月、敏行たちは千葉の房総へ海水浴に行った。その帰り、高速道路を走行中に車のラジエータから冷却水が漏れ出した。敏行は車を非常駐車帯に停めて、施設の管理会社に連絡するため車から二百メートルほど離れた非常用電話に向かった。文絵は車の後方に三角表示板を置くために車から降りた。

悲劇はその直後に起きた。

冷凍食品を積んだ大型トラックが、非常駐車していた敏行の車に突っ込んできたのだ。車は大破。遊び疲れて車の後部座席で眠っていた、当時、五歳と八歳だったふたりの子供が犠牲になった。警察の取調べでトラックの運転手は、疲れから居眠りをしてしまった、と供述した。

海水浴の帰り、緊急停車車両への追突事故、幼い子供がふたり死亡——みっつのキーワードに、秦の頭の中に沈んでいた古い記憶が蘇った。

たしかに三年ほど前、館山自動車道で子供ふたりが亡くなる追突事故があった。両親だけ生き残り幼い子供だけが犠牲になった悲劇的な事故をマスコミは大々的に取り上げ、長距離ドライバーに過酷な労働を強いる運送会社の在り方を糾弾した。

あの事故で亡くなった子供の両親が、文絵と敏行だったのか。

敏行は大きく深呼吸をすると、瞼を閉じて目頭を押さえた。

「あの事故からしばらくは、文絵も私もなにも手につきませんでした。朝も昼も夜も、寝ているときですら、娘たちのことが頭から離れなかった。娘たちの命を奪った運転手を恨み、運転手に長時間勤務を強いた運送会社を憎み、同じ年頃の子供の手を引いている親たちを羨みました。その辛さは文絵も私も同じだったと思います。ただ、私は愛娘ふたりを失った精神的な苦痛と向き合い、時間をかけてなんとか乗り越えてきたけれど、文絵には無理でした」

敏行は目頭から手を外すと、赤い眼《まなこ》を秦に向けた。

「人間には防衛本能があることを、刑事さんはご存じですか」

敏行は言葉を続ける。

「文絵は昔から、精神的に脆《もろ》い部分がありました。エキセントリックで、些細なことでヒステリックに怒ったり、かと思うと激しく泣き出したり。仕事で疲れているときなど、うんざりすることもあったけれど、世の中、非の打ちどころがない人間なんていないでしょう。私だって欠点はある。多少、精神的に不安定なところがあっても、家を守り、子供を可愛がる文絵に私は満足していました。私の思いは文絵にも伝わっていたらしく、自分の感情をコントロールするよう日頃から努力はしていました。でも、あの事故に関してだけは無理でした」

敏行の話によると、事故のあと、文絵は二カ月ほど廃人のように過ごしていたという。食事も最低限しか摂らず、起きていてもリビングのソファか寝室のベッドに横たわり、ひと言もしゃべらず遠くを見ていた。

体重もかなり落ち、このままでは衰弱して病気になってしまうのではないか、と心配になってきた頃、文絵の様子が変わってきた。

会社から帰ると、めずらしく文絵が玄関に出迎えた。わずかに口元に笑みが浮かんでいる。久しぶりに見る文絵の笑顔に、敏行の顔は自然にほころんだ。が、リビングに入ったとたん硬直した。

リビングの床には、子供用の真新しい洋服が散乱していた。死んだ美樹や美咲に、ちょうど合うくらいの大きさのものだ。

この服はどうしたのか、と訊ねると文絵は、そろそろ涼しくなるから新しい服を買ってあげようと思って、と微笑んだ。妻の奇異な行動に、敏行は嫌な感じを覚えたが、その日は洋服のことには触れず、なにごともなかったかのように過ごした。

だが、文絵のおかしな行動は翌日も続いた。

朝、敏行が目を覚ますと、隣のベッドに寝ているはずの文絵の姿がない。キッチンに人の気配を感じて行ってみると、文絵が朝食の準備をしていた。子供を失ってから、文絵がキッチンに立つ姿を見たことがなかった。敏行は嬉しくなった。子供を亡くしたショックから、少しは立ち直ってきたのだろうか。流しでフライパンを洗っていた文絵は、敏行に気がつくと笑顔で振り返った。

文絵の笑顔を見た瞬間、敏行は凍りついた。それはまるで、能面を張り付けたような笑顔だった。機械的に口角をあげ、頬を弛緩させている。文絵の笑顔には、感情というものがなかった。敏行は恐る恐る、ダイニングテーブルの上を見た。

テーブルの上には、子供用の食器皿が並び、四人分の朝食が用意されていた。

病院に連れていかなければ——敏行は咄嗟に思った。しかしそれまでも、カウンセリングの話を持ち出すと、文絵は頑強に抵抗した。私はおかしくなんかない、そんな目で私を見ないで、と冷徹な口調で敏行を睨みつけた。瞳には、冷たい怒りの炎が宿っていた。まかり間違えば、文絵の内に燻《くすぶ》る狂気の導火線に火をつけてしまう気がして、敏行は躊躇した。

——もう少し、時機を見よう。以前にもおかしな言動を見せたが、しばらく経つと落ち着いたじゃないか。

自己欺瞞《ぎまん》にすぎないことはわかっていた。それでも、このまま文絵の心が平常に戻る可能性を、信じたい気持ちは捨てきれなかった。

しかし文絵の行動は、日を追うごとにエスカレートしていった。当初は、家の中で子供が生きているかのように振る舞っていただけだった。が、ひと月が過ぎる頃には、外でも奇怪な行動を見せるようになった。上の子が通っていた小学校に行き、子供が通っていたクラスの授業参観に参加したり、下の子が利用していた幼稚園バスが回ってくる時間になると、バスの乗降場所に通う。何度も、止めるように諭したが、文絵は言うことを聞かなかった。なぜ子供の授業参観に行ったり、幼稚園バスを迎えに行ってはいけないのか、と逆上する。

小学校や幼稚園からは、児童の混乱を招く、との相談が入った。かつてPTA仲間だった保護者からは、子供が怯えて困る、との苦情の電話が入った。文絵がおかしくなってからふた月後、敏行は文絵を騙すようにして、強引に精神科へ連れていった。

「診察した松戸市内にある坂井メンタルクリニックの先生からは、極度の精神的ストレスによる、解離性同一性障害と診断されました。非常に稀な疾患だそうです。一過性のものか長期治療が必要なものかはわからない。しばらく薬を服用して治療を進めていく、と言われました。その病院には、いまも定期的に通っています」

話が途切れると、秦は訊ねた。

「奥さんは自分の病気を、解離性障害と言っていましたが」

敏行は少し間を置いてから答えた。

「先生のお話では、精神を患う病は外科や内科と違って、病名を断定するのは難しいんだそうです。症状がひとつの場合もあるし、重複している場合もある。文絵の場合は後者で、妄想障害に加えて、たまに解離も起こします。だから、文絵が言っていることは間違いではありません。でも、それだけではないんです」

そこまで話すと敏行は、力尽きたように首を深く折った。

「妻には、お前が見ている子供たちは幻覚だ、子供たちはもういないんだ、と何度も言い聞かせました。ですが、妻は認めません。逆に、あなたは子供たちが可愛くないの、と泣き叫びながら食ってかかる。自分の病気を認めないうえに薬を飲むのも嫌がるので、先生と相談し、本人には解離性離人症とだけ告げて通院させています」

敏行が口を閉ざすと、部屋の中に沈黙が広がった。秦は質問を変えた。

「九月二十二日に法事があったそうですね」

伏せていた顔をあげると、敏行は意外そうな顔で秦を見た。

「ええ、私の祖母の十七回忌がありましたが……」

「奥さんから伺いました。で、その日、あなたは名古屋に泊まった」

なぜ法事の話が出るのかわからないのだろう。怪訝な表情で敏行は秦の質問に答える。

「はい、法事は午後からで、そのあと会食もありましたし、日帰りはきつかったので」

「ひとりで出掛けた理由は」

「妻は体調が優れないと言っていましたし、私もあんな状態の妻を、親戚の前に出したくなかったんです」

秦は心の中で肯いた。ベッドに寝たままの妻の顔が脳裏に浮かぶ。

それに、と敏行は溜め息をついた。

「参列者の誰かが事故に触れでもして、妻を刺激したら大変ですから、私ひとりで行きました」

「夜、奥さんに連絡は取りましたか」

敏行はあからさまに不快な顔をした。

「どうしてそこまで、二十二日の行動にこだわるんですか」

敏行は椅子に浅く座り直すと、秦に詰め寄った。

「先月の二十二日って、鎌倉の貸別荘で男が殺された日ですよね。文絵が警察の事情聴取を受けると聞いてから、ネットニュースで調べたんです。もしかして、文絵を犯人だと疑っているんですか。だとしたらそれは違います。文絵からも聞いていると思いますが、殺された男は文絵の同級生の知り合いで、文絵は一度しか会ったことがありません。そんな男をどうして文絵が殺すんですか」

敏行は、自分の妻が隠れて化粧品販売をしていたことも、毎月五十万の報酬を受け取っていたことも、殺された男が妻の仕事上のパートナーだったことも知らない。なにも知らず妻を擁護する敏行が憐れに思えてくる。

　捜査に必要な確認です、とだけ秦は答え、同じ質問を繰り返した。

　自分の訴えに耳を貸さない秦に不満を抱いているのだろう。敏行は口をきつく結び、不服そうな顔をした。が、諦めたように息を吐くと、秦の問いに答えた。

「文絵に連絡はしませんでした。文絵は日頃から不眠を患っています。なにかあれば、妻から連絡があるだろうし、私も特に用事はありませんでした。せっかく寝付いたところを起こしてしまっては可哀想だと思ったんです」

「自宅に帰ったのは、翌日の何時頃ですか」

「一時頃です。昼食を食べずに待っていた文絵と一緒に、近くの蕎麦屋に行きました」

「ということは、二十二日の夜から二十三日の昼まで奥さんはひとりでいた、ということですね」

　敏行は心外そうに、頬を膨らませた。言葉を喉から押し出すように言う。

「そうです」

　秦は心の中で唸り声をあげた。

　文絵は田崎の死亡推定時刻である二十二日の夜は、子供たちと一緒に自宅にいた、と供述した。しかしそれは事実ではなかった。子供たちは文絵の妄想上の産物であり、夫は不在だった。文絵にはアリバイがない。再び、文絵が田崎殺害の実行犯である可能性が浮上した。

腕を組み考え込んでいる秦に、敏行が声をかけた。

「あとどのくらい時間がかかるんでしょう。妻も疲れきっているようですし、早く家に連れて帰りたいんですが」

敏行と廊下で顔を合わせた文絵の姿が浮かぶ。青白い顔をさらに白くさせ、目に涙を浮かべていた。涙の意味が、夫が迎えに来たという安堵によるものか、夫に秘密で化粧品販売を行っていた呵責の念によるものかはわからない。だが、立っているのもやっとという様子から、文絵の脆い心はこれ以上の事情聴取に耐えられそうにない、と秦は思った。

椅子から立ち上がった。敏行に軽く頭を下げて言う。

「お疲れさまでした。今日はお引き取りくださって結構です。またなにかありましたら、ご協力願います」

また、というところで、敏行は苦い顔をした。事情聴取など二度とご免だ、という表情だった。


岐阜駅の長良口改札を出ると、秦は腕時計を見た。午前九時二十分。予定どおりだ。

菜月とともに、右手にある駐車場へ向かう。

駐車場が見えてきたところで、向こうから若い男が駆け寄ってきた。グレーのスーツに紺色のネクタイ。聞いていたとおりの服装だ。

男はふたりの前で立ち止まると、交互に顔を見た。

「秦さんと中川さん、ですね」

階級をつけて呼ばない理由は、万が一、人違いだったら困るからだろう。秦は肯くと、改めて名乗った。

「神奈川県警捜査一課の秦です。隣は鎌倉署強行犯係の中川巡査です」

男は姿勢を正した。

「岐阜県警交通課の堀田《ほった》です。遠いところお疲れさまです。今日は自分が運転手を務めます」

昨日、秦は行動確認付きで文絵を自宅に帰したあと、岐阜への出張届を寺崎一課長に提出した。文絵が口にする、杉浦加奈子という人物を探すためだ。秦から事情聴取の報告を受けた寺崎は、秦と菜月の岐阜行きを許可し、岐阜県警に捜査協力を要請した。

堀田はふたりを駐車場に停めていた白いセダンに乗せると、車のエンジンをかけた。駅前通りを直進し、国道へ入る、車が走行車線の波に乗ると、堀田はバックミラー越しに秦を見た。

「向かう先は小代市でよろしかったですね。課長から市立第三中学校と聞いています」

運転席側の真後ろに座っていた秦は、少し身体を前に倒しシートの間から顔を出した。

「そうです。小代市まで電車で行ってもよかったんですが、岐阜駅まで来てもらってすみません」

堀田は、いいえ、と畏《かしこ》まって言った。

「岐阜市から小代市までは、車でも電車でも時間はそう変わりません。四十分くらいです。乗り継ぎが悪ければ、電車のほうが時間のかかる場合もあります。都会なら別ですが、地方では電車より車のほうが便利なんです」

しばらく長良川沿いに走り、小高い山の合間を抜けると小代市に着いた。朝のラッシュ時を過ぎていたからか、三十分とかからなかった。

山に抱かれた人口七万人ほどの市内は、高い建物はほとんどなく、黒い瓦屋根の民家が目についた。このあたりは岐阜市のベッドタウンらしい。

国道から脇道に逸れてしばらく走ると、住宅街の一角に、樹木で覆われた広い敷地があらわれた。敷地の中に、横長に大きい四階建ての建物が見える。あれが第三中学校です、と堀田は建物を指差した。

正門の脇にある駐車場に停めて、秦と菜月は車を降りた。堀田は車で待機しているという。

来客用の入口は、正面昇降口のすぐ横にあった。昇降口も来客用の入口も、扉は固く閉ざされ施錠されている。防犯対策がなされているようだ。

来客用の入口の横にあるインターホンを押すと、女性の声が応対した。身元を訊ねられ、神奈川県警の者です、と名乗ると、インターホンの向こうで息を呑む気配がした。

インターホンが切れてほどなくすると、入口のドアが開き、眼鏡をかけた中年の女性があらわれた。白衣を着ているところを見ると、保健医のようだ。女性は驚きと動揺が入り混じった目で、秦と菜月を交互に見た。

秦は背広の内ポケットから警察手帳を出し、職制を明らかにすると、事件のことは濁して来校の目的を伝えた。

「鎌倉でちょっとした事件がありまして、この中学校の卒業生の連絡先を教えてもらいたいんです。今は地元を離れて東京近郊に住んでいるようですが、連絡先がわからないため女性の実家を訪ねてきました」

女性は、少しお待ちください、と答えると、スリッパの音をさせながら長く続くリノリウムの廊下を奥へ向かって走っていった。

学校という場所は、どこも同じ匂いがする。廊下のニスと消毒液、そして若い体臭が混じり合った匂いだ。

辺りを眺めていると、応対に出た女性が足早に戻ってきた。秦と菜月の前に来客用のスリッパを置き、こちらにどうぞ、と中へ案内する。

女性のあとについて、額に入った賞状やトロフィーを横目に廊下を進んでいく。突き当たりにある部屋の前に来た。来客用の応接室だ。

ふたりを中へ通すと女性は、ここでお待ちください、と言い残し退室した。

窓の側に立ち、校庭でサッカーをしている生徒たちを眺めていると、応接室のドアが開いて男が入ってきた。紺色のスーツを身につけ、銀縁の眼鏡をかけている。短い髪には白いものが混じり、刻まれた顔の皺から、歳の頃は六十近いと思われた。

「第三中学の校長、古賀《こが》源一郎《げんいちろう》です」

古賀はふたりに名刺を差し出した。名刺の交換が終わると、まあどうぞ、とソファに腰掛けるよう秦と菜月に促す。

腰を下ろすと同時に、事務員と思しき女性が三人分の茶を運んできた。女性が退室するのを待って、秦は用件を切り出した。話を聞いた古賀は、神妙な面持ちで訊ねた。

「その女性がなにか」

詳細は語らず、ある事件の参考人として調べを進めている、とだけ秦は答えた。

「捜査にご協力をお願いします」

菜月ともども、頭を下げる。

古賀はまだなにか聞きたそうな表情をしていたが、秦の強く言い切る口調に、これ以上聞いても答えてはもらえないと察したのだろう。諦めたように息を吐く。

「その方のお名前は?」

菜月がバッグから一枚のメモを取り出した。

「この人です」

菜月からメモを受け取った古賀は、記されている内容を口に出して読んだ。

「杉浦加奈子、昭和五十年生まれ……ということは」

古賀はそろばんを弾く仕草をしながら、平成二年度の卒業生ですね、とつぶやいた。椅子から立ち上がり、部屋の隅に置いてあるコーナーテーブルに向かう。テーブルの上の電話に手を伸ばすと、受話器を持ち上げ内線電話をかけた。電話に出た相手に、応接室に来るよう指示する。

電話を切った古賀がソファに座ると、ドアがノックされ、さきほど茶を運んできた女性が入ってきた。

古賀は女性に菜月から受け取ったメモを渡し、書庫にある卒業生名簿からこの女性の記録を探し出してほしい、と頼んだ。

「見つけたらその部分をコピーして持ってきてくれ。なるべく急いで頼む」

女性は、メモを受け取ると足早に部屋を出ていった。

女性が戻ってきたのは、部屋を出ていってから十五分が過ぎた頃だった。その間、秦は岐阜の名所や名物の話を古賀に振り、当たり障りのない会話を繋いだ。

女性は手にしていたコピー用紙を、古賀に差し出した。

「ほかに同じ名前の人はいませんでしたから、この人に間違いないと思います」

古賀が礼を言うと、女性は退室した。

コピーにざっと目を通した古賀は、秦に用紙を渡した。

「この人物が、お探しの女性だと思います」

秦は受け取った紙に目を落とした。そこには、杉浦加奈子の卒業アルバムの写真と、個人情報が切り貼りでコピーされていた。平成二年度第四十八期卒業生。生年月日、昭和五十年八月三日。性別、女性。本籍、岐阜県小代市寺の内町字桟五十一の六。現住所、同上。そのあとに、自宅と思われる電話番号が載っている。

「お役に立てましたか」

古賀が硬い表情で言う。警察が資料を求める人物は、被害者か被疑者のどちらかだ、と推察しているのだろう。

「ええ、おかげさまで」

秦はコピー用紙をクリアファイルに挟んでカバンにしまうと、古賀に礼を述べて応接室を辞去した。

学校を出て正門脇の駐車場に停めてある車に乗り込むと、クリアファイルを取り出し、待っていた堀田に見せた。

「この住所へ行ってもらえますか」

首尾よく情報を入手できて堀田は幸先の良さを感じたのか、明朗な口調で言った。

「承知しました」

ナビに住所を打ち込むと、慎重に車を発進させる。

加奈子の実家がある寺の内町は、市内の中心部から車で二十分ほどのところにある町だった。その名のとおり、町のいたるところに寺や神社が見受けられ、細い道が入り組んでいる。古い町並みを守り通した結果、一方通行や行き止まりの道路があちこちにできてしまった、そんな感じだった。

杉浦加奈子の自宅は、緩やかな坂の途中にあった。隣は寺で、境内に植えられている銀杏《いちょう》の木が、家の敷地にせり出していた。一階の黒い瓦屋根が、銀杏の落ち葉でところどころ黄色く染まっている。

堀田は目的の家から百メートルほど先の路肩に車を停めた。聞き込み先から離れた場所に車を停めるのは、警察捜査の常道だ。秦と菜月は車を降りて、杉浦加奈子の自宅へ向かった。

自宅の近くまでやってきた秦は、表の様子に眉を顰めた。玄関周りの路上が、銀杏の落ち葉で埋め尽くされている。しばらく掃除をした様子がない。

秦は落ち葉を踏みながら、格子の引き戸の前に立った。門柱に「杉浦」と彫られた木製の表札がかかっている。秦は表札の下にあるチャイムを押した。返事はない。もう一度押すが、やはり人が出てくる気配はない。

秦は数歩下がり、門の上に見えている二階を見上げた。ふたつある窓はどちらもカーテンが引かれている。

「留守でしょうか」

秦と同じように二階を見上げながら、菜月が隣でつぶやいた。そのとき、寺の門からひとりの女性が出てきた。グレーのスカートに白いニットを身につけている。格好だけ見れば三十代に見えなくもないが、目尻の皺や髪に混じる白いものから、実際の年齢はもうひと回り上のように思える。女性は犬を連れていた。尻尾がきれいに丸まった柴犬だ。寺の関係者か、近所の住民のようだ。

女性は門を出ると、秦たちがいる坂の下のほうではなく、坂の上に向かって歩き出した。秦は女性に駆け寄った。菜月があとに続く。

「すみません、ちょっといいですか」

呼びとめられた女性は、立ち止まると後ろを振り返った。丸い顔に目鼻のパーツがこぢんまりとまとまっている。目尻が下がり、見るからに人の好さそうな顔立ちだ。

秦は背広の内ポケットから手早く警察手帳を出すと、女性に見えるようにかざした。警察手帳を見た人間の反応は、大きくふたつに分かれる。怯えるか、興味を示すかだ。女性の反応は後者だった。女性は身を乗り出すように、秦の警察徽章をまじまじと見た。

「神奈川県警察？」

秦は頭を掻き、笑顔を見せた。

「鎌倉でちょっとした事件がありまして、被害の補充捜査で聞き込みをしているんです」

「まあ、なんの事件かしら」

好奇心を隠しきれない口調で女性が聞く。

「それはちょっと」

秦は笑顔のまま答えを濁し、質問を切り返した。

「ご近所の方ですか」

女性は、そうです、と答えた。名前は倉田《くらた》ひろみ。坂を登りきった突き当たりにある家に、自分の母親と夫の三人で住んでいるという。

「母から事付けを頼まれて、光縁寺さんへ行ってきたところです」

おしゃべりが大好き、といった口調だった。願ってもない聞き込み相手だ。犬も主人と同じような人懐こい目で、吠えるでもなく初対面の秦と菜月に尻尾を振っている。

秦は杉浦の家を見ながら訊ねた。

「そこのお宅は、杉浦さんでよろしいんですよね」

「ええ、杉浦さんのお宅でした」

過去形だ。秦は内心で舌打ちをくれた。ここに住んでいた杉浦夫妻は、三年前に自宅を手放し引っ越した。いまは空き家になっている、と倉田は言った。

秦は改めて家を眺めた。黒い瓦屋根は艶があり、壁にも目立った傷みはない。なぜ手放したのか――。

秦は倉田に視線を戻した。

「ここに杉浦加奈子さんという女性が住んでいたはずですが、いまどちらに」

倉田は口に手を当てて、眉根を寄せた。快活だった表情が、見る見る曇る。

「ご存じ、ないんですね」

そのひと言で、秦のアンテナがびりびり震えた。重大な情報を前にした予兆だった。

「というと」

興奮を抑え、続きを促す。

「加奈子ちゃんは、五年前に亡くなりました」

隣でなにかが地面に落ちる音がした。見ると、菜月が地面に落とした手帳を拾っていた。

「大丈夫ですか」

倉田が菜月を気遣う。菜月は急いで立ち上がると、すみません、と頭を下げた。倉田の気遣いに対してか、それとも、話を中断させてしまったことに対する秦への詫びのつもりか。

もし自分へ詫びているのなら必要ない、と秦は思った。自分だって、いま煙草を咥《くわ》えていればロから落としたかもしれない。衝撃を受けて当然だ。

菜月が手帳を手にメモの準備を整えると、秦は倉田に向き直り、改めて確認した。

「こちらに住んでいた杉浦加奈子さんは、五年前に亡くなったんですか」

倉田は顔の前で、両手を握り締めながら肯いた。

秦が詳しい事情を訊ねると、倉田は杉浦加奈子の両親がこの地を去るまでの経緯を語りはじめた。

加奈子の家族は、いまから二十数年前にこの場所へ引っ越してきた。いま建っている家はその後に建て替えたもので、当時は売りに出ていた中古物件だった。その家を、加奈子の父親が購入し、家族で暮らしはじめた。

加奈子の父親は銀行員で、名前は勝利《かつとし》。当時すでに五十代半ばだった。加奈子は遅くに授かったひとり娘だ。勝利は加奈子を溺愛していた。定年を間近に控えた勝利は終《つい》の栖《すみか》として、静かで落ち着いたこの場所を選んだ。

加奈子の母親の尚美《なおみ》は勝利とひと回り年が離れていて、典型的な夫唱婦随の良妻だったという。

「いつもにこにこして、感じのいい奥さんでした」

懐かしむような口調で、倉田は言う。

「娘の加奈子さんは、ここの学区の第三中学校に通っていたんですよね」

秦の問いに倉田は、はい、と答えた。

「間違いありませんか」

秦が念を押すと倉田は答えた。自分も第三中学校の卒業生だ。加奈子は自分が通っていたときと同じ制服で通学していた。第一、この田舎で私立の中学に通う生徒はいない。

秦は後ろの菜月に、先ほど中学校から入手した加奈子の顔写真を出すように言った。菜月が加奈子の顔写真が載ったコピーを差し出すと、倉田は一目見て、ああ、と感慨深げに声を漏らした。

「そう、この子です。加奈子ちゃんです」

――間違いない。加奈子はすでに死んでいる。ということは、加奈子もまた、文絵の幻覚なのか。

秦は努めて冷静に訊ねた。

「加奈子さんがこの家に住んでいたのは、何歳くらいまでですか」

倉田にとっては意外な質問だったらしく、不思議そうな顔をした。

「何歳って……亡くなるまでここで暮らしていましたけど」

秦は眉根を寄せた。ということは、家を出たことは一度もなかったということか。

倉田の話によると、加奈子は中学を卒業後、市内にある県立高校に入学した。高校卒業後は岐阜市の短期大学に通い、その後、病院やホテルなどに寝具類をリースする会社に就職した。

「勤務先が小代市内にあるとかで、加奈子ちゃんは自宅から通勤していました」

文絵の話では、文絵に化粧品販売を勧めた加奈子は、証券会社の受付嬢をしていた。その後フランスに渡り、再び日本に戻ってきている。

「実家を離れて暮らしたことは、一度もないんですね」

倉田は大きく肯いた。

「二、三日の旅行などで家を空けることはあったでしょうけれど、加奈子ちゃんは亡くなるまでずっと、実家で暮らしていました」

倉田は懐かしむような目で、いまは空き家となっている杉浦の家を見つめた。

「前の家もいい家だったんですけれど、引っ越してきてから十年ほど経ったときに、杉浦さんは建て替えたんです。娘さんに婿養子を望んでいたようで、将来は一緒に住むんだっておっしゃって、二世帯住宅にしたんです。門越しには見えないでしょうけれど、表から続くアプローチの脇にもうひとつ玄関があるんですよ。市報とかを届けていたことがあるから知ってるんです。旦那さんも奥さんも、娘さん夫婦とお孫さんに囲まれた穏やかな老後を望んでいたのに……ねえ」

倉田は屈むと、同意を求めるように犬の頭を撫でた。

秦は加奈子が亡くなった直接の理由を訊ねた。途端に、それまで滑らかだった倉田の舌が止まった。口外を躊躇われる事情があるようだ。

「なにかご存じでしたら、お話し願えませんか。情報源は漏らしたりしません」

情報源、との言葉に、秦たちが警察関係者だと改めて実感したのだろう。倉田は辺りに誰も通行人がいないことを確認すると、声を潜めて言った。

「自殺なさったんです」

メモを取っていた菜月の手が止まる気配がした。が、すぐにペンを走らせる音が聞こえた。

「自殺した理由はご存じですか」

倉田は目を泳がせた。

「いえ、そこまでは……」

嘘だ。秦は直感した。倉田は自殺の原因を知っている。なぜ、隠す。

別の角度から変化球を投げてみようか、と考えたとき、曲がり角から大きな犬を連れた初老の男性が姿を現した。倉田の犬が、男性が連れている大型犬に向かって吠え出した。

「こら、ミルク」

柴犬の名前らしい。倉田はぴんと張ったリードを、手元に手繰り寄せた。ミルクは窘《たしな》められても、飼い主の言うことを聞かなかった。親の敵のように吠え続ける。

倉田は飼い犬を叱りながら秦を見た。顔には、話が途切れて助かった、と書いてある。

「すみません。もうよろしいですか」

正式な事情聴取でない以上、引きとめる理由がない。秦は、ご協力ありがとうございました、と頭を下げた。

倉田の姿が坂の上に見えなくなると、秦は隣にある光縁寺を訪ねた。古くからある寺の人間なら、地域の情報を持っていると思ったからだ。

本堂の横にある住居のチャイムを鳴らすと、中から女性が出てきた。見た目は五十歳前後。小柄な女性だった。秦が警察手帳を見せて、隣に住んでいた杉浦加奈子の話を聞きたい、と言うと、女性は小さな丸い目を大きくし、まあまあ、とうろたえた。

女性は寺の住職の妻で、名前は高梨洋子《たかなしようこ》と言った。夫の賢昭《けんしょう》は、宗派の集まりのため今朝早く京都へ行き、戻りは明日の遅くになるという。

秦は、知っている範囲でかまわないから杉浦加奈子について教えてほしい、と洋子に頼んだ。洋子は玄関先ではなんだから、と中へあがるよう促したが、秦は厚意を丁重に断った。洋子は、そうですか、と戸惑いながらも、中腰のまま加奈子について語った。

洋子の話は倉田とほぼ同じものだった。違っていたのは、加奈子の両親の歳の差がひと回りではなく、十歳ということくらいだった。

「ところで、加奈子さんの自殺の理由ですが」

秦は、ひとまず直球を投げた。

秦のボールに、洋子は倉田と同じ表情を返した。口にしていいものかどうか、明らかに戸惑っている。

秦は強い口調でもう一度、同じボールを投げた。

「自殺の原因を、われわれは知る必要があるんです」

今度は手加減しなかった。われわれ、という言葉に力を込め、警察公務を強く匂わせた。

自分が言わなくても、いずれ誰かの口から漏れる、と覚悟したのだろう。洋子は自らを納得させるように何度か肯くと、伏せていた顔をあげて秦を見つめた。

「悪い商売に引っ掛かってしまったようで」

「というと」

落ち着いた口調で、秦は先を促した。洋子はようやく聞き取れるくらいの声で言った。

「マルチ商法です」

秦は息を呑んだ。

加奈子の自殺、マルチ、リュミエール化粧品、警視庁捜査二課の内偵、田崎の死体。

一本の線で、すべてが繋がるのだろうか。線の先はまだ見えない。しかし、加奈子の自殺と田崎の殺害は、因果関係で結ばれている可能性が高い。

秦は密かに、身震いした。

洋子の話によると、加奈子は自殺する一年前からマルチ商法にはまっていた。近所の顔見知りや職場の人間に、絶対に儲かるからと商品を勧めていたという。

「その会社が扱っていた商品は健康食品で、アトピーやアレルギーなどが良くなる飲料水でした。私も勧められたんですけれど、うちはこのとおり年寄り世帯でしょ。アトピーもアレルギーも関係ないのでお断りしたんですけれど、ご近所では会員になった方もいたようです」

加奈子の自殺の理由を訊ねたときの不気味そうな倉田の顔が、脳裏に浮かんだ。

加奈子はマルチ商法にのめり込み、市内のセミナー会場で講演も行っていた。

「健康食品販売も、一時は順調だったみたいなんですよ。杉浦さんのご主人もよく自慢していました。身体が健康になるうえにお金も入る。もう少し収入が増えたら、加奈子は仕事を辞めて健康食品の販売に専念するかもしれない、なんて嬉しそうに。でもそのうちにうまくいかなくなって、大変な借金を抱えてしまったそうで……」

「それが自殺の原因ですか」

洋子は慌てて首を振った。

「いいえ、私も人から聞いた話ですから、本当のところはわかりません。けど、理由のひとつかな、とは思いました。年頃のお嬢さんだったし、恋愛とかほかにも悩みがあったかもしれませんが……」

加奈子の面影が残る家に住んでいるのが辛かったのだろう。借金の返済もあってか両親は、家を売却して引っ越した、と洋子は言った。

洋子はそこで言葉を区切ると、そわそわした様子で秦と菜月を交互に見た。

「すみません。私がお話しできることはこのぐらいです。そろそろ、お客さんが見える時間なので、よろしいでしょうか」

充分だった。秦は時間を取らせた詫びをいい、玄関の戸を閉めた。

秦が報告を終えると、鎌倉署の三階にある大会議室は静まり返った。夜の捜査会議に出席している捜査員全員が、驚きに声も出ないといった様子だ。みんな難しい顔で、思案に暮れている。

「報告は以上です」

秦は手帳を閉じると、静かに着座した。

洋子から話を聞いたあと、秦と菜月は裏を取るため、近所を訪ねて歩いた。聞き取りの結果、加奈子の自殺の主たる原因が、マルチ商法にあったことは間違いなさそうだった。加奈子から直接、商品の購入と入会を勧められた近所の主婦は、唇を歪めて吐き捨てるように言った。

「死んだ人を悪く言いたくないけど、自業自得じゃないの。あたしの出した八十万は水の泡になったんだから」

腕を組み中空を見つめていた寺崎一課長が、眉間の皺をさらに深くし、秦の報告をまとめた。

「高村文絵に化粧品販売を持ちかけた杉浦加奈子という人物は、五年前に死んでいた。つまり存在しない、ということか」

秦は腰を浮かせて答えた。

「自分と中川巡査が調べた結果は、そのようになります」

「人違いということはないのか」

寺崎の隣に座る杉本管理官が、割って入った。秦は確信を込めた目で杉本を見た。

「杉浦加奈子の母校である第三中学校から情報を入手し、実家の近所の住人から確認を得ました。間違いありません」

会議室がざわめきはじめる。文絵の供述の信憑性《しんぴょうせい》が、これで一気に崩れた。文絵を化粧品販売に誘った杉浦加奈子なる女性は、そもそも存在しなかった。もしくは何者かが、杉浦加奈子の名前を騙《かた》って文絵に近づいた。ここでもまた、ふたつにひとつだ。

「静かに！」

寺崎が一喝すると、会議室は再び静かになった。寺崎は杉浦加奈子についてそれ以上は言及せず、次の報告を促した。

「次、高村文絵の近辺の聞き込みを行った地取り」

はい、と返事をして秦の部下である浅田が立ち上がった。浅田の報告は、文絵の亡くなった子供が通っていた幼稚園の保育士や、近所の住人からの聞き取りだった。内容は、文絵の夫、敏行の話を裏付けるもので、ふたりの子供を事故で亡くしたあと、文絵の常軌を逸した行動が目につくようになった。死んだ子供がいまも生きているかのように振る舞い、幼稚園バスの出迎えや、小学校の行事の場にあらわれているという。

続いて、別な捜査員から、文絵のかかりつけの病院、坂井メンタルクリニックの主治医の話が報告された。こちらも、敏行の供述どおりのものだった。文絵の症状は軽度とはいえないものだが、他人に危害を加える恐れはなく、なにより敏行が入院させることを不憫がったため、通院の形で現在も治療を続けているという。

捜査員が着座すると、寺崎は会議室の中ほどに座る支援班の宮城野を見た。

「高村文絵が扱っていた化粧品のほうはどうなった」

宮城野がゆったりした動作で尻を椅子から持ち上げた。文絵が販売していた化粧品リュミエールのことを、ラ・ビジュを扱っているアルジャーニ社に問い合わせたところ、加奈子が日本での専売契約を結んでいたとされるピエールという男は存在せず、日本人に独占代理業者の資格を与えたこともない、という回答だった。

寺崎はひとり言のようにつぶやいた。

「やはり杉浦加奈子は存在せず、か」

杉本が冗談とも真剣とも取れる口調で言った。

「私は幽霊や超常現象の類は信じません」

寺崎は視線を秦に向けた。

「田崎殺害時、高村文絵のアリバイを証明できる者は、誰もいないんだな」

秦は席から立ち、はい、と答えた。

「文絵自身は、子供と一緒に自宅にいた、と供述していますが、報告したとおり子供はおりません。高村文絵の幻覚妄想によるものです」

続いて寺崎は、鑑識の久保を見た。

「現場から高村文絵の指紋が発見されたのは確かだな」

勢いよく立ち上がった久保が、はい、と答える。

「殺害現場のリビングのドア、壁などから採取された指紋が一致しました」

高村文絵の指紋は、事情聴取をする際に、鑑識が任意で採取していた。指紋の照合が完了したのだ。

杉本が首の後ろを叩きながら、険しい表情で言った。

「高村文絵の病名は、情動混乱を伴う幻覚妄想型の精神障害だったな」

幻覚妄想型、という言葉を強調しているところから、杉本が杉浦加奈子という人間は文絵の妄想の産物で、化粧品販売も田崎殺害もすべて高村文絵自身の手によるものだ、と考えていることは明らかだった。田崎殺害時のアリバイもなく、現場からは指紋が採取されている。多くの捜査員は、杉本と同じ考えだろう。秦もその線で、ほぼ、間違いないと思う。

しかしそれは、あくまでほぼ、だ。百パーセント高村文絵の犯行によるものだ、という確信は持てない。事情聴取をした高村文絵の目には、酔っているかのような焦点の定まらない中にも、わずかだが真実を述べている眼光の強さがあった。

腕を組んでしばらく思案していた寺崎は、なにか決断したように肯くと、捜査員たちに顔を向けた。

「まだ捜査は続くが、これからは高村文絵を本ボシとする方向で進める」

寺崎は、鎌倉の貸別荘近辺の路上や駅に設置されている防犯カメラに映っているサングラスの女のさらなる検証と、文絵が加奈子と出会うきっかけとなったディナーショーの懸賞会社への聞き込み、そして田崎殺害当時の文絵のアリバイを徹底的に洗うよう、捜査員に指示を出し捜査会議を終えた。

多くの捜査員は、明確な被疑者を手に入れ、すっきりとした顔で会議室を出ていく。だが、秦は腕を組んだまま、人がまばらになった会議室の椅子にじっと座っていた。

頭の中には、岐阜で弾けたインパルスの残像が残っていた。

加奈子の自殺、マルチ、リュミエール化粧品、警視庁捜査二課の内偵、田崎の死体――。この事件の裏には、想像を超えたなにかがある。培った刑事の勘が、秦にそう告げていた。

12

捜査会議の翌日、杉本は文絵の逮捕状を請求した。罪状は、コンパニエーロの未公開株に関わる証券取引法違反、および詐欺の共謀容疑だった。別件で身柄を押さえ、そこから本丸を攻める。捜査の常套手段だ。

その日のうちに逮捕状が交付され、文絵は神奈川県警に身柄を拘束された。

文絵が逮捕されたあと、秦は県警に赴き、文絵を田崎殺害の重要参考人として取り調べた。文絵はなにを聞いても憔悴しきった顔で、身に覚えがありません、としか言わない。コンパニエーロによる未上場株詐欺の解明に当たる神奈川県警捜査二課の捜査員による取調べに対しても、文絵は同じ供述を繰り返しているようだった。

逮捕から二日後、秦は文絵の事情聴取を終えると、留置管理課に立ち寄った。傍らにいた担当課員に、留置場内での文絵の様子を訊ねる。文絵は食も細く、夜もよく眠れていないようだった。

「ご覧になったとおり、心身ともにかなり衰弱しています。場合によっては、入院措置をとらなければならないかもしれません」

課員は厳しい表情で言った。

治療が必要なほど、本当に精神的に追い込まれているのか。それとも、演技か。

現時点では判別しかねるが、とりあえずは、本人が倒れでもしない限り、入院を考える必要はない。秦はそう、腹を括っていた。体調不良が演技ではないとしても、刑事の仕事は、被疑者の体調をいちいち気遣うことではない。なによりも求められるのは、事件の解決だ。たとえあとで問題になったとしても、いまは被疑者のアリバイを徹底的に洗い、文絵がクロであるという証拠をあげることに全力を尽くす。

秦は留置管理課の人間に時間をとらせた詫びを述べ、県警をあとにした。

未上場株詐欺に遭った被害者の証言を固めた県警捜査二課は、逮捕から三日後、証券取引法違反の容疑で文絵を送検。県警捜査二課と鎌倉署捜査本部は連携を密にし、コンパニエーロ詐欺事案の立件と殺人事件の全容解明に向け、合同捜査本部を立ち上げた。

アリバイ捜査の結果がほぼ出揃ったのは、逮捕から一週間後のことだった。

鎌倉署捜査本部は、文絵の供述に基づき、目撃証言の収集や、街頭に設置されている防犯ビデオの解析、事件当日の文絵のアリバイの裏取りを綿密に行った。

二課が取調べに当たっている合間を縫って、秦は菜月と一緒に、文絵が加奈子と再会を果たしたと供述しているディナーショーを洗った。きっかけとなった懸賞の有無、会場での目撃証言を求めて捜査を進めた。が、当時の懸賞サイトや懸賞雑誌を徹底的に洗っても、文絵が行ったとされるディナーショーのチケットを供与した事業者の記録はなく、会場となったホテルの従業員からも、当日、文絵と加奈子らしい人物がいたという明確な証言は得られなかった。

コンパニエーロの元派遣社員である辻好恵と小笠原美奈からも、改めて話を聞いた。文絵の供述に基づいて作成した、杉浦加奈子を名乗る女の似顔絵を見せながら、顔に見覚えはないか訊ねる。サングラスをかけたものと、右目の中央からこめかみにかけて傷痕が残る素顔の二種類だ。ふたりの答えは、どちらも否だった。

「この傷痕は、一目見たら忘れませんよね」

そう言ったのは辻だった。

「この人、傷がなければ、かなりの美人なのに……」

あとからはじめた美奈の事情聴取を終えたのは、午後の三時を過ぎたあたりだった。バッグを手に椅子から立ち上がりかけた美奈は、机の上に置かれている似顔絵を改めて眺めると、ぽつりと言った。

「この似顔絵、高村さんにちょっと似てますよね。髪型とか化粧の雰囲気とか」

そう言われればたしかに、どちらも彫りが深く、目鼻立ちが整っている。文絵がサングラスをかければ、似顔絵の女に見えなくもない。

美奈が取調室を出ていくと、秦は菜月に訊ねた。

「小笠原美奈のさっきの話、どう思う」

菜月は小首を傾げると、わずかに間を置いて肯いた。

「いまネットの投稿サイトでは、メイクだけで、有名タレントやアイドルそっくりになれる、という触れ込みの動画が多数アップされています。テレビのバラエティ番組でも取り上げていますが、化粧法を変えるだけで、自分がなりたい顔にかなり近づけるんです。この前テレビで見た女子大生は、遠目には人気アイドルと見間違えるほど変身していました」

秦は菜月に、捜査本部で撮った文絵の写真をプリントアウトさせた。似顔絵のコピーに合わせたA4判だ。文絵の写真に、ボールペンでサングラスを描いてみる。

「どうだ」

今度は間髪を入れず、菜月が言った。

「似てます」

似顔絵は現場近辺の住人に確認済みだ。貸別荘の左隣の住人は、何度か見かけたサングラスの女だと思う、と証言していた。このサングラスの女が現場に出入りしていたことは間違いない。

問題は、文絵の言う杉浦加奈子が、実在するかどうかだ。文絵の供述が正しければ、名前はどうあれ目撃証言がある以上、第三の女は実在する。その女が本ボシかもしれない。だが、嘘をついているとすれば、文絵自身がサングラスの女だと考えて矛盾はないだろう。

しかし——秦は顎に手を当てた。

文絵がサングラスの女だとすれば、なぜ、自分に似た女の特徴を似顔絵捜査官に供述したのか。そもそも現場付近の住民の目撃証言は、帽子とサングラスの女を遠目に見た、というだけのものだ。顔の特徴まで把握していたわけではない。女自身も、間近で顔を見られていない自覚はあっただろう。だとすれば、髪型や面立ちなどいくらでも誤魔化せそうなものだ。

顎から手を外し、似顔絵と文絵の写真のコピーを交互に指で弾きながら、秦は大きく息を吐いた。

「こっちのほうはどう思う」

秦は、こっち、と言いながら自分の頭を指で差した。

「あの女に、証券詐欺を働く頭があると思うか」

「文絵に、ですか」

菜月は少し迷うような素振りをしたが、きっぱりとした口調で答えた。

「ないでしょう。そっちは田崎の担当だったと思います」

秦は肯いた。

「そうだろうな。動機は痴情のもつれか金だろう。事情聴取のときのおどおどとした様子からは、人を殺す度胸があるとは思えんが」

菜月は宙を睨み、少し考えて口を開いた。

「人は見かけで判断できないですから。特に女は」

秦は小さく笑った。

「そりゃそうだ」

真顔に戻って言う。

「鎌倉の貸別荘だが、借りたのは田崎だったな」

菜月は、はい、と答える。

「借りた名義人は田崎になっています」

「田崎が貸別荘を借りた理由はなんだと思う」

「逢引きのためだと思います」

「独身で、自分のマンションがあるのにか」

菜月が言葉に詰まる。

「それに、単なる逢引きなら、ラブホテルで充分だろう」

菜月がゆっくり首を振る。わかりません、という仕草だ。

「高村が捜査を混乱させるため、第三の女の存在を主張している。そう考えてみたが、どうも腑に落ちん。貸別荘の件といい、似顔絵の件といい、高村はなぜ、自分に似た女を似顔絵に選んだのか。現場の住民は、顔をはっきり見てないんだぞ」

菜月は目を伏せ、しばらく黙考した。秦の言葉を咀嚼しているのだろう。

やがて顔をあげると、菜月は唾を飲み込むように、喉を上下させた。

「秦主任は、第三の女が実在すると、お考えなんですか」

秦は唇を真一文字に結んだ。

「わからん。それを、これから潰していく」

捜査が進むにつれ、文絵の証言は裏が取れないという事実が判明した。

田崎が殺された九月二十二日の夜から二十三日の昼にかけての文絵のアリバイは、確認が取れなかった。自宅にいて一歩も外へ出ていない、と本人は言っているが、それを証明できるものはなかった。一方で、文絵が外出する姿を見た、といった近所の目撃情報も出てこない。

文絵が使用していた携帯、および自宅の固定電話の解析結果も出た。文絵の証言どおり、田崎の携帯と殺害現場となった貸別荘の固定電話、コンパニエーロの事務所、リュミエール化粧品の株式上場に関わる苦情電話などの通話履歴は出てきたが、加奈子と思われる人間との通話を裏付けるものはなかった。

文絵は第三の女の存在を懸命に訴えているが、どこにも、杉浦加奈子という女が存在している証《あかし》はない。捜査本部は、杉浦加奈子は文絵が作り出した架空の人間である、との見方を強めた。

指揮をとっている杉本は、捜査会議で檄を飛ばした。

「被疑者の身柄はすでに押さえてある。粘り強く捜査を進めろ。証拠は必ず出る。いや、なんとしてでも出せ！」

大方の捜査員は、杉本の高村文絵イコール本ボシ説に、異論はないようだった。意図的にせよ、病が引き起こした妄想にせよ、杉浦加奈子を名乗る女は文絵が生み出した虚構にすぎない。

捜査から得た情報のすべてが、第三の女の存在を否定している。

秦は捜査会議で、貸別荘の件や似顔絵の件を持ち出して疑問を呈したが、一笑に付された。

そうした疑問は、被疑者が完落ちすれば、いずれ明らかになる。それが幹部の言い分だった。

だが、秦は釈然としなかった。貸別荘や似顔絵の件以外にも、喉に詰まり、飲み下せずにいる疑問があった。

加奈子の実家の隣にある光縁寺の住職の嫁、高梨洋子から聞いたひと言だ。

——マルチ商法です。

加奈子が自殺した理由を、洋子はそう言った。

文絵はマルチ紛いの証券詐欺に関わり破滅に追いやられた。文絵の供述が事実なら、文絵を破滅に追いやったとされる加奈子も、マルチ商法により命を落としている。ふたりの女の人生が、怪しげな詐欺事案で大きく変わってしまったのは事実だ。

単なる偶然で片付けるには、あまりにもできすぎている。

事件に偶発はありえない。事件は起こるべくして起こる。それが、刑事を長年務めた秦の経験則だ。

夜の捜査会議が終わった鎌倉署の会議室は、人影がまばらだった。田崎殺害の捜査本部が立ち上がった当初は、捜査方針の確認や情報交換のため、会議が終わってもほとんどの捜査員が残っていた。しかし、いまは違う。文絵が別件で逮捕され、本ボシであるという見方が強まった。まだ解けていない数式の答えを探す段階から、すでに解答が得られ、その解答が成り立つ証明を求める段階へと、捜査状況は変わった。

答えは出た。被疑者は逮捕されたのだから、もう焦る必要はない。多くの捜査員は夜の捜査会議を終えると、自宅へ戻っている。いまだに寝泊まりしているのは、秦と若手くらいだ。

菜月は会議が終わっても、部屋の隅でノートを開きペンを走らせていた。菜月は捜査会議で入手した各捜査員の報告を、つぶさにノートに書き取る。どんなに細かい情報も漏らさない。すべてノートに書き込み、その日のうちに整理する。

秦は菜月がノートを閉じるのを待って、自分のもとへ呼んだ。急いで駆け寄った菜月に、明日岐阜へ行く、と伝える。菜月は少し驚いたような顔をしたがすぐに表情を引き締め、もう一度、杉浦加奈子の身辺を洗うんですね、と質問とも確認とも取れる言葉を発した。

杉本からすでに、出張の許可は得ていた。加奈子は文絵が作り上げた妄想だ、という捜査方針が固まったなかで、すでに死んでいる杉浦加奈子にまだこだわっている秦に、杉本はあまりいい顔をしなかった。が、それでも、岐阜行きを止めることはなかった。答えが出たと思っていた問題に驚くべき別な解答があった、という展開があってはならない。潰すべき点は徹底的に潰す。それが捜査の鉄則だ。

秦は椅子から立ち上がり、菜月に言った。

「もう一度、杉浦加奈子が卒業した中学に行き、同級生の情報を仕入れる。情報が入ったら、訊ねて話を聞く」

菜月は力強く肯いた。

翌日、秦は菜月とともに岐阜へ向かった。前回は岐阜県警に応援を要請したが、今回はしなかった。加奈子が通っていた第三中学校の場所もわかっていたし、手を煩わせるまでもない。岐阜県警には仁義を切り、出張報告だけですませた。

小代市まで電車で向かい、第三中学校までタクシーを使った。

一度、訪れていたこともあり、校長の古賀にはすぐに取り次いでもらえた。事情を伝え、加奈子の同級生で連絡がとれる人物がいないか訊ねる。古賀は、加奈子が通学していた頃、自分はまだ赴任していなかったから詳しいことはわからない、と恐縮しつつ、当時の学年主任に連絡を入れてくれた。学年主任だった浅井《あさい》はすでに定年退職し、地域のボランティア活動に精を出しているという。

古賀から受話器を受け取り、秦は電話を替わった。詳しいことは言わず、用件だけ伝える。地域活動に参加していることもあり、浅井は地元に住んでいる卒業生に詳しかった。すぐに加奈子の同級生で、いまも小代市内に住んでいる人間の名前を二、三人あげた。浅井はその中でも、錦隆志《たかし》に会うことを勧めた。錦は在学中に生徒会長を務め、加奈子が卒業した第四十八期卒業生のまとめ役を担っていた。錦が卒業生の情報を一番持っている、と浅井は断言した。親切にも、これから秦たちが訪ねることを伝えておくと言ってくれる。

学校を出ると、呼んでもらったタクシーで錦のもとへ向かった。錦は小代駅の近くで不動産業を営んでいた。彼が社長を務めるニシキ不動産は、駅の西側にあった。

自動ドアをくぐり、受付にいる女性事務員に名前を告げる。話が通っているのだろう。お待ちください、と言い残し、事務員はフロアの奥へ姿を消した。

ほどなく戻ってくると、事務員は秦と菜月を受付の隣にある接客室へ促した。

菜月とふたり、応接セットのソファに座って待つ。一分ほどして、若白髪の男が部屋に入ってきた。

菜月を見て少し驚いた様子だ。女性刑事が珍しいのだろう。ローテーブルを挟んだ向かいのソファに腰を下ろすと、錦です、と窺うように名刺を差し出した。いかにも、興味津々といった顔付きだ。

名刺交換を済ますと、錦は膝を大きく割り、前に身を乗り出した。

秦は用件を端的に言った。

「同級生の杉浦加奈子さんについて、知っていることがあったら教えていただきたいんですが」

錦は当てが外れたかのように、大きく目を開いた。さも意外そうな表情だ。

「杉浦加奈子ですか。牟田文絵じゃなくて」

牟田は高村文絵の旧姓だ。

秦は驚いた。

「なぜ、そう思ったのですか」

錦は、文絵が証券取引法違反および詐欺の共謀容疑で逮捕されたことを知っていた。マスコミは田崎殺害事件との関連を取り沙汰し、連日、大きく報道している。名前だけではわからなかったが、ネットニュースで公開されていた顔写真を見て同級生だと気づいた、と錦は言った。

「中学生の頃に比べると歳をとったなと思いましたけど、相変わらず美人だったし、顔立ちは変わっていなかったから、すぐにわかりました」

新聞やネットに掲載されている文絵の写真は、ここ最近撮影されたものだった。おそらくリュミエール化粧品の会員だった人間が講演会のとき撮ったものを、マスコミが入手したのだろう。文絵はスーツ姿で、なにかを熱心に語っているような表情をしていた。

錦と文絵は、中学、高校が同じだった。高校時代に友達を通じて何回か遊んだことはあるが、文絵が大学進学のため岐阜を離れたあとは疎遠になった。周りからも文絵に関する話が聞こえてくることはなく、今回の事件報道があるまで、文絵がどこに住んでいるのかすら、知らなかったという。

「五年前に同窓会を開いたんですが、そのときに牟田さんの連絡先を調べたんです。でも、彼女と連絡をとっている人間がいなくて、結局わからずじまいだったんです。女性の場合、結婚で住所や姓が変わって、連絡先がわからなくなる人も珍しくないじゃないですか。牟田さんもそうなんだろうなって思ってたんですが、まさか、こんなことになってるなんてびっくりしました。いったい、彼女になにがあったんでしょう」

文絵が犯罪者に堕ちた経緯を訊ねる錦の目には、強い好奇の色が浮かんでいた。

質問を無視し、秦は改めて訊ねた。

「先ほどお話しした同級生の杉浦加奈子さんについて、なにかご存じないですか」

錦は芝居がかった様子で、自分の額を手のひらで叩いた。

「はいはい。杉浦加奈子さんね。覚えていますよ。通称スギカナと呼ばれていた子です」

加奈子とは中学三年生のときに同じクラスだった。華やかでクラスの中心的人物だった文絵とは反対に、加奈子は地味で目立たない生徒だった、と錦は言った。

「中学時代もそうでしたが、社会人になってもあまり友人は多くなかったようです。私は同級生を代表して葬儀に参列したのですが」

そこで言葉を区切ると、錦は探るような目で、秦と菜月を交互に見た。

「あの、刑事さんは自殺の話……」

秦は、知っています、と答えた。

「そのことについて、今日こちらに伺ったんです」

「彼女の自殺と牟田さんの事件、なにか関係あるんですか」

好奇心を剝き出しにして、錦が言う。

「それに関しては、なにも申し上げられません」

冷たい声で言い放つ。

錦は肩をすくめ、中断していた話を続けた。

「杉浦さんの葬儀は、地元なのに参列者が疎らでした。学生時代の友人が私を含めて十人足らず。会社関係者も上司や同僚を含めて五、六人でした。まあ、亡くなり方が亡くなり方だっただけに、線香をあげたくても遠慮した人もいたかもしれません」

なるほど——と軽く肯き、秦は本題を切り出した。

「杉浦さんが自殺した理由ですが、なにかご存じありませんか」

錦はソファの背もたれに身を預けると、小さく笑った。

「私に聞くまでもなく、刑事さん、ご存じなんじゃないですか」

「なんでも結構です。話してもらえませんか」

秦は錦の言葉を無視し、再度促した。こちらが先にしゃべることで、相手に先入観を与えてしまう場合がある。まずは相手にしゃべらせ、その後に、こちらが知っている情報をぶつけてさらなる情報を引き出す。それが捜査の常道だ。

錦はなにか考えるようにしばらく無言でいたが、諦めたように長い息を漏らした。

「私が言わなくても、調べれば誰かの口から耳に入ることです。杉浦さんが自殺した理由はふたつ。多額の借金と人間不信です。杉浦さんは、性質《たち》の悪いマルチ商法にひっかかったんです」

錦の話は、洋子から聞いた内容と同じものだった。

「杉浦さん、そのマルチ商法にかなり入れ込んでましてね。私も会員にならないかって、誘われたことがあるんですよ」

時間潰しに立ち寄った喫茶店で、錦は加奈子を見かけたのだという。加奈子は同年代のきれいな女性と一緒だった。ふたりはテーブルを挟んで話し込んでいたが、しばらくすると女性が椅子から立ち上がり先に店を出た。続いて加奈子が、伝票を持って立ち上がった。錦はそこで声をかけた。加奈子は同級生との久しぶりの再会を喜んだ。

——同年代のきれいな女性。

アンテナに微弱電波を感じて、秦は思わず口を挟んだ。

「一緒にいた女性に、心当たりはありませんか」

いいえ、と錦は首を振った。

「このあたりでは見かけない人です。垢抜けた感じの女性でね。サングラスがよく似合ってました」

勢い込んで、菜月が訊ねた。

「どんなサングラスか、覚えてますか」

「外国のセレブがかけているような、フレームの大きなサングラスでした」

——サングラスの女。

菜月の息を呑む気配がした。バッグから似顔絵を取り出すよう、目で指示を出す。

「この女性ではありませんか」

声が掠《かす》れないよう、腹に力を込めた。

菜月がテーブルに置いた似顔絵を眺めた錦は、小さく肯いた。

「うん。似てると言えば、似てるかも」

膝に置いた手に力がこもる。冷静を装い、続きを促した。

「その女性に関して、他に覚えていることはありませんか」

錦は得意げに言葉を発した。

「きれいな女性でしたから私も興味が湧いて、一緒にいたのは誰か、と杉浦さんに訊ねたんです。そうしたら彼女、いきなり自分のバッグからパンフレットを取り出して、健康とお金が手に入る仕事をしないかって言うんです。そのパンフレットは健康食品のもので、サングラスの女はパンフレットに記載されている健康食品を一緒に売っているパートナーだ、とのことでした。あとから思えば、あれがマルチの片割れだったんですね」

「名前は？　名前は聞きませんでしたか」

秦は心臓の鼓動を感じながら、畳み掛けた。

白い歯を見せて、錦は肯いた。

「園部《そのべ》、確か園部です」

学生時代に付き合っていた女と同じ名字だから、覚えているという。

「下の名前は？」

秦の問いに、錦は少し悩んでから首を振った。

「聞かなかったのか、聞いたけど忘れてしまったのかわかりませんが、覚えていません」

「その、園部という女の身元はわかりませんかね」

膝を摑み、秦は前に身を乗り出した。ズボンが湿っぽい。いつのまにか、手に汗をかいていた。

錦は、園部の名前は覚えていなかったが、身元は忘れていなかった。加奈子は園部のことを、小学校のときの同級生だと言っていた。

警察の調べで、加奈子は小代市へ越してくる前、福井県福井市に住んでいたことが判明している。加奈子が卒業した小学校の卒業名簿から園部という女を探し出せば、杉浦をマルチ商法へ引きずり込んだ女に辿りつける。

――やはり第三の女は、実在するのか。

秦はニシキ不動産をあとにすると、興奮のためか頬が紅潮した菜月に、第三中学校へ電話するよう指示した。杉浦加奈子がどこの小学校の出身か、調べるためだ。

学校には在校生と卒業生を含めた生徒の記録が保管されていて、加奈子が卒業した小学校もすぐに割れた。

加奈子が通学していた小学校は、福井市南松江小学校。南川小学校と松江小学校が統合してできた、まだ歴史の浅い学校だった。

本部に連絡を入れ、杉本の裁可を仰ぐ。無言で話を聞いていた杉本は、息をひとつ吐くと、やるだけやってみろ、と許可を出した。福井県警には仁義を通しておく、と言う。頭を下げて携帯を切ると、秦は菜月の顔を見た。

「すぐ、福井市に向かう」

秦は乗り込んだタクシーのなかで、興奮を抑えきれずにいた。乗り換えの待ち時間にもよるが、岐阜から福井まで三時間もあれば着けるだろう。

――園部という女が、事件の鍵を握っている。

赤信号の待ち時間が、長く感じられる。福井までの距離が、果てしなく遠い。昂奮と焦りが入り混じった熱い塊が、秦のなかを駆け廻っていた。

南松江小学校は、市街と田園地帯の挟間に建っていた。校舎の南側には広くて新しい道路が走り、道の両側に全国チェーンの店舗が軒を連ねている。一方、校舎の陰になっている北側には、田圃や畑が広がっていた。

通された応接室で待っていると、五分と経たず校長が入室してきた。五十代の女性だった。佐波《さば》春子《はるこ》と名乗り、笑顔で名刺を差し出す。秦と菜月は立ち上がって頭を下げ、突然の来訪を詫びた。

名刺交換が終わると、佐波はソファに腰を下ろし、にこやかに訊ねた。

「わざわざ横浜からおいでになったそうですが、どういったご用件でしょう」

秦はここでも、昭和六十二年度の卒業生で園部という苗字の女性について知りたい、と端的に切り出した。

「ある事件の参考人として追っています。調べていただけませんか」

どこの学校も、卒業生と在校生の生徒記録は保管しているようで、しばらく待つと、事務員が目当ての書類を持ってきた。

調べたところ、昭和六十二年度の卒業生で園部という苗字の生徒は二名いた。そのうちひとりは男児だったことから、残る女児が必然的に、探している園部ということになる。

事務員から書類を受け取った佐波は、ざっと目を通した。その顔が見る間に曇る。

「どうかしましたか」

秦は訊ねた。

じっと書類を見つめていた佐波は、我に返った表情で顔をあげると、手にしていた書類を秦に差し出した。

秦は書類に目を落とした。

生徒番号5078と書かれた下の欄に、園部敦子《あつこ》と書かれていた。住所は福井市中小島町になっている。0776からはじまる電話番号は、実家のものだろう。

秦は菜月に書類を渡しメモを取るよう命じると、佐波に向き直った。

「校長先生は、この園部敦子という生徒を覚えておられますか」

佐波は困惑した表情で、生徒としては知らないが敦子のことは知っている、と答えた。知らないが知っているとは、どういうことか。

訝しげな視線を送る秦に、佐波は自分の経歴を語った。

佐波が南松江小学校の校長に就任したのは、五年前だった。教諭として市内にあるいくつかの小学校に赴任したが、南松江小学校に勤務するのははじめてだった。だから、南松江小学校の児童だった敦子のことは知らない、という。

「でも、園部敦子のことは知っている、とおっしゃいましたよね」

秦は疑問を口にした。

佐波は、言うべきか言わざるべきか、迷っている様子だった。しばらく視線を泳がせていたが、やがて自分を納得させるかのように、ひとつ息を吐いて言った。

「地元に長く住んでいる人間なら、たいがい彼女のことは知っています」

「地元では有名な方なんですか」

そう訊ねると、佐波は秦の顔を見て、越前鎌《えちぜんかま》をご存じですか、と訊ねた。

佐波の口から飛び出した唐突な問いに、秦は戸惑った。が、とりあえず話を合わせる。たしか福井県の特産物だったはずだ。そう答えると佐波は肯いた。福井は、北前船によって栄えた土地だ。北前船の登場により、船簞笥や和紙といった品が諸国に広まり福井の特産品となった。そうした特産品のひとつが、越前鎌だという。

「園部家は、鎌問屋を営んでいた名家でした。市内にある郷土資料館に、福井の名家に関わる資料が保管されていますが、そのなかに園部家の名前が出てきます。敦子さんは、その家の最後の直系でした」

でした、という過去形が気になる。過去形の理由を訊ねると佐波は、言いづらそうに目を伏せた。

「敦子さんが、亡くなったからです」

秦は息を呑んだ。隣でメモをとっていた菜月も、ペンを走らせていた手を止めて顔をあげた。

「園部敦子さんは、亡くなったんですか」

聞き間違いではないことを確認するため、秦は改めて訊ねた。口にしてしまったからにはもう隠しだてできない、と腹を括ったのだろう。佐波は吹っ切れたような顔で、そうです、と強く肯いた。

「七年前に自殺しました。自宅の浴室で手首を切ったんです」

心臓が大きく跳ねる。加奈子がマルチ商法に関わっていた時期は六年前だ。だが、敦子は七年前に自殺している。ということは、加奈子が敦子と会っていたとき、すでに敦子は死んでいたということになる。

菜月も、敦子が七年前に死亡しているという事実がなにを意味しているのか、理解したらしい。怖いくらい真剣な目で、佐波の顔を窺っている。

佐波の話によると、園部家は昔こそ福井有数の豪商として名を馳せていたが、明治以降、近代産業の波に呑まれて越前鎌は衰退の途を辿り、名家も次第に没落していったようだ。敦子の父親、園部慶一郎《けいいちろう》が園部家の名を継ぐ、唯一の直系だった。

慶一郎は、十年前に病で他界した。敦子の母親で慶一郎の妻、菊恵《きくえ》は、慶一郎が亡くなる二年前に、やはり病で亡くなっている。兄弟がいない敦子が、慶一郎が遺した財産をすべて相続した。没落したとはいえ、古くは郷土史にも名を残している名家だ。園部家には祖先が遺した山や土地があった。ざっと見積もっても三億は下らない遺産を、ひとり娘の敦子が引き継いだという。

――三億円。

秦の暮らしとはかけ離れた金額で、現実味が湧かない。だが、女がひとりで生きていくには充分すぎる金額であることは、理解できる。多額の遺産を手にしながら、なぜ敦子は死を選んだのか。

　秦の疑問に佐波は、深刻な表情で答えた。

「宗教です」

「宗教？」

　秦が繰り返すと、佐波は肯いた。

「敦子さんはある新興宗教に夢中になり、いろいろな人を勧誘していたようです。私が親しくしている教師仲間のあいだでは有名な話です」

　佐波の教師仲間の元教え子に、敦子と同級生だった者が何人かいる。教師仲間はその元教え子たちから、敦子から宗教にしつこく誘われて困る、という相談を受けていたという。

「噂によると、敦子さんは、その教団に遺産をすべて寄付してしまったそうです」

　敦子の宗教へののめり込み方は異常で、遺産を全部つぎ込んだうえに金融業者から借金までしていたようだ、と佐波は言った。その後、その宗教関係者は姿をくらまし、敦子には巨額の借金だけが残った。

「たったひとりの身内のお父さまを亡くして、心が弱っていたのでしょう。敦子さんが信じた宗教の人間は、弱っている彼女の心の隙に入り込み、全財産を騙し取ったんです」

　佐波は哀感と怒気を含んだ表情で、当時を思い出すかのように瞑目した。

「その宗教の名前はわかりますか」

秦の問いに、佐波は少し考えてから答えた。

「〃光の恵み〃とか、〃光の救い〃とか、そんな名前だったように思います」

どちらの名前も聞いたことがない。おそらく信者数が限られた、小規模なものだろう。公安からカルト教団としてマークされている大規模な団体なら、畑違いといえども、秦の記憶にあるはずだ。

「その教団に関わっていた人間を知りませんか。例えば――」

秦は声に力を込めた。

「サングラスの女とか」

菜月が身を硬くする。部屋の空気が張り詰めた。

佐波は小さく首を振った。

「さあ、私は敦子さんや、敦子さんから入信を勧められていた人を、直接知っているわけではありませんから……」

そこまで言って、佐波はなにかを思い出したように、短い声をあげた。

「別司《べっし》さんなら、なにか知っているかも」

別司学《まなぶ》は佐波の遠縁にあたる人間で、市内で行政書士をしているという。

「敦子さんのお父さまが亡くなったときに、遺産相続に関わる手続きを請け負った人です。父親が慶一郎氏と知り合いだった関係で、関わったと聞いたことがあります」

もともと個人的に連絡を取り合う仲ではないため、自分は別司の携帯番号など、直接の連絡先を知らない。市役所のそばにある別司の事務所に連絡すれば、本人に繋がるはずだ、と佐波は言った。

佐波から得られた情報は、ここまでだった。

秦は時間をとらせた詫びを言い、小学校をあとにした。

校門を出るや、菜月は昂奮した顔で捲し立てた。

「高村文絵をマルチ紛いの証券詐欺に誘った杉浦加奈子はすでに死んでいて、その杉浦加奈子にやはりマルチ商法を勧めていた園部敦子も、すでに死んでいた。信じられません」

「信じられないことが起きるのが、世の中ってもんだ」

秦は冷静さを装い、諭すように言った。が、内心は、菜月と同じ興奮に、打ち震えていた。

タクシーを拾うため、大通りに向かって歩きはじめる。

誰かが死んだ女に成りすましている。死人の名前を騙り、その女に成り代わって悪事を働いている。甘い匂いでターゲットを誘《おび》き寄せ、養分をすべて吸い取り、次々に変容を遂げている。

——必ず行きついてやる。

秦は道路に身を乗り出しながらタクシーを止めると、菜月と乗り込み、別司の行政書士事務所へ向かった。

別司の事務所は、福井市役所の南側にあった。国道沿いのビルに、テナントとして入っている。

秦と菜月が事務所を訪れたとき、別司は不在だった。事務員の話によると、所用で得意先に出向いているという。戻りは夕方の五時頃の予定だった。あと一時間半もある。

秦は警察手帳をかざし、ある事件の関係者の件で聞きたいことがあるので、戻るまで待たせてもらいたい旨を伝えた。いきなりで訪ねてきた男女が警察の人間だと知ると、若い事務員は慌ててふたりを接客室へ通した。

出された茶に手もつけずソファに座っていると、予定より一時間も早く別司が戻ってきた。事務員が連絡を入れたのだろう。別司は部屋に入ってくるなり、大げさなくらい頭を下げた。

「お待たせして申し訳ありません」

声が上擦っている。かなり緊張しているのだろう。

秦も立ち上がり、頭を下げた。菜月が倣う。

「いえ、こちらこそ。突然お邪魔して、申し訳ありません」

慌ただしくソファに腰を下ろすと、別司は額の汗を拭った。

「事務員から警察の方が見えていると連絡を受けまして、早めに切り上げて戻ってきました」

年齢は秦と同じくらいか。細身の体型だが、運動をしていないのか、腹だけがそれとわかるほど突き出ている。眼鏡の奥の視線は、人を値踏みするかのように光っていた。計算高く、狡《こう》猾《かつ》そうな目だ。

名刺交換が終わると、秦は単刀直入に切り出した。

「七年前に自殺した園部敦子さんについて調べています。南松江小学校の佐波校長から、敦子さんがある宗教に入信していたと聞きました。その教団について、なにかご存じありませんか」

別司は少し驚いた顔をしたが、捜査の概要を聞くことはなかった。なんの事件について調べているのか訊ねても、答えが返ってくるはずはない、とわかっているのだろう。

事務員が新しい茶をテーブルの上に置く。退室するのを待って、別司は懐から煙草を取り出した。いいですか、と断りを入れてから火を点ける。

大きく吸い込んだ。ニコチンが肺に行き渡るのを待って、盛大に煙を吐き出す。灰皿にひとつ灰を落とすと、別司は話しはじめた。

「園部敦子さんが入信していたのは、神光の恵み、という新興宗教です」

敦子が怪しげな宗教に入信していると別司が知ったのは、父親の慶一郎が死んでから半年後のことだった。慶一郎から敦子への遺産相続手続きがすべて終わり、報告のため、敦子の家を訪れた。そのとき敦子から、いくつか引き継いだ土地のひとつを売却したいとの相談を受けた。敦子は住宅設備会社に事務員として勤務していた。慶一郎の死後、慶一郎から敦子へ名義変更した銀行口座には、まとまった金額もあった。当面、生活していくには困らないはずだ。なぜ、土地を売る必要があるのか。

売却の理由を訊ねると、知人が困っているので用立ててあげたい、と敦子は答えた。

「そのときは、悪い男にでもひっかかったのか、と思いました。金への嗅覚が鋭い男はどこにでもいますからね。さりげなく忠告しようかとも考えましたが、私は父親同士の絡みで遺産相続の手続きを請け負ったにすぎません。彼女とは、個人的に親しいわけではない。敦子さんの私生活に口を挟む権利はありません。敢えてなにも言わず、土地に関しては、もう少し考えてからにしたほうがいい、と言うだけに留めました」

別司は灰皿の縁で煙草を揉み消すと、話を続けた。

その後も敦子とは、税金処理の問題で何度か顔を合わせた。そのたびに土地の売却の話を相談されたが、別司は取り合わなかった。そのうち敦子も話をしなくなったので、男と切れたのかと思っていた。が、はじめて土地売却の相談をされてから二ヵ月後、慶一郎が所有していた土地が、売りに出ている話が耳に入った。行きつけのバーで居合わせた知り合いの不動産屋が、いい物件が出た、と得意げに話した土地が、敦子の所有地だった。駅から離れた場所だが、二年前に郊外型の大型ショッピングセンターが進出し、当時では坪単価が市内で一番高い地域だった。

世間は不景気だなんだとぼやいているが、あるところには金はある。環境がよくて利便に優れた土地は、高くてもすぐに売れる。敦子が手放した土地も、売りに出してひと月で買い手がついた、と不動産屋は言った。

「その話を父にしたら、父はひどく心配しましてね。私の父と敦子さんの父、慶一郎さんは古くからの知り合いで、父は慶一郎さんのご自宅にお邪魔したときに、敦子さんと会っているんですよ。息子の私が言うのもなんですが、父はなかなか情が厚い人間で、知り合いの娘さんがなにか良からぬ輩《やから》に関わっているかもしれないことを、見過ごすわけにはいかなかったんでしょう。私に、敦子さんの身辺を少し調べてみるように言ったんです」

別司が父親の言葉に従い調べてみると、敦子が新興宗教にはまっている話が聞こえてきた。それが、神光の恵みだった。

「知れば知るほど胡散臭い宗教でしてね。週に一度、市内にある小さなセミナー会場を借りて、集会を開いていたんですが、敦子さんは教団の幹部として、知人を片っ端から勧誘していたんです」

集会には多いときで五十人ほど信者が集まり、教祖の男の法談を聞くのだという。敦子は教団に多額の寄付をしていた。

「それを知った父は、教団と縁を切らせろ、と言いましてね。私は、彼女もいい大人なんだし、そこまでする義理はないんじゃないか、と反対しましたが、父は聞く耳を持ちませんでした。結局、私が折れて、一度だけという約束で、彼女を説得したんです」

敦子に連絡して、神光の恵みについて話がしたいと言うと、敦子は別司が入信を希望していると勘違いしたらしく、夜にでも会わないかと誘った。

「その日はちょうど用事もなく、面倒なことは早く済ませたい気持ちもあったので、私も同意しました」

敦子が指定した場所は、市内にあるホテルのラウンジだった。

約束は八時。十分前にはラウンジに着いた。すると、隅のテーブルに敦子の姿があった。女と一緒だった。女は夜にもかかわらず、大きなサングラスをかけていた。目元は見えなかったが、遠目にも整った顔立ちであることが窺えた。

「サングラス――」

秦は思わず口を挟んだ。

秦がなぜサングラスに反応したのか、不思議に思ったのだろう。別司は意外そうな顔で聞き返した。

「ええ。そうですけど、サングラスがどうかしましたか」

錦隆志のときと同じように、秦はアイコンタクトをとった。菜月が肯き、バッグから取り出した似顔絵を差し出す。

「この女性ではありませんか」

秦は訊ねた。別司は受け取った似顔絵をじっくりと眺めて答えた。

「似て、ますね」

敦子と女は親しげに話をしていた。こちらは急ぐわけでもないし、話の邪魔をしても悪いと思い、別司は少し離れたテーブルにつき、約束の時間になるまでふたりの様子を見ていた。

女と向き合う形で座った別司からは、女の顔がよく見えた。顔立ちが整っているだけでなく、仕草も洗練されている。ひと言で表すならば、華がある女だ、と別司は思った。

八時少し前に、女は席を立った。出口に向かって歩いていく。女の姿がラウンジから消えると、敦子はあたりを見渡し、別司を見つけた。

敦子は急いで別司のもとへやってきた。向かいの席に座り、笑顔を向ける。

コーヒーを注文する敦子に、一緒にいた女は誰か訊ねた。敦子は、聖母だ、と答えた。神光の恵みには、教祖の下に教祖を支える聖母がいて、その下に聖母を支える聖母子《せいぼし》と呼ばれる幹部が三人いる。敦子は、聖母子の階級にあった。聖母子に選ばれることは大変名誉なことだ、と敦子は誇らしげに語った。

別司には、聖母子という言葉の裏に、金づる、という文字が透けて見えた。

敦子は休むことなく、神光の恵みについて熱心に語った。そんな敦子を見ていて、彼女を教団から脱会させることは無理だ、と別司は悟った。が、父親との約束を破ることもできず、切りのいいところで敦子に脱会を勧めた。

別司の推察どおり、敦子は途端に眉を吊り上げた。脱会なんてとんでもない、という表情だった。声を荒らげ、神光の恵みがいかに素晴らしい宗教であるかを、憑かれたように捲し立てる。別司にも執拗に入信を迫った。

二時間あまり説得したが話は平行線で、敦子とはわかりあえないまま別れた。

「それが、私が敦子さんに会った最後です。それから一年後、敦子さんは自ら命を絶ちました」

話し終えると別司は、新しい煙草に火を点けた。

秦は煙草の煙ごしに、別司の目を真っ向から見据えた。

「園部敦子さんがホテルのラウンジで会っていた女ですが、身元はわかりませんか。就いていた仕事、乗っていた車、出身地、どんな些細なことでもかまいません」

別司はうつむいて少し考えていたが、ぽつりとつぶやいた。

「グループホーム、シロハトノソノ」

グループホームということは、障害者施設か老人介護施設のことだろう。シロハトノソノは、白鳩の苑、とでも書くのだろうか。

別司は灰皿に灰を落とすと、顔をあげて秦の目を見た。

「女の金の、振り込み先です」

敦子の説得に失敗した半月後、別司は事務所から自宅へ帰る途中、銀行のATMに立ち寄った。夜の七時を過ぎていた。手数料がかかることが頭をかすめたが、翌日の朝、祝儀を包んで妻に託さなければならず、まとまった現金が必要だった。

自動ドアを入ると、二台あるATMはどちらも塞がっていた。ひとつは年配の男、もうひとつはスタイルのいい女が使っていた。ふたりから少し下がった場所に立ち、ATMが空くのを待った。男は操作方法がよくわからないのか、なんどもやり直している。女は振り込みのようで、紙幣投入口に札を入れていた。

先に操作を終えたのは、女のほうだった。女はATMから出てきた明細書にざっと目を通すと、羽織っていたジャケットのポケットに入れた。が、奥まで入り切らなかった薄い明細書は、女がポケットから手を抜いた拍子に下に落ちた。女は明細書を落としたことに気づかず、振り返った。

女の顔に、別司ははっとした。

ホテルのラウンジで見た女だった。あの日と同じように、夜だというのに女は、サングラスをかけている。視線を送る男を気にとめる様子もなく、女は別司の横をすり抜け、キャッシュコーナーを出ていった。

女がキャッシュコーナーから立ち去ると、別司は女が落としていった明細書を拾った。女の金の振り込み先など知っても、なんの役にも立たないとわかってはいたが、美しい女の私生活を覗き見たいという出来心が湧いた。

別司は金を引き出すと、キャッシュコーナーを出て、拾った明細書を開いた。振り込み先は都市銀行の長野支店、受取人はグループホーム、シロハトノソノ、と書かれていた。

「自宅に戻って、ネットで振り込み先のシロハトノソノを調べました。長野にある同名の施設はひとつだけで、老人ホームでした。華やかな女と老人ホームという組み合わせがなんだかアンバランスで、いまでも覚えています」

明細書をいまでも持っていないか、と秦が訊ねると、別司は申し訳なさそうに首を振った。

「振り込み先を知ったあとは一気に興味がなくなって、そのまま自宅のごみ箱に捨てました。でも」

別司は秦を見た。

「その明細書に記載されていた振り込み名義人の名前は、覚えています」

秦は思わず身構えた。

別司は力強い声で言った。

「マノ・トモヨです」

13

「マノ・トモヨ」

秦は嚙みしめるように、名前を復唱した。

別司は秦と菜月の顔を交互に見ながら、少し照れたように笑った。

「麻乃巴薫《まのともよ》、じゃないですよ」

麻乃巴薫とは、宝塚から女優に転身した芸能人だ。普段、報道番組や野球以外のテレビを観ない秦でも、彼女が出ているCMをたびたび目にしている。

マノ・トモヨという名前を目にしたとき、別司の頭には、サングラスの女と名前が同じ、売れっ子女優が浮かんだ。それで、八年前に目にした名前をいまでもはっきりと記憶しているという。

明細書に印字されていた名前はカタカナ表記だったため漢字まではわからない、と別司は言った。

「そのあと別司さんは、サングラスの女についてなにか調べましたか」

秦の質問に、別司は肩を竦めた。

「いいえ、なにも。明細書をごみ箱に捨てて終わりです」

ひとりの女を死に追いやったマノに対して、いい印象を抱いてはいない。かといって、マノの身元を探り出し、父の友人の娘を破滅させた悪行を責めるまでの思いもなかった、と別司は素っ気なく言った。

ちょうど話が途切れたとき、接客室のドアがノックされた。事務員が遠慮がちに顔を出し、別司に急ぎの問い合わせが入っていると告げる。

これ以上、別司から聞き出せる情報はなさそうだ。秦は時間をとらせた詫びを言い、菜月と別司行政書士事務所を出た。

通りかかったタクシーに乗り込み、福井駅へ向かう。車中で菜月に、長野県にあるというグループホーム、シロハトノソノをネットで調べさせた。

菜月が後部座席の横でスマートフォンを操作する。文字を打ち込み、指で画面を操作すると、これです、と言って、秦にスマートフォンを差し出した。

画面には施設の画像が映し出されていた。トップに「社会福祉法人健生福祉会、グループホーム白鳩の苑」とある。別司が言っていたとおり、老人ホームだった。所在地は長野県上田市とある。

サイトを目と指で追う。現在でも運営されているようだ。

秦はスマートフォンを菜月に返すと、上田市までの乗継ルートを検索させた。

糸と糸が繋がってきた。辿った先に、サングラスの女がいる——。

スマートフォンを操作していた菜月が、溜め息を漏らす。

「移動だけで、ざっと五時間かかりますね。いまからだと、上田に着くのは夜の十時を回ってしまいます」

「さすがに今日は無理か」

「はい。どのみち、東京に一度、戻ったほうが早そうです」

「始発だと、長野に何時に着く」

「六時二十四分の新幹線に乗れば、八時前に着きます」

すでに調べていたのだろう。菜月は画面を見ながら答えた。

「それだな」

逸る気持ちを抑え、秦はつぶやくように言った。

福井駅に着くと、タイミング良く、京都に向かう特急に乗れた。新横浜までは、京都から新幹線で二時間だ。

秦は特急サンダーバードの座席に座ると、シートにもたれ車窓から外を眺めた。

文絵をマルチに誘った加奈子、加奈子を同じくマルチ商法に誘った園部敦子、ふたつの事件には三つの共通点がある。ひとつはサングラス、もうひとつは、誘った女がふたりとも自殺していること、三つ目は、自殺の時期だ。文絵や加奈子がマルチに誘われたとき、ふたりを誘った加奈子と敦子はすでにこの世を去っている。つまり、死人に誘われた、ということだ。

死んだ女に成り代わっている女がいる。

――マノ・トモヨ。

秦は隣に座る菜月に指示を出した。

「本部に連絡して、長野県警に照会しろ。加奈子と近い世代で、マノ・トモヨという名前の女が実在しているかどうか。なによりも、生きているかどうか」

もし自殺でもされていたら、捜査はまた、細い糸を手繰る作業に戻る。死の連鎖だ。どこまで糸が続いているか、想像もつかない。

秦の内心を悟ったのだろう。菜月は険しい表情で肯くと、スマートフォンを手にデッキへ姿を消した。

電車が鯖江《さばえ》駅に停車したとき、デッキに出ていた菜月が席へ戻ってきた。

「詳細がわかり次第、連絡するとのことです」

言いながら、缶コーヒーを差し出す。反対の手には、ウーロン茶のペットボトルを持っていた。自動販売機か車内販売で買ったのだろう。

すまん、と礼を言いながら秦が背広の内ポケットの財布に手を伸ばすと、座席に座った菜月が自分の顔の前で手を振った。

「結構です。来るとき、ご馳走になりましたから」

行きの新幹線でたしかに、菜月に缶コーヒーを奢《おご》った。しかし、上司と部下は立場が違う。上司が部下に奢ってもらうわけにはいかない。

秦がそう言うと、困ったように笑みを浮かべ、菜月はウーロン茶のペットボトルを両手で包んだ。

「そういうの、苦手なんです」

秦は無言で、菜月の顔を見た。

すみません、と小さく頭を下げて菜月は続ける。

「男性だから女性だから、上司だから部下だから——そう言われるとなんだか、自分がちっぽけな存在に思えるんです。いつまで経っても庇護されてるみたいで、いつまでも一人前になれないみたいで」

警察社会は上意下達だ。加えていまでも、男尊女卑の風潮がないとは言い切れない。普段から菜月には、自分の置かれた立場に忸怩《じくじ》たるものがあるのだろう。

秦は内ポケットから手を戻し、缶コーヒーのプルトップを開けた。

「そうか。じゃあ、遠慮なく貰っとくぞ」

「生意気な部下ですみません」

菜月がほっとしたように、また頭を下げた。

「俺がお前くらいの歳には、もっと生意気だった。当時の上司から、口を慎め、差し出がましい真似をするな、そうよく叱られたもんさ」

ウーロン茶のペットボトルを開けながら、菜月が可笑しそうに笑う。

「いまの秦さんを見てると、想像ができます」

菜月の横顔を見ながら、秦は苦笑いを浮かべた。

「生意気なくらいじゃないと、いい刑事にはなれん。上司の顔色ばかり見てるやつは、警察官じゃない。ただの公務員さ」

だがな、と秦は真顔に戻って、自嘲気味に言った。

「差し出がましいやつは結局、上司に嫌われる。俺がいい見本だ」

あの——菜月が言いづらそうに言葉を発した。首を竦め、一気に捲し立てる。

「嫌われるかもしれませんが、杉本管理官から長野への出張許可をいただいておきました。明日の長野行きの切符も、ネットで手配してあります」

そこで菜月は言葉を切り、ウーロン茶を喉に流し込んだ。ひと息ついてまたしても頭を下げる。

「差し出がましいことをして、すみません」

差し出がましいということと、機転が利くということとは別だ。菜月は後者だ。

「ご苦労」

菜月はなかなか顔を上げない。悪いことでもしたかのように、手元のペットボトルに視線を落としている。秦に怒鳴られるとでも思い、怯えているのか。

見当違いをしながら項垂れている部下の姿に、笑いが込み上げてくる。吹き出しそうになるのを抑え、秦は口元を締めた。車窓に顔を背けながらつぶやく。

「お前、いい刑事になりそうだな」

「ありがとうございます」

トーンを上げた菜月の声には、隠しきれない喜びが滲んでいる。

秦は意識を、車窓の景色に向けた。

遠くに見えていた山が近くなり、トンネルに入った。鏡のようになった窓に、サングラスの女が浮かぶ。マノ・トモヨはどのような女なのか。振り込み先の白鳩の苑に金を振り込んでいる理由はなにか。身内か関係者が入所しているというのか。

隣でマナーモードのスマートフォンが震える音がした。菜月がスマートフォンを取り出しながら慌てて席を立ち、デッキへ向かう。本部からの連絡だろう。

果たしてトモヨは、生きているのか、死んでいるのか。

一分後に戻ってきた菜月が、口元を真一文字に結び、立ったまま秦の顔を見る。目で問いかけると、大きく肯いた。

「マノ・トモヨは実在してます」

心臓が高鳴った。

「所在は」

秦が急かす。

「住民票は長野市にありますが、現在の住居は不明です。高校卒業後、東京に出たようですが、詳しいことはまだわかりません。ですが、少なくとも死亡したという記録はありません」

「よし！」

小さく快哉を叫ぶ。

「マノは真実の真に野原の野、トモヨは知識の知に世の中の世です。年齢は三十七歳、文絵と同じ歳です。おそらく、本人とみて、間違いないかと――」

幻影のように実像がなかったサングラスの女が、一気に実体化した。

秦は菜月に、労いの言葉をかけた。

「明日に備えて、今日は身体を休めておけ」

はい、と菜月は口元を引き締め、座席に腰を下ろした。

――必ず、正体を暴いて捕まえてやる。

電車がトンネルを抜けた。車窓を流れていく山間部の景色を眺めながら、秦は窓枠に置いた手を、強く握った。

上田駅に降り立った秦は、早朝の吹きつける風の冷たさに、上着の前合わせを片手で閉じた。

市街地となる盆地の奥に、低く連なる山脈が見える。関東から西ではこれから紅葉シーズンを迎える時期だが、甲信越でも北に位置するこの土地では、すでに初冬の空気が漂っていた。

タクシーで、グループホーム白鳩の苑に向かう。

白鳩の苑は、市街地から車で二十分ほど走った町外れにあった。

片側二車線の国道の両側に、田や畑、果樹園が広がっている。収穫を終えて淋しげな土地の中に、白い建物が見えた。運転手は建物を指差し、あれが白鳩の苑です、と言った。

このあたりでは一番設備が整っている介護付有料老人ホームで、入居している者はみな、企業経営者や資産家といった富裕層だという。

「こんな立派なとこで余生を過ごせるなんて、羨ましい限りです。われわれには、夢のまた夢ですわ」

そろそろ定年を迎える年齢と思われる運転手が、自嘲気味に笑い、車寄せにタクシーをつけた。

秦たちを入居希望者の身内だとでも思っているのだろう。料金を払いながら、秦は曖昧な苦笑いを浮かべた。

菜月とタクシーを降りた秦は、目の前の建物を見上げた。三階建ての煉瓦造りの建物は、ひと目見て金がかかっているとわかる。窓枠には真鍮製と思われる古めかしい装飾が施され、入居者の談話室と思われるスペースは、多角形の半円に造られている。塔のような屋根には、槍先を思わせる飾りが空に向かって突き出ていた。ひと言で表すならば、ヨーロッパの田園にでもありそうな、瀟洒な洋館といったところか。

両開きの自動ドアをくぐり中に入ると、広々としたフロアがあった。白いソファがところどころに置かれ、観葉植物が程よく配置されている。床は大理石をイメージさせるリノリウムだ。外観だけではなく、内装にも金がかかっている。フロアには誰もいなかった。

菜月が小走りで受付に足を運んだ。中にいた女性に身元を名乗り、手帳をかざす。神奈川県警という言葉に、若い女性の表情が一変する。頬が強張るのが、秦にも見えた。

「ある人物について、お訊ねしたいことがあって伺いました。施設長かどなたか、わかる方にお時間を頂戴できますか」

菜月が率先して動いている。上司に好かれるより、いい刑事になる覚悟を決めたのだろう。秦は口を挟まず、ふたりのやりとりを眺める。

菜月の言葉に、受付の事務員は、隣にいる眼鏡の女性を見た。白衣を着ているところをみると、看護師に違いない。事務員より年上のようだ。

看護師は緊張した声で、お待ちください、と言いながら卓上の電話をとった。電話に出た相手に、警察の方が見えています、と告げる。看護師は電話口を手で覆い、ぼそぼそとしゃべりながら何度か相槌を打つと、電話を終えて受付から出てきた。

「こちらにどうぞ」

看護師は、秦と菜月を一階の奥にある応接室へ案内した。

革張りのソファに座って待つ。豪奢な建物とは裏腹に、どこにでもありそうな、質素な応接室だった。おそらく、事務的な打ち合わせをする部屋なのだろう。
一、二分で、先ほどの看護師がひとりの女性を連れて戻ってきた。応接テーブルを挟んで向かいに座った女性は、「施設責任者の池田圭子《いけだけいこ》です」と名乗り、隣に腰を下ろした看護師を、「看護師長の須森晃子《すもりあきこ》です」と紹介した。
銀髪とふくよかな顔に刻まれている皺から、池田は施設入居者の対象年齢とそう違わないように見える。しかし、老いを感じさせないのは、現役が持つきびきびとした仕草と、すっと伸びている背筋のせいだろう。

名刺交換を済ませ、秦は不意の訪問を詫びた。

「突然、申し訳ありません」

軽く頭を下げ、早速、本題に入る。

「実は、ある事件の参考人として、真野知世さんという女性を探しています。真野さんは八年前に、この施設に銀行のＡＴＭから振り込みをしている。振り込みがその一度だけなのか、定期的なものなのか、それはわかりません。真野知世さんの名前に、心当たりはありませんか」

池田ははっとして、隣にいる須森を見た。なにかしらの、同意を求める目だ。池田の意を汲み取ったのだろう。須森は池田を見ながら、首を縦に振った。

池田は秦と菜月に視線を戻すと、たぶん、と言いながらも確信を込めた口調で答えた。

「その方は、真野修《おさむ》さんの娘さんだと思います」

「真野修さんは、こちらに入居されているんですか」

秦は身を乗り出して訊ねた。

普段は個人情報保護法に基づき、入居者の情報を外部には漏らさないのだろう。池田は一瞬、返答を躊躇った。

秦はすかさず言った。

「重要な事件なんです」

池田は唾を飲み、肯いた。

「そうです。真野修さんは、ここの入居者です」

思ったとおりだ。これで身内の口から、情報を引き出せる。

逸る気持ちを抑え、秦は菜月に、似顔絵を出すよう促した。高村文絵の供述に基づいて作成した、死んだ杉浦加奈子を名乗る女の似顔絵だ。

菜月がバッグに入れたファイルから、似顔絵を取り出しテーブルに置く。サングラスをかけているものと、かけていないものの二枚だ。

「この似顔絵を見てください。真野知世さんではないですか」

池田は似顔絵を交互に眺め、須森と目を見合わせて肯いた。

「娘さんによく似ています」

隣に座る菜月が、右手を固く握るのが見えた。

池田の話によると、真野修は現在七十七歳。十年前から施設に入居している。娘の知世が施設に顔を出したのは、修が入居するときと、その一年後、近くまで来たから様子を見に来たと、ふらりと立ち寄ったときだけだという。

池田は加奈子の似顔絵を改めて手に取ると、感慨深げに見つめた。

「真野さんが入居当時、娘さんはまだ二十代半ばだったはずです。まだ若いのに、お父さまの面倒を、ひとりで背負わなければいけないことを不憫に思ったことを覚えています。もう長くお会いしていないけれど、娘さんはお父さまにそっくりだから、いまでもお顔を鮮明に思い出せます」

隣で須森が、同意するように顎を引く。池田が手にしている似顔絵を見ながら言った。

「目元や鼻筋が、お父さまにそっくりでした」

秦は修に面会を求めた。

「ご本人に会って直接、知世さんの話を伺いたいのですが」

「それは……」

須森が困惑した表情で、池田を見る。顔を見合わせたまま、ふたりの間に沈黙が広がった。

面会を許可すべきかどうか、迷っている。が、ひとつ息を吐くと、池田は決断するように立ち上がった。

「いいでしょう。ご案内します」

四人はエレベーターで上にあがった。三階で降り、須森の先導で廊下を奥に向かう。

エレベーターの中で、秦は考えていた。いまから十年前というと、修は六十七歳だ。ひと昔前ならば晩年ともいえるが、現在《いま》は違う。古希を過ぎても、ひとりで元気に暮らしている者は多い。六十七歳で老人ホームに入居するのは早いのではないか。

歩きながら疑問を口にすると、須森は立ち止まって秦の顔を見た。

「そうですね。いまの世の中、六十七歳はまだまだお若いです。ひとりでも元気に暮らしている方は、たくさんいらっしゃいます。ですが――」

須森が言葉を濁す。池田が後を受けて言った。

「お会いになれば、わかります」

嫌な予感が頭をもたげた。

――もしかして認知症か。

菜月が横目で視線をくれる。険しい表情だ。おそらく、秦と同じ想像をしたのだろう。

来客がある一階は装飾にこだわっているが、居室が連なっている三階は、装飾よりも衛生面や介護に気を配った造りになっていた。中はすべてバリアフリーで、ランドリースペースや手洗い、個室のドアなどの設備は、清掃がしやすい医療用のものが使用されている。

須森は廊下の一番奥にある部屋の前で立ち止まると、持ってきた鍵でスライド式のドアを開けた。

中は、十畳ほどの広さのベッドルームになっていた。部屋の隣に、トイレとシャワールームの水回りがある。だが、洗面台にはコップや歯ブラシといった生活用品は、なにも置かれていなかった。

窓際のベッドには、ひとりの男性が横たわっていた。

「真野修さんです」

須森はそう言うと、部屋を横切りベッドの傍らへ立った。

池田に促されてベッドに向かう秦の足が、途中で止まった。

間近で見なくても、説明がなくても、修がどのような状態なのか理解した。

修は認知症ではない。植物状態だ。同じ患者を身内に抱える者の、直感だった。

振り返ると、池田の隣に立った菜月が、息を呑んでいた。口元を手で押さえ、絞り出すように言う。

「真野さんは……」

菜月の言葉が途切れた。修の状態をどう表現していいのか、わからないようだ。いや、わかってはいるが、厳しい現状を口にすることを躊躇ったのかもしれない。

秦はベッドの傍まで行くと、修を見下ろしながら言った。

「そういうことでしたか」

ベッドの上の修は、老木を思わせた。わずかに開いている瞼から見える瞳には生気がなく、病院着の襟から覗いている肌は、長いあいだチューブによる栄養しか摂りいれていないため、かさかさに乾いている。

秦の隣で、菜月が囁いた。

「須森さんがおっしゃったように、目元や鼻筋の感じが、似顔絵と似ています」

性別や年齢の違いはあるが、たしかに似顔絵の女と修の顔立ちは似ていた。目頭から目尻を繋ぐ瞼の線やまっすぐな鼻梁が、ふたりの血の繋がりを窺わせた。

池田の話によると、修は長野市内で車の塗装業を営んでいた。しかし、全国規模の車のメンテナンス企業が地方に進出してきたことが原因で経営難に陥り、負債を抱えてしまう。借金を返すために借金をし、不渡りを出して会社は倒産。人生を悲観した修は車中で練炭自殺を図った。発見が早く一命は取り留めたが、一酸化炭素中毒の後遺症で脳細胞はすでに壊死《えし》していた。以来、修は意識と時間がない人生を送っている。

応接室に戻ると秦は、改めて池田に訊ねた。

「植物状態になった父親を娘の知世さんがここに入居させた、ということですね」

そうです、と池田は答えた。

失礼ですが、と菜月が手帳にペンを走らせながら訊く。

「こちらの入居費はおいくらでしょう」

「入居するときに、入居金として二千万。あとは必要な経費を、その都度いただいています」

「二千万」

秦は思わず口を開いた。

「はい」

相場なのか、池田は悪びれた様子もなく答えた。

入居金は事前に一括で支払うことになっていて、別途に管理費や食費、光熱費などの月額費用がかかるという。月額費用は年一括払い、ほかに、医療機関を受診した治療費などの臨時に発生した経費は、その都度、振り込んでもらっているという。

菜月が身を乗り出し、臨時費用の振り込みの連絡はどうしているのか訊ねると、月に一度、知世のほうから施設へ電話がある、と池田は答えた。

「いつのまにか電話が繋がらなくなり、契約書の住所に手紙を送ったんですが、しばらく梨の礫で、困っていると、向こうから電話がかかってきたんです。いま海外にいるので、しばらくはこちらから定期的に連絡を入れる、とのことでした。万が一のときに困るから、滞在先の住所を教えてほしい、と頼んだんですが、頻繁に移動しているから無理だ、とのことでした。持っている携帯も、国際電話の繋がらない機種とかで。もしものときは諦める、意識がない状態では死に目に会えても会えなくても同じだから、とおっしゃって」

池田は事務的な口調で説明した。施設には身よりのない入居者もいる。こちらとしては支払いが滞るといったことがない限り、入居者の契約を打ち切ることはない、と言う。要は、きちんと金を払っているかぎり面倒は見る、ということだ。

「支払いが滞ったということはないんですか」

秦の質問に池田は肯いた。

「一度もありません」

いまから十年前に入居したとなると、知世は二十代後半で父親をこの施設に入れたことになる。二千万という大金を、どうやって手に入れたのだろう。

植物状態になったとはいえ、死亡ではないから保険金は下りない。そもそも修が保険をかけていたとしても、借金に追われる人間は金になるものはすべて金に換える。保険などたいてい、真っ先に解約するものだ。当然、家屋敷や工場はすべて抵当に入っていただろう。知世に継ぐべき資産はなかったはずだ。

「知世さんの職業はご存じですか」

横から須森が口を挟む。

「当時はたしか、モデルさんでした」

「事務所はわかりますか」

すかさず、菜月が確認する。

それが、言いにくそうに須森が首を振る。

「フリーのモデルさんとのことで……」

秦は眉を顰めた。

「失礼ですが、その程度の身元の確認で、入居できるもんなんですか」

池田がわずかに顔を赤らめて言う。

「異例ではありますが、先に入居金のお支払いがあれば――」

秦は溜め息をついた。

菜月が早口で訊ねる。

「彼女はいまもモデルを続けているんでしょうか」

須森は首を捻り、そこまでは、とつぶやいた。

秦は、修が入居したときに交わした契約書と、いままで支払われた振り込みの記録を見せてほしい、と頼んだ。

池田は、わかりました、と言うと、部屋から出ていった。十分ほど経ってから戻ってきた池田の手には、バインダーがあった。

「これが、真野修さんの契約書と、月額費用の振り込み記録です」

池田からバインダーを受け取った秦は、表紙を捲るのももどかしく、バインダーを開いた。

一枚目には、修が入居するときに交わした契約書があった。契約日は十年前の五月二十三日になっている。入居者、真野修。契約者、真野知世。続柄は、娘、と記載されている。本籍は長野県長野市唐杉町字川端××。当時の知世の住所は、東京都世田谷区太子堂×の×、となっていた。

契約書の後ろには、入居した月から今月分までの振り込みされた記録が綴られていた。

入居金はその年の四月に、一括して支払われていた。毎月の費用として二十万円。これは毎年四月に、一年分納めることになっていた。初年度は日割り計算で約百三万円だった。消費税と合わせて、その年の四月に知世が支払ったのは、二千三百万円強だ。臨時の振り込みは平均すると、ふた月に一度の割合でされている。

池田の説明によると、修の体調を見て、通常使用している栄養剤を、もっと栄養価の高いものにするときがある。そのときに、臨時の費用がかかるのだという。

「これをコピーさせていただいてよろしいですか。できれば、コピー機をお借りして」

池田が肯くと、須森が立ち上がった。

菜月も同時に腰を上げ、頭を下げる。

「同行させてください。ファックスもお借りできると、ありがたいのですが」

指示するまでもなく、菜月は資料を本部に送るつもりだ。秦は静かに口角を上げた。

池田は目で、須森に承諾の意を伝える。

「では、こちらへ」

言いながら須森はドアに向かった。菜月が後を追う。

ふたりが出ていくと、池田は溜め息をつきながら秦に訊ねた。

「知世さん、いったいどんな事件に、巻き込まれたんですか」

池田から見れば、知世は父親を設備の整った介護付有料老人ホームに入居させている、親孝行な娘なのだろう。秦は池田の問いには答えず、またなにかありましたら協力願います、とだけ言って頭を下げた。


鎌倉署に戻ったときは、午後三時を回っていた。

合同捜査本部に宛てがわれた三階の会議室には、八名ほどの捜査員がいた。

秦と菜月が部屋に入ると、部下の井本と金子が駆け寄ってきた。

井本と金子は、出張から戻ってきた上司に頭を下げた。

肯くと、秦は言った。

「真野知世の鑑取りはどうだ」

井本が答える。

「いま鎌倉署の沢村《さわむら》班が、知世の十年前の住居になっている太子堂に行って、聞き込みをしてます。ですが、本人はとうの昔に引っ越しているようです」

額に深い皺を寄せながら、金子が訊ねた。

「電話で伺った話、本当ですか」

井本も金子の隣で、難しい顔をしながら大きく息を吐いた。

「サングラスの女が実在していたなんて、信じられません。あれほど調べても、足跡ひとつ見つからなかったのに」

「相手はそれだけ計画的かつ用意周到だったってことだ」

秦は自分の席に腰を下ろし、怪訝な表情を拭えないふたりの顔を、交互に見やった。

「真野知世という女が、今回の事件にどう関わっているのか、まだ判断はつかん。だが、重要参考人である可能性は極めて高い。戸籍のほうは洗ったか」

ふたりには電話で指示を出してあった。

はい、と答えて金子が用意していたコピー用紙に目を落とした。

「母親の充子《みつこ》は、知世が中学二年生のときに離婚しています。一度は旧姓の笹本《ささもと》に戻りましたが、一年後に再婚し加藤《かとう》充子になっています。ですが、それから二年後に死亡しています」

「知世に兄弟はいるのか」

金子は、いいえ、と即答した。

秦は奥歯を嚙んだ。予想していたとはいえ、幽霊の居所は、そう簡単に摑めない。

秦は気を取り直して言った。

「浅田と曽根は」

残りの部下の名前を出す。

ふたりには、田崎実、杉浦加奈子、園部敦子の死亡日時と振り込み日時の照合を行え、と命じてあった。

「まだ戻ってきません」

井本が首を振る。

そのとき、入口で秦を呼ぶ部下の声が響いた。

「班長！」

浅田だ。駆け寄ってくる。

「見つかりました。幽霊の足跡が」

息を切らしながら、浅田は言った。

「出たか」

秦も息を弾ませる。

遅れて駆けてきた曽根が、肩で息をしながら捜査資料を広げた。

「これを見てください。この赤いマーカーのところです」

曽根が指差した赤いマーカーの部分には、田崎が死亡した場所と日時が記載されている。死亡日時は九月二十二日から二十三日。現場は鎌倉の七里ガ浜だ。

「続いて、こちらを見てください」

曽根は修の入居費用の振り込み記録の、赤いマーカーが引かれているところを指した。

「先月分の振り込みですが、九月十日に鎌倉にある都市銀行のＡＴＭから振り込まれています。続いてこちら」

再び曽根は、三人の死亡日時が書かれている資料を指す。

「今度はこの青いマーカーです。杉浦加奈子の死亡日時欄を見てください。戸籍で確認しましたが、彼女はいまから五年前の六月十五日に亡くなっています。そのときの施設への振り込み場所がここです」

五年前の六月、施設には岐阜県岐阜市から金が振り込まれていた。

秦はふたつの書類を奪いとるように手にすると、黄色いマーカーの部分を交互に見た。

黄色いマーカー部分は園部敦子の死亡に関わる部分だった。園部の死亡日時は、いまから七年前の三月八日。その一週間前、施設には福井県福井市のATMから振り込みがなされていた。

田崎、加奈子、園部、三人が死亡した前後、知世は三人が死んだ場所の近辺から、施設へ振り込みを行っている。三人が死亡したとき、知世はその土地にいたということだ。

——幽霊の正体は、真野知世に間違いない。

秦は書類を机の上に叩きつけた。

「なんとしてでも真野の居所を探し出し、身柄を引っ張るんだ。俺は今から杉本管理官へ報告に行ってくる」

秦が席を立とうとしたとき、浅田が秦の袖を摑んだ。

「待ってください、班長。もうひとつ、重要な報告があります」

浅田は別な資料を、カバンから取り出した。

「これを見てください」

紙には今日の日付と、オーストラリアのハミルトン島の名前が書かれている。

「白鳩の苑の口座を持っている都市銀行に、ここひと月分の振り込み記録を出してもらったんです。そうしたら、今日、真野知世という人物が振り込みしていたんです。その振り込み元が、オーストラリアのハミルトン島にある銀行でした」

菜月が隣で息を呑む。他の部下たちも、身を乗り出した。

秦はゆっくり息を吐き出した。

「真野はいま、オーストラリアにいるってことか」

浅田は肯いた。

「都市銀行から振り込み記録を入手したあと、すぐに東京入国管理局へ連絡しました。真野知世の氏名と本籍を伝え、出入国の記録を調べてもらったところ、真野は九月二十四日、成田からオーストラリアへ出国しています」

九月二十四日、田崎が殺された翌日だ。

秦の頭に、ある植物が浮かんだ。細長く伸びた葉の先端に、壺のような形状の袋がついている。以前、テレビで見た食虫植物だ。甘い蜜で虫をおびき寄せ、中に落ちた虫を食いながら生きる。名前を思い出す。

――ウツボカズラ。

他人に成りすまし、甘い話で獲物を寄せつけ、金を搾りとれるだけ搾りとったら姿を消す。おそらく知世は、文絵を田崎殺害の容疑者に仕立て上げ、海外へ身を隠したのだ。ほとぼりが冷めた頃舞い戻り、新たな獲物を探すつもりに違いない。

秦は拳を強く握った。

人の欲は、限りがない。

たとえば、子が生まれるとき、親は我が子の健康を願う。無事に生まれると、健やかな成長を願い、それが叶うと頭の良さを求め、有名大学への進学へと、欲はきりがなく膨らむ。

多くのものを求めすぎていたと気づくのは、当たり前が失われたときだ。

当たり前の健康、当たり前の三度の食事、当たり前の寝床。それまで当たり前にあると思っていたなにかが崩れ去ったとき、人は真に大切なものはなにかに気づく。

脳裡に、病院のベッドに横たわっている妻の姿が浮かんだ。

歩くことも、口を利くこともできず、意識がないまま眠り続けている妻を思うと、当たり前のものが手のなかにありながら、さらなる私欲を満たすために人の命を次々に奪う女に、激しい怒りが込み上げてくる。

真野知世がどのような理由で犯罪に手を染めたのかはわからない。だが、知世が犯した罪は限りなく重い。知世は法のもと、自分の罪を償わなければいけない。

秦は会議室を飛び出すと、杉本の部屋へ駆けた。

杉本へ報告する。秦から報告を聞いた杉本は、興奮を抑えきれない口調で言った。

「真野知世の逮捕状を取る。お前と中川は、支度をしてすぐ成田に向かえ。令状が下り次第、成田まで届けさせる」

話を聞きながら、顔が熱くなるのがわかる。

杉本は椅子から立ち上がると、秦のそばまで来て肩に手を置いた。

「オーストラリアへ飛ぶんだ。現地の警察には、インターポールを通じて真野の身柄を拘束する要請を出しておく」

杉本は秦の肩を、置いていた手で強く叩いた。

「真野知世を、必ず捕らえろ！」

秦は杉本の目を見て、強く肯いた。

14

暑い。

午前中だというのに、外の気温は、すでに三十度を超えていそうだ。

日差しを避けるため、頭に載せていた麦わら帽子を目深にかぶる。降り立った空港で買った、グッチのハバナハットだ。

日本は紅葉が目立ちはじめている頃だろう。北海道ではもうすぐ、初雪が観測されるに違いない。しかし南半球にあるハミルトン島は、夏本番を迎えようとする季節だった。

抜けるように青い空から眩しい陽光が降り注ぎ、淡いコバルトブルーの海では、休暇で訪れた観光客が水上スキーを楽しんでいる。

水着姿で眼下のビーチを見やりながら、ホテルの部屋のプライベートプールで水と戯れる——同じ水遊びでも、金持ちだけが成しうる特権だ。

部屋のチャイムが鳴った。プールからあがり、壁際に向かう。サンデッキの壁面に備え付けてあるインターホンを押した。小さな画面に、制服を着た若いボーイが映っている。インターホンが繋がると、ボーイは礼儀正しい笑みを浮かべて頭を下げた。

「お飲み物をお持ちしました」

完璧な発音のアメリカ英語だ。五つ星のホテルは、さすがに教育が行き届いている。

「ありがとう」

濡れた身体にパーカを羽織り、ドアまで行って鍵を開ける。片手にトレイを持ったボーイが、白い歯を見せてにっこり微笑んだ。

思わず惹き込まれそうな笑顔だ。自然に笑みが零れる。

「プールまで持ってきてちょうだい」

自分の後ろ姿を意識しながら、プールに戻った。

白いデッキチェアーに横たわる。

そばに来るとボーイは、フルーツや南国の花があしらわれたトロピカルカクテルを、サイドテーブルに置いた。

「ほかになにかご用はございませんか。ミズ・リョウコ」

ホテルには、本田亮子《ほんだりょうこ》の名前で宿泊していた。職業はモデルと伝えてある。

カクテル・グラスに口をつけ、ボーイに言った。

「ベッドルームのテーブルの上に、パソコンがあるの。持ってきてちょうだい」

ボーイは軽く頭を下げてベッドルームに姿を消すと、すぐ小型のノートパソコンを手に戻ってきた。

ホテルのレンタル・パソコンだ。自分のパソコンや携帯は、すでに処分してある。

パソコンを受け取り、ボーイにチップを渡した。

ボーイは恭しくお辞儀して礼を言い、ほかに用はないか、と目で問いかける。

「もう、いいわ。ありがとう」

ボーイは名残惜しそうに片眉を上げ、頭を下げた。そのまま後ずさって退室する。

カクテルを半分ほど味わったところで、パソコンを膝の上で開いた。

検索をかけ、日本のニュースサイトを開く。トップページの検索ウィンドウに、高村文絵、と入力した。

数千件の記事がヒットした。

文絵が逮捕されてから、今日で十日が経つ。マスコミは、どこにでもいる主婦がマルチ商法にはまり、痴情のもつれから経営パートナーを殺害したとされるこの事件を、〝金と男に溺れた主婦の転落〟〝子を失った悲しみか。凶行に走った主婦〟といった見出しをつけて報道していた。検察が起訴したという発表はまだないが、それも時間の問題だろう。

予定どおりだった。今回も、完全犯罪をやり遂げた自信がある。

パソコンを膝からおろし、カクテル・グラスの隣に置くと、ベンチソファに身を横たえた。澄み渡った空を見上げる。雲ひとつない。サングラスを通さず、裸眼で見る空はひときわ、美しかった。

空を眺めながら、文絵の顔を思い浮かべる。

警察がやってきたとき、文絵はさぞ驚いたことだろう。仕事上のパートナーだった男が殺され、信頼しきっていた友人は、連絡もとれず行方がわからない。自分が田崎殺害の被疑者として逮捕される予期しない事態に、どれだけ取り乱したことか。持病である解離性障害が悪化した恐れもある。

――当然だ。文絵は田崎を殺していないのだから。

世の中、なにが起こるかわからない。それは自分が身をもって知っている。十四年前まで、その日の生活に精一杯だった自分が、いまはこうして高級リゾート地で贅沢三昧に過ごしている。それは、父の修も同じだ。死を決意して練炭自殺を図った父親は、自分が意識のないまま生きながらえるとは思わなかったはずだ。

テーブルに置いてあるカクテルに目を向ける。パラソルの陰になったグラスに、顔が映る。長いまつ毛に縁取られた切れ長の目、すらりと通った鼻梁、程よい厚みを持った形のいい唇。それらのパーツが、面長の小さな顔のなかに、配置よく納まっている。肌は白く、手足が長い。自分の姿を鏡で見ると、父が昔、自分の先祖は北海道出身でロシアの血が入っている、と言っていたのもまんざら嘘ではないと思う。

自分は父が四十歳、母が三十三歳のときの子供だ。歳をとってようやくできた娘を、父親はいたく可愛がった。記憶のなかの父は、いつも車の塗料で汚れたつなぎを着ている。

両親が付き合いはじめたきっかけは、父親が働いていた車の修理工場に、母が修理を頼みに来たことだったと聞いている。父が三十歳、母が二十三歳のときだ。

当時、父は生まれ故郷の長野を離れて東京で働いていた。母の充子は東京の生まれだ。地元の高校を出たあと、保険会社に勤めた。明るい性格で社交的だった。仕事の成績は支社で一番だった、と母が自慢していたことを覚えている。

ふたりは出会って五年後に結婚し、母の妊娠を機に地元の長野に戻った。父は二十年間働いていた下町の工場を辞め、退職金を元手に車の塗装会社を立ち上げた。地元に戻った理由は、ひとりで暮らしていた祖母が認知症を患ったこともあるが、念願かなって授かった子供を、空気のいい田舎で育てたかったからだ。父親は結婚した当初から、子供ができたら自然が豊かな生まれ故郷で育てたい、と母に伝えていたらしい。祖母は父が長野に帰った翌年に、脳溢血で亡くなった。酒を飲むたびに父は、もっと親孝行してやりたかったと悔やみ、そのあとに必ず、少しの間でも一緒に暮らせてよかった、と自分を慰めていた。

父が立ち上げた有限会社太陽《たいよう》塗装は、社長の修と、経理を担当する充子、若い男性社員がひとりいるだけの小さな会社だった。

バブル景気に乗り、しばらくのあいだ、経営は順調だった。しかしそれは、長くは続かなかった。

小学校の高学年の頃から、父親の会社は傾きはじめた。バブル景気により、大手の車のメンテナンス会社が、地元に進出してきたことが原因だった。得意先が次々と離れ、収入が減った。弱り目に祟《たた》り目で、その後まもなく、バブルが弾けた。銀行は融資を引き揚げ、資金繰りに困窮した。自ら営業に回ったり、工賃を削ったりと、会社が持ち直すようにいろいろ試みたがうまくいかず、たったひとりの従業員の給料も払えなくなった。彼に暇を出してからは、夫婦ふたりで仕事を続けた。

両親が離婚したのは、中学二年生のときだった。別れたことは、母が荷物をまとめて出ていったあと父から聞かされたが、さほど驚きはしなかった。金がなければ、諍《いさか》いも増える。会社が傾いていくなかで、両親の仲が修復できないくらい悪くなっていたことは、子供ながらに感じていた。

母が家を出てからも、父はひとりで働いた。自分の人生を賭けた会社を潰すわけにはいかないと、必死に守ろうとした。

高校を卒業したあと、父を助けるため太陽塗装で働くしかなかった。

営業に行くと、父親を支えながら働く娘を不憫に思い、仕事を回してくれる会社がいくつかあった。が、次第に、担当者は色目を遣うようになり、遠まわしに身体の関係を要求した。断ると、ぱたりと仕事は来なくなった。

いっそ寝ればよかった、といまになって思う。だがその頃は、男を知らなかったばかりか、男を利用する術《すべ》も、知らなかった。

仕事を餌にホテルに連れ込み、泣きながら必死で抵抗する二十歳《はたち》前の娘を、力尽くで犯した男の顔が思い浮かぶ。唇の端を歪め、こめかみに血管を浮かべる、脂ぎった中年男。親子ほど歳の離れた娘の身体に、むしゃぶりついた鬼畜。

——死ねばいい。

行為の最中、唇を嚙みながら思った。いまなら躊躇いもなく、罠《わな》にかけて餌食にしただろう。

太陽塗装が倒産したのは、二十三の春だった。生きがいを失った父は、その年の秋に自殺を図った。倒産整理が済み、工場の土地と建物を、銀行に引き渡す前日だった。

父は車のなかに練炭を持ち込み、山中で死のうとした。が、山歩きをしていた老人に発見され、一命を取り留めた。しかし、意識は永遠に失われた。

父の自殺は、バイト先で知った。倒産後にアルバイトをしていたスーパーの店長から、すぐ市内の病院へ行くよう言われた。

病院に向かうタクシーのなかで、なぜスーパーに連絡があったのだろう、と混乱する頭でどうでもいいことを考えた。あとで警察から聞いた話によると、父が携帯していた免許証からすぐに身元は割れたが、自宅に連絡しても誰も出ない。警察は交番から警察官を自宅に向かわせ、近所の人間から、娘がスーパーでバイトしていると聞いたらしい。

病院のベッドで、医療機器にチューブで繫がれている父を見て、悲しみや憐憫《れんびん》よりも、やるせなさと怒りを感じた。

母が家を出ていったあとの九年間、ともに苦労をして生きてきた。会社を失った父に、自分もがんばって働くからふたりで生きていこう、と励ました。だが、父は娘と生きていくことよりも、会社とともに死ぬことを選んだ。裏切られたと思うと同時に、強い孤独を感じた。

父が自殺を図ったひと月後、主治医から今後についての説明があった。体調は落ち着いたが、脳の損傷は激しく、今後、意識が戻る確率は皆無に等しい、と医師は言った。いわゆる、植物状態だった。

資金繰りに窮していた父は、保険も解約し、年金の支払いもしていなかった。高額の医療費が、自分の肩にのしかかった。

父が憎かった。娘に苦労を押しつけ、なにも知らず病院のベッドで眠り続けている父が、憎くてたまらなかった。そう思う一方で、憎み切れない自分がいた。

これから自分が、そして父が、どうなるのかわからない。しかし、ひとつだけわかっていたことがある。

——金が必要だということだ、それも多額の金が。

とてもスーパーのバイト代で補える額ではない。桁が違う。

手っ取り早く金を稼ぐ方法を選んだ。水商売だ。

昼は父親の見舞いに行き、夜はキャバクラで働いた。

自分を捨てた母と、自分を見捨てた父——両親に感謝していることがあるとしたら、美しい容姿に産んでくれたことだ。周りの人間たちは、誰もが、美しさを讃えた。男からはいつも、熱を帯びた視線を向けられ、女からは、羨望と憧れを含んだ目で見られた。

キャバクラでは、容貌に加え、物おじしない性格が幸いした。両親から受け継いだ美貌と客あしらいのうまさで、すぐに店のナンバーワンになった。チップと店の歩合給で、手取りは月に四十万を超えた。客から貢がせたバッグや貴金属を換金すると、六十万を超える月もあった。地方のキャバクラ嬢としては、かなりの収入だろう。

キャバクラに勤めはじめてから三カ月が経ったとき、店を辞めて愛人にならないか、という男があらわれた。岡田《おかだ》という初老の男で、不動産会社の会長だった。東京の赤坂に、何棟もビルを持っている、というのが自慢だった。出張で長野に立ち寄ったとき、取引先の男に連れてこられた。そのとき指名され、見初《みそ》められた。

岡田は、東京にこないか、と自分を誘った。六本木に所有しているマンションがある。その一室を与え、手当として月三十万出す、と言う。愛人の手当としては妥当な金額だろう。が、父親の看護があるから、と断った。三十万ぽっちでは、病院代を考えると、とても首を縦に振れなかった。

父親が植物状態にある、という話を最初は嘘だと思ったようだ。が、どこで調べたのか、事実とわかると岡田は執着した。

何度も長野に通い、手練手管で口説こうとする。それでも断った。

意図したわけではなかったが、断れば断るほど、手当の額が釣り上がった。

意地になっていたのだろう。岡田はついに、月に百万でどうだ、と言った。月に一度、父に会いに行くことも許すという条件で、岡田の愛人になった。

愛人生活は、楽しかった。高い服を買い、ブランド品を身につけ、三つ星レストランや高級料亭で食事をする。

一度、贅沢を覚えると人間は、もとの生活に戻れなくなる。愛人になって三年が過ぎる頃には、スーパーの値下げ弁当を食べていた暮らしには、戻れなくなっていた。

だがその頃、岡田の心が離れはじめた。三日に上げずマンションに通ってきていたものが、やがて週に一度になった。ベッドのなかでも、以前のような熱はなくなった。知り合った頃は、飽くことなく何度も求めてきたのに、事を済ませると、だるそうに煙草をふかすだけになった。

ほかに女ができたことはわかっていた。女の勘だ。

岡田に新たな女ができたと知っても、嫉妬は起きなかった。ただ、いまのこの贅沢な暮らしを、失うことが不安だった。

岡田が別れ話を切り出す前に、どう金を引き出すか、頭を捻った。

多くの既婚男性が一番恐れることは、家庭が破綻することだ。

別れるなら妻にすべてをぶちまける。そう脅した。岡田は白けた目で溜め息をついた。

「いくら欲しいんだ」

「三千万」

ふっかけた。本当は、一千万円引き出せたら御の字だ、そう思っていた。

しかし岡田は、あっさり三千万円用意した。遊び慣れている岡田は、別れるときのごたごたを毛嫌いしていた。前の女にも、それくらい払ったようだ。そもそも岡田にとって、三千万程度は、大した額ではないのだろう。

それまでの貯金と合わせて、四千万近い金を手に入れた。

病院からは、前々から暗に退院を要求されていた。思い切ってその金で、父を介護付有料老人ホームへ移した。入居するときに支払う入居金は二千万円、管理費や食費、光熱費など月々の支払いは二十万円。ほかに臨時で支払うものもある。

父への愛情はなかった。自分を見捨てた父に対して、世話する時間も労力も使いたくない。金はかかるが、半永久的に父の世話から逃れられる方法を選んだ。

父を施設に入居させてから、金を作る方法を考えた。施設へ支払う金が、一年間でおよそ二百五十万円。それに加えて、自分が暮らす金が必要だ。岡田と付き合っていたときの暮らしからは、水準を落としたくない。そう考えると、年に五百万円以上の金が欲しかった。

手っ取り早いのは水商売だ。求人情報を見て、銀座のクラブに面接に行った。

その場で採用され、その日のうちに、ヘルプで客についた。

クラブ「連」は、一流とまではいかないが、三十坪ほどの店内は、常に七割がたは客で埋まっている繁盛店だった。ホステスは総勢十六人。その日、出勤してくるのは十名程度だ。

ナンバーツーになるまで、半年かかった。

田舎のキャバクラと違い、容姿だけではのし上がれない世界だった。アフターや同伴出勤、客の売掛金の回収など、以前いたキャバクラとは、比べものにならないくらい厳しいノルマが課せられていた。洋服代や美容院代も倍以上かかる。マンションの家賃も高い。半年経って手元に残ったのは、二百万にも満たなかった。

そんなときあらわれたのが、黒田《くろだ》浩輔《こうすけ》だ。浩輔は三十代前半で、ＩＴ関連企業の創業者、という触れ込みだった。ジムと日焼けサロンに日参し、筋肉質の身体をいつもこんがり焼いている。義歯のような真っ白い歯が魅力的だった。

一度ヘルプでついたあと、気に入られ、週に三度は指名をくれた。たちまち上得意の客になった。肉体関係ができるまで時間はかからなかった。金払いもよく、いつも現金払いで、売掛け倒れの心配もない。もとは華族の出身で、九州に膨大な先祖の土地がある、と日頃から自慢していた。

が、すべて嘘だった。

自分のマンションで同棲同然の暮らしをはじめてひと月もすると、浩輔は金をせびりはじめた。予定していた取引先の入金が遅れ、資金繰りに詰まってしまった。五千万は用意したが、二百万ちょっと足りない。親には頼りたくないので、一週間ほど融通してほしい、と言う。

浩輔の言葉を、信じたわけではない。しかしその頃には、情が移っていた。

自分には本当の意味での身寄りがいない。いるのは、行方知れずの母親と、植物状態の父親だけだ。東京で親しく口を利く友人もいない。職場の同僚とは馴染めず、常に距離を置いていた。頼れる人間は、浩輔しかいなかった。

同棲をはじめて三ヵ月後、貯金が百万を切った。頻繁に暴力も振るわれた。顔こそ殴らなかったが、腹部や胸を繰り返し殴打された。首を絞められたこともある。

その頃には、浩輔に別の女がいることにも気づいた。仕事場として教えられていた住所は、まったくの出鱈目だった。出勤すると言って家を出た浩輔のあとをつけると、女と逢っていた。二十代後半の太った金髪女で、全身、品のないブランドで固めていた。露出の多い服を着て下品な笑い声をあげている、絵に描いたような馬鹿女だった。あとでわかったが、場末の風俗嬢だった。

あとをつけた夜、浩輔は部屋に戻らなかった。翌朝、帰ってきたところを問い詰めると、浩輔は切れ、開き直った。

「俺は女を食って生きてるんだ。金を貢がせて、生活してるんだよ。これが俺の仕事だ。文句があるなら出てってやる!」

啞然とした。悔しくて、思い切り睨みつけた。

「なんだ、その目は。だいたいお前の貯金も、底をつく頃だろ。通帳、見たよ。ちょうどいい潮時だ」

浩輔にとって自分は、いい金づるだ。わかっていたことだが、認めたくない自分がいた。

「最初から金目当てだったの？　私を好きじゃなかったのね」

浩輔に訊ねた。わかっていても、確認せずにはいられなかった。美貌だけは誰にも負けない。プライドが許さなかった。

浩輔は小馬鹿にしたように鼻で笑った。

「お前な。ちょっと可愛いからっていい気になるなよ。お前みたいなマグロ女、好きで抱いてたと思うのか」

瞬間、頭のなかでなにかが弾けた。

あとのことはよく覚えていない。気がつくと、リビングの床に浩輔が倒れていた。

白目を剝き、口を開けていた。頭部からは血が流れている。

自分の右手を見ると、灰皿が握られていた。直径二十センチの、クリスタルの灰皿だ。

茫然と、その場に座り込んだ。

どれくらいそうしていただろう。ふと、窓の外から聞こえてきた車のクラクションの音で我に返った。壁にかかっている時計を見ると、二時間経っていた。

少しずつ思考が戻ってくる。そのあとは、遺体の処理のことばかり考えた。

自分の知る限り、浩輔に親しい友人はいない。たとえいたとしても、自分が食いものにしている女の所在を、詳しく伝えているとは思えない。自分の経歴を偽り、交際相手から金を騙し取ることは犯罪行為だ。どこから足がつくかわからない。女を騙すことに慣れていた浩輔のことだ。自分の交際関係を、不用意に漏らしているはずがない。

浩輔の存在を、自分も誰にも明かしていなかった。現実は別として、店は表向き、客との交際を禁じていた。

浩輔は自分の存在を誰にも言っていない。自分もそうだ。だとすれば、浩輔と自分の接点はない。この部屋に浩輔がいたことを認知している人間は、いないはずだ。

死体さえ始末すれば、大丈夫だ。捕まらない——。

すぐさま、ディスカウントショップに行き、身体を折り畳んで入れられるくらいの、大型のキャリーバッグを買ってきた。戻ってきたとき、死体はすでに死後硬直がはじまっていた。苦労して死体をバッグに詰め込むと、次にホームセンターでシャベルと懐中電灯を買った。レンタカーを借りて故郷の長野に向かったのは、陽が落ちて間もない頃だった。

長野の山中に浩輔の遺体を埋めたあと、東京に戻ったその日のうちにマンションを解約した。家具は業者に頼んですべて始末した。五十万で買った新品同然のイタリア製ソファは、十五万で引き取られた。足元を見られているような気がしたが、急いでいるこちらは何も言えない。業者の言い値ですべて売り、すぐに処分できない洋服や宝石類は、レンタル・ルームに預けた。

勤めていたクラブは、父親の容態が急変したのでしばらく田舎に帰る、という理由で辞め、身の回りのものだけ持ってビジネスホテルに身を潜めた。

手元には八十万しかない。早急に金を稼ぐ方法を見つけなければ、父親が入居する施設の費用も払えなくなる。

水商売に戻る気は、当分のあいだなかった。東京にいたくなかった。どこでどう、浩輔に繋がるかわからない。かといって、死体を埋めた長野にも帰れない。ほとぼりが冷めるまで、危険を冒したくなかった。

——金が欲しい。とにかく金がなければ、どうにもならない。

ビジネスホテルの部屋で、そればかり考えた。

浩輔に騙し取られた金は、一千万近くに上った。金を取られたことも悔しかったが、それ以上に、騙されたことが悔しかった。

組んだ両の手を強く握りしめ、二度と騙されない、と心に誓った。

——今度は自分が、騙す側に回ってやる。

そのとき、ふと頭に浮かんだのが、昔の客の言葉だった。

キャバクラで働いていたとき、客のなかに宗教法人を立ち上げている男がいた。男は羽振りがよく、ひと晩で二十万ほど使っていったこともある。店で上得意の男だった。

男は、宗教は税金がかからないから入信者が増えれば増えるほどぼろ儲けだ、とベッドの上で自慢げに話していた。

口が立つ自分には、言葉巧みに相手を入信させる自信があった。なにより、辛酸をなめているだけに、不幸に見舞われた人間が心の拠《よ》りどころを求める心理を、人より理解しているつもりだ。打ってつけの仕事のように、思えた。

信者から巻き上げたお布施で遊びまくる男を見ていて、新興宗教なんて、所詮いんちきだ、と思った。いんちきだが、金にはなる。

ネットで新興宗教を検索すると、福井市に拠点がある「神光の恵み」という宗教団体がひっかかった。福井県には身内はもとより、友人知人の類もいない。身元や氏名を偽るには都合がいい。帰ろうと思えば、長野にもすぐ帰れる。

翌日、福井市に向かった。

「神光の恵み」の教祖は、浦江大州《うらえだいしゅう》という男だった。でっぷりと肥えた、髭面の中年男だった。話が聞きたいと集会所を訪ねた自分を、浦江はひと目見て気に入ったらしく、自らパンフレットを見せて勧誘した。あとで知ったが、浦江が直接、口説くことは珍しいことだった。

迷う振りをして、ビジネスホテルに泊まりながら何度か集会に参加した。そのたびに浦江は、別室に居残らせ、身体を寄せてきた。

脂ぎった長髪からは、びん付け油の匂いがした。相撲取りに言い寄られている気分だった。饐《す》えた加齢臭と、腐ったドブ川のような口臭に辟易した。

水商売で会得した焦らしのテクニックを使い、ぎりぎりまで首を振らなかった。

興味のある素振りを見せつつ断り続けると、ついに浦江は、幹部の地位を与えるからぜひ入会してほしい、とまで言い出した。

身体が目当てなのは、端《はな》からわかっていた。しかし容易に与えるつもりはなかった。とことん引っ張って、ぎりぎりまで焦らしてやる、そう心に決めていた。

就職と違い、宗教団体に入会するために履歴書や住民票など必要ない。偽名を使い、神光の恵みに入会した。

自分が入会してから、信者は倍になった。

新しく入会した信者に、園部敦子がいた。地元の名家のひとり娘は、いいカモだった。世間知らずで容易に他人を信用する。敦子は教義に夢中になり、周りが見えなくなった。最終的に敦子は、多額の金を寄付した。額はおよそ三億円に上る。

すでに、教祖の浦江から、全幅の信頼を置かれていた。

その頃、切り札として取っておいた身体を餌に、教団の最高幹部で教祖に次ぐナンバーツーの、〝聖母〟の地位を手に入れた。古参の幹部は浦江の言いなりだった。実質的に教団を差配するまでに、一年かからなかった。

信者からのお布施は銀行に預けず、現金で蓄えていた。そうしたほうがいいと提案したのは、自分だった。金から足がつくことを避けたかったことと、他の幹部に金がどれくらいあるか知られるのを避けるためだった。金は自分が管理した。

貯まった金で浦江は、教団の大規模施設を造ろうとした。信者のさらなる獲得を目指したのだ。

端から宗教には関心がない。神など最初から信じていなかった。信じていたのは、現金だけだ。

貯まった寄付の大半を施設建設費に使おうとする浦江を、事故に見せかけて殺した。浦江が使っていた睡眠薬を密かに入手し、浦江のマンションで、飲んでいた酒に仕込んだ。その後、熟睡状態のまま風呂に入れ、入浴中の事故に見せかけた。

防犯カメラに映らないよう、出入りには非常階段を使った。万が一のため、ウィッグをかぶりマスクをつけ、メイクも変えて変装した。

司法解剖の結果、警察は事故と判断した。事情を聞かれたが、泣き腫らした目で悲嘆に暮れる演技をした。自分でも、うまくできたと思う。

仮名については、宗教名だと説明した。事故の結論を急いでいた警察は、あっさり受け入れた。防犯カメラに怪しい人物の出入りが映っていなかったことと、浦江が普段から睡眠薬を服用していたことが、決め手になったようだ。

教祖がいなくなった新興宗教など、あっという間に雲散霧消する。

三億あった隠し金を一億と偽り、幹部五人で山分けした。二千万円の現金を前に、疑念を口にしたり、文句を言う人間は誰もいなかった。

教祖が死に、幹部が散り散りになった神光の恵みは跡かたもなく消え去り、教団に一番入れ込んでいた敦子は自殺した。

億の金を手に入れたあと、しばらくのあいだ、海外で過ごした。だが、金は使えば消える。金が半分なくなると、次の金蔓を探す算段をした。

浦江のときと同じような手口が使えるとは、思っていなかった。警察もそれほど間抜けではないはずだ。

方針は決まっていた。

――誰かに成りすまして近づき、相手を信用させ、金を取る。そして口封じをする。完全犯罪を成し遂げて、姿を消すのだ。

そのためには、成りすます人物の情報がいる。それも正確な情報が。もちろん、騙す相手と本人が親しくては、計画は成立しない。親しくはないが、名前くらいは知っていて、過去のどこかで繋がりがある人物が好ましい。

なにより、接点が重要だ。顔は覚えていないが、たしかにそんなことがあった、というような記憶を持っている相手でなくてはならない。

——たとえば、小学校のときの同級生とか。

クラスが違えば、顔など覚えてはいない。それに、女は化粧次第で、見違えるようになる。いざとなれば、整形手術をしたことにすればいい。

成りすます人間は、すでにこの世にいない人物がいい。そうすれば、本人とかち合うことは、絶対にない。

頭に浮かんだのは、自殺した敦子だった。敦子は自身の生い立ちからなにから、すべてを〝聖母〟の自分に語っていた。敦子のことは、本人と同じくらい知っている。

敦子は知り合いを片っ端から宗教に勧誘していた。

ひとりでも多くの人間に声をかけることが信仰心のあらわれだ、と教義は教えていた。だから敦子は、知り合いは虱潰《しらみつぶ》しに当たっていた。が、ひとりだけ諦めた人間がいた。小学校卒業を待って岐阜へ引っ越していった同級生だ。

名前は杉浦加奈子と言った。引っ込み思案で友達はなく、福井を離れてからは誰とも連絡をとっていない。入信を勧めたいが詳しい居所がわからない、この人だけは諦める、とまるで、自分の信心が足りないことを恥じ入るかのように、敦子は唇を噛んだ。

次の獲物は杉浦加奈子に決めた。居所は探偵社を使って調べた。

住所がわかると、すぐに岐阜に飛んだ。

敦子に成りすますことは容易だった。敦子の詳しい生い立ちは本人から聞いていたし、交友関係も知っている。顔立ちの違いは整形したとごまかした。

偶然を装い、道端で声をかけた。

約二十年ぶりの同級生との再会に、加奈子は戸惑った様子だった。が、自分を園部敦子と信じ、懐かしい昔話に目を細めた。

問題は、どうやって金を騙し取るか、だ。

考えたのが、マルチ商法だった。といっても、実際に立ち上げる気はなかった。投資とリスクが大きすぎる。大勢の人間を騙せば、発覚したあと足がつき、捕まる可能性が高くなる。目的は、マルチ商法で金を稼ぐことではない。加奈子から金を騙し取ることだ。加奈子に、安心できる商売だ、と思わせることができればそれでいい。弁舌には自信があった。

加奈子に自分の仕事を、全国を回って良質の健康食品販売をしている、と伝えた。

それらしい嘘をつき、少しずつ心を開かせていった。人間は、自分の話を聞いてもらうことを、なにより喜ぶ。どんなことでも、辛抱強く聞いた。特に交友関係には、熱心に耳を傾けた。

浦江、敦子、加奈子に続く、次のターゲットを、常に物色していた。

一方で、パンフレットを作ったり、必要とあらば臨時でイベント用の人材を雇い、商品の説明会を行った。

充分に信用させたところで、言葉巧みに加奈子を実態のないマルチ商法に誘った。

じわじわと金を騙し取り、本人がはめられたと気づいたときには、加奈子がつぎ込んだ金は三千万円に上っていた。

警察に訴える、と喚く加奈子を誘い出し、建設中のビルの屋上から突き落とした。多額の借金の返済に窮していた加奈子の死を、警察は自殺と判断した。

あとで知ったことだが、不審死を事故や自殺で片付けようとするのは、日本の警察の悪弊らしい。どこの警察も、抱えている案件が山ほどある。明らかに事件性が疑われるもの以外は、なるべく事件化したくないのだろう。

加奈子を殺したあと、浦江のときと同じように、しばらく海外へ身を潜めた。ヨーロッパ各地を旅してまわった。

思いつく限りの贅沢を楽しみ、金が心細くなってくると、次のターゲットのことを考えた。加奈子との会話をメモした手帳を見ながら、これならば、という人物を選び出した。

加奈子のことは知っているが、さほど親しくなく、長いあいだ会っていない人間——牟田文絵だ。

文絵は加奈子が岐阜で通っていた中学校で、同級生だった女だ。地元の中学と高校を卒業したあと、東京の大学に進学した。

文絵は美しい生徒で、地元では有名な美少女だった。しかし、大学に進学したあと、精神的なストレスから過食症を患ったという噂で、岐阜時代の友人や知人たちとの連絡をいっさい絶っていた。成人するにあたり、中学の同級生が同窓会を企画して連絡をとったが、聞いていた住所にはおらず、携帯も番号が変わっていて通じない。それからは、文絵がどこでどうしているか誰もわからずにいる、と加奈子は言っていた。

すぐに、探偵社を使って文絵を調べた。文絵は結婚し、高村文絵になっていた。住まいは千葉県の松戸市だった。

写真の中の文絵は、かなり太っていた。が、加奈子が言ったとおり、顔の造作は上等だった。かつての美少女ぶりを、想像できる。

探偵社の調査によると、二年ほど前にふたりの子供を事故で亡くし、現在、精神科へ通院しているという。病状は重く、情動混乱に加えて幻覚妄想がある。子供が死んだいまでも、子供は生きていると思い込んでいるらしい。

報告書を読みながら、これ以上ない獲物だと思った。

文絵の幻覚妄想をうまく利用し、罠にはめる。

今度は、大がかりな詐欺を計画していた。三人の人間を殺しても、うまくやれば捕まらないという現実が、自分に自信を持たせた。大勢の人間を騙し、文絵にすべての責任をなすりつける。自分の存在は決して表に出さず、事が終わったあとで、悠然と姿を消す。文絵が騙されたと気づき、周りの人間にいくら説明しても、杉浦加奈子はすでにこの世にはおらず、すべて文絵の幻覚による妄想だと思うだろう。文絵を生贄にして、一生困らないほどの大金を稼ぐのだ。

方法は、化粧品のマルチ商法に決めた。

マルチといっても、ただのマルチではない。秘策があった。

パリに半年間滞在したときに、田崎実という男と知り合った。同じホテルに宿泊していた男で、レストランでたびたび顔を合わせるうちに親しくなった。田崎は健康食品や水道の浄化器などの販売を生業にしていた。田崎は自分にも、美容食品のサプリメントを勧めた。

田崎は自分と同じように、口がうまかった。マルチ商法に詳しくない人間なら、そのほとんどが話に乗っただろう。が、自分は田崎と同じ側の人間――騙す側の人間だった。

獲物を文絵に定めてから、文絵をはめる計画に田崎を引き込んだ。

マルチで、自分が表に出ないための影武者だ。

文絵をマルチ商法の代表者に仕立て上げ、罪をすべて文絵に負わせる。文絵が加奈子の存在を必死に訴えるが、文絵をマルチ商法に引き込んだ女はすでに死んでいる。関係者に聞いても、加奈子という女を見たという人間はいない。加奈子は文絵のなかにだけ存在しているように思わせるのだ。

そのためには協力者が必要だ。

最終的には田崎を殺し、その罪も文絵に負わせる計画を練った。

帰国した田崎に話を持ちかけると、すぐに乗ってきた。文絵をはめる計画に熱心に耳を傾け、話に乗るかと訊ねる自分に迷いもせずに肯いた。

初期投資にかかる資金は折半、儲けも山分けという条件だった。

文絵と再会するお膳立ては、ディナーショーの会場にした。探偵社の調べによると、文絵はほとんど外出をせず、唯一の趣味は懸賞と書かれていた。

「神光の恵み」にいた頃、やはり懸賞が趣味だ、という女がいた。懸賞を趣味としている人間の多くは、目につく懸賞に片っ端から応募し、よほど思い入れのある商品以外は、自分がなにに応募したかなど覚えていない。

都内で行われる人気男性タレントのディナーショーのチケットを二枚入手し、架空の懸賞サイト名で文絵宛てに郵送した。

九割がた、文絵はディナーショーに来ると予想していた。商品が当たるために懸賞に応募している者が、当たった得を棒に振るわけがない。もし、残りの一割だったとしたら、次の方法をまた考えればいい。

予想どおり、当日、文絵はディナーショーにやってきた。声をかけ、杉浦加奈子の名前を名乗る。ほかの人間に顔を見られないために、サングラスを着用していた。夜でもサングラスをかけている理由を、顔に痣があるためだと説明した。舞台や映画撮影で使う特殊メイクの痣を、文絵は本物だと思い込んだ。

鎌倉の貸別荘に呼び出し、時間をかけて信用させた。

報酬で釣り、痣があるため人前に出たくないという理由で、文絵に会員向けの化粧品販売の手伝いを頼んだ。

太っていることを気にし、精神を患っている文絵は、一見すると引っ込み思案に見えたが、一度気持ちが前向きになると、驚くほどの活力で化粧品販売に取り組んだ。ダイエットに励んで美貌と自信を取り戻した。

立ち上げたマルチの化粧品販売会社は、文絵の力もあり徐々に会員を増やした。田崎もよく働いた。文絵の心を惹きつけ、仕事にのめり込ませ、手のひらで転がした。

一年ほどで、上得意ができた。金と欲を持っている女たちだ。

かねてからの計画どおり、頃を見計らい、女たちに餌をまいた。会社が株式上場をするので未公開株を買わないか、と持ちかけたのだ。

普段ならマルチ商法を警戒する客も、連鎖的勧誘を持ちかけていないことから、安心して餌にくらいついてきた。なかには、ひとりで九千万も買った客がいた。

最終的に巻き上げた総額は、四億にもなった。

想像以上の釣果だった。

鎌倉の貸別荘で田崎は、大金を前に顔を紅潮させた。

罪をすべて文絵になすりつけ、この金で高飛びし、海外で暮らす。ほとぼりが冷めたらまた、同じ手を使って金を儲ければいい。

田崎はそう言いながら、肩を引き寄せた。

——これからもよろしくな。

耳元で田崎はそう言った。

思わず吹き出しそうになる自分を、やっとの思いで抑えた。

浦江、敦子、加奈子、田崎。どうしてこうもお人好しなのだろう。人を信じすぎる。いや田崎は、猜疑心よりも金への執着が強く、目が見えなくなっているのかもしれない。

現金を山分けし、田崎がハルシオン入りのワインを飲んで、意識が朦朧としたところを見計らい、背後から後頭部をワインボトルで殴りつけた。一度目の強打でよろめき、二度目で床に倒れた。ワインボトルが割れた。絨毯が見る間に、ワインと、田崎の頭から流れ出る血で染まった。

田崎が事切れたことを確認すると、自分の形跡を消し去り、別荘を出た。

文絵が家にひとりになる日にちと時間は、以前に確認していた。

夫が法事で家を空ける九月の二十二日から二十三日にかけて、文絵は家にひとりになる。アリバイを証明する者は誰もいない。念には念を入れ、その日の夜、文絵が家から出ないように仕向けた。携帯が通じない場合は、家の固定電話に連絡を入れる、と伝えた。自分は海外にいることになっている。文絵は入るはずのない電話を、家から一歩も出ずに待ち続けるはずだ。

田崎を殺した翌日、オーストラリア行きの飛行機で日本を離れた。

あとは計画どおりだった。化粧品会社の代表を務めていた文絵は、田崎殺害容疑および投資詐欺容疑で逮捕された。

文絵がいくら杉浦加奈子の存在を口にしても、加奈子はすでにこの世にはいない。加奈子と思しき女がいた形跡もない。すべて文絵が作り上げた妄想として処理され、文絵は罪を背負う。

大きく息を吐いて、降り注ぐ強い日差しに目を細めた。椰子《やし》の葉が風に揺れる。

——計画は完璧だ。

恍惚とした思いに酔いしれる。

人を騙し、殺すことに、罪悪感はもう覚えなかった。罪を犯しているのは自分ではなく、自分が成りすました別な人間だ、と考えるようになっていた。

世のなか、すべて金だ。

植物状態の父親が快適な施設暮らしを送れるのも、自分が贅沢に暮らせるのも、金があるからだ。この世は弱肉強食だ。食う者がいれば食われる者もいる。自分は食う側に回った。これからも、本当の名前を捨て、他人に成りすまして生きていく。

文絵の裁判が結審し、罪が確定したら帰国しよう。金はすでにスイスの銀行に送金してあった。何年かかるかわからないが、五、六年暮らせる金は、たっぷり持っている。

そうだ。たしか文絵が、大学時代に短い間だが交流を持っていた知人がいると言っていた。

次の獲物は、その女がいいだろうか。

デッキチェアーから起き上がり、羽織っていたパーカを脱ぐ。プールに飛び込もうとしたとき、部屋のチャイムが鳴った。

眉根を寄せる。

カクテルのほかに、ルームサービスを頼んだ覚えはない。誰だろう。

インターホンの画面を覗くと、さきほどカクテルを運んできたボーイが立っていた。

「なに、用事は頼んでないわよ」

画面のなかで、ボーイは生真面目な顔で言った。

「ミズ・リョウコ。申し訳ございません。実は、先ほどのカクテルがご注文の品と違っておりまして、新しくお持ちしました」

ボーイは、トレイに載せている新しいカクテルを見せながら、頭を下げた。

「そう、いま開けるわ」

ドアを開ける。

廊下にいた人物に、眉根を寄せる。ボーイの後ろには、三人の男とひとりの女がいた。男のうちふたりは白人で、もうひとりの男と女は日本人と思われた。四人とも、スーツ姿で堅い身なりをしている。

白人男性のひとりが、ドアに手をかけて全開にした。金髪の男を先頭に、日本人と思しき男女が、部屋に押し入ってくる。

我に返り叫ぶ。

「あなたたち、なんなの!」

ブラウンの髪の男が、英語で訊ねた。

「おくつろぎのところすみません。こちらに宿泊しているホンダ・リョウコさんですね。ちょっと時間を頂戴してよろしいですか」

言いながら、現地の警察バッジを提示する。

——警察。

頭が混乱する。

——なぜ、どうして警察が来るの。

ブラウンの髪の男は、自分の後ろにいる日本人らしき男と視線を交わすと、後ろに退いた。

真正面に立った日本人らしき男は、鋭い目で見据えながら、日本語で訊ねた。

「改めてお訊ねします。あなたはこちらのホテルに滞在されている本田亮子さん、本名、真野知世さんですね」

——真野知世。

とうに捨てた名前だった。

男は上着の内ポケットから、警察手帳を取り出した。

「私は神奈川県警の捜査第一課強行犯捜査係の秦といいます。隣にいるのは鎌倉署の中川巡査。後ろのふたりは、ＩＣＰＯの捜査に協力してくれた現地の警察官です。株式会社コンパニエーロに関わる投資詐欺および田崎実殺人事件の被疑者として、いますぐ帰国していただきます」

秦が言い終えると、中川という女性刑事が、手にしていた書類カバンから一枚の紙を取り出した。

「逮捕状です」

中川がかざす逮捕状を、食い入るように見つめる。

自分の逮捕状だった。

エピローグ

ホテルから空港に連行され、シドニーへ向かう。シドニー空港に着くと、日本行の飛行機に乗せられた。

窓際に席がみっつ並んでいる場所へ連れていかれる。秦と中川に挟まれるように、真ん中の席に座らされた。

時刻どおりに飛行機は離陸し、順調に高度をあげる。

飛行機が日本の領海に達したあたりで、秦から手錠を掛けられた。乗客から見えないよう、中川が手錠の上に毛布を掛ける。

見るともなしに視線を下に落としていると、ふと、傍に人の気配を感じた。顔をあげると、キャビンアテンダントが、穏やかな笑みを浮かべながら見下ろしていた。

「なにか、お飲みになりますか」

ワゴンにコーヒーやミネラルウォーターなどの飲み物が並んでいる。

隣にいた中川が訊ねた。

「なにがいいですか、真野さん」

呼ばれた名前に、軽い目眩を感じた。

最後に本名で呼ばれたのがいつだったか、懸命に考える。いくら記憶を辿っても、思い出せない。それほど、果てしなく昔のように思える。

「真野さん」

名前を呼ぶことで、中川が返事を促す。

首を振ることで、いらない、と答える。

キャビンアテンダントは、軽く会釈をして立ち去った。

窓の外へ目を向けた。

空は晴れ渡り、雲海が広がっている。

果てしなく続く雲の波を見つめながら、知世は自分が本名で最後に呼ばれたときがいつだったのか、いつまでも考えていた。

装幀　アルビレオ
装画　サトウあこ

本書は「パピルス」（二〇一二年四月号～二〇一四年六月号）に掲載された作品を加筆・修正したものです。

〈著者紹介〉
柚月裕子(ゆづき ゆうこ) 1968年岩手県生まれ。山形県在住。2008年『臨床真理』で第7回『このミステリーがすごい!』大賞で大賞を受賞しデビュー。12年『検事の本懐』で第25回山本周五郎賞にノミネート、13年同作で第15回大藪春彦賞を受賞。他の著書に『最後の証人』『パレートの誤算』『朽ちないサクラ』などがある。

GENTOSHA

ウツボカズラの甘い息
2015年5月25日 第1刷発行
2015年10月30日 第2刷発行

著 者 柚月裕子
発行者 見城 徹

発行所 株式会社 幻冬舎
〒151-0051 東京都渋谷区千駄ヶ谷4-9-7

電話:03(5411)6211(編集)
03(5411)6222(営業)
振替:00120-8-767643
印刷・製本所:中央精版印刷株式会社

検印廃止

ISBN978-4-344-02771-8 C0093
幻冬舎ホームページアドレス http://www.gentosha.co.jp/

この本に関するご意見・ご感想をメールでお寄せいただく場合は、comment@gentosha.co.jpまで。